DER TIEFBLAUE TRAUM

PERIKLES MONIOUDIS

Der tiefblaue Traum

Roman

Rimbaud

Der Verlag dankt der Stadt Zürich und dem Kanton Zürich für die finanzielle Unterstützung bei der Drucklegung dieses Werks.

Bibliografische Information der Deutschen Nationalbibliothek
Die Deutsche Nationalbibliothek verzeichnet diese Publikation in der Deutschen Nationalbibliografie; detaillierte bibliografische Daten sind im Internet über http://dnb.d-nb.de abrufbar.

Originalausgabe

Umschlaggestaltung: Dana Grigorcea, unter Verwendung einer Fotografie von Anna Atkins, um 1850
Korrektorat: Ingrid Fichtner
Gedruckt in der EU
ISBN 978-3-89086-944-5
www.rimbaud.de

Kaum hat man sich die Telefonnummern
eingeprägt, werden sie umgestellt.

Max Horkheimer

Doch der Traum wiederholte sich
in der Nacht darauf.

Otfried Preußler

1

Vater kehrte gerade von einer geschäftlichen Flugreise zurück, mitten am Nachmittag, schon wieder aus Fernost. Er sah mich am ausufernden Basteltisch hantieren, an dem wir üblicherweise unsere abgezählten gemeinsamen Stunden auf möglichst avancierte elektronische Projekte verwandten und dabei Tec tranken.

Vater stellte seinen schwarzen Aktenkoffer mit den schmalen Metallverschlüssen leise auf dem Parkett ab, zog den braunen Trenchcoat aus und legte ihn sich über die Schulter. Er trat heran und umarmte mich, noch bevor ich mich erheben konnte. Er nahm einen Schluck aus meiner Tasse.

Der Geruch, der an ihm hing, war jener derbe, metallische, der sich in den Montagehallen der Schwerindustrie in seiner Kleidung festsetzte. Er nahm meinen Kopf zwischen die Hände und küsste mich auf die Haare. Der Geruch nach Nikotin an seinen Fingern störte mich nicht.

Gezeichnet vom *Jetlag* und den Reisestrapazen in Fernost, setzte Vater sich auf den schwarzen Polstersessel, auf dem er üblicher Weise die Schaltpläne zu studieren pflegte, bevor er sie mir in allen wünschenswerten Einzelheiten darlegte.

Wir verstanden uns oft genug über das gemeinsame Studium des Schaltplans, der ja in recht schneller Folge wechselte und den wir gewohnheitsmäßig aus Elektronikmagazinen wie dem deutschen *Elektor* oder dem amerikanischen *Practical Electronics* heraustrennten, um ihn mehrfach für den Eigenbedarf auf gelbes Papier, meist in lila Schriftfarbe, umzudrucken – ich liebte den Geruch nach Spiritus – oder, viel seltener, den Schaltplan in zwei Exemplaren sogar zu *xeroxieren.*

Vater saß da, suchte nach seinem Zigarettenetui im Trenchcoat, den er sich über die Knie gelegt hatte, und fragte mich, ob das Päckchen aus England schon eingetroffen sei. In meiner Rechten hielt ich den vor Hitze tickenden Lötkolben, in der Linken die Spitze des ein Stückchen weit von der kleinen orangefarbenen Rolle abgewickelten Lötzinns. Sein Blick erreichte mich aus müden, blutunterlaufenen Augen.

Sinclair Research Ltd. hatte in der Tat geliefert, und zwar schon bald nach dem 5. März 1981, dem ersten Verkaufstag, mit weniger als zwei Monaten Lieferzeit. Es stand für uns außer Frage, dass ausgerechnet wir auf den Bausatz des *ZX81*, eines der ersten *Heimcomputer*, hätten verzichten müssen, und doch hatte Vater sich gerade danach erkundigt, als wäre die Lieferung durch die geöffnete Luftpostverpackung auf dem Basteltisch nicht schon evident gewesen.

Er wirkte wieder einmal erschöpft. An seinem Pullover hing noch das kleine Namensschild mit der japanischen Schrift. Er musste es an der angestammten Stelle, zwei Fingerbreit über dem Herzen, vergessen haben, oder er hatte im Flugzeug als erstes den Pullover ausgezogen und ihn erst wieder übergestreift, kurz bevor er aus dem *Jumbo-Jet* der *Swissair* in Zürich ausgestiegen war.

Wenn Vater und ich etwa von einem Vorwiderstand sprachen, von einem Keramikkondensator, einer Luftspule, einem Schwingkreis, sprachen wir willentlich vom Selben. Wir sprachen über das, was uns im Grunde verband.

Vater hatte mich zwei Jahre zuvor noch vertröstet, als der *ZX80*, der Vorgänger des *ZX81*, erschienen war und ich an einem regnerischen Nachmittag im *BBC World Service*, dem britischen Auslandssender auf Kurzwelle, davon erfahren und nur Tage später in dem deutschen Computermagazin *Byte* davon gelesen hatte. Der *ZX80* war in einem flachen weißen Gehäuse untergebracht, dem ich keine allzu besondere Beachtung zuteilwerden ließ, bis Vater mir auf einem Foto im besagten Magazin die Schlichtheit und die Proportionen des *ZX80* nahegebracht hatte und damit die karge Schönheit dieses kleinen Geräts.

Er hatte im Büro in den Verzeichnissen nachgeschlagen und mich mit dem Namen des Industriedesigners überrascht. Ich wusste von da an, dass auch die Technologie willentlich gestaltet ist und achtete in der Folge auf diese Dinge – allerdings ohne sie mit Vater zu teilen, geschweige zu vertiefen. Die Kunst war nicht seine Welt. Dass sie meine werden würde, ahnte ich damals nicht.

Der *ZX80* wies eine hauchdünne schwarze Folientastatur auf, die auf das Gehäuse aufgeklebt war und keinerlei Anschlag hatte. Das galt auch für den *ZX81*. Ich konnte es kaum erwarten, mit den Zeigefingern darauf herumzutippen. Ich nahm die eine Schalenhälfte des Gehäuses aus der Styroporverpackung, legte sie behutsam auf den Basteltisch.

Ich tippte. Es war, als ob ich auf die bare Tischplatte klopfte, nicht zu vergleichen etwa mit der elektrischen Schreibmaschine meiner Mutter, die sie im Keller bediente und die ein Geschenk von Vaters Vorgesetztem war. Die Tasten der Schreibmaschine verursachten einen lauten, metallischen Anschlag sowohl auf der Tastatur als auch auf dem Papier, das der mit einem kompletten Zeichensatz versehene Kugelkopf bearbeitete.

Vater schaute, die Beine übereinandergeschlagen, aus dem Fenster. Die Landschaft wölbte sich rechts neben der dicht besiedelten Ebene zu einem bewaldeten Hügel auf, ein Ausflugslokal war auf der Kuppe schon aus der Ferne zu erkennen. Wir lebten am Stadtrand. Das war in Zürich gleichbedeutend mit einem ländlichen Habitus – auch wenn in der Umgebung die Kräne und Asphaltwalzen für die kommenden Jahre schon bereitstanden.

Die Sonne schien flach in den Bastelraum im ersten Stockwerk unserer Hälfte des Doppelreihenhauses. Vor einiger Zeit war er noch als Haushaltszimmer genutzt worden war. An den Wänden zogen sich die Regale mit den Messgeräten – dem Oszilloskop, den Multimetern, den Signalgeneratoren – und den in bunte kleine Kunststofffächer sortierten elektronischen Bauteilen über Meter hinweg. Groß war unser Haus aber nicht.

Vater bat mich, ihm doch einmal den »Käfer« zu zeigen, womit er den *Zilog Z80* meinte, meinen ersten eigenen Prozessor, den ich ihm – ich hatte das schöne Bauteil auf ein kleines blaues Schaumstoffteil gedrückt – am schwarzen Polstersessel unter einem Anflug von Besitzerstolz oder eher noch: in heller Freude präsentierte. Tatsächlich hatte der Prozessor mit seinen vierzig, in zwei Reihen längs des schwarzen Körpers angeordneten *Pins* Ähnlichkeiten mit einem Käfer. Nicht etwa aufgespießt, vielmehr mit seinen kurzen Beinchen festgedrückt, bildete er, wie mir schien, den ominösen Anfang einer ganz gewiss noch zu entstehenden umfangreichen Sammlung weiterer »Käfer«.

Vater betrachtete den Prozessor aus dem Päckchen aus England von allen Seiten. Auf diesem kleinen Ding konnte man also eine ganze maschinengeschriebene Seite Text speichern – verrückt! Vater schüttelte den Kopf, womöglich auch nur darüber, dass so ein Wunderwerk der Ingenieurskunst nunmehr für den Privatgebrauch erschwinglich, um nicht zu sagen äußerst preiswert erhältlich geworden war.

Zurück am Basteltisch, erledigte ich mein ursprüngliches Vorhaben und lötete den letzten *NPN*-Transistor für den Rauchmelder fast schon fachmännisch in die selbstgeätzte Platine und reinigte anschließend den Lötkolben mit dem feuchten kleinen Schwamm. Der helle Rauch, der dabei entstand, war bläulich und stank nach Blei. Ich hatte vor, Vater den Rauchmelder – ohne jeden

Hintergedanken, nur zur Hilfe im Fall des Falles und auch noch in einem schmucken, schwarz lackierten Aluminiumgehäuse verbaut – zum Geburtstag zu schenken. Ich nannte die Schaltung *Smoke 81* und hatte die weißen Rubbelbuchstaben bereits herausgesucht, um das Gehäuse entsprechend zu beschriften.

Ich warf Vater den runden Aschenbecher aus blauem Kunststoff zu. Er trug die vom Gebrauch unleserlich gewordene Aufschrift *Sumitomo Heavy Industries, Shinagawa, Tokyo, Japan* und diente auf dem Basteltisch dazu, dass man den heißen Lötkolben gegebenenfalls kurzzeitig auf ihm abstellen konnte.

Den Aschenbecher hielt Vater wie eine kleine Schüssel in der hohlen Hand. Er hatte sich eine Zigarette angesteckt, zog daran und blies den Rauch über seine Schulter nach hinten. Wann wir denn mit dem Zusammenbau des *ZX81* beginnen wollten, fragte er. Ich zuckte mit den Achseln; überarbeitet wie er war, wollte ich Vater nicht zu einer Nachtschicht am Basteltisch überreden. Außerdem hatte ich am folgenden Tag eine Mathearbeit zu schreiben, die mir etwas Kummer bereitete.

In Mathe war ich nie wirklich gut, Physik sagte mir schon eher zu; aber eigentlich las ich viel lieber, und ich betätigte mich in der Freizeit bloß als so etwas wie ein *somnambuler Strombastler*, wie Vater mich einmal bezeichnet hatte. Ich verstünde etwas von der Sache, ohne wirklich etwas von der Sache zu verstehen, sagte er, keineswegs abschätzig. Das gefiel mir auf Anhieb – und es entsprach auch dem Bild, das ich von mir hatte.

Möglich, dass mir das brennende Interesse an jedem noch so klitzekleinen elektrotechnischen Detail deswegen abging, weil das große Ganze noch nicht geklärt war. Wie konnte man bloß all die Formeln und Zusammenhänge verinnerlichen, wenn noch nicht einmal als gesichertes Wissen gelten konnte, worum es sich bei einem Elektron eigentlich handelte – Welle, Materie, Strahlung, alles das und noch viel mehr? Im Grunde, dachte ich, war man noch nicht viel weitergekommen als Jules Verne in seinen abenteuerlichsten Vorstellungen von der unsichtbaren Welt. Mit dem Unterschied, dass man das Radio andrehen und sich mit Musik unterhalten konnte, eben einerlei, woraus die »Welle« bestand, auf der die Titel unser Ohr erreichten.

Vater war das alles – auch schon diese Unterscheidung in hochtrabender Theorie und handfester Praxis – herzlich egal. Er hielt sich an das physikalisch Eruierte, und eigentlich hatte er damit auch recht. Allein, ich konnte das nicht. Ich musste für mich klären, welche Phänomene dahintersteckten. Doch dazu hätte ich wiederum Mathe büffeln müssen – ein Teufelskreis.

Vater stand vom Polsterstuhl auf und wählte auf der Scheibe des grünen Wandtelefons die Nummer, unter der Mutter im Büro zu erreichen war. Als er dann den Hörer auflegte, sagte er, dass wir wenigstens die beiden Stunden bis zu Mutters Ankunft in den *ZX81* stecken sollten.

Ich nickte und reichte ihm den Schaltplan. Als er zum Polstersessel zurückwollte, stieß er gegen einen großen Holzkasten, den ich auf dem Boden hinter dem Basteltisch abgestellt hatte. Der ausgediente Schwarzweißfernseher sollte den Bildschirm für den *ZX81* abgeben. Erst jetzt bemerkte Vater das Röhrengerät, das bis vor kurzem noch in irgendeinem Wohnzimmer in der Nachbarschaft im täglichen Gebrauch gewesen sein musste. Er schlug mit der flachen Hand auf den breiten Holzrahmen und beglückwünschte mich später, wieder auf dem Polstersessel, für meine Weitsicht.

Ich hatte keinerlei Kaufabsichten, als ich an jenem verregneten Samstag, kurz nach Mittag, zum Flohmarkt aufbrach. Ich hatte mich für den Fußmarsch und gegen das Rad entschieden, weil ich mir aus dem Geld, das ich lange angespart, vor kurzem einen *Walkman* zugelegt hatte; es war mir noch nicht gelungen, damit auf eine Weise Rad zu fahren, dass ich von der Musik etwas hatte. Ich fürchtete, die Verkehrsgeräusche fatalerweise zu überhören.

Die Kassette setzte ich erst nach einer Weile ein, ich hatte sie zuhause in die Jackentasche gesteckt und mich wiederholt versichert, dass ich auch wirklich die richtige mitgenommen hatte. Noch am Abend zuvor hatte ich auf die *C90*-Kassette im langsamen, hochqualitativen Modus unserer *Revox*-Anlage eine Langspielplatte überspielt, von der ich nicht genug bekommen konnte: *The Turn of a Friendly Card* von *The Alan Parsons Project.*

Seit ein paar Monaten schon hörte ich die sphärischen Synthesizerklänge mit den rätselhaften Texten täglich. Kaum hatte sich der Tonabnehmer des Plattenspielers nach dem letzten Titel in die Ausgangsposition gesetzt, drehte ich die Scheibe auch schon um und setzte ihn einmal mehr in der ersten Rille ab. Mit einem samtbezogenen kleinen Wischer strich ich von Zeit zu Zeit vorsichtig vor der Nadel des Tonabnehmers die wenigen Staubkörnchen von der Platte. Wenn ich jetzt, auf dem Gehsteig, die Augen schloss, hörte ich das davon verursachte Knistern am Ende eines jeden Titels.

Ja, so lange ging ich schon, obwohl der Flohmarkt doch gar nicht weit entfernt lag. Der *Walkman* hatte meinen Weg erheblich verlängert, ich ging einen Bogen, halb der mir so lieben Musik wegen, halb wie zur Probe, ob die Passanten auf mich ansprachen. Denn unter dem leichten Kunststoffkopfhörer mit dem orangefarbenen Ohrmuschelschaumstoff hätten sie mich auf die eine oder andere Weise, am Ende noch mit einer höhnischen Geste angehen können. Aber sie ließen mich in Ruhe – wenngleich sich jemand von der Seite an mich wandte und bestimmt etwas Verächtliches von sich gab. Ich konnte ihn nicht hören.

Vielleicht war es ein Fehler, mit dem *Walkman* auf dem Flohmarkt aufzukreuzen. Nicht, dass mich die Händler dieser neuen technologischen Zumutung wegen behelligt hätten. Der Preis einer mich interessierenden Ware allerdings, dachte ich, würde sich unter dem Kopfhörer kaum wesentlich drücken lassen. Schwer vorstellbar, dass mir jemand meine geringe Zahlungskraft so überhaupt abgenommen hätte.

Ich hatte nicht bloß sehr wenig Geld bei mir, ich hatte an sich überhaupt fast kein Geld mehr, seit ich es für den *Walkman* und zwei Dutzend unbespielter *C90* ausgegeben hatte. Genau das aber sah man mir nicht an – und genau das, der unbeabsichtigt avancierte Habitus, würde sich absurder Weise noch als nötig erweisen, um den Preis drücken zu können. Denn noch während ich meine Vergesslichkeit verfluchte und die unbestechlichen Blicke aller Händler auf mir zu vereinen glaubte, verkehrte sich die Auffälligkeit meines Auftritts ums Ganze: Man brachte mir eine Aufmerksamkeit entgegen, die mir zum Vorteil gereichte.

Ich fragte nach dem Preis für einen eleganten Telefonlautsprecher in gutem Zustand. Erstaunlicher Weise hätte er mich bloß den Gegenwert eines Waffeleises, das man weiter vorn erstehen konnte, gekostet. Ganz umsonst hätte ich ein Taschenmikrofon bekommen, den Wackelkontakt hätte ich zuhause am Basteltisch mit zwei Handgriffen beheben können. Aber ich fand das nicht dezent, man sollte feilgebotene Dinge nicht einfach so mitnehmen. Da ich auch überhaupt keine Verwendung dafür hatte, wollte ich sie aber auch nicht etwa kaufen.

Ich summte den Song, den ich gerade hörte. Ich musste dabei zu laut gewesen sein, die Leute in meiner Nähe sahen mich verdutzt an.

Mein Blick war auf einen klobigen Kasten am Ende des Tisches gefallen, den eine ältere Frau in einem blauen, an den Schultern ausgebeulten, an Kragen und Ärmelenden etwas speckigen Trenchcoat bewirtschaftete. Bei dem Gerät, dachte ich, musste es ich um einen *Telex* handeln, einen Fernschreiber – Telefon und Schreibmaschine in einem. Äußerlich einer elektrischen Schreibmaschine – durchaus jener meiner Mutter – sehr ähnelnd, war seine Anmutung dennoch die eines schweren me-chanischen Apparats, im Zweifel laut und wartungsintensiv.

Ich trat näher und versuchte, den Text auf dem kleinen Metallschildchen zu entziffern, das gut sichtbar am Gehäuse des Fernschreibers angebracht war. Ich vermutete, damit den Namen des früheren Besitzers ausfindig machen zu können. Tatsächlich stand da *Stadtverwaltung* zu lesen, wobei die kurze Fortsetzung zerkratzt und dadurch unkenntlich gemacht worden war, welche Stadtverwaltung damit gemeint war. Das Papier, noch immer in den Apparat gespannt, war an den Seiten mit einem dünnen blauen Streifen bedruckt und perforiert, in den kleinen Löchern steckten Plastikstifte, die, auf einem Scheibchen angeordnet, dazu dienten, das Papier nach oben zu befördern.

Die Frau mit dem blauen Trenchcoat machte mich auf zwei Packen Telexpapier aufmerksam, die sie nur gemeinsam mit dem Apparat zu verkaufen gedenke. Ich war weder an dem einen noch an dem anderen interessiert, nahm dafür aber gegen meine Gewohnheit, auf dem Flohmarkt zunächst einmal nichts anzufassen, ein kompaktes Faxgerät auf. Da wir zuhause keines hatten, überlegte ich, ob ein Kauf angebracht war.

Das Faxpapier war im Unterschied zum Telexpapier recht dünn und musste, aus seiner glatten Oberfläche zu schließen, beschichtet sein oder einen besonderen Inhaltsstoff aufweisen; ganz so wie Thermopapier, das bei Wärme einen Farbstoff freisetzte und dadurch Schriftzeichen und – genau das zeichnete das Faxgerät aus – jede Art von Grafik sichtbar machte. Ich ging weiter zu dem *Revox*-Spulengerät, dem Vorvorgänger des Modells, das wir zu Hause betrieben. Leider hatte die Händlerin keine Tonbandspulen im Angebot.

Nun, ich konnte mir die zuvorkommende Art der Händlerin und der Händler vor allem des elektronischen Trödels nur so erklären, dass sie von meinem *Walkman* beeindruckt und deshalb bereit waren, an mich günstiger zu verkaufen als an jemanden, von dem sie ausgehen mussten, er habe von der Technik nicht die geringste Ahnung. Auch – stellte ich mir vor, als gerade die Sequenzer ihren geschmeidigen Trab aus den ersten Takten von *A Price to Pay* über die »Brücke« zum Refrain hin fortsetzten – mussten die Händler wohl annehmen, dass ich, wenn überhaupt, nur mit äußerst preiswerter Ware zu ködern wäre. Alles andere hätte ich mir, so dachten sie wohl, ohnehin einfach so leisten können, und dass ich deshalb kein ernsthaftes Kaufinteresse an ihrem Trödel hatte.

Sie dachten falsch. Mir war ein Schwarzweißfernseher im braunen hölzernen Gehäuse aufgefallen, dort vorn, er musste jahrelang in einem Haushalt ständig in Betrieb gewesen und nun wohl einem neuen Modell, bestimmt einem *Color-TV* mit Infrarotfernbedienung, gewichen sein. In der Mitte der konvexen Scheibe bemerkte ich einen talergroßen Flecken, der einen sicheren Rückschluss auf den starken Verschleiß zuließ. Da das Gerät aber keine Erblindungserscheinungen auf der Maske zeigte, war ich sicher, dass er noch funktionstüchtig war, das heißt er verfügte über eine Bildröhre, die trotz des jahrelangen Gebrauchs noch nicht implodiert war. Für unsere Zwecke, den *ZX81*, reichte er bestimmt hin.

Ich näherte mich dem Verkaufsstand des jüngeren Händlers, der den Fernseher feilbot. Er sah kurz auf. Dieser Moment genügte, um ihn über all das klar werden zu lassen, was ich mir über die Wirkungsmacht eines *Walkman* auf die Händler vorhin ja auch bloß ausgedacht haben konnte. Ich wühlte zunächst in einem Karton mit Minikassetten für Diktiergeräte, kurbelte anschließend am schwer drehenden Abstimmknopf eines Kurzwellenempfängers niederländischer Fertigung. Es vergingen fünf Minuten, ehe ich mich neben den Fernseher stellte.

Mir war nicht entgangen, dass mich einer der Händler in der Nähe schon seit längerem aus den Augenwinkeln beobachtete. Es handelte sich um jenen älteren Mann, der seinen üblicherweise mit Porzellangeschirr und ausrangierten Nachttischlampen angefüllten Leiterwagen aus einem entfernten Stadtteil herzuziehen pflegte. Er kam auch bei unserem Haus vorbei. Zebrastreifen und Verkehrsampeln kümmerten ihn herzlich wenig, er rief, wenn er mit seinem klapprigen Leiterwagen die Fahrbahn beging, eine haarsträubende Verkehrsszene nach der anderen hervor.

Ich blickte hin. Er war gerade dabei, ein Preisschild anzufertigen. Mit einem dicken blauen Filzstift malte er eine dreistellige Zahl auf das vorgefertigte Pappschild, und sobald er damit fertig war, knickte er die Pappe mit Daumen und Zeigefinger mittels einer flinken Bewegung des Handgelenks und warf sie achtlos auf einen Stapel gleichartiger Preisschilder in einen Bastkorb neben ihm. Mir kam das vor, als ob er auf dieselbe Weise – mit Daumen und Zeigefinger der einen, einem kurzen, dicken Holzstab in der anderen Hand – seine Kaninchen um die Ecke bringen musste, die er, wie ich sofort vermutete, zweifellos in größerer Zahl besitzen musste.

Ich klopfte vorgeblich versehentlich mit der Schuhspitze gegen den Fernseher auf dem Boden. Aus dem Innern des Kastens drang kein schepperndes oder sonst wie auffälliges Geräusch. Ich nahm das als gutes Omen oder zumindest als eine Art Beweis dafür, dass niemand an dem Fernseher herumgebastelt haben würde. Mein Interesse an dem alten Kasten stieg. Ich kniete mich hin und wagte einen Blick von hinten auf die Ablenkspulen und den Transformator. Beides schien soweit in Ordnung. Der zweipolige Stromstecker war nie ausgetauscht worden, ich nahm ihn die Hand, nicht ohne Freude darüber, dass sein schwarzes Bakelit keine Risse aufwies und das mit einem ockerfarbenen dicken Stoff überzogene Stromkabel, das in ihm mündete, keine Knicke hatte. Ich ließ das Kabel ganz langsam über meine Handfläche gleiten, folgte ihm zum Transformator hin. Das fühlte sich geschmeidig an, kitzelte meinen Daumenballen.

Die dünne Rückwand aus Pressspan hatte der Händler – ein jüngerer Mann mit einem Gebrechen, das ihn Füße und Hände gekrümmt halten ließ, Poliomyelitis, vermutete ich – abgenommen und an das Gerät angelehnt. Nach einem weiteren Blick ins Innere des Fernsehers setzte ich sie an und drückte die tadellose, wenn auch leicht gelbstichige Rückwand in ihre Verankerungen. Mit dem Finger fuhr ich in die schmale Lüftungsöffnung und rüttelte an der Rückwand, die wie vorgesehen in ihren metallenen Klammern festhing. Ich war zufrieden.

Ich richtete mich auf. Der junge Händler sprach mich an. Er nannte einen Preis, den ich unter dem Leichtkopfhörer zwar nicht gehört hatte, dennoch aber richtig verstanden zu haben glaubte, auch wenn er mir lächerlich tief angesetzt erschien.

Ich nahm den Kopfhörer ab. »Zwanzig«, wiederholte der Händler. Ich nickte und griff in die hintere Jeanstasche, um den Schein hervorzuziehen. Doch meine Hand steckte fest; mein Handgelenk musste sich im

Tand hinter mir verfangen haben, dachte ich und rührte mich nicht. Es war aber der ältere Händler, der in meinem Rücken herangetreten war und mich nun am Ärmel festhielt. Er musste die Tatsache, dass ich zunächst sehen wollte, wo ich festhing, als Zögern oder gar als Ängstlichkeit missverstanden haben und fühlte sich jetzt womöglich überlegen. »Fünfundzwanzig«, sagte er zum anderen Händler.

Ich wich einen Schritt zur Seite, befreite meine Hand. Ich reichte dem jüngeren Mann jetzt endlich den Schein, den er mit einer gewissen Anstrengung entgegenzunehmen imstande war. Was für ein Kraftakt für ihn, dachte ich, einen eigenen Stand auf dem Flohmarkt betreiben zu wollen. Mir war seine Behinderung all die Male, die ich hier entlanggekommen war, nicht einmal groß aufgefallen.

»Verkauft«, sagte der junge Händler, als er den Schein einsteckte, und er lächelte entschuldigend. Als der ältere Händler verstanden hatte, schien er unschlüssig, wen er sich vorknöpfen wollte, den jungen Händler oder mich.

»Verkauft?«, zischte er. Ohne eine Sekunde zu zögern, ging er nun auf seinen jungen Kollegen los, der gerade beabsichtigte, sich auf den mühsam mit dem Oberschenkel herangerückten Klavierhocker zu setzen. Er verlor das Gleichgewicht. Sie stürzten gemeinsam längs auf den Asphalt.

Der alte Händler schrie laut und schlug in blinder Wut auf den Wehrlosen ein, der mit den Armen bloß ein wenig zu fuchteln vermochte. Ich sah, wie sich die krummen Hände in ihrer Verkrampfung zusätzlich zu verkrampfen schienen, sie zitterten schon nach den ersten beiden Schlägen.

Ich bekam den alten Händler nicht auf Anhieb zu fassen, denn er hatte sich nun auf den jungen Händler gelegt und drückte ihn, der der Gegenwehr nicht im mindesten fähig war, mit seinem Gewicht zu Boden.

Der junge Mann röchelte bei jedem Körperhaken, den der ältere Händler ihm zwar nicht mit ganzer Kraft, nichtsdestotrotz ohne Sinn und Verstand versetzte.

Ich neigte mich etwas vor, um den Leichtkopfhörer in die Jackentasche zu stecken, und in derselben Bewegung packte ich den alten Händler diesmal gleich am Kragen und versuchte, ihn seitlich zu drehen. Kraftvoll setzte ich dazu meine Knie ein, stemmte mich gegen den schweren Mann, der sich nur langsam von dem jüngeren Händler lösen ließ – bevor er sich plötzlich von selbst auf den Rücken drehte und wie in Zeitlupe die Arme in einer Art Krampf auf dem Asphalt ausstreckte.

Er stöhnte auf. Sein leerer Blick überraschte mich, hatte ich doch ein zorniges Gesicht erwartet, nicht dieses schmerzverzerrte. Sein schlechter Atem verursachte mir Ekel. Er bewegte seine Hand etwas, griff sich an die linke Brust.

Der jüngere Händler setzte sich bei seinem Stand auf, schweigend, er krümmte sich vor Schmerz, rollte sich ein, und dann nahm er die Stellung dessen ein, der sich einmal mehr hat erniedrigen und treten lassen und mit diesem Umstand und den Versehrungen überdies selbst fertig zu werden hat. Niemand sollte ihm nun helfen, keine Seele sich um ihn sorgen, er würde schon damit klarkommen, schien mir der Körper des jungen Händlers bedeuten zu wollen. Die starren Hände zwischen seine ebenso starren Füße gelegt, suchte der junge Mann dem Schmerz mit bloßer Ausdauer zu begegnen.

Um die beiden Händler hatte sich ein Kreis von Schaulustigen gebildet, zu denen gewissermaßen nun auch ich gehörte. Ein hochgewachsener Mann mit langem Pferdeschwanz gab sich als Krankenpfleger zu erkennen und half nach einem kurzen Gespräch dem jungen Händler auf die Beine, indem er ihn zunächst auf dem Klavierhocker absetzte und dann seine dünnen Ober- und Unterschenkel vorsichtig in den Knien beugte und sie auf diese Weise ausstreckte, um anschließend die verkrampften Füße auf dem Boden aufzusetzen.

Der ältere Händler hatte sich etwas beruhigt, er setzte sich auf, schaute drohend in den kleinen Kreis. Er sah erschöpft aus, müde weniger von seinem Kampf denn von der immensen Anstrengung, die er sich insgesamt mit seinem Wutausbruch zugemutet hatte. Nicht, dass er in seiner Verfassung eine Wahl gehabt hätte, dachte ich in diesem Moment, sein Jähzorn war schließlich um einiges stärker als er, und doch stieß er mich ab in seiner elenden Angriffslust, seinem tumben Antrieb, seiner Skrupellosigkeit und Feigheit, gegen den hilflosen jungen Mann vorzugehen, von dem fiesen Gestank nach Kleintierfäkalien zu schweigen.

Er wischte sich mit dem Ärmel das Blut von der Nase, die er sich auf dem Boden gestoßen haben musste. Kaninchenblut, dachte ich angewidert, bevor ich bemerkte, dass mein Puls rasend ging und das Blut mir gegen die Schläfen klopfte, mir war etwas schwindelig. Ich setzte mich auf den Schwarzweißfernseher.

Als der alte Händler sich aufgerappelt hatte, fasste er sich wieder an die Brust; ein paar Pappschilder rutschten ihm dabei aus der Innentasche seines ungefügen, speckigen Jacketts. Er bückte sich langsam vor, nahm sie auf, knickte den Stapel zwischen Daumen und Zeigefinger mittels einer nicht mehr so flinken Bewegung des Handgelenks und warf sie auf den Leiterwagen hinter seinem Stand, den er bald darauf mit kurzen, schlurfenden Schritten erreichte.

Wieder musste ich daran denken, dass er auf dieselbe Weise – mit Daumen und Zeigefinger der einen, einem kurzen Holzstab in der anderen Hand – seine Kaninchen töten musste, ich hegte darüber keinen Zweifel mehr. Denn der alte Händler ging mit der Pappe auf eine Weise um, die eine Routine verriet; sie konnte unmöglich von der Pappe selbst, vom Falten der Preisschilder, herrühren, dafür war die in Fleisch und Blut übergegangene Bewegungsabfolge zu spezifisch. Ich fragte mich, wie viele Kaninchen jemand töten musste, um dieses wie aus dem Rückenmark, rein nervlich zu erledigen.

Ich schob den Leichtkopfhörer zurück auf meine Ohren. Die Musik hatte weiter gespielt, auch ohne dass ich ihr zugehört hätte; froh darüber, sie wieder hören zu können – gerade endete *Nothing left to Lose*, eines meiner bevorzugten Stücke auf dieser *LP* –, mehr noch von den vertrauten Klängen getröstet oder zumindest beruhigt, entfernte ich mich etwas vom Stand des jungen Mannes, der noch immer in seiner gekrümmten Haltung dasaß und sich nun von der Frau im blauen Trenchcoat eine Wolldecke über die Schultern legen ließ.

Der Fernseher gehörte mir, das schien mir soweit klar, aber war jetzt der Augenblick, um ihn von hier wegzuschaffen – und dann wie? Ich hörte mir das Stück zu Ende an und nahm die Stille im Kopfhörer zum Anlass, den *Walkman* hervorzuziehen. Ich wollte mich an seinem Anblick einen Moment lang ergötzen. Dabei bemerkte ich die leichten Kratzer auf dem blauen Aluminiumgehäuse, außerdem eine größere Delle just an der Ecke, wo die Bedienknöpfe angebracht waren. Ich drückte schnell an ihnen herum, sie gingen noch, defekt war nichts. Ich wollte mich jetzt nicht über den Schaden ärgern, fasste stattdessen Mut, zum alten Händler vorzugehen und eine kurze Rollpalette aus seinem Leiterwagen zu heben. Unter seinem abwesenden Blick begab ich mich damit zunächst zum Fernseher und hievte ihn, nachdem ich mehrfach nachgefasst hatte, auf die Rollpalette.

Überzeugt, dass das Stromstoffkabel des Geräts der Belastung standhalten würde, zog ich – ganz gegen meinen starken Impuls, hier jede Sorgfalt fahren zu lassen –

den Kasten an seinem schönen langen Kabel, den Bakelitstecker fest in der Faust, auf der Straße in die Richtung, aus der ich gekommen war.

Ich hatte, es war nach Mitternacht, schon in den Schlaf gefunden, lag ausgestreckt und halb zugedeckt in meinem Bett, als mich die Rollpalette, vielmehr die Ereignisse auf dem Flohmarkt einholten. Ich sah mich, den Leichtkopfhörer aufgesetzt, auf dem Gehsteig den Fernseher nach Hause ziehen, ihn hier mit einem feuchten Lappen abwischen und schließlich hinter dem Basteltisch abstellen, wo er nun stand.

Die Rollpalette wollte ich in die Garage bringen, beabsichtigte nach kurzer Überlegung im Flur aber, sie stattdessen im Keller zu deponieren, wo sie aus dem Blickfeld geraten, das heißt nicht auffallen und dadurch auch keine Fragen aufwerfen würde. Denn lügen wollte ich nicht. Der Hergang, der die Rollpalette überhaupt erst in unser Haus gebracht hatte, schien mir zu peinlich, als dass ich davon hätte sprechen wollen. Ich hatte nicht vor, meinen Eltern auch nur ein Sterbenswörtchen davon zu erzählen. Allein, auch im Keller würde man die Rollpalette früher oder später entdecken.

Ich war versucht, sie auf den Dachboden zu tragen oder hinaus auf die Zinne, im Garten hinter den Geräten zu verstecken. Auch die Möglichkeit, sie in ihre hölzernen Einzelteile zu zerlegen, erwog ich, und diese Möglichkeit lag nicht einmal fern. Im Grunde aber wollte ich sie loswerden, ein für allemal, und nachdem ich auf dem städtischen Plan in der Küche festgestellt hatte, wann der Sperrmüll abgeholt würde und dass das noch ziemlich lange hin war, blieb mir nichts Anderes übrig, als die Rollpalette entschlossen aufzunehmen und sie, unverzüglich und schnellen Schrittes, zurückzubringen.

Indem ich aufstand und noch in der Pyjamahose und dem blauen T-Shirt die Haustür aufschloss, wollte ich dieses unabwendbare Vorhaben gleich in die Tat umsetzen. Ich schulterte die Rollpalette, mangels einer Schnur trug ich sie die Straße hinunter, ohne mich zu fragen, ob denn noch jemand auf dem kleinen Platz vorzufinden sein würde, auf dem der Flohmarkt abgehalten worden war.

Diese Frage erwies sich ohnehin als gegenstandslos, denn kaum war ich in die Nähe des Flohmarkts gelangt, konnte ich die Stände sehen, die Leute erkennen, und als der junge Händler auf mich zugekommen war – trotz seiner Behinderung schien er nun mühelos gehen zu können, setzte krummen Fuß vor krummen Fuß, lächelte aufgeräumt –, sah ich über seine Schulter hinweg, dass auch der Stand des älteren Händlers noch oder wohl schon wieder in Betrieb war. Binnen kürzester Zeit dämmerte der Morgen, es war bald taghell.

Ich setzte mich auf den Klavierhocker des jungen Händlers, den er mir freimütig angeboten hatte, und betrachtete die Szenerie, bereit, die Rollpalette im richtigen Augenblick ihrem rechtmäßigen Besitzer zurückzugeben. Einmal dachte ich, dieser Augenblick wäre gekommen, aber ich fürchtete plötzlich, ertappt zu werden, und verharrte regungslos.

So wie es keinen richtigen Augenblick gab, zeigte sich nun auch noch der ältere Händler bei seinem Stand und versuchte, ein komplettes Essbesteck in einer flachen grünen, mit rotem Plüsch ausgeschlagenen Kassette ausgerechnet an den hochgewachsenen Mann mit dem langen Pferdeschwanz loszuschlagen, der sich gerade als Krankenpfleger ausgegeben und den jüngeren Händler mit sicheren Handgriffen versorgt hatte.

Nun denn, ich erhob mich und wollte die Rollpalette für die kurze Strecke unter den Arm klemmen. Der junge Händler hielt mich zurück; als ich mich zu ihm umdrehte, sah ich allerdings, dass das gar nicht der junge Händler war, sondern jene ältere Frau im blauen Trenchcoat, die sich um den versehrten jungen Händler gekümmert hatte. Sie erkundigte sich nach meinem *Walkman*. Er stehe nicht zum Verkauf, sagte ich kurz angebunden, und kaum hatte ich den Mund geöffnet, hatte ich auch schon die Aufmerksamkeit des Krankenpflegers auf mich gezogen.

Er starrte mich aus der Entfernung an, als könnte er mich nicht einordnen, als wäre ich ihm schon irgendwo untergekommen, bloß wo? Er zog den Haargummi ab und kämmte mit den Fingern durch seine Mähne, er schickte sich daraufhin an, herüberzukommen. Ich ließ keine Sekunde verstreichen und wandte mich ab. Ich sah damit wieder in die Nacht, aus der ich gekommen war.

Kurzentschlossen schulterte ich die Rollpalette und machte mich im orangefarbenen Licht der Straßenlampen nach Hause auf.

An der Ecke sah ich zurück. Der alte Händler war mir gefolgt.

Was nun?, dachte ich. Seine Brutalität und seine Ruchlosigkeit flößten mir eine Angst ein, die mich in ihrem Ausmaß erstaunte. Ja, er war in der Lage, mit einer einfachen Handbewegung zu töten, und er würde das auch ohne weiteres tun, dessen war ich nun, da er hinter mir, etwas entfernt, sein altes Jackett auszog, sicher. Ich ließ ihn keinen Meter näherkommen, beschleunigte meine Schritte etwas, wirklich nur ein wenig.

Wegzulaufen war nicht meine Art und hätte mir hier auch überhaupt nichts eingetragen – im schlimmsten Fall hätte ich die Rollpalette liegen lassen müssen, was ich auf keinen Fall wollte, denn ich musste sie später, wenn die Luft rein war, schließlich wieder zu ihrem angestammten Platz zurückbringen, zum Stand des älteren Händlers. Alles musste im Lot sein. »Im Lot«, sagte ich vor mich hin, und die beiden Wörter gerieten mir zum Keuchen.

Wegzulaufen wäre auch nur dann sinnvoll gewesen, wenn ich mich dabei nach Hause begeben hätte. Gerade das aber wollte ich unter allen Umständen vermeiden. Ja, es verbot sich mir in jeder Hinsicht, noch schneller zu gehen; es sei denn, ich würde ihn an der Nase herumzuführen versuchen und einen weiten Umweg wählen. Die Furcht allerdings, am Ende doch noch meine Adresse preisgeben zu müssen, war größer als die Verheißung, ihn abschütteln zu können. So ging ich zügigen Schrittes, aber auch nicht schneller, weiter.

Ich fasste die Palette neu und blickte zurück. Der ältere Händler hatte mich noch immer fest im Blick. Da er offensichtlich nicht näher zu kommen gedachte – er machte keinerlei Anstalten, schneller gehen zu wollen –, vermutete ich, dass er vorerst auf nichts Anderes aus war als herauszufinden, wo ich wohnte.

Ich grübelte. Ich hatte den Impuls, ihn zu stellen, mehr noch, ich erwog, auf ihn zuzulaufen und die Sache an Ort und Stelle zu klären. Ich stellte die Rollpalette ab und wandte mich um. Ich kniff die Augen zusammen. Er war nicht mehr zu sehen.

Natürlich traute ich der Sache nicht und suchte mit den nun weit geöffneten Augen die Gegend ab; ich schob, obwohl die *C90*-Kassette längst zu ihrem Ende gekommen war und der *Walkman* sich daraufhin selbsttätig abgeschaltet hatte, den Leichtkopfhörer etwas beiseite und spitzte die Ohren – nichts.

Die nächtliche Stille wurde durch rein gar nichts unterbrochen, keine hastigen Schritte, kein Laut. Wo war er abgeblieben? Der ältere Händler schien wie vom Erdboden verschluckt.

Ich war erleichtert, ging zur Sicherheit aber ein Stück des Weges zurück, schaute mich um. Nein, der ältere Händler war wirklich weg, hatte es den Anschein.

Zurück an der Stelle, wo ich die Rollpalette abgestellt hatte, blieb ich stehen. Auch sie war nun weg.

Ich war sicher, dass ich sie genau hier zurückgelassen hatte; jemand musste sie in einem Innenhof oder hinter den Büschen auf seinem Gartenstück versteckt haben, schließlich konnte man es durchaus für ein Unding halten, dass ein Passant seinen Sperrmüll auf dem Gehsteig entsorgte – auch wenn ich das nun gar nicht vorhatte, im Gegenteil. »Hallo!«, rief ich, und obwohl meine Worte zwei Straßen weit zu hallen schienen, bekam ich von nirgendwoher Antwort. »Hallo!«

Ich sah mich nochmals um, und dann noch ein weiteres Mal, als ich schon eine Weile weitergegangen war. Ich versuchte, eine Person hinter einem Baum oder in einem dunklen Hauseingang zu erspähen, Schuhspitzen hinter einem Mauervorsprung zu unterscheiden, einen Schatten auszumachen, der nicht dorthin gehörte, wohin er fiel – ohne jeden Erfolg.

Zuhause angekommen, sah ich zurück, schloss dann die Tür auf und ging nach einem Abstecher in die Küche – ich trank ein Glas Milch und legte meinen *Walkman* auf das Tischchen für das Telefon – hinauf in mein Zimmer, wo ich mich im Dunkeln auszog. Als ich feststellte, dass ich bereits in der Pyjamahose gesteckt und das blaue T-Shirt getragen hatte, zog ich alles erneut an.

Ich setzte mich auf den Bettrand. Etwas hielt mich davon ab, das Bad aufzusuchen. Ich stand trotzdem auf und ging hin. Kaum hatte ich, ohne Licht zu machen, zur Zahnbürste gegriffen, vernahm ich ein leises Geräusch, ein entferntes Rumpeln, das aus dem Keller heraufzudringen schien.

Ich ließ mir nichts anmerken und fragte mich, wie ich dazu kam, mir nichts anmerken zu lassen, war ich doch ohnehin als einziger zu Hause und frei, mich so zu geben, wie mir zumute war. Das Rumpeln wiederholte sich, diesmal allerdings schien es aus der Garage zu kommen, gefolgt vom Geräusch eines gegen andere Dinge stürzenden Fahrrads, bei dem es sich nur um meines handeln konnte.

Ich legte die Zahnbürste zurück. Bereit, mich in die Garage zu begeben und dort nach dem Rechten zu sehen, vernahm ich, wie im Garten Blätter auf den Zweigen in wilden Stößen raschelten und anschließend die Geräte im Schuppen verschoben wurden.

Ich verhielt mich ruhig, wusste ich doch längst, dass mir der ältere Händler gefolgt sein und nun – gleichviel, ob auf der Suche nach mir oder seiner Rollpalette – im Haus zugange war.

Das kam mir allerdings unwürdig vor, ich wollte mich nicht verstecken. Unwirsch geworden, trachtete ich danach, mich ihm gegenüberzustellen. Ich verließ das Bad, ich vermutete ihn nun auf der Zinne, hörte seine schabenden Schritte. Merkwürdig, dachte ich, er ging genau die Orte ab, die auch ich in Gedanken durchgegangen war, als ich die Palette verstecken wollte. Jetzt aber wollte er sie finden.

Wenn ich nicht irrte, musste er in jedem Augenblick auf dem Flur aufkreuzen, um ganz nach oben auf den Dachboden zu gelangen, kombinierte ich. Mir war, als könnte ich den Geruch nach Kleintierfäkalien wahrnehmen; ich schätzte den älteren Händler so ein, dass er sich hier auch noch anheischig machen würde, mir meine eigenen Sachen erklären und mitnehmen zu wollen, auf der Rollpalette direkt zu seinem Stand auf dem Flohmarkt. Denn mit dem Fernseher würde er sich bestimmt nicht begnügen, wurde mir bewusst, und auch damit wuchs in mir der Entschluss, ihm gegenüberzutreten. Ich griff meinen alten Tennisschläger wie eine Schlagwaffe und wartete, dass der Mann erschien.

Als ich ihn ganz nah vermutete, machte ich Licht und sah auf den Flur. Ich erschrak. Da war niemand.

Er musste im Haus sein. Ich fasste den Schläger fester. Wenn er nur den Fernseher nicht finden würde, hoffte ich inständig; »nicht den Fernseher, nicht diesen Fernseher«, flüsterte ich vor mich hin und fragte mich, weshalb gerade das meine Angst war. Ich ging zurück in mein Zimmer, sah hinaus. Im Garten war nichts Außergewöhnliches zu sehen. Ich ging vorsichtig hinunter.

Der tropische Garten, in dem ich mich nun wiederfand, hielt frisches Obst und Früchte für mich bereit, ich setzte mich auf einen verzierten gusseisernen Stuhl und betrachtete eine ganze Weile die weite gläserne Jugendstilfassade des imposanten Gartenhauses, die an mancher Stelle dicht umrankt oder schon überwuchert war.

Lange blieb ich sitzen und erfreute mich an der Stille und den leuchtenden Farben, am süßen, milden Duft, den die Vegetation ausströmte. All das nur für mich? Kaum hatte ich begonnen, mich über dieses Geschenk zu freuen, bevölkerten Gäste den Ort, mir völlig unbekannte Personen setzten sich in meine Nähe, sie trugen breitkrempige Hüte und dünne, helle Stoffe, enganliegende Blusen oder dann stark taillierte Hemden, handgenähte Ledersandalen mit blitzenden Schnallen. Was tun sie hier? Über diese Frage, wachte ich mit Schweiß im Gesicht auf. Ich machte die Nachttischlampe an, setzte mich im Bett auf. Was für ein heller, sanfter Traum, dachte ich. Ich wollte ihn orangefarben in Erinnerung behalten.

Ja, das war von jetzt an mein orangefarbener Traum, dachte ich, als ich, es war dunkle Nacht, aus dem Bett stieg. Mir war, als wäre die Luft in meinem Zimmer mit dem Duft von Jasmin angefüllt. Ich legte mich gleich wieder hin und machte schnell das Deckenlicht aus.

Vater freute sich über das stoffbezogene Stromkabel des Schwarzweißfernsehers und den Bakelitstecker, der kaum Gebrauchsspuren aufwies. Der Stecker musste viele Jahre lang am selben Ort kaum je ausgezogen worden sein. Vater ging in die Knie und steckte den Zeigefinger durch die kleine Öffnung in der vergilbten Rückwand aus Pressspan, er löste sie mit einem leisen Ruck aus ihren Verankerungen. Er nickte. Auch ihm schien sich zu zeigen, was mich auf dem Flohmarkt ohne Weiteres zum Kauf bewogen hatte: der Apparat schien in einem wirklich guten Zustand, die Ablenkspulen leuchteten ihm mattkupfern entgegen, sie waren nur stellenweise angerostet.

Vater hob den Fernseher auf den Basteltisch. Er ergriff den Bakelitstecker und gab ihn mir. Ich steckte ihn in die Buchsenleiste, die auf den Tischrand geschraubt war, und drehte den Kasten langsam zu uns her. Ich machte den Drehknopf ausfindig, mit dem sich das Gerät einschalten ließ.

Bevor ich den Fernseher andrehen konnte, erkannte ich unsere Gesichter auf der Mattscheibe. Ich ließ vom Knopf ab. Wir schauten hin – und schauten zu uns zurück. Auch Vater schien diesen Moment für sich festhalten zu wollen: unsere Köpfe nah beieinander, sah er einmal mir, einmal sich selbst in die Augen. Ich tat unwillkürlich dasselbe. »Jetzt aber«, flüsterte Vater, und ich streckte meinen Arm aus, um den Kasten anzudrehen.

Mit einem lauten Klicken und, nach einer kurzen Verzögerung, einem hellen weißen Punkt in dem weißlichen Flecken über der Mitte der Mattscheibe ging er wie erwartet an. Dieser weiße, helle Punkt wurde, kaum war der ihn erzeugende Elektronenstrahl von der magnetischen Kraft der Ablenkspulen erfasst worden, handtellergroß und öffnete sich schließlich zu einem verrauschten Gesamtbild, ein Tableau, worin man eine Art Schneetreiben erkennen konnte, wenn man das wollte.

Erst jetzt drehte ich den Kasten lauter. Auch der Niederfrequenzbereich schien in Ordnung, denn wir hörten ein sattes Rauschen. Es passte zum Schneetreiben auf dem Bildschirm.

Vater schnitt von der Rolle mit dem gelben Klingeldraht ein paar Ellen ab, kramte in einer Schale nach der kurzen Krokodilklemme und befestigte den Draht an dem abisolierten Ende. Die Klemme setzte er hinten bei der Antennenbuchse an. Ich begann, am Kanalschalter zu drehen. Nichts; kein Signal. Vater wickelte das weiße Koaxialkabel, das wir vor kurzem erneuert hatten, ein Stück weit ab und schloss es, nachdem er den gelben Draht und die Krokodilklemme entfernt hatte, am Fernseher an. Wieder drehte ich am Kanalschalter, und nach fünf, sechs Kerben erschien das Gesicht der Ansagerin. Ich stimmte genauer auf den Kanal ab und drehte den Ton lauter.

Seit kurzem hatten wir den Dreh raus, wie wir deutsches Fernsehen empfangen konnten, unser selbstgebauter Vorverstärker direkt am kurzen Mast auf dem Dach leistete uns dabei die besten Dienste, die fünf Elemente der Fischgrätenantenne trugen das Ihrige dazu bei. Außerdem hatten wir verlustarmes Koax verwendet.

Vater entnahm seinem Zigarettenetui eine gelbliche japanische Zigarette, auf die er mich kurz aufmerksam machte, wohl deswegen, damit auch ich einmal so etwas gesehen hatte. Ich nickte, sie war ob ihrer geringen Länge und sandgelben Farbe wirklich außergewöhnlich. Er holte den Aschenbecher mit der Aufschrift *Sumitomo Heavy Industries, Shinagawa, Tokyo, Japan* herbei und setzte sich neben mich.

Die Nachrichten; sie begannen mit einem Gong, der im Lautsprecher des Fernsehers erheblich klirrte. Das Gesicht der Sprecherin erkannten wir als das von Dagmar Berghoff, sie trug ein helles Kleid und eine noch hellere, weiße Kette. Dieser viel zu starke Kontrast veranlasste mich, auch die Helligkeit etwas zurückzudrehen.

Der amerikanische Raumtransporter Columbia umkreist seit rund sechs Stunden die Erde ..., sagte Berghoff in ihrer ruhigen Art, und Vater sah kurz auf die Uhr. »Sechs Stunden«, flüsterte er in meine Richtung. Wir staunten über diese ungeheure Ingenieursleistung, hingen Berghoff an den Lippen. Bilder des aus technischen Gründen, dann der starken Bewölkung wegen seit Tagen mehrmals verschobenen Starts wurden gezeigt, die *Columbia* hob gravitätisch ab, stieß nach zwei Minuten die beiden Feststofftanks ab und drehte ganz leicht über den rechten Flügel, »mit der Schubkraft von vierzig *Jumbo-Jets*«, wie der Sprecher aus dem *Off* sagte.

Vater und ich schauten einander an. Wir lächelten, gaben einander die Hand, als ob das alles unser Verdienst gewesen wäre.

Es fiel uns zwar vor lauter Begeisterung fast schon etwas schwer zu glauben, was wir da sahen, aber wir waren fasziniert, wir wollten in den kommenden Tagen vermehrt *Voice of America* auf Kurzwelle hören, um möglichst alles über die *STS-1*-Mission der *National Aeronautics and Space Administration* in Erfahrung zu bringen.

Vater zog an der Zigarette und blies den Rauch nach oben hin aus. Ich drehte am Feinabstimmring am Kanalschalter des Apparats, der nicht ganz frequenzstabil zu sein schien, zumindest nicht in den ersten zwanzig Minuten, solange die Röhren ihre Betriebstemperatur noch nicht erreicht hatten.

»Der sowjetische Dirigent Maxim Schostakowitsch und sein 19-jähriger Sohn Dmitri haben in der Bundesrepublik um politisches Asyl gebeten. Beide waren mit dem Radiosymphonieorchester der UdSSR auf Tournee ...«, las Dagmar Berghoff vom Manuskript.

Vater steckte die Zigarette in die Kerbe des Aschenbechers und stand auf. Er wollte seinen Telefonanrufbeantworter abhören. Ich machte den Kasten aus.

Ich wandte mich zum Rauchmelder und überlegte kurz, wo ich stehengeblieben war. Dann schaltete ich den Lötkolben ein und legte ihn der Einfachheit halber in die zweite Kerbe des Aschenbechers, aus dem nach kurzer Zeit zwei hauchfeine Rauchsäulen emporstiegen, der bläuliche des Lötkolbens und die gräuliche der japanischen Zigarette. Ich beobachtete beide, folgte ihrer Eleganz, die mich betörte, ihrem Spiel, ich war versucht, den Rauch schon für die eigentliche Funktion der Zigarette und des Lötkolbens zu halten.

Als die Zigarette ausging, nahm ich den Lötkolben auf und verbaute zwei Widerstände des Werts 2,2 Kiloohm im Sensorbereich auf der Platine.

Vater hielt beim Telefon keine Meldungen auf dem Notizblock fest; er merkte sich das, was er für wichtig hielt. Immer wieder ertönte ein lauter Signalton, der das Ende einer Nachricht markierte, wobei es vorkam, dass er mehrmals in Folge zu hören war – jemand musste wiederholt versucht haben, Vater persönlich zu sprechen.

Wenn Vater von einer Geschäftsreise zurückkehrte, konnte es vorkommen, dass er eine halbe Stunde und länger vor dem Apparat saß. Die Meldungen schienen kein Ende zu nehmen.

Er hatte sich den kleinen Apparat besorgt, als andere schon längst einen besessen hatten. Er hatte sich das gleiche Erzeugnis gekauft wie fürs Büro; Vater schwor auf den hochwertigen Mechanismus, der sehr laufstabil war und nicht wie andere, billigere Erzeugnisse die Nachrichten ins Unkenntliche verzerrte, etwa, weil sie scheinbar ohne Grund das Band falsch einfädelten und über lange Strecken hinweg knickten oder falteten. Oft blieb einem dann nur übrig, das Band zu zerschneiden und – wenn es sein musste – mit Gewalt aus dem eingerasteten Mechanismus zu ziehen.

Das geschah ja selbst mit den größeren handelsüblichen Musikkassetten. Die Bänder, die entlang der vielbefahrenen Autorouten meterweit ausgerollt in den Büschen und zwischen Bäumen im Wind spielten, legten beredt Zeugnis davon ab.

Einmal war ich versucht, mein Ohr an ein solches verwaistes Band zu legen, und war dann überzeugt davon, die Musik darauf vernommen zu haben. Natürlich war das Unsinn, mein Ohr war nicht in der Lage, Magnetaufzeichnungen zu entkoppeln. Dennoch gab mir mein Vater recht, so wie er mir in technischen Dingen oft recht gegeben hatte, obwohl ich nachweislich bloß meiner Phantasie freien Lauf gelassen haben musste. Ganz überzeugt davon war ich natürlich nicht; erst mit neun oder zehn Jahren verpflichtete ich mich auf eine wie auch immer geartete Wahrhaftigkeit im Umgang mit der Elektronik und ihren Möglichkeiten und deshalb darauf, allein meine fünf Sinne walten zu lassen, wenn es um Technologie ging. Auch darin unterstützte mich Vater, ohne dass er diese Zäsur benannt und mich dazu auch noch beglückwünscht hätte.

Ich holte den *Walkman* herbei, spulte die Kassette zurück und drückte auf *Wiedergabe*, sobald der *Rewind*-Knopf, begleitet von einem Klicken, sich selbst in die Ausgangsposition versetzt hatte. *The Turn of a Friendly Card* mit den sphärischen Synthesizerklängen und den rätselhaften Texten begann, während der Rauchmelder *Smoke 81* unter meinen Händen allmählich Gestalt annahm.

Ab und zu sah ich zu Vater. Er hielt sich nun schon für zu alt, um, wie er das nannte, selbst etwas aufzuziehen. Er meinte damit ein Unternehmen in der Elektronikbranche, die er schlechterdings für die entscheidende, die Schlüsselindustrie der näheren Zukunft hielt. Was in den nächsten Jahrzehnten auf uns zukommen würde, könne sich niemand ausdenken, nicht einmal ein Phantast.

Ich neigte, nur schon in meinem Enthusiasmus für die Elektronik, dazu, ihm zu glauben, obgleich ich nicht genau wusste, wovon er dabei sprach – ich war schließlich kein Phantast. Ich wollte auch keiner sein.

Ich stand auf und ging zum Fenster. Der Garten war gut zu überblicken. Noch hatte die Abenddämmerung nicht eingesetzt. Ich machte im Vorbeigehen den Lötkolben auf dem Basteltisch aus und stieg die Treppen zum Garten hinunter.

Die Luft war mild. Ich setzte mich auf den Baststuhl und schloss die Augen. Ich war müde. Ich wusste, dass ich mich noch auf die Mathearbeit vorbereiten musste, zumindest notdürftig. Selbstredend war mir nicht danach; aber ich hatte ohne weiteres so viel Vertrauen in meinen eigenen Willen, dass ich die Augen geschlossen hielt und sicher war, später noch am Schreibtisch zu büffeln, ganz ohne Zweifel.

Ich wünschte, ich hätte vorhin den *Walkman* mitgenommen, aber ich fiel ohnehin sehr bald schon in einen oberflächlichen Schlaf, worin sich mir der Garten wieder auftun wollte, mit seiner ganzen Farbenpracht, seinem großen Spektakel.

Mein orangefarbener Traum!, frohlockte ich, und ehe ich mich erheben konnte, sah ich Blüten von großer Exotik, zum Greifen nah. Ich roch den süßlichen Duft, den sie verströmten, und mich ekelte sogleich der säuerliche Verwesungsgeruch, der mich unvermittelt anwehte, als ich den Kopf etwas in die andere Richtung drehte.

Von dort lief auch eine größere Moorlandschaft zu meinen Füßen hin aus. Ich glaubte darin, weiter vorn, Lianen festzustellen, einen Mangrovenforst, liegengebliebenes, aufragendes, sich zersetzendes Bruchholz.

Ich hielt mich an die verzierte Glasfassade neben mir, für die ich mich schon einmal so sehr hatte begeistern können. Sie mutete mich nun, obwohl vertraut, viel breiter an als zuvor, und ich freute mich, sie tatsächlich wieder vor mir zu haben. Keine Gäste? Ich sah mich um. Keiner war zu sehen.

Mir war klar, dass sich das jeden Augenblick ändern konnte. Ich wollte den Atem anhalten, in der albernen Hoffnung, damit weiter allein sein zu können. Ein Phantast, dachte ich, wer solches denkt.

Phantast – wie kam Vater ausgerechnet auf dieses Wort? Und weshalb beschäftigte es mich?

Nicht einmal ein Phantast, hatte er gesagt, nicht einmal ein solcher. Erhöhte das den Begriff nicht eigentlich? Ein Phantast kam wohl noch am ehesten in die Nähe dessen, was die Zukunft an Künstlichem, Selbsttätigem bereithielt. Vater musste dem Phantasten also einen gewissen Rang beimessen, das hielt ich hiermit für gegeben.

Ich ahnte, dass es an mir, dem *somnambulen Strombastler*, war, im Bereich der Elektronik das zu versuchen, was Vater nicht mehr unternehmen wollte. Etwas selbst auf die Beine zu stellen, etwas zu wagen, zu reißen: das war ein Weg, der, wenn es nach Vater ginge, nicht einmal mein Weg zu sein brauchte, eher noch der Weg, den er selbst hätte einschlagen wollen, hätte er noch einmal in meinem Alter sein können, nochmals jung und vor dem Abitur stehend, noch einmal vor die Wahl gestellt, sich in Betrieben hochzuarbeiten oder aber ganz auf eine – womöglich eigene – technologische Innovation zu setzen und damit unbedingt reüssieren zu wollen.

Ich blinzelte, ich war nun schon länger aus dem orangefarbenen Traum erwacht, merkte ich. Ich stand auf, der Bastkorb knirschte. Die paar Schritte zum Zierteich hin taten mir gut. Ich überlegte, was noch zum Traum gehört hatte und was mir tatsächlich durch den Kopf gegangen war.

Ich lehnte gegen die Birke, die wir hier eingesetzt hatten, als ich noch klein gewesen war. Sie überragte mich nun bei weitem.

Als ich den Blick nach oben richtete, bemerkte ich Vater am Fenster. Er musste mir schon länger zugesehen haben, aus seinen müden, blutunterlaufenen Augen. Er hob die Hand zum Gruß, die gelbliche Zigarette zwischen den Fingern. Ich nickte in seine Richtung. Dann sah ich wieder über die Felder.

2

Ich harrte nun schon seit einer Stunde dem Erscheinen einer mir nicht weiter benannten Person. In dem nach geltendem Geschmack eingerichteten Büro kam ich mir vor wie der übliche Prüfling, der ich vor wenigen Tagen, an der Universität, wieder einmal gewesen war. Allerdings erwartete ich hier keinen meiner Professoren mit den Prüfungsbögen, sondern jemanden, dem ich über mich Auskunft zu erteilen hatte – falls ich in die Kartei aufgenommen werden wollte.

Ich wollte. Ich hatte die Absicht, alles über mich zu erzählen, was der Person, die mutmaßlich jeden Augenblick eintreten würde, nennenswert erscheinen wollte.

An den Wänden hingen drei Plakate, auf denen Handwerker in idealisierter Darstellung in Ausübung ihrer Arbeit zu sehen waren; ein Flachmaler stand auf einem Podest und strich die Wand neben einer Einbauküche weiß an. Der Elektriker montierte im Keller eines Mehrfamilienhauses eine Telefonanlage und war gerade dabei, die in vielen Farben ausgefertigten Litzen mit Hilfe langer Kabelbinder zu bündeln.

Noch bevor ich Zweck und Aufbau des dritten Posters verstehen konnte, ging die Tür. Herein trat eine Frau im gelben Kostüm, die Haare hatte sie sich hell tönen und zu langen Korkenzieherlocken frisieren lassen. Sie reichte mir die Hand, lächelte zugewandt und setzte sich schnell an den Schreibtisch, auf dessen gegenüberliegenden Seite ich längst Platz genommen hatte.

Schön, dass ich da sei, sagte sie und zog ein Formular aus ihrer Arbeitsmappe. Ihre dünnen goldenen Armbänder klirrten. Wir würden nun eine Karteikarte über mich erstellen, damit wir auch wirklich das Passende für mich finden könnten. Ich nickte, deswegen war ich schließlich hergekommen.

Ich sei Student, stimme das so noch?, fragte sie. »Ja«, antwortete ich, das sei korrekt, zur Rede stünden die kommenden zwei Jahre, falls das für sie in Ordnung gehe.
»Natürlich«, erwiderte die Frau, zwei Jahre, darin hätte so mancher befristete Job Platz. Sie lächelte wieder, und ich dachte, dass sie vielleicht ganz in Ordnung war und eben auch nur das tat, was ich tun wollte: mich für eher kurz denn lange an einem Ort verdingen. Ich hatte meine Gründe, ich wollte meinen Eltern nicht auf der Tasche liegen und zudem etwas auf die Seite legen, für den nahenden Zeitpunkt, da ich mein Studium der Neueren Geschichte abgeschlossen haben würde. »Geschichte«, wiederholte die Frau, als ich ihr die Studienrichtung genannt hatte. Wo ich denn sonst noch Stärken in mir vermutete, wollte sie wissen.

Wir gingen der Sache in den folgenden Monaten auf den Grund; ich wurde zunächst an ein Radio- und Fernsehgeschäft ausgeliehen. Die einzige Bedingung für den Job war, dass ich einen Führerschein hatte und mir überdies zutraute, einen Lieferwagen zu steuern – den ganzen Tag und zum Teil in den Abend hinein. Mir tat der Bursche leid, der den Job eigentlich erledigen sollte – auch wenn er selbst die Schuld an seiner misslichen Lage trug.

Er weigerte sich, mir auf den langen Fahrten zu erzählen, was genau vorgefallen war; ich ging aber davon aus, dass er seinen Führerschein eingebüßt hatte Tag für Tag wurde er mürrischer. Ich mochte diese gespannte Atmosphäre nicht, schon gar nicht im Lieferwagen und besonders dann nicht, wenn ich meine Ruhe wollte und mir die früh genug anstehenden weiteren Zwischenprüfungen an der Uni durch den Kopf gingen, mein Studium, das mit den Semesterferien auch jetzt wieder seine natürliche Unterbrechung gefunden hatte.

Ich versuchte über längere Tagesabschnitte, am Lenkrad nicht aus Langeweile einzunicken und vergegenwärtigte mir lange Zahlenreihen, die ich rückwärts memorierte – ein tristes Unterfangen und eben fast so verzweifelt wie der Bursche da auf dem Beifahrersitz.

Ich kam ihm entgegen, indem ich schon in der zweiten Woche bei jeder Lieferung mithalf. Wir trugen die schweren Fernsehapparate gemeinsam ins zweite oder ins vierte Stockwerk, wo ich doch zu Beginn noch die Anweisung sowohl der Frau von der Zeitarbeitsfirma als auch vom Besitzer des Radio- und Fernsehgeschäfts strikte befolgt hatte und im Lieferwagen geblieben war, was immer beim Ausliefern der Apparate dem Burschen widerfahren sollte. Ich pfiff nun auf die Versicherungsbestimmungen und half mit. Nicht selten anerbot ich mich, ein Koaxialkabel zu konfektionieren oder mit dem Multimeter hinter der abnehmbaren Rückseite eines Apparats die Kenndaten zu überprüfen. Ich konnte das alles ja ohne weiteres erledigen.

Doch dem Burschen missfiel auch das.

»Hör mal«, sagte ich auf einer Fahrt, und ich setzte ihm auseinander, dass ich ihm nicht helfen müsse, dieses freiwillig und auf eigene Gefahr tue und dass er das gefälligst wertschätzen sollte. Er schaute mich an. Ich sei nicht der Grund, weshalb ich hier sitze, fuhr ich fort, er allein habe zu verantworten, dass die Hälfte seines Gehalts an mich gehe. Außerdem dürfte er sich glücklich schätzen, nicht entlassen worden zu sein.

Der Bursche, der oft ein und dieselbe schwarze Jeans trug und dazu weiße Turnschuhe sowie ein mit dem wechselnden Schriftzug einer Hardrockband bedrucktes, schwarzes oder dunkelblaues Leibchen, schwieg. Er murmelte dann lange vor sich hin. Schließlich nickte er eine ganze Weile und wischte sich dabei mit den grellen Pulswärmern über die Schläfen. Das war sein Tick.

Von da an, nach meiner Standpauke, behandelte er mich mit der ihm möglichen Freundlichkeit. Und es war ja nicht so, dass wir keine guten Momente hatten. Die Freude der Kunden, ihren geliebten Fernseher zurückzubekommen, steckte auch uns an. Wir retteten ganze Wochenenden und Abende jener Paare und Familien, die sehnlichst auf den Kasten gewartet hatten. Ein sattes Trinkgeld gab es obendrein.

Es versteht sich von selbst, dass wir auch einmal mit leeren Händen ankamen – immer dann, wenn der Apparat nicht repariert werden konnte oder sich eine kostspielige Instandsetzung nach gängigem Ermessen nicht mehr lohnte, überdies die Ersatzapparate im Laden ausgegangen waren.

Wir sahen dann in ratlose Gesichter, die Kunden waren betrübt und schienen noch mehr an der Tatsache zu tragen, dass sie ihre Zeit nun auf andere Weise totschlagen mussten. Für viele war das, wie mir schien, ein unerträglicher Gedanke, und sie ließen in ihrem Flehen nicht nach, bis wir ein Neugerät ausliehen. Das lohnte sich für den Händler zwar nicht, aber die Verheißung, ein Kunde würde dadurch an den Laden gebunden, schien aufzugehen, soviel ich mitbekam.

Zuweilen bedeutete mir der Bursche, am Straßenrand anzuhalten. Er schaute dann seine Lieferaufträge durch, die er eifersüchtig vor mir bewachte. Wenn er feststellte, dass die Zeit für eine Auslieferung nicht mehr reichte, bediente er sich der Telefonkabinen. Dazu hatte er stets einen kleinen Geldbeutel dabei, in dem ausreichend Münzen steckten.

Ich sah, wie er sich in der Kabine von mir wegdrehte und den Hörer aufnahm; *AC/DC* stand auf seinem Rücken geschrieben. Ich wollte darin seine Berufung erkennen, mit Wechselstrom/Gleichstrom hatte er es schließlich täglich zu tun.

Trat er wieder aus der Telefonkabine, sah ich ihm schon an, dass er den Kunden mit der Eröffnung, diese Nacht ohne Fernseher auskommen zu sollen, erzürnt hatte.

Er blickte finster drein. Ich hielt das zu Beginn für den Ärger des Berufsmanns, der einem Kunden nicht gerecht werden konnte. Dann aber glaubte ich zu wissen, dass der Bursche der Beschimpfungen wegen eingeschnappt war. Schließlich fragte ich mich, ob er über das Einfühlungsvermögen verfügte, um mit den Kunden zu sympathisieren. Ich konnte gleichwohl nicht umhin zu denken, dass er bloß von der Furcht erfasst war, selbst einmal ohne Fernseher dazustehen und sich fragen zu müssen, wie um alles in der Welt er die Zeit nun hinter sich bringen konnte.

An einem regnerischen Nachmittag erinnerte ich mich – wir befuhren gerade eine schnurgerade Waldstrecke – an unseren Schwarzweißfernseher zu Hause auf dem Basteltisch. Ich hatte damals, als wir unseren allerersten Computer zusammenlöteten, noch keine Matura und eigentlich nicht unendlich Zeit, am Basteltisch zu sitzen. Aber mit Vater war das möglich; unser erster Computer, der *Sinclair ZX81*, funktionierte tadellos. Wir hatten ihn etwas aufgewertet, mit geringfügig mehr Speicherplatz ausgestattet. Auf dem Schwarzweißfernseher lasen wir die kurzen Befehle der *Basic*-Programmiersprache und freuten uns an einfachsten Steuerprogrammen.

Fürs gleiche Geld bekäme man auf dem Flohmarkt nunmehr – ein paar Jahre später – einen frühen Farbfernseher, wenn auch keinen mit Fernbedienung. Aber ich hatte ohnehin mein *Notebook*. Ich verfasste damit die Semesterarbeiten und war nicht etwa der erste, der an der Uni mit so einem Ding herumlief. Freilich war der dicke, schwere Rechner, der grade so in meine lederne Aktentasche passte, bloß eine bessere Schreibmaschine, mehr musste er allerdings auch nicht sein. Er war mir schlechterdings eine große Hilfe.

Zu meinem zweiten Job hatte mich die Zeitarbeitsfirma bei einer Tankstelle verpflichtet, die zu einem Supermarkt gehörte. Ich hätte nicht sagen können, was trostloser war, das Auffüllen der Regale und Entsorgen der Kartone und Plastikplanen oder die Reinigung der Zapfsäulen, Zapfhähne und der großen, langzotteligen Bürsten in der Waschstraße.

Ich ging in Gummistiefeln mit dem Wassereimer um die Tanksäulen und hielt mit Reisigbesen und nassem Schwamm die Tanke in Schuss. Selbst die runden Schilder, auf denen den Kunden das Rauchen untersagt wurde, musste ich öfters polieren, als wären sie aus Messing oder Silber wie die Schlüsselanhänger jener älteren Kunden, die mich fast schon höflich baten, ihren *Bentley* oder ihr *Jaguar-Cabriolet* vollzutanken.

Die Frau des Besitzers, gewiss eine tüchtige Frau, verlangte dieselbe Tüchtigkeit auch von mir, wenn nicht gleich meine Aufopferung für ihren Laden; allein, sie nahm es mit der Abrechnung meiner Arbeitszeit nicht so genau – zu ihren Gunsten, unnötig zu sagen. Nicht nur, dass sie mir regelrecht nachstellte in ihrem Kontrolleifer und selbst den Aufenthalt in der Toilette von der geleisteten Arbeitszeit abzog, sie lag mir auch noch die ganze Zeit mit ihrer infamen Forderung in den Ohren, mich doch gleich bei ihr und nicht über die Zeitarbeitsfirma verdingen zu lassen.

Sie stellte mir für diesen Fall einen geringfügig höheren Stundenlohn in Aussicht, aber mir war klar, dass sie ihr Versprechen ohnehin nicht einhalten würde, denn sie hätte mich dann wie beabsichtigt in der Hand. Ich stünde bei der Zeitarbeitsfirma außerdem als Vertragsbrecher da. Zudem würde sie einen Teufel tun, die für mich anfallenden Sozialabgaben zu leisten. Dies nun ganz bestimmt nicht. Dazu fehlte der Frau jeder Sinn.

Wenn ich an der Kasse saß und den Produktcode einzeln in die Registrierkasse einzutippen hatte, verlangte sie mir eine geldwerte Garantie ab, damit ich auch wirklich korrekt eintippte. Freilich konnte sie mich nur stichprobenartig überprüfen, etwa indem sie nach Ladenschluss in ihrem hell erleuchteten Kabäuschen die Kopien der Belege durchging und anschließend in den Regalen nachschaute, ob die Ware auch wirklich fehlte.

Zurück im Kabäuschen, suchte sie – nach ihrem verwegenen Verfahren der doppelten Buchhaltung – nach Belegkopien für Produkte, die sie im Regal nicht mehr aufgefunden hatte. Ihrem Zorn konnte ich nicht entfliehen – gleichviel, ob sie einen Tippfehler gefunden hatte oder nicht. Im ersten Fall freute sie sich diebisch über den Abzug auf meiner Lohnabrechnung und war dennoch außer sich über die Tatsache meines Fehlers. Im zweiten Fall, wenn sie also keinen Fehler gefunden hatte, war sie gerade deswegen aufgebracht.

Sie kam auf die Idee, ausgerechnet an dem Tag mein Geld einzubehalten, da ich zehn Stunden lang praktisch ohne Unterbrechung die Tanksäulen eingeseift und abgerieben sowie auch noch das Vordach der Tanke auf einer sehr langen Leiter mithilfe einer Wasserbürste geschrubbt hatte. Mir blieb nichts Anderes übrig, als die Frau über meinen Entschluss aufzuklären, keinen Augenblick mehr für sie tätig zu sein. Ich stieg auf mein Rad und schob mich ins Gleichgewicht, rollte an; ich sah sie noch im Fenster ihres Kabäuschens in die Nacht lächeln.

Natürlich verging ihr die gute Laune, als die Zeitarbeitsfirma andere Saiten aufzog. Ich bekam am Ende mein Geld, und ich war lange glücklich darüber, dass an dem vermaledeiten Tag jener alles andere als ungefährlichen Putzaktion nicht etwa Mutter zufällig bei der Tanke vorgefahren war. Ich hätte mich vor ihr geschämt.

Mutter kannte die meisten der Kunden, die mit ihrem *Bentley-* oder *Jaguar-Convertable* herfuhren. Bei dem einen handelte es sich um einen Kunstmaler, der öfter mit seiner mutmaßlichen Nichte unterwegs war. Die Nichte hatte ihr rötliches Haar bevorzugt zu einem Pferdeschwanz gebunden und sich, wie Mutter einmal erwähnte, vor ein paar Jahren in Kunstgeschichte eingeschrieben. Sie trug fast immer ein Kleid, aber selten Strümpfe. Sie zog flache Schuhe vor, und einmal sah ich sie mit hellblauem Kopftuch und schwarzer Sonnenbrille. Sie gefiel mir.

Es konnte sein, dass ich sie einmal zur Mittagszeit im Lichthof der Universität gesehen hatte. Mir war auch, als ob sie den Wagen gelegentlich allein ausführte, zumindest waren mir wiederholt die mit vielen kleinen Luftlöchern versehenen braunen Handschuhe aus feinstem Kalbsleder aufgefallen, die unter der Windschutzscheibe beim Fahrersitz lagen und in die unmöglich die Malerpranken des Alten passen konnten. Auch war die kleine schwarze Kamera auf der Vorderbank nicht zu übersehen. Ihr Korpus war rechteckig. *Hasselblad* stand in kleiner Schrift auf dem rot ausgeschlagenen Futteral, das stets offen danebenlag.

Es handelte sich um eine *500 C/M.* Auf dem Objektiv las ich *Carl Zeiss Planar 2,8/80 mm.*

Den *Bentley* – bewusst abweichend in *British Racing Green* lackiert, das üblicher Weise zweisitzigen Sportwagen vorbehalten ist –, den *Bentley* also sah ich dann und wann die Straße hochkommen, in der ich meinen nächsten Job hatte.

Die Kanzlei im dritten Stockwerk bestand aus dem Rechtsanwalt und seiner Sekretärin, die, wie mir gesagt wurde, aus privaten Gründen Hals über Kopf ins benachbarte Ausland gezogen war. Ich übernahm, bis ein gültiger Ersatz für sie gefunden würde, ihre Sekretariatsaufgaben.

Wie sehr meine Vermutung, dass ich hier noch viel zu lernen hatte, zutraf, merkte ich erst nach und nach. Nicht, dass ich mit dem Fußschalter des Diktafons nicht klargekommen wäre oder die zu unterzeichnenden Dokumente in der dicken Pappmappe auch nur den geringsten Anlass zu Beanstandungen gegeben hätten. Ich hielt mich außerdem zurück, allzu oft aus dem Fenster zu schauen, etwa auf die stattliche Stadtamsel ganz oben auf der nahen Tanne, die den ganzen Tag lang sang und ihr Revier markierte.

Nein, gelernt hatte ich vielmehr aus Vorgängen wie diesem, als zwei angereiste portugiesische Anwälte in einer meinem Auftraggeber unangenehmen Sache vorsprachen. Er hatte sich am Tag zuvor mehrmals telefonisch verleugnen und von seinem Mandanten in Kenntnis der Materie setzen lassen, und schon in der morgendlichen Besprechung hatte er mich gebeten, den beiden Anwälten, sollten sie tatsächlich in der Kanzlei aufkreuzen, jede Viertelstunde zu versichern, er sei gar nicht anwesend.

Die beiden nickten nur – und warteten unbeirrt. Auf dem schwarzen Zweiersofa schauten sie, ihre Aktentasche auf dem Schoß, beharrlich aus dem Fenster in den tiefen Zürcher Himmel. Auch ihnen fiel irgendwann die Amsel auf, die, seltsam genug, geradewegs zu uns in die Kanzlei zu blicken schien.

Sie lasen Papiere und redeten das Nötigste. Ich machte ihnen mehrmals Kaffee, und zu Mittag versorgte ich sie mit belegten Brötchen vom Bäcker. Sie ließen sich nichts anmerken. Ich setzte, wie mir aufgetragen worden war, gelegentlich zu Beteuerungen an, aber sie überhörten sie mit derselben Routine, wie sie mich übersahen. Nun, mir war das Recht. Irgendwann, ich war da ganz sicher, würden sie schon noch ihre Visitenkarte auf den gläsernen Beistelltisch legen und entnervt abreisen. Auch wenn ihnen nach den Brötchen vor Müdigkeit immer wieder die Augen zufielen.

Als der Anwalt gegen 18 Uhr unter der Durchgangstür erschien, folgten ihm die beiden ins Büro. Ohne dass die unerhörte Wartezeit ein Thema gewesen wäre, setzten sie sich in das kleine Konferenzzimmer und breiteten Grundstückspläne aus. Man war sich dann doch schnell einig.

Ich verließ die Kanzlei gegen 19 Uhr. Als ich mein Fahrrad aufschloss, begegnete ich auf dem Gehsteig dem Kunstmaler und seiner Nichte. Er ging gekrümmt, und von Nahem sah er älter aus, als ich vermutet hätte. Er stützte sich auf einen Stock, seine mutmaßliche Nichte hielt seinen Unterarm. Sein rechter Mundwinkel hing etwas.

Die beiden grüßten freundlich, wobei der Kunstmaler ansatzweise den breitkrempigen Hut zog und dann fragte, ob ich noch bei der Tanke arbeitete. Ich verneinte lächelnd.

Mir war nicht entgangen, dass der Alte nicht mehr ganz so sicher auf den Beinen war. Nein, in Wahrheit hatte er sein Gleichgewichtsgefühl soweit eingebüßt, dass er ganz langsam nur noch Fuß vor Fuß setzten konnte. Sein Zustand hatte sich binnen Wochen entscheidend verschlechtert.

Sie gingen, ganz langsam, weiter, ich schob mein Fahrrad an ihnen vorbei und die Straße hinunter. Bei einem Brunnen setzte ich mich hin. Mir war, als wäre mir die Amsel gefolgt. Ich sah hoch, aber ich konnte sie nirgends sehen.

Ich betrachtete mein Rad, Kette und Naben müssten wieder einmal geölt werden, dachte ich, da bemerkte ich den grünen *Bentley*. Er fuhr etwas zu flott dahin, schnitt die Kurve und schaltete einen Augenblick zu spät hoch, so dass der Motor kurz aufheulte – die Nichte, die anziehende Nichte mit ihren schönen Händen, dachte ich, woher sollte sie um Gottes Willen wissen, wie man einen solch trägen Wagen akkurat fährt? Die Hand zum Gruß hebend, lächelte ich in die Richtung des Wagens. Ich erkannte zu meiner Verblüffung den Kunstmaler am Lenkrad. Ich konnte mir nicht vorstellen, wie das gutgehen konnte.

Für den Job bei der Autobahnraststätte konnte mir mein Rad keine Dienste erweisen. Ich nahm in aller Herrgottsfrühe den ersten Bus und erreichte die Raststätte von ihrer hinteren, ans Stadtgebiet anstoßenden Seite, legte die paar hundert Meter bis zum Maschendrahtzaun zu Fuß zurück. Der Morgen dämmerte. Der Chef empfing mich als ersten; er hatte sich in mühseliger Arbeit hochgedient und pflegte einen soweit familiären Umgang mit seinen vierzig Mitarbeitern. Ob ich müde sei, fragte er. Ich bejahte, die allabendliche Vorbereitung aufs neue Semester forderte ihren Tribut.

Ich schlüpfte in mein dunkelrotes Hemd mit dem kleinen Namensschildchen, legte die Schürze um und wusch mir die Hände mit Kernseife. Ich sah die Lieferungen durch und zeichnete die Papiere ab; vom Kopfsalat war schon wieder zu wenig da, von den Karotten und dem Blattspinat fehlten ein paar Kisten. Ich ließ es den Lieferanten durchgehen, schließlich hatten sie so manches Mal mehr geliefert, als wir bestellt – und tatsächlich bezahlt – hatten.

Da ich unter den Kollegen hier der einzige war, der Schreiben und Rechnen beherrschte, wurde ich schon nach einer Woche zum *Leiter Kalte Küche* ernannt. Die Tamilen und Nordafrikaner, die ich in der Küche beim Waschen, Schälen und Schnippeln anleitete, folgten mir ohne Murren. Das war neu für mich, dieser unbedingte Gehorsam, den ich, wie mir sofort klar wurde, nicht ausnutzen durfte.

Umgekehrt fühlte ich, dass die Männer mir deshalb vertrauten, weil ich nicht darauf aus war, ihnen auf den Kopf zu steigen. Mir selbst leuchtete ein, dass ich den offiziösen Titel *Leiter Kalte Küche* nur deshalb verliehen bekommen hatte, damit ich, der Student, meine Arbeitsmotivation nicht verlor. Vor allem die Wochenenden mit den vielen Tourbussen waren dazu angetan, am miesen Stundenansatz herumzugrübeln.

Einmal füllte ich gemeinsam mit einem Iraner die Schüsseln mit den Gurkenscheiben und den in Streifen geschnittenen Paprikas auf, als ich auf dem kleinen Fernseher, auf dem sonst die Verkehrsberichte liefen, einen Ausschnitt aus den Nachrichten verfolgte. Ich sah Helmut Kohl im Deutschen Bundestag reden und anschließend eine Menschenmenge, aus der Einzelne von der Polizei an Händen und Füßen weggezogen wurden, darunter etliche Frauen.

Der Iraner, ein kultivierter Mann mittleren Alters, fragte mich, was da los sei. Ich verstand ihn zunächst nicht, wohl weil ich nicht damit gerechnet hatte, dass sich der schweigsame, überaus tüchtige Mitarbeiter für die Politik in diesen Breitengraden interessierte. Ich deutete mit der Schöpfkelle auf Kohl und wollte zu einer einfachen Wortfolge ansetzen, als der Kollege eine wegwerfende Geste machte und mir gleich darauf bedeutete – er tippte kurz auf meinen Unterarm –, ich solle das besser auf sich beruhen lassen.

Da mir nichts daran lag, folgte ich seinem Ratschlag, der im Wesentlichen ein solcher eben gerade wegen des Regimes war, vor dem er geflüchtet sein musste. Ich fragte mich, ob er gefoltert worden war und sah ihn kurz von der Seite an, als weiter vorn sich die Schiebetüren öffneten und eine große Gruppe älterer Menschen von den Busparkplätzen her ins Restaurant eintrat. Sie näherte sich dem Salatbüffet; der Iraner und ich schnitten

Tomaten und nochmals Peperoni und füllten alle acht Schalen nach.

Ein Gast drückte ein kleines Transistorradio an sein Ohr, ich hörte, dass er einer Sinfonie von Beethoven folgte. Er musste im Bus auf sie gestoßen sein, als er an seinem Radio gedreht hatte. Der Amerikaner – mit texanischem Akzent, wie mir schien – wollte von mir wissen, woraus die Salatsaucen bestanden. Ich setzte ihm auseinander, wie man die französische, die italienische und die Kräutersauce herstellt. Er war beeindruckt. Er steckte das Radio in die Regenjacke und schöpfte Salat auf seinen Teller. Aus der Distanz sah ich, dass er sich für die Kräutersauce entschieden hatte. Ich hatte versäumt, ihm zu erzählen, dass ich zu Hause *Voice of America* empfing, wobei ich sogleich vermutete, dass er selbst kaum je den amerikanischen Auslandssender hörte.

Meinen tragbaren, kleinen Kurzwellenempfänger begann ich zur Arbeit mitzunehmen, als mich die Zeitarbeitsfirma an einen Weinhändler auslieh. Während der Händler fast ausschließlich damit beschäftigt war, die Kundschaft seine Weine kosten zu lassen und sie ihnen mit allerlei sachkundiger Umschweife näher zu bringen, erledigte seine Frau die Buchhaltung und die Korrespondenz. Sie telefonierte sehr viel mit Gaststätten und Großhändlern, traf sich mit ihnen zum Mittagessen und fuhr einmal hundert Kilometer im Stau, um Geschäftspartner kennenzulernen.

Unter dem Dach des Weinhandels hatten sie einen Getränkedienst aufgebaut, der inzwischen in höherem Maße Rendite abwarf als die Flaschenweine, die sie in geringen Mengen auch aus Südafrika zu importieren begannen. Die Weine aus der Anbauregion *Paarl* erfreuten sich ihres guten Preis-Leistungsverhältnisses wegen einiger Beliebtheit.

Im Getränkelager waren zwei Spanier beschäftigt, die kaum ein Wort sprachen und wenn, dann bloß zueinander. Die Andalusier stellten Kästen zusammen und etikettierten sie. Abgeholt wurden die Kästen von ihrem Kollegen, einem Jugoslawen aus Split, der seine Tour um sieben Uhr zusammenstellte und kurz darauf im Lieferwagen der Firma losfuhr. Abends saßen sie in der nahen Gaststätte zusammen und schwiegen einander an.

Meine Aufgabe war so einfach und monoton wie die des Jugoslawen und der beiden Andalusier, allein, in meinem Fall konnte von körperlicher Anstrengung keine Rede sein. Ich saß den ganzen Tag vor dem Bildschirm, und wenn mich etwas ermüdete, dann das Deckenneonlicht und die amberfarbenen Buchstaben und Zahlen auf dem Schirm, die ich erdulden musste, denn die Händlerin fand sie schick oder avanciert und bevorzugte sie gleich für alle drei Bildschirme im Büro; grün oder weiß auf schwarz wäre mir, wie ich erfolglos anmerkte, lieber gewesen.

Nun denn, ich tippte und tippte und tat gar nichts anderes, als die maschinengeschriebenen Sortimentslisten abzutippen – Artikelnummer, Bezeichnung, Standardmenge, Preis, Sonderpreis, Lagerbestand, Lieferbestand. Ich legte die Liste neben die Tastatur und verwendete als Lesehilfe ein hölzernes Lineal, das ich Zeile um Zeile nach unten verschob.

Noch während ich an den Weinhändler ausgeliehen war, begann sich für das, was ich tat, eine Bezeichnung herauszubilden. In den Zeitungen war vom *Datatypisten* die Rede, der da und dort und im Grunde überall gebraucht wurde. Seine – meine – Aufgabe bestand nur gerade darin, all das im Computer wiederverwertbar abzuspeichern, was für den täglichen Geschäftsbetrieb an Dokumenten nötig, aber nur auf Papier vorhanden war und deshalb bis jetzt immer wieder von neuem in ganzer Länge auf der Maschine getippt werden musste.

Geschäftlich gesprochen: Der Datatypist stellte eine einmalige Investition dar, die sich, wollte man den Apologeten des digitalen Schriftverkehrs folgen, in Kürze gehörig auszahlen würde.

Jenen Unternehmern, die sich dieser Idee anschlossen, konnte es mit der Umsetzung nicht schnell genug gehen, sie waren regelrecht fixiert darauf, auf ihre Daten so bald wie irgend möglich in digitaler Form zugreifen zu können. Sie versprachen sich davon eine immense Zeitersparnis in allen Bereichen der Geschäftsabwicklung.

Unternehmer, die nicht an den Computer glaubten und ihn bloß als Modeerscheinung betrachteten, gab es zwar in Hülle und Fülle; sei es, weil sie sich auf nichts Neues mehr einlassen wollten und sie mit dem Alten bis jetzt sehr gut gefahren waren, sei es, weil sie die Technologie selbst als problematisch taxierten – der Gründe, den Computer abzulehnen, gab es viele.

Ich aber tippte und tippte, und während ich vor mich hin tippte, verstand ich das, was ich tat, das Übertragen von papiergebundenen Daten in reproduzierbare elektronische Informationssätze, dieses Übersetzen des Analogen ins Digitale buchstäblich und diesem Ort gerecht als Fass ohne Boden.

Es kam wohl jener Übertragung gleich, in der sich die Gesellschaft als Ganzes schon befand, hatte ich den Eindruck, ja, diese Umwandlung hatte im Grunde in den westlichen Nationen längst eingesetzt: In den Pausen las ich Zeitung, die Lokalzeitung und die beiden großen Zürcher Blätter; ich zog immer gleich den Bogen mit den Stellenangeboten heraus und zählte aus bloßer Neugierde jene, in denen groß *Datatypist* geschrieben stand. Ihre Zahl stieg, wenn auch noch langsam. Über die Beschreibung der Tätigkeit hatte sich, wie zuvor schon über die Bezeichnung, immerhin schon ein Konsens herausgebildet.

Datatypist also wollte man den Steigbügel nennen, mit dessen Hilfe man sich in die elektronische Gesellschaft und damit zu dem aufschwingen wollte, was Vater noch vor wenigen Jahren als Ort der phantastischen Möglichkeiten bezeichnete – und das ungebrochen tat.

Ja, während ich tippte und tippte, wurde mir immer deutlicher und schließlich klar, dass *ich* nun der Phantast sein musste, der Vater – nicht erst jetzt, kurz vor seiner Rente, sondern schon länger – nicht sein wollte. Denn ich wusste, dass die Arbeit des Übertragens aller geschäftlichen Daten fast schon einer Sisyphusarbeit gleichkam – aber eben nur fast. Irgendwann würde diese Arbeit obsolet werden, weil die Daten im vornherein auf Rechnern erfasst würden und also jedes Abtippen entfiele. Bis dahin aber war ein riesiger Datenberg aufzuschütten. Wer konnte das bewältigen? Zunächst einmal: Wer sollte das erledigen?

Es kam der Morgen, da ich in meiner Pause die Lokalzeitung ganz schnell zur Hand nahm und diesmal an eine bestimmte Stelle blätterte. Eines der üblichen Stellenangebote war das nicht, was ich Schwarz auf Weiß vor mir hatte, bloß eine kleine persönliche Anzeige, die sich allerdings von den großen Anzeigen auf den Seiten zuvor in einem Punkt wesentlich unterschied: Hier war von einem Dataypisten *mit Erfahrung* die Rede.

Ich las meine eigene Anzeige wieder und wieder, und wenn ich genug davon hatte, überlegte ich, unter welchen Umständen ich mögliche Angebote überhaupt annehmen würde. Dann las ich meine Anzeige erneut, bis ich die Grundzüge meiner Selbstanstellung in Gedanken hin und her gewälzt hatte. Mit dem Rad oder dem öffentlichen Verkehr erreichbar, das sollte eine Arbeitsstelle schon sein. Der Stundenansatz dürfte ferner meinen jetzigen nicht untergraben, schließlich entfiele die Provision.

Ich tippte und tippte und fragte mich dabei nur, ob jemand anbeißen würde. *Datatypist mit Erfahrung* – ich war zufrieden mit der Formulierung; aus dem Vertrag mit der Zeitarbeitsfirma würde ich schon herauskommen. Da stand nichts davon, dass es mir etwa untersagt gewesen wäre, einmal woanders als Datatypist zu arbeiten. Ich schöpfte Hoffnung, worauf auch immer. Am ehesten noch auf einen langen Auftrag unter ausgezeichneten Bedingungen. War das zu viel verlangt?

Es war noch hell, als ich meine Stechkarte in die grüne, schwere Uhr an der Wand neben meinem Spind einführte und kurz darauf aus dem Getränkehandel in den milden Vorabend trat. Die Routine zum Arbeitsschluss wollte mir auf dem Rad sinnbildlich erscheinen, dafür, dass die Zeit mit den Jobs einem Ende entgegensteuerte und ich auch im übertragenen Sinne besser auf dem eigenen Rad unterwegs sein würde. Ich imaginierte, dass die Glocke, die in der Stempeluhr vorhin beim Abmelden erklang, in Wahrheit das Signal war für ein eigenes Unterfangen – wohin dieses mich auch immer führen würde.

Zuhause setzte ich mich in den Garten und schaute im Baststuhl der spätsommerlichen Landschaft zu, wie die Nacht über sie fiel. Ich ging nach oben, Mutter brachte mir auf einem Tablett ein Glas Milch und zwei mit Schinken belegte Brote, die ich umgehend aufaß. Ich beugte mich über die Übungen, las in den aus dem Handapparat im Historischen Institut fotokopierten Texten und exzerpierte sie. Darüber vergingen Stunden.

Müde, duschte ich und ging anschließend zu Bett. Ich hörte unter meinem neuen Kopfhörer zwei Songs aus *The Turn of a Friendly Card* und drei aus *Breakfast in Amerika* von *Supertramp*. Ich liebte dieses schrille Stakkato in ihren eingängigen Melodien auch dann noch, als ich gelesen hatte, dass Roger Hodgson, der Keyboarder und Frontmann von *Supertramp*, Linkshänder war und deswegen die Begleitung gern mit der rechten Hand spielte; der typische *Supertramp*-Sound, dem wie so viele auch ich verfallen war, verdankte sich einer einfachen Vertauschung. Ich hörte mir *Goodbye Stranger* zweimal an. Bevor mir die Augen zufielen, streckte ich mich zum Plattenspieler vor und drückte auf *Stop*.

Ich erinnere mich sehr genau, das heißt mit allen wünschenswerten Details, an den Traum, der dann folgte und den ich fortan für mich den lindgrünen Traum nannte. Ich hatte Vaters *Super-8*-Geräte vor mir, ich saß im Untergeschoß, und ich war gerade dabei, die drei Rollen Filmmaterial zu sichten, die uns kürzlich vom Labor zugestellt worden waren. Es handelte sich um private Aufnahmen zu je drei Minuten Länge, der Streifen war einseitig perforiert und ermangelte einer Tonspur.

Wir verwendeten äußerst selten Ton, und wenn, dann behalfen wir uns mit einem tragbaren Kassettenrekorder, dessen Aufnahmen wir recht mühsam mit der Projektion synchronisierten. Zu diesem Zweck hatte der *Super-8*-Projektor, für den wir uns eines der marktgängigen Ablagegestelle zugelegt hatten, ein Kassettendeck, das wir bei unseren Vorführungen im Wohnzimmer allerdings kaum einmal verwendeten – der Aufwand war groß, wo doch die Mühen allein schon für den Stummfilm beträchtlich waren.

Ich zog die erste handtellergroße Rolle aus dem gepolsterten Umschlag, sie steckte noch in ihrer grauen Schutzhülle mit dem Klappdeckel, den ich schnell geöffnet hatte. Das Ende des Films wurde mittels eines kleinen Filzwürfels in einer der drei Streben der Rolle fixiert; ich entfernte das weiße Würfelchen und befestigte die Rolle an dem abgespreizten Arm des Filmbetrachters, spreizte dann auch seinen rechten Arm ab, der die leere Rolle trug.

Bevor ich das Ende des Films in den dafür vorgesehenen Schlitz im Mittelpunkt der leeren Rolle steckte, streifte ich einen dünnen weißen Baumwollhandschuh über meine Rechte, ich fädelte sodann den acht Millimeter breiten Zelluloidfilm zwischen die paar Walzen des Filmbetrachters, die den Streifen, über die Linse gedrückt, direkt unter dem Lichtfenster vorbeiführten. Ich schaltete die Lampe im Innern des Betrachters an.

Langsam drehte ich die rechte Rolle mittels der kleinen Kurbel, die dort angebracht war. Der weiße Vorsatz erzeugte ein unwirklich helles Bild auf dem Betrachter. Ich schloss kurz die Augen, bis unser Film begann.

Ich sah mir selbst zu, wie ich als Zehnjähriger in meiner roten Badehose in den See rannte. Vom Spritzwasser in Aufruhr um die teure Kamera versetzt, wandte sich der Kameramann, Vater, instinktiv ab. Nach dem rasend schnellen Schwenk zum wolkenlosen Himmel hin brach die Aufnahme vorerst ab.

Ich machte die Lampe aus und spulte mit der linken Rolle zurück. Ich wollte die Stelle erwischen, an der ich die Schnittmarke zu setzen hatte, den Augenblick, bevor Vater den ersten Spritzer abbekam. Ich drehte die Lampe wieder an. Der Film begann von vorn, und so wie ich versucht war, meinem Sprint ins Wasser noch mehr Tempo zu verleihen, indem ich schneller drehte, verlangsamte ich die Geschwindigkeit, mit der ich kurbelte, exakt dann, als der Schwenk begann.

Ich kurbelte nun so langsam zu dem gewünschten Punkt hin, dass ich selbst kaum mehr mitbekommen konnte, wann ich Stillstand erreicht hatte. Schnell nahm ich den wasserfesten weißen Filzstift auf und füllte ein Bild damit aus.

Die Schnittmarke verschwand nochmals über alle kleinen Walzen hin in der linken Rolle, weil ich daran gedreht hatte; ich wollte die Sequenz nochmals für mich betrachten, mich ein weiteres Mal Anlauf holen und losrennen sehen. Als ich bereits ins Wasser gerannt und jene Wasserfontäne erzeugt hatte, spulte ich also abermals zurück, nun allerdings hatte ich das Licht im Filmbetrachter, der kleinen Mattscheibe, angedreht. Ich sah mir dabei zu, wie ich gewissermaßen rückwärts aus dem See lief, die Fontäne ereignete sich dabei aus dem Nichts vor meiner Hüfte und mündete, sich verjüngend, an meinen Knien, die sie aus dem Wasser zu ziehen vermochten.

Ich kurbelte weiter. Ich rannte rückwärts aus dem Bild und immer weiter rückwärts aus der Zeit, bis ich, erschöpft, gegen einen Baum stieß, eine junge Birke, deren Blätter, als ich aufprallte, über meinem Kopf raschelten. Ich hatte mir nicht wehgetan. Ich drehte mich um und sah in einen Wald aus jungen Birken, die in der tief stehenden Morgensonne noch fahl leuchteten, bis sie, vom Gold der Sonne erfasst, matt glänzten.

Ihre Blätter erstrahlten in einem satten Grün; ich schloss die Augen, denn das Grün reizte meine Netzhaut. Nun, durch die Lider, nahm ich die Blätter lindgrün wahr. Als ob ich, so wie beim Filmbetrachter, die Lampe hätte ausmachen können, versuchte ich genau das, aber es gelang mir natürlich nicht, es blieb alles lindgrün, und als ich die Augen öffnete, nahm sich alles lindgrün aus; nicht etwa nur in lindgrünes Licht getaucht, sondern tatsächlich lindgrün gewachsen.

Auch der Traktor weiter vorn war lindgrün, vom selben Lindgrün wie der breite Waldweg, der doch an seinem Ende aus diesem Birkenwald herausführen musste. Allein, der Weg verlor sich selbst im Lindgrün der Umgebung und war schon bald kaum mehr darin zu unterscheiden. Ich steckte fest.

Samstag, wir frühstückten gemeinsam im Garten unter der rotweißen Markise und ließen unseren Blick über die Wiesen schweifen. Es würde wieder ein heißer Tag werden, und dabei hatte ich den Nachmittag fürs Lernen vorgesehen. Daran wollte ich nicht rütteln, auch wenn mir heute im Grunde gar nicht danach war. In Gedanken wälzte ich die fünf Anfragen, die ich auf meine kleine Anzeige hin erhalten hatte.

Ich hatte die Briefe gelesen und anschließend in einem Ordner abgelegt. Beantworten wollte ich sie erst, nachdem ich mit Vater gesprochen hatte. Nicht, dass ich ihn um seinen Ratschlag bitten wollte. Ich glaubte, selbst am besten zu wissen, nach welchen Merkmalen ich mich für einen Job als Datatypist zu entscheiden hatte. Aber darum ging es auch gar nicht. Ich hatte ein anderes Anliegen, das ich mit Vater bereden wollte. Und dafür war er der einzig Richtige.

Ich beugte mich zum tragbaren Kurzwellenempfänger vor – wie mein angestaubter *Walkman* ein Erzeugnis von *Sony* –, ein in Schwarz gehaltener *ICF-7600*, der uns seit zwei Jahren schon die besten Dienste erwies. Der *Yacht Boy 700* von *Grundig*, im grauen Thermoplastgehäuse mit der tiefen Seriennummer, hatte soweit ausgedient, er stand nun neben den beiden Oszilloskopen auf dem Regal. So bekam ich ihn zu sehen, wann immer ich mich beim Löten umdrehte.

Heute früh hatten wir uns für *Radio France Internationale* entschieden; der Sender brachte, wie man hätte erwarten können, einen Chansonmorgen mit Aznavour, der Piaf, Montand und Trenet, auf dessen *La mer* besonders Mutter ansprach, sie sang leise mit und lächelte dabei: »Voyez, près des étangs, ces grands roseaux mouillés, voyez.«

Die Radiowellen erreichten uns aus dem französischen Issoudun mit zum Teil gehörigem Schwund, das Signal auf dem 31-Meter-Band nahm sekundenlang zu und dann wieder genauso schnell ab, versank aber nie vollends im Rauschen des Äthers, und in den Spitzen erreichte es fast schon Rundfunkqualität. Wir aßen unser

Müesli und wähnten uns an der Côte d'Azur, an einem kleinen Kieselstrand irgendwo zwischen St. Tropez und Nizza.

Ich zeigte Vater den Ordner mit den fünf säuberlich abgelegten Anfragen. Nachdem er sie gelesen hatte – eine aus der Arzneimittelbranche war dabei, eine unbeholfen formulierte von einem *KFZ*-Großhändler, eine andere von einem Kurzwarenladen –, fragte er mich, wofür ich mich entschieden hätte, das sehe doch wunderbar aus, ich sei ja richtiggehend gefragt.

Ich nickte, Vater hatte den Nagel auf den Kopf getroffen. Es gab eine Nachfrage für mich, besser für einen *Datatypisten mit Erfahrung*, als den ich mich mit einigem Recht ausgegeben hatte; da war eine beträchtliche und bestimmt auch lange anhaltende Nachfrage, die man bedienen konnte.

Vater lächelte. Scheinheilig tat er so, als ob es hier gerade nur darum ginge. Dabei sprachen wir beide vom Angebot, das ich darstellte, von einem weiter auszubauenden Angebot – nichts Anderes sahen wir vor dem gemeinsamen inneren Auge, das Vater und ich nicht nur am Basteltisch zu haben schienen.

Denn auch ich erwartete für unser Geschäftsfeld auf kurze Sicht exponentielles Wachstum. Sehr viele und schließlich alle würden nun ihren ganzen Papierkrempel in elektronischer Form vorliegen haben wollen, alle. Wir konnten die Welle reiten.

Mutter wollte wissen, wovon wir redeten. Sie drehte den *ICF-7600* etwas leiser und hörte uns zu. Sie nickte. Ihre Bedingung dafür, dass ich mit Vaters und damit auch ihrem Geld als Einlagekapital für eine Firma eine solche gründen würde, war, dass ich mein Studium abschloss. Das erachtete ich als selbstverständlich; nicht nur, dass ich nach der jahrelangen Plackerei auf das Zertifikat aus war, ich sah mich als Historiker, gleichviel, ob ich daraus etwas entwickelte oder nicht.

Das freundliche Angebot meines Professors, nach dem Abschluss eine Assistenzstelle bei ihm zu bekleiden, stand. Zugesagt hatte ich noch nicht.

Ich gab dem Kurzwarenladen den Vorrang, weil ich beim Weinhändler und vor allem bei der Zeitarbeitsfirma im Wort stand und deshalb keine Möglichkeit sah, neben dem Lernen für die Uni ein größeres drittes Pensum absolvieren zu können. Ich bereute meine Entscheidung nicht. Der Laden befand sich ein paar Minuten entfernt, ich legte sie mit meinem Rad zurück.

Ich konnte den beiden jüngeren Frauen, Schneiderin die eine, Kauffrau die andere, leider keine auf mich lautenden Rechnungen übergeben, ich war noch keine Firma. Während ich aber die Bestellnummern für Garne aller Längen, Dicken und Farben eintippte und dabei das gleiche Lineal verwendete wie beim Weinhändler, dachte ich über einen Namen für meine Firma nach. Zu Beginn erwog ich, das Lineal selbst – gewissermaßen als mein erstes Arbeitswerkzeug –, im Firmennamen zu berücksichtigen, doch das Wort, das alles für mich ausgelöst hatte, lautete anders.

Ich kam nicht umhin, mich auf den Phantasten zu beziehen, auf den alles hinauslaufen und dessen Eigenschaft, wollte man Vater Glauben schenken, bald nicht mehr hinreichen würde, um unsere künftige Welt erfassen zu können.

Allein, jede Verbindung mit diesem Wort würde nach außen hin nicht gut ankommen, schien mir. Wer würde seine Geschäftsdaten schon einem Phantasten anvertrauen? Ich suchte nach einem Wort, das ihm auf eine Weise nahekam.

Ich war sicher nicht der einzige, der die Umwälzungen der Zeit semantisch verkürzt zu fassen suchte. Mir war dabei immer wieder der Begriff der elektronischen Datenverarbeitung untergekommen, auch seine Abkürzung, *EDV.* Ich überlegte, ob das auch für mich etwas wäre.

Nein; der Phantast musste im Firmennamen anwesend sein, und außerdem sah ich mein Kerngeschäft in der Erfassung von Daten, nicht in deren Verarbeitung; *EDV* schloss ich also aus. Nichtdestotrotz hatten es mir einige technische Bezeichnungen, zumal jene in englischer Sprache, angetan.

Ich notierte auf einen gelben Zettel: *Elephant Datatypiedienstleistungen GmbH.*

Die Briefbögen druckte ich zu Hause selbst, ebenso meine Visitenkarten, die mich als Geschäftsführer auswiesen. Mein Neunnadel-Printer reichte für alle Drucksachen aus, auch für die Rechnungen, wobei ich bei der Bank, die mein Firmenkonto führte, Einzahlungsscheine bestellte.

Die zweite kleine Anzeige, die ich schaltete, sollte nunmehr Studentinnen und Studenten anlocken, die sich für mich in der elektronischen Datenerfassung verdingen wollten. Ich heftete sie auch an das Schwarze Brett im Hauptgebäude. Es sollten dies Kommilitoninnen und Kommilitonen sein, denen an einem Ferien- oder Nebenjob wirklich gelegen und von denen deshalb zu erwarten war, dass sie die Selbstverständlichkeiten einer Lohnarbeit verinnerlichen konnten. Alles andere – Fernbleiben der Arbeitskräfte oder schludrige Arbeit – würde mein Unternehmen in den entscheidenden ersten Monaten gefährden. Trotzdem wollte ich Vater oder Mutter nicht einbeziehen, wenn es um Personalfragen ging.

Ich unterhielt mich, nach der Zeit, in der die Firmengründung juristisch und finanziell besiegelt war, kaum mehr mit ihnen über das – wie man wohl dazu sagt – operative Geschäft, zu dem es in der Tat sehr bald in gesteigertem Maß geworden war. Bis spätnachts sortierte ich Anfragen von Unternehmen, denen Datatypisten Not taten – ich konnte helfen.

Elephant Datatypiedienstleistungen GmbH wuchs. Ich beschäftigte, als ich zu den Diplomprüfungen an der Uni antrat, fünf Mitarbeiter im Stundenlohn und dachte darüber nach, weiter zu wachsen.

Als ich beim Autohändler, der auch einen florierenden Ersatzteilhandel betrieb, erschien, um die Angaben für den Vertragsschluss zu bekommen – wie viele Dutzend Ordner mit welcherlei Listen, wie verlässlich aufgeschrieben, welche Rechner, welches Betriebssystem, Schreibtisch vorhanden? –, wurde ich vom Besitzer mit »Ah, der Chef persönlich gibt sich die Ehre« begrüßt. Ja, ich war jetzt der *Chef*, ganz so, wie ich bei der Autobahnraststätte *Leiter Kalte Küche* gewesen war – allein, diesmal traf ich Entscheidungen nach meinem Gutdünken auf eigenes Risiko.

Beim Autoteilehändler allerdings sah ich kein solches. Die Sache war berechenbar in Umfang und Umsatz. Um den allerletzten Rest von einem möglichen Misstrauen, das er meiner Firma hätte entgegenbringen können, zu zerstreuen – immerhin waren die Vertragsinhalte, die es zu erfassen galt, vertraulich zu behandeln –, erschien ich am ersten Arbeitstag gleich selbst und arbeitete der Studentin vor, die dann den ganzen Rest erledigen würde.

Ich hätte mir denken können, dass es der Autoersatzteile-Arten unendlich viele gab, auch, dass die entsprechende Zulieferindustrie mannigfaltig war und mit einem hohen Binnenwettbewerb zurechtkommen musste; allein den Überblick über die Verschleißteile von Neuwagen zu behalten, erforderte eine ziemliche Recherche, denn die Hersteller bevorzugten – nicht nur – im Geschäft mit den Einbauskizzen und den Einbauwerkzeugen ihre Vertragshändler. Aber das hatte mich nicht zu kümmern, im Gegenteil: Ich nahm mir vor, die Werkstätten und Ersatzteilhändler der Region zu bewirtschaften und anschließend nach Möglichkeit den direkten Kontakt zu den Automobilherstellern zu suchen, bei denen der Bedarf fürs Erfassen ihrer Papierlisten noch viel größer und immens sein musste.

Es war alles eine Frage der Zeit, die ich nicht hatte: Ich musste schneller sein als meine Konkurrenten, und ich musste wachsen.

Am Abend überflog ich noch einmal meine Skripte, die ich für die Prüfung an der Uni in mühsamer Kleinarbeit zusammengestellt hatte. Die siebte von insgesamt dreizehn mündlichen und schriftlichen Prüfungen stand an, die wichtigste und längste. War sie erst einmal geschrieben, hatte ich das Gröbste hinter mir, so dachte ich. Ich packte drei Scheiben Brot und Käse ein, zwei Müesliriegel, eine Flasche Mineralwasser ohne Kohlensäure, zwei Joghurts, eine Rolle Traubenzucker. Das musste für die veranschlagten sieben Stunden ausreichen, und zur Sicherheit legte ich zwei mit starkem Kaffee gefüllte Pralinen dazu.

Ich stellte den Wecker auf sechs Uhr. Ich legte die Kleidung bereit, überprüfte die Ledermappe mit dem Schreibwerkzeug. Marker, Bleistift und Füllfederhalter waren erlaubt. Ich legte mich früh hin.

In der Nacht beschäftigte mich auf eine seltsam dringliche Weise die Frage der Schriftfarbe auf dem Computerbildschirm. Ich konnte Amber nicht ausstehen, bevorzugte Lindgrün, wenn ich Arbeiten schrieb oder in einem Büro Listen abtippte. Und doch erschien mir das Warenlager, durch das ich nun streifte, in diesem Amberton gehalten. Zumindest galt das, wenn ich genau hinsah, für die Ware selbst, während mir alles andere, die Regale, das Stapelfahrzeug, ja selbst die Neonröhren an der hohen Decke, schwarz erschien.

Ich nahm einen Rückspiegel eines *Opel Ascona* aus einem großen Karton gleichartiger Ersatzteile, der Rückspiegel leuchtete in Amber durch meine Hand. Er blendete mich, meine Augen schmerzten. Ich warf ihn in den Karton zurück, nur um festzustellen, dass nun alles, worauf ich blickte, von einem amberfarbenen Schleier bedeckt war.

Ich war versucht, in meinen lieb gewonnenen orangefarbenen Traum hinüberzuwechseln. So tappte ich nach der Treppe zum Garten, aber ich bekam nur den Stuhl neben dem Bett zu fassen, und stattdessen glitt ich nun in jenen lindgrünen Traum, in dem der amberfarbene Schleier allmählich ins eben Lindgrüne wechselte, in jenes Lindgrün, das keine Unterscheidungen mehr treffen wollte und mir alles, alles lindgrün zeigte; nicht etwa lindgrün bemalt, sondern lindgrün in die Form gewachsen.

Ich ging schneller. Warum jetzt dieser Traum? Ich rannte – obwohl ich mich doch vor der *Großen Schriftlichen* gar nicht mehr körperlich anstrengen, geschweige verausgaben wollte – zu jener Tür dort vorn, über der ich vorhin noch ein Hinweisschild für den Notausgang erkannt zu haben glaubte. Ich stand davor und schaute hoch; ich konnte nicht erkennen, ob es sich wirklich um ein Notausgang-Leuchtschild handelte. Da hing zwar etwas, aber war es das Leuchtschild? Lindgrün, ging es in die lindgrüne Umgebung ein. Wie konnte ich unter diesen Umständen die Klinke überhaupt betätigen? Das schien mir ganz und gar unmöglich.

Ich behalf mich mit zwei Stricknadeln, die aus meiner hinteren Hosentasche ragten und die die Artikelnummer *TM-7196-112* trugen. Ich erinnerte die Nummer, weil sich ihretwegen ein Gespräch mit den beiden Kurzwarenhändlerinnen über zulässige Schriftzeichen in der *EDV* entsponnen hatte. Ich konnte die beiden jungen Frauen nach langem Hin und Her davon überzeugen, dass *TM-7196-112-Ä* keine gute Wahl darstellte, denn es würde der Tag kommen, an dem Stricknadeln eine Bezeichnung trügen, die auch mit einer englischen Tastatur festgehalten werden müssten.

Das hatte ich nun davon. Die Stricknadeln waren von der restlichen Dingwelt farblich nicht zu unterscheiden, und bestimmt hätte mir hier eine widerspenstige Artikelnummer irgendwie weiterhelfen können. Ausgeschlossen schien mir das nicht, was mich aber in Atem hielt, war jetzt wirklich nur, wie ich hier herausfinden konnte. Ich fuhr mit den Stricknadeln in die Türangeln, ich steckte sie dort hinein, aber da waren keine Türangeln, meine Hand glitt bloß an den Nadeln weiter zur Tür hin, und ich fühlte nun die schmale Nut, die die Türöffnung und die geschlossene Tür bildeten. Ich trat einen Schritt zurück. Ich steckte fest.

Entschlossen ergriff ich die Klinke und drückte sie herunter. Zu meinem Erstaunen öffnete sich die Tür. Ich drehte sie in ihren Angeln in die klare Nacht hinaus.

Ich schrieb es meiner Anspannung vor der Prüfung zu, dass ich mehrmals in der Nacht vom Traum aufgeschreckt war und nach der Uhrzeit auf dem Wecker geblickt hatte, dessen lindgrüne Digitalanzeige flimmerte. Diese Anspannung empfand ich, nun, da ich für den Tag aufgestanden war, nach wie vor, ich duschte kurz und zog die Sachen an, die ich bereitgelegt hatte. Ich wollte gut frühstücken, aber ich war zu aufgeregt, um auch nur einen Bissen anzurühren.

Da musste noch etwas Anderes sein. Eine solche Aufregung konnte mich vor einer Prüfung gar nicht erfassen. Außerdem hatte ich mich wiederum bestens vorbereitet. Ich war mehr als bereit, die Arbeit zu schreiben.

Ich fuhr los. Mein Rad glitt durch die morgendliche Stille, der Fahrtwind tat mir gut. Im Grunde war ich viel zu früh dran. Ich hielt bei der roten Sitzbank, die die große Wiese zur Straße hin abschloss. Ich setzte mich hin.

Auf einem Zettel wünschte mir Mutter alles Gute für die Prüfung. Ich hatte ihn noch am Küchentisch in die Hosentasche gesteckt. Nun drehte ich den Zettel und notierte darauf, was, wie ich vermutete, die vergangene Nacht gewissermaßen zu mir gesprochen hatte.

Nein, ich hatte in Wahrheit nicht auf eine bloße Vermutung hin das Rad auf die Wiese gelegt. Ich wollte auf dem Zettel festhalten, was zu tun war.

Zu tun war der nächste Schritt. Ich zögerte. Kaum war *Elephant Datatypiedienstleistungen* im Geschäft, sollte ich also nicht nur wachsen, sondern auch gleich erweitern; ich wollte die Tür öffnen, jene lindgrüne Tür, und nie wieder feststecken, nie wieder auf Computer anderer angewiesen sein, die Schriftfarbe auf dem Bildschirm selbst bestimmen. Ja, ich musste die Computer, musste jegliche *Hardware* selbst zur Verfügung stellen – eine Dienstleistung anbieten, die rundum alle Bedürfnisse von Unternehmen, so klein sie auch sein mochten, abdeckte. Ich musste in den Computerhandel einsteigen.

Ich nahm mir vor, Vater davon zu unterrichten. Noch aber war Zeit. Ich musste mir zunächst die nötigen Schritte in ihren Einzelheiten vergegenwärtigen. Was hatte ich in den Büros diesbezüglich in Erfahrung bringen können? Ich wusste, dass in Südostasien die Produktion von *No-Name*-Geräten wirklich heiß lief. Diese *Personal Computer*, vor allem jene der amerikanischen Firma *International Business Machines Corporation*, kurz *IBM*, um den *Intel-8088*-Prozessor gebaut, waren dort für einen Bruchteil dessen zu haben, was die herkömmlichen Händler hier verlangten. Einerseits waren die Kunden bereit, nahezu jeden Preis für einen ohne nennenswerte Probleme funktionierenden *PC* zu bezahlen, nur um den Anschluss in der *EDV* nicht zu verpassen; andererseits lag Beratung, Lieferung und Wartung in der Hand jener Unternehmer, die bis vor kurzem noch Schreibmaschinen und elektronische Geräte verkauften – dazu mit Gewinnspannen, die sie nun ohne weiteres auch für Computer kalkulierten.

Insgesamt, dachte ich, war genau das meine Chance: sie verkauften alle viel zu teuer. Ich aber würde meinen Kunden Direktimporte von *IBM*-kompatiblen Lizenzprodukten anbieten.

Ich machte, dass ich zum Historischen Institut kam. Auf dem Rad schloss ich, in voller Fahrt, kurz die Augen und atmete tief ein. Nun, da ich eine erste Vorstellung davon und einen mehr als vorläufigen Entschluss dazu gefasst hatte, was zu tun war, erschien es mir auf dem Rad schier unmöglich, bei der *Großen Schriftlichen* noch durchzufallen. Ich merkte, dass mit der Gewissheit über meinen Weg in bestimmter Hinsicht auch jede Ungewissheit über die Lösbarkeit der Prüfungsaufgaben gewichen war.

Die Tür stand offen. Ich trat ein und suchte mir im Auditorium einen Platz am Fenster. Ich ging dann nach vorn, gab Personalausweis und Immatrikulationsbestätigung ab. Zurück an meinem Platz, nahm ich den Bleistift auf und wartete auf den Umschlag mit den Fragen.

Ich hatte den Apotheker von Anfang an im Verdacht, mit den Preisen zu tricksen. Ich wusste zunächst nicht, wie er das machte, im Grunde wusste ich nicht einmal, was genau er da tat, aber dass er seine Kunden und den Fiskus hinters Licht führte, wurde mir bald klar.

Ich tippte und tippte, ich saß stundenlang in den hinteren Geschäftsräumen und wälzte Ordner um Ordner, erfasste Liste um Liste, und mir schien, als ob die meisten Krankheiten oder Zipperlein erfunden worden waren, um all diese Arzneien an den geneigten Kunden loszuschlagen. Aber darin bestand der Trick des Apothekers noch nicht.

Ab und zu trat der Apotheker an mich heran und brachte einen weiteren Ordner, den man mit hoher Priorität zu behandeln hatte. Ich tat, wie mir geheißen. Dennoch hatte ich im Hinterkopf, was meine Mitarbeiterin gesagt hatte. Sie wollte hier nicht mehr arbeiten, solange ich ihr nicht garantieren konnte, dass beim Apotheker alles mit rechten Dingen zu und her ginge.

Die Studentin der Rechtswissenschaften im achten Semester fürchtete um ihren Einstieg ins Berufsleben, wenn man sie mit den Tricksereien in Verbindung bringen würde.

»Tricksereien?«

»Schau doch selbst mal nach«, erwiderte sie, und genau das beschäftigte mich hier neben dem Erfassen der Geschäftsdaten am meisten – auch ich hatte eine Reputation zu verlieren.

Ich kam am vierten Tag wie schon in den Tagen zuvor mit dem flauen Gefühl bei der Apotheke an, dass der Besitzer ein ziemlicher Windhund war, ohne ihn freilich damit konfrontieren zu können. Ich hatte keine Beweise. Eine Ahnung allein reichte nicht hin, um den Mann zu beschuldigen, und umgekehrt wollte ich mir nicht die Blöße geben, womöglich eine unbescholtene Person über Gebühr zu verdächtigen.

Ich ließ mir etwas einfallen.

Die Festplatte seines teuren *IBM-PC* stockte um elf Uhr zum ersten Mal. Ich rief den Apotheker herbei und setzte ihm auseinander, dass es sich wohl um einen Fehler in der Partition handele. Ob er sicher sei, dass in dem *PC* wirklich nur Originalbauteile verbaut worden waren, fragte ich und runzelte die Stirn vielleicht etwas zu lange. Er nickte, »ganz sicher!«

Ich würde nun einen Test ausführen, der tief ins *Basic Input/Output System* des Rechners zugreife. Wir würden daraufhin feststellen können, ob die Anwendung auf seinem *BIOS* laufe. Falls nicht, müsste ich den Fehler woanders suchen. Er nickte wieder, auch wenn ihm die Sache nicht geheuer zu sein schien.

Nach einer Viertelstunde kehrte er zurück. Wieder legte ich die Stirn in Falten. Der Test habe ergeben, dass die Festplatte und das *BIOS* eindeutig Originalprodukte waren, allerdings hätte sich nun auch die Ursache der Fehlermeldung geklärt. Ich deutete mit dem Finger auf eine beliebige Meldung, die sich in englischer Maschinensprache drastisch ausnahm. In Wahrheit war sie harmlos.

Ich gab einen Befehl ein, worauf alles wieder in Ordnung zu sein schien – das war es schließlich auch. Der Apotheker atmete auf.

Um 14 Uhr rief ich ihn erneut. Diesmal hatten wir es gleich mit einer Reihe von Fehlermeldungen zu tun. Der Apotheker rückte einen Stuhl heran und setzte sich. Ich blickte ihn an. So könne ich nicht arbeiten, sagte ich, mehr noch: einfach so fortzufahren würde die Arbeit der vergangenen Tage und auch jene gefährden, die meine Mitarbeiterin schon geleistet hatte.

Ich solle die Daten auf der Stelle sichern, forderte mich der Apotheker in harschem Ton auf. Ich erhob mich. Ich sagte ihm beherrscht, dass ich an seiner Stelle nicht riskieren würde, einen externen Festspeicher anzuschließen. Dieses könnte den Rechner weiter destabilisieren und erst recht zum Absturz bringen.

Was ich ihm raten würde, fragte er.

Ich könnte ihm bis morgen ein Angebot anfertigen.

»Ein Angebot wofür?«

»Zwei neue Rechner«, Software inklusive. Und ich würde Gewährleistung und Wartung garantieren.

Er habe nicht gewusst, dass ich mit *Hardware* handele.

»Seit neuestem«, sagte ich. Tatsächlich hatte mich die erste Lieferung vor zwei Tagen erreicht. Ich hatte noch nicht einmal Zeit gehabt, die Palette zu öffnen.

Sechs Rechner hatte ich bestellt, sechs Bildschirme, zehn Tastaturen, zehn Computermäuse, die allerneusten *VGA*-Monitortreiberkarten, auch zusätzliches *Read Only Memory* und *Random Access Memory*, *ROM* und *RAM*, außerdem zwei Neunnadeldrucker, die unglaublich preisgünstig waren.

Ich tat so, als würde ich meine sieben Sachen packen.

»Und dieser Rechner da«, fragte er, »wohin damit?«

Den würde ich ihm abkaufen, sagte ich nach einer Pause, die man auch für eine Denkpause hatte halten können. Ersatzteile könne man immer gebrauchen.

Er nickte ansatzweise. Am Montag müsste alles da sein, sagte er, er wollte in der *EDV* keine Zeit verlieren.

Bevor ich das Angebot zusammenstellte, rollte ich mein Rad auf der kurzen Zufahrt zu unserer Doppelhaushälfte in die Garage. Dort hatte der Lieferwagen die Paletten aus Singapur abgestellt. Ich schlitzte die Plastikfolie an der Seite auf und kontrollierte den Lieferschein.

Ich war erleichtert, er entsprach der Bestellung, die ich vor drei Wochen gefaxt hatte. Auch die zehn Sätze zu fünfzehn *5-1/4-Zoll*-Disketten mit dem *Disc Operating System* waren aufgeführt.

Ich stellte zwei *PC* zusammen und konfigurierte sie. Die Geräte beeindruckten mich; ihr Geruch nach Fertigungshalle erinnerte mich an die Zeit, da Vater noch geschäftlich nach Fernost reiste.

Ich nahm zwei Rechner mit nach oben, ließ ihre Peripherie in der Garage zurück. In meinem Zimmer installierte ich das *DOS* auf die Rechner und überprüfte sie routinemäßig. Alles war in perfekter Ordnung.

Ich kalkulierte. Zu meinen Selbstkosten kamen der Posten *Shipping and Handling* sowie die Einfuhr hinzu, die nicht unbeträchtlich war. Zwar griff der Mengenrabatt schon, er war bei sechs Rechnern allerdings nicht hoch veranschlagt. Ich blätterte in den Katalogen, die ich mir am Nachmittag bei einem Computerhändler in der Stadt, Interesse vorgaukelnd, besorgt hatte. Ich wollte rund 15 Prozent tiefer offerieren als die Konkurrenz, wobei ich auch noch Wartung vor Ort im Preis einschloss.

Am nächsten Morgen faxte ich dem Apotheker das Angebot zu; *gültig bis drei Arbeitstage ab Datum, zahlbar 3 Tage nach Erhalt.*

Schon am Nachmittag ratterte mein kleines Faxgerät. Der Apotheker hatte sich entschieden, auf meinem Angebot prangte *Einverstanden*, seine Unterschrift aber fehlte. Ich überlegte. Dann rief ich ihn an.

Er habe deshalb noch nicht unterschrieben, weil er morgen, wenn ich lieferte, noch etwas mit mir besprechen wollte.

»Die Verkaufssumme?«

Er zögerte. Ich solle doch bitte morgen herfahren.

Mit Vaters Auto lieferte ich die beiden Rechner aus. Ich war früh aufgestanden und hatte alles nochmals kontrolliert, bevor ich losgefahren war.

Ich wollte die Rechner allerdings erst dann in Betrieb nehmen, wenn ich wusste, was der Apotheker vorhatte. Wir begaben uns ins Sitzungszimmer. Schnell wurde mir klar: er wollte den Preis verhandeln. Er wollte ihn recht eigentlich massiv drücken. Er schien sich dabei im Vorteil zu wähnen, weil die Rechner schon im Hause waren.

Darauf könne ich nicht eingehen, sagte ich knapp.

Der Apotheker ließ nicht locker. Irgendwann fing er davon an, dass ich ihm doch wenigstens die Mehrwertsteuer erlassen könnte, »so unter uns.«

Ich schaute ihn an. Die Mehrwertsteuer!

Mir ging auf, wie er hier trickste. Warum war mir das nicht schon früher eingefallen? Ich hatte doch alle Unterlagen und hätte bloß nachzurechnen brauchen. Er berechnete die Mehrwertsteuer für jedes Produkt mehrmals. Verrückt, dass das niemandem auffiel.

»Ausgerechnet Sie wollen also die Mehrwertsteuer umgehen?«, fragte ich mehrdeutig.

Er verstand sofort. Er bot mir seinen Rechner, der bestimmt nicht kaputt sei, zum Nulltarif an.

»Ich kann auch darauf nicht eingehen«, sagte ich.

Arzneimittel und Zusatzprodukte wie Bürsten, rezeptfreie Salben, Kämme, Druckverbände waren bei ihm sehr viel teurer, als sie hätten sein müssen, denn der Apotheker verwendete stets handschriftlich stark zu seinen Gunsten veränderte Listenpreise, deren Zustandekommen er insgesamt verschleierte. Im Bedarfsfall führte er vor der erstaunten Kundschaft wohl die ach so hohen Miet- und Personalkosten an.

Er flehte mich an.

Die Buchprüfer erschienen auf meine Anzeige hin ein paar Tage nach unserem Gespräch. Die beiden Rechner lieferte ich an den Autoteilehändler, der außerdem Barzahlung bevorzugte und gleich zwei meiner Mitarbeiter zur Datenerfassung buchte.

Ich teilte ihm die Studentin der Rechtswissenschaften zu.

3

Ich zog um. Ich hatte mich dazu entschlossen, weil ich den Zeitpunkt, nun, da ich mein Studium abgeschlossen hatte, für angemessen hielt.

Mutter verdrückte eine Träne, nein, sie weinte mehrmals, aber sie sah ein, dass ich gehen musste. Vater half mir beim Umzug jener persönlichen Habseligkeiten, die die beiden Möbelpacker nicht mitgenommen hatten. Er war guter Dinge, und er begann, nicht mehr so sehr den *somnambulen Strombastler* in mir zu sehen. Dennoch: wir wussten beide, dass es *sein* Geld war, mit der die Firma gegründet worden war.

Wir wussten allerdings auch, dass es *mein* Umsatz sein würde, der Vater dafür belohnen würde – selbst, wenn er weit davon entfernt war, in pekuniären Kategorien zu denken, wenn es um mich ging.

Die Firma war nun unser gemeinsamer Basteltisch – den echten behielten wir nichtsdestotrotz betriebsbereit. Es war nicht einmal weit entfernt, wo ich hinzog, im selben Quartier hatte sich für mich etwas finden lassen; eine kleine Wohnung, geeignet, mich und auch mein kleines Büro zu beherbergen.

Nebenan hatte ich eine frühere Schmiede angemietet, die in den vergangenen Jahrzehnten als Lagerraum genutzt und kürzlich frei geworden war.

Der Besitzer schätzte sich glücklich, jemanden gefunden zu haben, der nicht nur die kleine, kürzlich sanierte Wohnung bezog, sondern auch den Lagerraum, der mir, nachdem die Reinigungsfirma mit der Arbeit fertig geworden war und auch der Maler die Wände und die Decke neu gestrichen hatte, aufs Beste geeignet schien, die Computerlieferungen aus Fernost aufzunehmen.

Ich erneuerte die Schlösser auf eigene Rechnung, schraubte engmaschige Gitter hinter die Fenster, kaufte auch einen Briefkasten, auf dessen Metallschildchen ich *Elephant Datatypiedienstleistungen GmbH* gravieren ließ, außerdem: *Bitte nebenan klingeln.*

Auf mich allein gestellt – nein, das war ich dennoch nicht. Vater kam gelegentlich herüber, brachte mir einen Kasten Wasser mit Kohlensäure oder ließ sein Auto hier stehen, für den Fall, dass ich es für den Besuch bei einem Kunden benötigte. Und mit dem Rad waren es bis zu meinem Elternhaus höchstens drei Minuten.

Nun, da ich allein lebte, bekam die Stereoanlage eine neue Bedeutung. Nicht, dass ich sie etwa öfter in Betrieb genommen hätte als früher, das wäre auch gar nicht möglich gewesen, sie war im Elternhaus fast schon rund um die Uhr gelaufen. Ich kam aber allmählich von der Gewohnheit ab, Kopfhörer zu verwenden. *The Turn of a Friendly Card* scholl nun durch die wenigen Räume, *Breakfast in America* mit den teilweise schrillen Mundharmonika-Partien. Die ganze Wohnung war mir, alleinlebend, gewissermaßen zum Kopfhörer geworden.

Meine Plattensammlung hatte ich in den letzten Jahren stark erweitert. Ich hatte Bruckner fast schon liebgewonnen, hörte viel Schubert; wenn Gould Bach interpretierte, ließ ich mich für eine halbe Stunde und länger forttragen – fort von den Abrechnungen der Mitarbeiter, fort von dem Schriftverkehr mit den Kunden. Wenn ich neu angelieferte Computer konfigurierte und prüfte – eine monotone, manuelle, unumgängliche Tätigkeit – und dabei Diskette um Diskette ins Laufwerk schob, fragte ich mich, ob nicht auch das jemand anders erledigen konnte.

Ich dachte über einen Praktikanten nach, einen Studenten der Informatik oder Mathematik, für den es ein Kinderspiel sein würde, die Rechner für die Auslieferung an die Kunden an meiner Stelle vorzubereiten. Ich müsste dazu nicht einmal zu dem bewährten Mittel der Anzeige greifen. Es erreichten mich zwei, manchmal drei

Bewerbungen in der Woche, darunter welche, die ich dafür erwägen könnte.

Es war zu dieser Zeit, da ich mich im großen Lichthof der Universität mit einem Vertreter zu einem informellen Gespräch traf. Fragen kostet nichts, hatte ich mir gesagt, und tatsächlich erfuhr ich allerlei Wissenswertes über die Art und Weise, wie die Uni über die *EDV* dachte. Selbstredend zeigte ich mich interessiert, sie auf diesem Weg zu begleiten, und sei es nur über eine Fakultät hinweg, über ein Institut, wenn nötig auch nur über ein kleines. Aber es waren gerade die kleinen Institute, die nach dem Prinzip der Selbstorganisation und ganz nach ihren eigenen, klar definierten Bedürfnissen bereits die größten Schritte in der *EDV* unternommen hatten.

Ich wollte mich da nicht hineinzwängen. Ich lieferte dem Mann ein paar Informationen über das neueste Betriebssystem und über die besten Chiphersteller. Damit ließ ich die Sache auf sich bewenden.

Als wir uns voneinander verabschiedet hatten, setzte ich mich nochmals an den Tisch und trank den kaltgewordenen Kaffee aus. Ich blickte mich um, froh darüber, die Paukerei hinter mir zu haben.

Weiter vorn, bei der originalgetreuen Nachbildung der Nike von Samothrake, saß die Nichte. Ich erkannte sie zunächst an ihren roten, zu einem Pferdezopf zusammengefassten Haaren und an ihrer Sitzhaltung, die mir als Aushilfe bei der Tanke aufgefallen sein musste; sie war mir deshalb aufgefallen, weil sie mir in Erinnerung geblieben war, dachte ich, und ich hielt, vom Anblick der mutmaßlichen Nichte in beste Laune gebracht, die Erklärung schon für die Ursache.

Ich schaute auf ihren schmalen Rücken mit den jetzt, da sie sich leicht vorgebeugt hatte, vorstehenden Schultern. Wie gut konnte man einen Rücken, diesen Rücken, kennen? Konnte einem grundsätzlich etwas vertraut vorkommen, obwohl es einem nur ein paar Mal untergekommen war? Und galt das auch für einen Rücken?

Ich trat an den Tisch der Nichte heran. Sie schaute hoch, und ich grüßte sie. Sie schien sich zu freuen, mich zu sehen, sie stand auf und küsste mich auf die Wangen, ganz so, als wären wir einander freundschaftlich verbunden. Das waren wir vielleicht auch.

Wir setzten uns. Ich stellte mich ihr vor. Sie lächelte, womöglich hielt sie das für reichlich albern, aber es war ja nicht so, dass wir einander vorgestellt worden wären oder auf eine andere Weise erfahren hätten, wie der andere heißt. »Aimée«, sagte sie, »freut mich.«

Aimée fragte, was ich hier zu tun habe, ob es mir langweilig geworden sei auf der Tanke.

Tanke? Ich würde doch sehr bitten. Und der Anwalt, vor dessen Haus wir uns begegnet waren?

Sie nickte, stimmt. Aber auf der Tanke sei es doch bestimmt lustiger gewesen.

»Lustiger für wen?«, sagte ich, und sie lachte. »Bestimmt nicht für mich, der ich auch noch saubermachen musste«, fügte ich hinzu. Wie es denn ihrem Onkel gehe.

Ihre Gesichtszüge verrieten, dass es um den alten Mann nicht mehr gut stand.

Nun, sagte Aimée, es war so weit, man habe ihm den Führerschein entzogen. Er habe zu viel Schaden angerichtet, vor allem beim Parken. Es war nicht mehr zu verantworten, dass er fuhr. Das habe ihn leider geknickt. Ich sagte, dass mir das leidtue.

Bestimmt würde ich mich jetzt fragen, was mit dem Wagen geschehe.

Nein, mit Verlaub, das wäre wirklich meine letzte Sorge, entgegnete ich, und noch bevor ich mich darüber ärgern konnte, Aimée eine forsche Antwort gegeben zu haben, sagte sie, dass sie das freue, denn noch jeder habe sie danach gefragt.

Ich nahm meine Ledertasche auf. Was denn jetzt mit dem Wagen geschehen würde, fragte ich mit gespielt ernsthafter Miene. Sie lachte, und ich fühlte, dass ich dieses Lachen gern um mich haben würde, ich hätte mich am liebsten in dieses Lachen hineinbegeben, was immer ich mir in diesem Moment darunter vorstellte; ich begehrte dieses Lachen, es erregte mich, es wärmte mich, es hielt mich auf dem Stuhl fest, obwohl ich doch aufstehen wollte.

Bestimmt musste Aimée weg, und ich war gerade dabei, meinen ersten Eindruck leichtfertig zu verspielen, dachte ich und erschrak etwas. Ich griff die Ledertasche neu, legte sie auf meinen Schoß.

Ich sei zu einer Unterredung hergekommen, ich hätte jemanden von der Uni gesprochen, rein geschäftlich.

»Dann muss das wichtig gewesen sein«, sagte sie.

Nicht so wichtig wie nun mit ihr zu reden, dachte ich, und ich sagte stattdessen, dass man nichts unversucht lassen sollte, wenn es um Geschäfte gehe – zumindest nichts Legales.

»Geschäfte?«, fragte Aimée. Ich würde bestimmt in Leder machen. Sie schaute auf meine Aktentasche und musterte dann mein dünnes Lederarmband.

Das dünne Lederband sei innen mit Messing beschlagen, sagte ich ihr, es diene, über ein Kabel mit der Erdung des Hauses oder etwa mit dem Heizkörper verbunden, dazu, auch die kleinste elektrostatische Ladung, die ich auf mir tragen würde, gegen Erde abzuführen und damit Schäden von den empfindlichen elektronischen Bauteilen abzuwehren, mit denen ich arbeitete. Ich sei Historiker, aber gerade dabei, ein kleines Unternehmen aufzubauen. Ich hatte es zuhause für angebracht gehalten, das Lederarmband zu tragen, wenn ich schon einen versierten Computerfachmann treffen wollte.

Von der Elektronik verstehe sie nichts, sagte Aimée. Aber von Geschäften bereits dies und das. Sie mache bald ihren Abschluss in Betriebswirtschaft.

»Ich dachte eher, in Kunstgeschichte«, sagte ich.

Das habe sie nebenbei gehört, mehr zur Zerstreuung, wenn ihr die Übungen und Vorlesungen einmal zu viel wurden. Die Kamera sei nur ein Hobby. Aimée zog ihre *Hasselblad 500 C/M*, die ich doch gut zu kennen glaubte, aus der Handtasche und blickte durch den Lichtschachtsucher. Aus dem Klicken zu schließen, hatte sie mich soeben fotografiert.

Ich pumpte im Lagerraum die Reifen meines Rads auf und nahm anschließend, wie immer, wenn ich von da ins Haus ging, eine Schachtel Disketten, Kabel oder Handbücher mit. Ich trug sie ins kleine Büro, packte sie dort aus und entfernte die Folien, bevor ich alles an seinen vorgesehenen Platz in die Regale stellte, die ich gemeinsam mit Vater an die Wand gedübelt hatte.

Die Regale waren gut aufgefüllt vor allem mit den Disketten des *Microsoft Disk Operating System*, das inzwischen in der recht stabilen Version *MS-DOS 4.01* auf den *Desktop-PC* aus Fernost lief. In den *PC* steckte ein Derivat des *Intel-80486*-Prozessors, äußerlich sahen die Rechner genauso aus wie die *IBM-PC*.

Ja, die Lieferungen kamen ohne größere Verspätung an, mit den Zoll- und den Steuerbehörden arbeitete ich zügig zusammen. Schließlich hatte alles seine Richtigkeit; die *No-Name*-Rechner stellten Lizenzprodukte dar und nicht etwa Raubkopien. Vater wäre sonst nicht davon zu begeistern gewesen, und ich auch nicht.

Beim *DOS* selbst handelte es sich Originalerzeugnisse von *Microsoft*, die allerdings auf dem asiatischen Markt wesentlich preiswerter gehandelt wurden als in Europa. Ich strich die Marge ein.

Ich strich so einige Margen ein. 21 Rechner und 14 Neunnadeldrucker samt den Seriellen und Parallelen Kabeln hatte ich an meine Kunden losschlagen können – eine Zahl, die ich weiter steigern wollte, schließlich waren inzwischen acht studentische Datatypisten und Datatypistinnen in unterschiedlichen Pensen, immer aber sehr zuverlässig für mein Unternehmen tätig. Ich selbst tippte mit, wann immer es nötig schien, um einen Auftrag termingerecht abzuschließen.

Für heute hatte ich genug. Mit einem Klick auf die rechte Maustaste schloss ich die Buchhaltungssoftware. Mit meinem Gehalt, das ich mir selbst auszuzahlen imstande war, war ich zufrieden. So konnte es weitergehen.

Der Ruf meines kleinen Unternehmens war in der Branche ausgezeichnet, wie ich wusste, die Auftragslage ebenso, wobei dieses hieß: die Zahl der Aufträge wuchs stark, und ich hatte meine Idee, auf große Unternehmen, auf Multis zuzugehen, nicht vergessen. Die Zeit dazu würde kommen, dessen war ich sicher. Zumindest sprach nichts dagegen.

Ich stand auf und holte mein Rad aus dem Lagerraum. Mit einem Tritt in die rechte Pedale rollte ich ins Gleichgewicht.

Den Geruch, den die Wiesen und die Obstbäume ausströmten, sog ich tief ein. Ich schloss kurz die Augen. Sonntag, später Nachmittag, die Sonne brannte auf meine Augenlieder; mit Gegenverkehr war nicht zu rechnen. Dafür überholte mich ein Motorrad.

Ich dachte an Aimée. Eine Möglichkeit, sie wiederzusehen, bestand darin, dass ich wie zufällig im Lichthof der Universität aufkreuzte. War das albern?

Nein, vermutlich nicht, überlegte ich, dennoch war ich nicht sicher, ob ich stattdessen besser bei ihr zuhause anrufen sollte. War das wirklich besser? In welcher Hinsicht?

Sie hatte mir ihre Nummer von sich aus genannt. Dass sie allerdings allein wohnte, nahm ich nicht an. Ich würde mit einem Anruf auf diese Nummer in Kauf nehmen müssen, an eine Person zu geraten, die nicht unbedingt zu wissen brauchte, dass ich anrief.

Ich dachte dabei nicht an einen Freund oder Verlobten. Und es ging mir auch nicht um die Person an sich, die den Anruf entgegennehmen würde. Vielmehr scheute ich den Anruf in einen privaten Haushalt. Ich wollte ja nicht den Haushalt erreichen, sondern Aimée.

Ja, dachte ich auf dem Rad, das wäre am einfachsten, wenn sie ihre eigenen vier Wände hätte und ich nicht Gefahr liefe, bei einer mir unbekannten Person vorstellig werden zu müssen. Am Ende würde auch noch der alte Kunstmaler den Hörer abnehmen.

Ich nahm mir trotzdem vor, in den kommenden Tagen Aimée anzurufen, einerlei, wer sich unter ihrer Nummer melden würde.

Ich hatte zuhause den leichten Pullover über meine Schultern geworfen und die Ärmel über der Brust locker verknotet; nun flatterten sie im warmen Fahrtwind. Vielleicht würde heute abend doch noch ein Pullover nötig werden, dachte ich. Vater und ich wollten später ein paar Stunden im Garten verbringen, wo wir, in gehörigem Abstand zum Zierteich, die Baststühle hinzustellen gedachten.

Vater saß im Garten und las in der neuesten Ausgabe der Zeitschrift *Elektor*. Mutter umarmte mich fest. Sie fragte, ob ich hungrig sei und nickte auffordernd; sie hatte für den Abend würzige Fischspieße und Reissalat zubereitet. Ich bemerkte in der Küche auch die großen Erdbeeren und daneben eine Schüssel mit aufgeschlagener Sahne.

Vater rollte den Farbfernseher vom Wohnzimmer unter die lange Markise und drehte ihn zu den Baststühlen. An diesem 8. Juli 1990 wollten wir das Endspiel der Fußballweltmeisterschaft verfolgen, und wir taten das – kaum hatten wir uns hingesetzt und von der köstlichen kühlen Limonade gekostet, die Vater vorbereitet hatte – umständehalber im Programm des Ersten Deutschen Fernsehens, das wir über Kabel empfingen.

Gerd Rubenbauer meldete sich aus Rom. Der Sportkommentator zeigte sich angetan von den Italienerinnen und Italienern, die am Tag zuvor den dritten Platz ihres Teams bei dem im eigenen Land veranstalteten Turnier mit Autocorsos und Massenaufläufen in den Innenstädten, den dritten Platz also so wie den Weltmeistertitel gefeiert hatten. Weltmeister würde aber jemand anders werden, nämlich Argentinien oder Deutschland. »Ich muss Ihnen ganz ehrlich gestehen, meine Damen und Herren, und ich hoffe, Ihnen geht es nicht anders, auch wir hier oben haben feuchte Hände«, sagte Rubenbauer, während wir an unseren Limonaden nippten. Der Moment mochte uns zwar nicht epochal erscheinen, aber die Aufregung hatte auch uns erfasst, die wir im Garten in den Baststühlen saßen und auf die bunte Mattscheibe starrten.

Mutter fragte, ob wir uns an jenen Abend vor ein paar Monaten erinnerten, als wir nicht auf den Baststühlen, sondern – es war Anfang November und draußen bitterkalt – im Wohnzimmer auf der ledernen Polstergruppe saßen und zusahen, wie in Berlin die Bürger der Deutschen Demokratischen Republik unvermittelt nach der Bundesrepublik ausreisen durften. Sie strömten über die innerstädtischen Grenzübergänge, Schlagbäume wurden geöffnet, kleine Kraftfahrzeuge mit Zweitaktmotoren wurden in den Straßen West-Berlins willkommen geheißen.

Selbst die Berliner Mauer wurde gestürmt, die Freude der Menschen aus der Deutschen Demokratischen Republik über die neugewonnene Freiheit war unbändig, und auch wir freuten uns für die Menschen, denen das Leben jahrzehntelang schwergemacht worden war und die ebendieses Leben in Mangel und Unrecht einander auch noch zusätzlich sehr schwer gemacht hatten.

Vater und ich hörten manchmal das deutsche Programm von *Radio Moskau* oder *Radio Berlin International*, die *Stimme der Deutschen Demokratischen Republik* auf Kurzwelle, und wir fragten uns beim Löten und Testen unserer elektronischen Schaltungen, ob das, was über den rauschenden Äther durch den Eisernen Vorhang zu uns drang, ja für uns bestimmt war, tatsächlich ernst gemeint sein konnte.

Die geschönten Zahlen und überhaupt eigentümlichen Zählweisen in der Wirtschaftsberichterstattung brachten Vater manchmal zum Lächeln, schallendes Lachen aber lag ihm in diesem Zusammenhang fern. Die ganze Sache, sagte er einmal, war alles andere als zum Lachen und nichts als deprimierend.

Wir stellten uns die Menschen in den von der Sowjetunion besetzten Staaten Europas als Bewohner trister, schlecht beleuchteter Dörfer und Städte vor, in denen, je weiter man Richtung Osten ging, eine graduell sich verschärfende Mangelwirtschaft vorherrschte; und doch ahnten wir, dass auch sie mit ihren schlechten Straßen und großen geheimen Gefängnissen, dem kollektiven Zwang zur Unwahrheit und der Selbstverleugnung bis zur Ohnmacht dasselbe wollten wie wir: in Ruhe gelassen zu werden in einem würdigen privaten Umfeld, das für fast jeden einzelnen von ihnen bis zu dem Tag, da sie herausdurften, allenfalls im inneren Exil zu haben war.

Mutter hatte die Spieße in der Pfanne gebraten und brachte sie in den Garten, Vater schöpfte Reissalat für alle und öffnete eine Flasche Weißwein, schenkte in drei Gläser ein. »Aber sie wollen auch fürs Auge was bieten, die deutschen Spieler, gefällt mir«, sagte Rubenbauer, und wir sahen, wie die Mittelfeldspieler Thomas Häßler,

Lothar Matthäus und Pierre Littbarski mittels Doppelpässen mit den Außenverteidigern Thomas Berthold und Andreas Brehme aus der Abwehr bis in den Angriff gelangten, um Jürgen Klinsmann und Rudi Völler meist mit hohen Bällen zu bedienen.

Wir sahen uns, nach den torlosen neunzig Spielminuten, die Verlängerung an. Ich ging in die Küche, wusch und schnitt die Erdbeeren, schlug dann auch die Sahne steif und hörte kurz darauf, wie Vater draußen auf dem Bastsessel rief. Ich kehrte mit dem Tablett rechtzeitig zum Strafstoß zurück. Brehme hatte sich den Ball zurechtgelegt, er lief an, mit dem rechten Fuß schoss er – ein Ball kann kaum präziser getreten sein – links unten ein. »Jaaaa«, rief Rubenbauer, »Tor für Deutschland, eins zu null durch Andreas Brehme.«

»Sehenswert«, sagte Mutter, und wir gaben ihr nickend recht. Ich setzte mich gar nicht mehr hin. Das Spiel würde in wenigen Augenblicken aus sein, und ich war ohnehin über die Zeit geblieben. Als ich im Wohnzimmer in den Pullover schlüpfte, sah ich auf dem Bildschirm im Garten, wie Lothar Matthäus im Blitzlichtgewitter der Weltpresse mit beiden Armen den goldenen Pokal in die Höhe stemmte.

Ich überlegte, wie viele Disketten einst nötig sein werden, um dieses Bild in all seinen Farben und in einer gebührend hohen Tiefenschärfe für die Wiedergabe auf einem *PC* festzuhalten. Ich setzte mich auf den Sattel und rollte in die Nacht.

Den Vormittag hatte ich mit Korrespondieren und Telefonieren verbracht. Da waren zwei Kunden, denen ich in der Kürze der Zeit fernmündlich statt brieflich Offerten unterbreitete; und zwei Faxschreiben nach Fernost wurden nötig, weil die vier jüngsten Rechner mit Netzteilen an mich geliefert worden waren, deren Primärspannung auf 110 Volt statt auf 220 Volt ausgelegt war, weshalb ich die vier Teile verpacken und zum Umtausch zurückschicken wollte. Allerdings bekam ich umgehend zur Antwort, dass das nicht nötig und die vier passenden Netzteile bereits zu mir unterwegs seien.

Ich sprach mit einer Studentin, die neu zu meinem Datatypistenteam gestoßen war, über den Abrechnungsbogen, den sie zu unterzeichnen vergessen und bei dem sie außerdem nicht beachtet hatte, dass die Arbeitsstunde nicht in Abschnitten zu sechzig Minuten, sondern in hundert Einheiten festgehalten wird. Des Weiteren benötigte ich ihre Angaben für die Sozialversicherung, sonst würde ich ihren Lohn nicht auszahlen können.

Die pflichtbewusste Studentin erledigte die Angelegenheit noch im selben Telefonat, was mich in meiner Entscheidung, sie zu beschäftigen, bestätigte, zumal auch die Rückmeldung des Kunden – ich setzte die Studentin in einer mittelständischen Papierfabrik nördlich von Zürich ein – sehr gut ausgefallen war.

Kurz nach Mittag klingelte wieder das Telefon, ich meldete mich unter meinem Firmennamen: »Elephant Datatypiedienstleistungen, Guten Tag.«

»Guten Tag«, erwiderte jemand, und ich erkannte Aimées Stimme.

Ich stand auf, führte mit der linken Hand das lange dicke Spiralkabel des Apparats über die Tischfläche und schaute aus dem Fenster. Ich sagte Aimée, dass ich mich sehr freue, sie zu hören, »wie geht es Dir?«

»Gut«, lachte sie, »und dir?«

Ich sah über die grüne Wiese hinweg zum Horizont, am wolkenlosen Himmel stand die Sonne hoch. Ich ließ das Telefonkabel langsam sinken und legte gegen die einfallende Sonne die flache Hand an die Stirn.

Aimée war, aus den Geräuschen im Hintergrund zu schließen, zu Hause. Ihre Kaffeemaschine zischte und knatterte, spuckte heißes Wasser in den Kaffeefilter. Wir verabredeten uns für den späteren Nachmittag; wir wollten zum See. Ich schlug vor, Aimée mit dem Rad abzuholen.

Nach Arbeitsende, das sich durch ein längeres, sich aber lohnendes Telefonat mit einem Kunden etwas verzögert hatte, duschte ich kalt, schlüpfte dann in ein blaues Poloshirt und die dünne Bluejeans für den Sommer. Ich wollte Haydn auflegen, nachdem sich den ganzen Tag *The Turn of a Friendly Card*, Eric Claptons *Another Ticket* und J. J. Cales *Grasshopper* auf dem Plattenteller gedreht hatten. Aber es blieb keine Zeit. Ich schloss Wohnung und Lagerraum ab, rollte mit dem Rad an.

Aimée wohnte in einem jener zentralen Quartiere der Stadt, die an den See grenzten. Ihre Wohnung lag ganz in der Nähe der Kanzlei, an die ich von der Zeitarbeitsfirma für ein paar Wochen ausgeliehen worden war. Möglich, dass auch der alte Kunstmaler im Quartier wohnte, schließlich war ich ihm in der Straße, in die ich jetzt einbog, begegnet.

Ich hielt nach dem grünen *Bentley* Ausschau, nur um mir zu vergegenwärtigen, dass der Wagen wohl kaum auf einem städtischen Parkplatz zu erwarten, vielmehr in einer Tiefgarage abgestellt wäre. Ich ließ das Rad ausrollen.

Ich schaute auf die Hausnummern. Dort vorn musste Aimées Wohnung sein. Ich stieg ab, ging die letzte Strecke zu Fuß, aber als ich bei einem Bäcker vorbeikam, merkte ich, dass ich mit leeren Händen unterwegs war. Sollte ich ein Baguette und etwas Käse kaufen, eine Flasche Wein? War das nötig? Ich wollte schon mein Rad abschließen und dort vorn zum Feinkostladen, als ich Aimée neben mir bemerkte.

Sie hatte mich vor dem Haus erwartet. Sie küsste mich wieder auf die Wangen. »Schließ ruhig ab«, sagte sie und öffnete die Haustür, sie sei noch nicht ganz fertig, ich solle ihr folgen.

Ich trat in den Hausflur ein. »Komm«, sagte sie auf den Stufen, »ich wohne ganz oben. «

Wir betraten die stille Wohnung, in die die Sonne seitlich einfiel und ein wandhohes, in Blautönen gehaltenes abstraktes Gemälde erhellte. Ich ahnte, dass es vom alten Kunstmaler stammte, und blieb davor stehen.

Aimée schien bei aller Ruhe etwas in Eile. Sie nahm meine Hand und führte mich zu einem langen schwarzen Vorhang, hinter dem ich eine Tür vermutete.

Der Vorhang schloss die Tür lichtdicht ab, doch während des kurzen seitlichen Lichteinfalls konnte ich erkennen, dass sie eine Klinke hatte. Aimée betätigte sie sanft, und wir traten in einen Raum, den schwaches rotes Licht erfüllte.

Es roch darin nach Betäubungsmitteln, Chloroform, dachte ich sofort, aber der Geruch schien sich zu verflüchtigen, je länger wir uns in dem Raum befanden. Schon nahm ich ihn gar nicht mehr wahr.

An den merkwürdigen Schnüren, die sich mitten durch den Raum von Wand zu Wand zogen, waren Zettel befestigt. Als ich näherkam, sah ich, dass es sich um bedrucktes, nein, belichtetes Papier handelte, um Fotografien, die im Begriff waren, in der Luft zu trocknen. Auf den Schwarz-Weiß-Fotografien erkannte ich den *Bentley*, die Tramhaltestelle vor der Uni, den Zürichsee vom Üetliberg, dem Hausberg, aus, konnte mir aber auf die Schnelle keinen Reim darauf machen.

Ob es hier drin immer so dunkel sei, fragte ich Aimée scherzhaft. Sie lächelte und sagte, dass es in einer Dunkelkammer nicht einfach nur dunkel sei, im Gegenteil gehe es darum, das Licht richtig einzusetzen, »mal mehr, mal weniger«, und auch die Wellenlänge des Lichts hier drin könne variiert werden. Aber ich hätte schon recht, fuhr sie fort, gerade Streulicht müsse auf jeden Fall verhindert werden. Auf den lichtdichten Vorhang vor der Tür, auf die Lichtschleuse, müsse Verlass sein, und wenn sie auf den Knopf hier drücke – Aimée drehte an einem roten Schalter an der Wand –, gehe die Belüftung an.

Tatsächlich hörte ich entfernt einen Ventilator derhen. Ich konnte ihn in dem schwachen roten Licht nicht ausmachen. Aimée deutete mit dem Kinn auf ein kreisrundes Loch in der Wand, ich ging hin und legte meine Hand darauf.

Ich spürte, wie sich die Luft davor verschob, sie schien angesogen zu werden. Als ich aber in das Loch blickte, war nur ein weiteres kreisrundes Loch zu sehen, in dem sich ein Kanal nach rechts oben verlor. Ich vermutete, dass das so weiterging, Loch um Loch, Kanal um Kanal. Aimée sagte »Lichtlabyrinth, völlig lichtdicht.« Ich nickte.

Bevor sie die Gummihandschuhe überstreifte, zupfte sie ihren Pferdeschwanz zurecht.

Ich überlegte und sagte ihr, dass ich für sie eine elektronische Schaltung bauen könnte, deren Sensor die Konzentration einer bestimmten toxischen Ausdünstung messen und in der Folge einen Impuls auslösen könnte, der ein Relais in der Schaltung zum Ziehen brächte. Auf diese Weise ließe sich der Ventilator selbsttätig betreiben, und sie bräuchte sich nicht weiter um die Luftqualität in der Dunkelkammer zu kümmern, wo sie ihre Konzentration ohnehin für anderes benötigte.

»Das würdest du für mich tun?«, fragte sie lächelnd.

Bevor ich etwas näher an sie herantreten konnte, griff sie nach dem lichtdichten Wechselsack, in den sie mit exakten, flinken Handgriffen ihre *Hasselblad*-Kamera entleerte. Sie spannte den Film umgehend in die Spirale der Entwicklungsdose. Sie füllte die Dose mit der Entwicklerflüssigkeit und bewegte sie langsam, ganz langsam hin und her.

Ich sah Aimée zu. Sie schien es zu genießen, dass ich ihr bei ihrer Lieblingsbeschäftigung zusah. Sie schaute mich dabei nicht an.

Sie projizierte den Film auf Fotopapier, und indem sie die Linse des dazu nötigen Apparats etwas nach oben oder dann nach unten schraubte, stellte sie die Schärfe ein. Ich wollte ihr über die Schulter schauen, aber sie mahnte mich mit lachenden Augen, gefälligst Abstand zu halten. »Giftig«, warnte sie laut.

Schnell schob sie ein »Psssst« in meine Richtung nach.

Aimée zog das Fotopapier aus dem Apparat, sie hatte das Unterbrechungsbad mit der hochverdünnten Essigsäure bereits vorbereitet. Anschließend fixierte sie das Papier, um die Fotografie lichtbeständig zu machen, in einer flachen roten Plastikschale chemisch.

Sie nahm eine weitere lange Holzzange zur Hand und badete die Fotografie im Wasser, in einer blauen flachen Plastikschale. Als sie mit dem Fortschritt zufrieden war, hängte sie die Fotografie mittels der Filmklammern an die Schnur.

Ich hatte den Eindruck, sie wählte dafür eine Stelle, die möglichst weit von mir entfernt lag.

Trotzdem versuchte ich, mich der neu entstandenen Fotografie zu nähern. Aimée verfolgte meine langsamen Schritte, die ich dazu unternahm; sie ließ mich ein Stück weit zum Bild hin vor, ein kleines Stück nur, bevor das Licht ausging. Sie lachte.

Ich blieb stehen.

Als sie das Licht wieder andrehte, hatte ich mich schon auf das Spiel eingelassen; ich hatte mich unter dem Tisch versteckt.

Aimée lachte auf, und sie schien wohl zu erwägen, das Licht gleich wieder auszumachen, aber ich kam ihr zuvor und erschien just da unter dem Tisch hervor, wo das Bild zum Trocknen hing.

Ich hatte die Hand auf meine Augen gelegt. Mit der anderen Hand tastete ich nach der Schnur. Ich bekam sie zu fassen und ging – ich führte Daumen und Zeigefinger sachte auf ihr – in die mutmaßliche Nähe der Fotografie.

Ich fühlte, dass Aimée nun ganz nahe herangekommen war. Sie legte ihre Hand auf meine Hand vor meinen Augen. Ich zog meine Hand langsam weg. Nun war es an ihr, mir den Anblick der Fotografie zu gewähren.

Ich schnupperte an ihrer Hand, und selbst die Chemikalien, die ich einatmete, waren mir lieb. Sie leitete mich mit zärtlichen Berührungen ihrer freien Hand zum Bild. Dann senkte sie ihre Hand vor meinen Augen, und ich stand unmittelbar davor. Im roten Licht brauchte ich einen Moment, bis ich den Inhalt der Fotografie deutlich erkennen konnte.

Ich blickte auf das Bild und sah mein Gesicht. Ich war es, der darauf zu sehen war.

Aimée hatte das Bild damals im Lichthof geschossen.

Ich legte meine Hände um ihre Hüften. Sie küsste mich auf den Mund, und dann gleich nochmals. Wieso war ich erstaunt, dass ihre Zunge süßlich schmeckte? Hatte ich in diesem Chemikaliendunst womöglich etwas ganz anderes erwartet?

»Was hast du erwartet?«, fragte auch Aimée. Sie meinte die Fotografie, wenn nicht die Tatsache, dass sie mich gerade geküsst hatte. Ich wollte mit den Achseln zucken, aber sie hatte schon den Arm ausgestreckt. Ein Klicken ertönte: wieder war es vollkommen dunkel um uns her. Diesmal aber hatten wir einander.

Ich war gegen Mittag in meine Wohnung zurückgekehrt. Das rote Lämpchen des Telefonanrufbeantworters blinkte ohne Unterlass. Ich duschte kalt, schlüpfte in ein T-Shirt und stieg in die kurze Baumwollhose.

Ich schnupperte im Bad am Poloshirt, das ich gestern getragen hatte, es roch nach Aimée.

Sie hatte heute eine Statistikvorlesung mit Übungen hinter sich zu bringen, wie sie sich, mit einem Lachen, ausgedrückt hatte. Statistik war nicht ihr Lieblingsfach.

Ich konnte es ihr nicht verdenken.

Meine Zunge schmerzte, und wenn ich jetzt vor dem Spiegel meine Lippen begutachtete, stellte ich eine leichte Schwellung an der Oberlippe fest; sie war in der Nacht entstanden, ganz so wie die bläulichen Stellen an meinem Rücken und an meinen Oberarmen, die Kratzer an meinen Oberschenkeln.

Die kleinen Blessuren waren nicht etwa schmerzhaft. Stattdessen fühlte ich eine Leere, die sich aus dem körperlichen Verlangen nährte; ich wollte Aimée anrufen. Sie war bestimmt schon längst auf.

Ich drückte auf den Knopf auf dem Desktopgehäuse unter meinem Schreibtisch, und meine beiden *PC*, die ich aus demselben Netzverteiler speiste, gingen gleichzeitig an. Während *BIOS* und *DOS* geladen wurden, konsultierte ich in meine Agenda.

In zwei Tagen mussten drei Rechner konfiguriert sein, stellte ich fest. Ich holte den entsprechenden Auftrag aus dem Ordner und legte das Papier vor mich auf den Schreibtisch. Zwei Tage? Das war ohne weiteres zu schaffen, ich konnte den Termin bestimmt einhalten, und ich wiederholte diesen Satz, damit ich mich später, wenn die Zeit womöglich doch nach knapp werden würde, an ihn erinnerte.

Im Einsatz für mich standen heute vier Studentinnen und drei Studenten, stellte ich in der Tagesplanung der Agenda fest. Gegen meine Gewohnheit erwog ich, die Mitarbeiter anzurufen, zumindest einen von ihnen. Ich griff zum Hörer und ließ mich intern verbinden.

»Alles in Ordnung?«, fragte ich ihn.

»Natürlich, Chef«, lautete die Antwort, und obwohl der junge Student dieses *Chef* ohne Unterton ausgesprochen hatte, fühlte ich mich ertappt oder zumindest unangenehm berührt – und sei es von meinem Impuls, ihn anzurufen. Schnell verabschiedete ich mich wieder.

Ich hörte, seit ich zurückgekehrt war, *Grasshopper*, die lindgrüne Langspielplatte von *J. J. Cale*. Der Tonarm hatte nun die Mitte der Schallplatte erreicht; ich nahm nach dem Ende des letzten Titels, *Dr. Jive*, das typische Klicken des Hebelarms und anschließend das mechanische Klacken wahr. Ich ging hin und wendete die Scheibe.

Zu den ersten schleppenden, fast synkopischen Takten von *City Girls* sah ich aus dem Fenster. Die Sonne brannte auf die Wiesen der Umgebung herunter. Die Gegend erschien nicht nur windstill, sondern auch vollkommen ruhig, die Hitze bannte sie in eine mittägliche Statik ein, in ein Gleichgewicht, zu dem ich mich wie mit endgültigem Mut dazugehörig fühlte. Ich kehrte zum Schreibtisch zurück.

Ich überlegte, ob ich Aimée tatsächlich mit dem elektronischen Sensor und der Relaisbox überraschen wollte, ich kam mir aber gleich affig vor. Im Grunde hatte mich das, was sie mir gestern in der Dunkelkammer vorgeführt und von dessen Existenz ich auch längst gewusst hatte, auf einen anderen Gedanken gebracht: die ganze Entwicklerei musste überholt werden, besser noch die Kameratechnik und zuallererst das Aufnahmeverfahren und die elektronische Speicherung der dadurch entstandenen Bilder.

Bestimmt war man darin schon fortgeschritten. Ich schaute im Stapel mit den Elektronikfachzeitschriften nach, die mir Vater neulich vorbeigebracht hatte.

Nach einigem Blättern fand sich ein Editorial in *Popular Electronics*, in dem der Chefredakteur sich zu dem Thema ausließ. Die elektronische Fotografie würde sich unter Umständen eines Tages durchsetzen, ein noch zu benennender Unterschied zur herkömmlichen Fotografie aber würde stets bestehen bleiben. Ich war anderer Meinung. Es würde eines eher nahen Tages nichts davon übrig geblieben sein außer der Erinnerung daran – und den Fotografien selbst.

Ich erkannte darin dieselbe Diskussion wie im Bereich der allerneuesten Audiotechnologie, von der zu Beginn kein Tonmeister, kein Musikverlag für klassische Werke und kein Jazzenthusiast etwas wissen wollte und die nun allmählich doch die ersten zaghaften, umwunden zustimmenden Äußerungen von diesen erfuhr.

Mir konnte das retardierende Moment recht sein. Je länger wesentliche Teile der Wirtschaft von der Digitalisierung als von einer bloßen Modeerscheinung dachten, desto länger hatte ich Zeit, mein Unternehmen aufzustellen, will heißen gehörig zu erweitern und zu diversifizieren.

Mir schien, als ob der nächste Sprung in der Technologie in jene Richtung erfolgen würde, in die auch die Schreibmaschine geschritten war: unaufhaltsam in die *EDV*. Wie zur Bestätigung tippte ich den ersten Satz einer Auftragsbestätigung in die Tastatur. Ich fertigte sie aus und speicherte sie sowohl auf der Festplatte als auch auf Diskette, bevor ich sie in zwei Exemplaren ausdruckte und die eine quer gefaltet in den Umschlag mit dem Sichtfenster steckte, die andere im Ordner mit den Aufträgen ablegte.

Ich las im Editorial; der Chefredakteur sprach von einem allerersten Gerät, das Bilder elektronisch erzeugen und sie anschließend auch noch auf einem Speicherchip ablegen konnte. Die Schwarzweißbilder hätten bloß die Größe einer Briefmarke, und es ließe sich auch kaum etwas darauf erkennen, aber der erste Schritt wäre damit nun getan, stand da zu lesen. Er schätzte, die Markteinführung einer allerersten vollelektronischen oder auch *digitalen* Fotokamera könnte schon im kommenden Jahr geschehen.

Im kommenden Jahr! Im Artikel war schon von Frühjahr 1991 die Rede.

Ich musste Aimée davon erzählen, auch wenn ich fast schon sicher war, dass sie das wenig kümmern würde – so wie sie an der Dingwelt ihrer Dunkelkammer zu hängen schien. Zu ihrer Welt, zu ihrer ganzen Welt gehörte seit gestern auch ich.

Ich rief Aimée an, ich wollte ihre Stimme hören. Sie meldete sich umständlich am Telefon, außer Atem. Sie habe dem alten Kunstmaler die Treppe hinauf geholfen. Das verlange sie ab und zu von ihm, er soll gefälligst rüstig bleiben, lachte sie. Jetzt sitze er da, auf dem Sofa unter seinem eigenen Bild: »Puh, geschafft!«

»Das blaue Bild?«, fragte ich.

Sie habe es zu ihrem sechzehnten Geburtstag geschenkt bekommen, »schön, dass es dir aufgefallen ist.« Er habe es für sie gemalt. Manchmal, sagte Aimée, dachte sie darüber nach, was es darstellte – außer dass es von diesem unwirklichen Blau war. Sie lachte wieder, diesmal in die mutmaßliche Richtung des Malers.

Sie liebe dieses Bild, flüsterte sie in die Sprechmuschel. Sie schien einen Augenblick zu warten. Möglich, dass die Stille dem Wort geschuldet war, das sie soeben ausgesprochen hatte. Ich vermutete, Aimée würde nun auf eine Reaktion von mir warten, die sich auf dieses Wort bezog. Ich schwieg.

Dieses Blau müsse sie für sich noch aufschlüsseln, sie wisse, dass es ihr etwas sagen möchte; allein, sie könne die Mitteilung nicht benennen. Ob ich mir das Bild habe merken können, fragte sie.

»Auch bloß das viele Blau«, erwiderte ich.

Wer denn dran sei, erkundigte sich der alte Kunstmaler. Aimée antwortete, er würde mich doch kennen.

Sie beschrieb ihm unsere letzte Begegnung.

»Der junge Mann von der Tanke«, hörte ich aus dem Hintergrund. Der Alte lallte ein wenig. Das hatte er vor ein paar Monaten noch nicht getan, dachte ich. Im Grunde war er für mich noch immer der alte Kunstmaler mit dem *Bentley*. Aber ich verstand, dass das nicht mehr der Wirklichkeit zu entsprechen schien.

»Genau der«, betätigte Aimée, »der junge Mann von der Tanke.« Wir würden uns manchmal sehen, Aimée und ich. »Du würdest ihn mögen.«

»Freundliche Grüße«, sagte ich, »ich lasse Euch jetzt. Bis später.«

»Bis später.« Wieder wartete sie einen Moment.

Ich legte auf und sagte: »Ich liebe dich.«

Bevor es dunkel wurde, bestieg ich mein Rad und fuhr zum Elternhaus. Es war niemand da – ich hatte auch niemanden erwartet. Mutter und Vater weilten auf einer organisierten Studienreise in Apulien. Ich trank ein Glas Wasser in der Küche und setzte mich im Garten auf den Baststuhl.

Ich schloss die Augen. Der Duft nach frisch gemähten Wiesen beruhigte mich, ohne dass ich es darauf angelegt hatte, denn ich war nicht etwa unruhig. Im Gegenteil; müde, wie ich war, fiel ich in einen oberflächlichen Schlaf. Ich schaute mir darin das blaue Bild an. Ich stand davor und sah in das tiefe Blau, von dem ich neulich in Aimées Wohnung abgelenkt worden war, ein Blau wie ich es zuletzt in einem von Mutter aus München mitgebrachten Ausstellungskatalog gesehen hatte: Barnett Newman malte von 1948 bis 1953 die Serie *Onement I* bis *VI*; auf der Suche nach dem Erhabenen, wie er gesagt haben soll, sei er mit *Onement VI* bei der großen, blauen, beinahe quadratischen Leinwand angekommen. Mitternachtsblau, tiefblau, blau, wurde sie von einem opakweißen, senkrechten Steifen hälftig geteilt.

Ich sah das Bild im Traum. Ich hatte es noch nie von nahe gesehen, aber ich nahm mir in diesem Augenblick vor, es so bald wie möglich aufzusuchen, wo immer auf der Welt es gerade hängen würde. Ich würde diese Reise gemeinsam mit Aimée unternehmen, und auf dem Weg dorthin würde sie mir auch von dem blauen Bild erzählen, das der Alte für sie gemalt hatte.

Ich sah Aimée und mich im Flughafen auf unsere Maschine warten, die uns nach den USA fliegen würde, nach New York, wo wir die letzte Strecke mit der *Metro* zurücklegen würden, und in diesem Moment standen wir auch schon davor, Aimée und ich, doch was wir nun sahen, war nicht *Onement VI*, sondern ein anderes tiefblaues Bild, das ganz ohne weißen Streifen auskam, es schien noch flächiger als Newmans Meisterwerk, es mochte von einem noch tieferen Blau sein, blauer als jedes Blau in Picassos Blauer Phase, von einem dunkleren Blau als jedes *Traumbild* in Joan Mirós blauer Serie, auch als Yves Kleins *Blue Monochrome*, kraftvoller selbst als Franz Marcs *Die großen blauen Pferde*, tiefer als Katsushika Hokusais *36 Ansichten des Berges Fuji*, daraus *Die große Welle vor Kanagawa*, gemalt um 1830.

Woher ich das alles wüsste, fragte Aimée. Ich sah mich in ein Blau eintauchen, vielmehr stürzte ich durch die blauen Bilder, drehte mich dabei langsam um die Querachse, ganz so wie James Stewart in Hitchcocks *Vertigo*, ich fiel und fiel, und ein blauer Schleier schloss sich dergestalt um mich, dass alles, worauf ich schaute, blau wurde; mir blieb nichts anderes übrig, dachte ich, als alles anzusehen und damit, wie ich vermutete, alles in meinem Blick mit einem tiefen Blau zu überziehen, im Zweifel auch mich selbst: Ich vermied spiegelnde Flächen, aber ich merkte, dass im Sturz durch das tiefe Blau ohnehin keine zu vermeiden wären, falls es sie denn gegeben hätte, aber es gab sie nicht, wie es auch sonst nichts zu greifen und vielleicht auch nicht mehr sehr viel zu begreifen gab, das tiefe Blau schien alles aufzusaugen, so beiläufig wie endgültig.

Ich griff um mich, aber ich griff ins Leere. Weiter oben sah ich Aimée, sie war im selben Fallen begriffen, auch sie konnte sich nirgends festhalten außer an dem Blau, das sie umgab. Ihre Haut schimmerte bläulich, sie war zwar selbst nicht blau, Gott sei Dank, aber das Blau um uns her ließ sie mir blau erscheinen, so blau wie auch sie mich wahrnehmen musste.

In diesem Blau fiel es mir schwer, eines Gegenstands habhaft zu werden, er entwischte mir stets ins tiefere Blau, worin ich ihm eine Weile nachblickte, freilich schon bald, ohne ihn noch unterscheiden zu können. In diesem tiefen Blau Unterscheidungen zu treffen, war für mich ohnehin nur annäherungsweise möglich, ich konnte kaum mehr etwas erkennen, ich sah das Eigentliche an einem, an jedem Ding nicht mehr und vermutete deswegen auch, dass es dieses Eigentliche, das Wesentliche, das den Dingen eignete, nun auch gar nicht mehr gebe.

Ich überlegte ungenau, wie weit man jetzt noch fallen, wie lange dieser mutmaßliche Sturz durch die Bilder anhalten konnte, und ich wünschte mir in diesem Augenblick, mit der Datatypie niemals angefangen zu haben.

Das hatte ich nun davon, ich fiel und fiel; die Dinge hatten ihre Entsprechung in der elektronischen Welt, und seitdem damit begonnen worden war, sie in den Rechnern und deren Festspeichern zu erfassen, gab es sie gewissermaßen doppelt, mehr noch, in Kopie, in jeder beliebigen Zahl, so kam es mir zumindest vor. Die Dinge würden sich irgendwann miteinander verständigen können, dachte ich, ein Kühlschrank würde den Supermarkt darüber in Kenntnis setzen, dass die Milch alle war, und der Supermarkt würde liefern, er würde ausliefern seinerseits mittels selbsttätig erzeugter Reaktionsketten, die auf jene Person zurückgehen und zu ihr zurückführen würden, die das Bedürfnis nach frischer Milch hatte. Das sehr wohl. Doch wer sagte denn, dass derartige Kreisläufe nicht auch von sich aus und sich selbst genügend in Kraft treten würden?

Wer konnte ausschließen, dass die Dinge sich in dem immensen Blau verlieren und nie wieder auftauchen würden? Und wer, dachte ich weiter, wer also würde sie aus diesem Blau wieder herausziehen und herausschälen können, wenn nicht das Blau selbst?

Newman, Miró, Klein und Marc, mit ihrer Hilfe war das zu schaffen, sie kannten den Ausgang aus dem alles verhüllenden Blau, sie hatten ja auch den Eingang gekannt und gemalt. Ich beglückwünschte mich zu dieser Erkenntnis, die ich umgehend Aimée mitteilen musste. Allein, Aimée war verschwunden.

»Aimée«, rief ich, »Aimée«, schrie ich ins Blaue, »dieses Blau wird uns retten«, aber ich konnte sie nicht ausfindig machen, ich konnte nicht einmal hören, ob sie meine Rufe vernommen und mir womöglich auch noch die längste Zeit darauf zu antworten versucht hatte.

Ich war verzweifelt. Ich sah mich hilflos um. Weiter unten schien etwas dem Blau zu trotzen, mir war, als ob mich von dort Licht erreichte. Ich hielt auf diesen Punkt zu, und kaum hatte ich den Ausgang entdeckt, stand ich auch schon vor dem Bild des alten Kunstmalers. Ich stand davor, wie ich vorhin, als ich eingenickt war, vor dem Bild gestanden und es betrachtet hatte.

Ich wollte es nun genauer ansehen. Aber ich erinnerte es nicht. Was ich in Aimées Wohnung erblickt hatte, in jener Sekunde an Aimées Hand, war alles, woran ich mich erinnern konnte: Blau.

»Blau«, sagte Aimée, und wir küssten uns. Wollte ich vorhin noch vom Schlaf aufschrecken, blieb ich nun eine Weile sitzen. Ich öffnete die Augen. Ich stand vom Baststuhl auf und ging ins Bad, wo ich mein Gesicht wusch.

Ich sah aus dem Fenster.

Bald würde die Nacht über Zürich hereinbrechen.

Ich verharrte im Anblick der Natur, die jetzt in der Dämmerung ihre Farben verlor; alles würde in der kommenden halben Stunde von einem Dunkel bekrochen werden, bis es selbst dunkel geworden war; ich bekam Lust, *verkaufen* und *bekrochen* ins Telefon zu flüstern, in Aimées Ohr.

Wir wollten einander morgen sehen, gegen Abend. Ich hatte sie eingeladen, bei mir vorbeizukommen. Ich würde ihr zeigen, was ich tue und was ich in den kommenden Jahren, falls der Geschäftsgang günstig bleiben würde, noch vorhatte.

Ich trat aus dem Bad und ging gewohnheitsmäßig in die Richtung, in der ich mein Zimmer wusste. Ich wollte dort Clapton auflegen, *Another Ticket*. Aber mein Zimmer war nur rudimentär möbliert, ich war schließlich schon vor einer ganzen Weile ausgezogen. Auch alle Schallplatten waren weg.

Als ich am Basteltisch vorbeikam, sah ich neugierig nach, woran Vater gerade arbeitete. Ich bemerkte, dass er sich mit der Sensortechnik beschäftigte, obwohl er sich damit nun wirklich nicht mehr auseinandersetzen musste, nun, da er Rentner geworden war und inzwischen Mutter jeden – in den vergangenen Jahrzehnten von beiden unterdrückten – Reisewunsch von den Lippen ablas. Wenn die Firma rief, machte sich mein Vater, der Rentner, dennoch auf, um auszuhelfen. Das kam aber immer seltener vor.

Vater hatte mir vor kurzem erzählt, dass die Robotertechnik und die Sensoren sich ergänzten, erst im Zusammenspiel entstünde etwas Besonderes. Ich konnte das nachvollziehen. Ich verstand zwar herzlich wenig davon, aber mir schien das eine ohne das andere mangelhaft; ich verschaffte mir einen kursorischen Überblick über die Bauteile, die Vater da verwendete, er hatte sie fein säuberlich in die kleinen bunten Plastikschalen sortiert, die uns einst bei der Eröffnung des ersten Baumarkts der Region am Eingang in die Hände gedrückt worden waren. Sie bildeten seitdem einen festen Bestandteil auf dem Basteltisch.

Ich schaute auf dem Ledersessel nach, ob sich der Schaltplan dort fände, denn auf dem Basteltisch konnte ich ihn nicht entdecken. Ich ging hin, sah, dass er auch hier fehlte, und setzte mich auf den Sessel.

Mein Blick wanderte durch den Raum. Vor meinem inneren Auge sah ich Vater zu, wie er am Basteltisch lötete und zwischendurch den Schaltplan studierte. Er war versessen darauf, Schaltungen zu bauen, es bereitete ihm eine große Freude, und mir schien es, als habe er einst daraus die Kraft bezogen, seinen Arbeitsalltag zu meistern, die Stunden im Büro und auf den Geschäftsreisen, von denen er uns nur das Allernötigste erzählte, er reiste schließlich nicht zum Vergnügen.

Vergnügen bereitete ihm jahrelang das Elektronikbasteln zu Hause am Basteltisch, und wenn er mir dabei etwas beibringen konnte, steigerte sich seine Freude abermals. Ich liebte es, Stunden am Basteltisch mit Vater zu verbringen, Schaltungen zu studieren, Bausteile zu sortieren, die Beinchen der Elektrolytkondensatoren etwas zu kürzen, jene der Widerstände senkrecht nach unten zu biegen – wobei zu beachten war, dass die neue Größe des Widerstands gut auf die Platine passte.

Wir hörten fast immer weit entfernte Sender auf Kurzwelle, *Radio Schweden*, *Radio Poland*, und wenn es richtig spät wurde und die D-Schicht der Ionosphäre über unseren Köpfen so weit abgetragen war, dass sie flach einfallende Wellen aus Südamerika nicht mehr dämpfte, drehten wir im 49-Meter-Rundfunkband auf die Frequenz von *Radio HCJB* aus Quito, *die Stimme der Anden*, oder *Radio Nacional do Brasil.* Dieser Sender strahlte manchmal zeitgleich Berichte von den Fußballspielen im Maracanã-Stadion in Rio des Janeiro aus. Wir mochten das besonders, freilich ohne auch nur ein Wort zu verstehen.

Vater hatte, als ich einmal von der Schule nach Hause gekommen war – es war Winter und draußen bitter kalt –, unseren *Grundig Yacht Boy 700* auf die Welle von *NHK Japan* eingestellt. Er musste schon eine Weile zugehört haben, denn der kleine Empfänger hatte seine Betriebstemperatur erreicht, das heißt wir mussten nicht länger die Frequenz immer wieder um einige Dutzend Hertz verstellen, um den amplitudenmodulierten Träger in seiner Mittenfrequenz und damit ohne Verzerrungen empfangen zu können. *NHK*, der öffentliche japanische Sender, hatte zur europäischen Vorabendzeit Volksmusik auf dem Programm, die Vater als beruhigend empfand.

»In Japan«, sagte er, nachdem er die Spitze des Lötkolbens zunächst mit dem feuchten Schwamm gereinigt und dann von neuem mit Lötzinn überzogen hatte, in Japan würde keinerlei Widerspruch geduldet. Jeder tue, was sein Vorgesetzter ihm auftrage, nicht mehr und nicht weniger und auch niemals anders als vorgegeben. Das sei die goldene Regel, und er habe sich gefragt, ob das eine gute oder eine schlechte Regel sei. Spätestens nach dem dritten Aufenthalt bei *Sumitomo* aber sei ihm klargeworden, dass das eine schlechte Regel sei, so schlecht, dass sie damit alles, was sie in Japan in der Halbleitertechnologie erreicht haben mochten, eines nicht allzu fernen Tages wieder hergeben müssten.

Ich fragte mich, weshalb Vater auf ein solches Thema zu sprechen kommen wollte; die Klänge aus Japan mochten ihn dazu verleitet haben. Einmal, sagte Vater, wurde in dem Betrieb, in dem er zu tun gehabt hatte, gestreikt. Er habe nicht verstanden, was genau der Auslöser dafür gewesen war, aber er habe ohnehin zwei ganze Arbeitstage dafür gebraucht, bis er herausgefunden hatte, dass überhaupt gestreikt wurde. Die Arbeiter in den großen Fertigungshallen trugen Armbinden; sie skandierten keine Parolen, versammelten sich nicht, sie leisteten ihr übliches Tagespensum ab, murrten nicht einmal.

Die Armbinde war ihnen Aufstand genug, sagte Vater, und keiner hatte es etwa gewagt, während der Arbeitszeit die graue Mütze abzulegen.

»Abends«, sagte Vater, »nach einem zehnstündigen Arbeitstag«, würden die Männer noch zusammen saufen gehen. Spätnächts erst erreichten sie üblicherweise ihre Wohnung, in der Gattin und Kinder längst schliefen. Man würde sich auch am Morgen nicht sehen, weil die Männer schon um sechs aus dem Haus gingen. Sie schliefen dann im Büro am Schreibtisch ein oder waren, übermüdet, zu rein gar nichts zu gebrauchen, bis am Abend wieder gesoffen wurde.

Einmal habe er die Dienste des Fahrers, der ihn täglich vom Hotel zum Firmengelände und zurück fuhr, abgelehnt, und er habe sich unbeachtet zur Metro begeben. Eine Frau habe sich dort stehend festgehalten, während die Männer um sie her saßen; keiner war für sie, die nicht etwa die letzte gewesen war, die in den Wagen eintrat, aufgestanden.

Als der Wagen unvermittelt etwas stärker rüttelte, stürzte die Frau und riss sich den Strumpf ein. Schnell rappelte sie sich hoch und verbeugte sich in alle Richtungen, murmelte ein Wort der Entschuldigung, das von den Männern nicht einmal zur Kenntnis genommen worden zu sein schien. Allerdings hatten sie jede Bewegung der Frau genauestens registriert, ganz so, als ob man die Frau gegebenenfalls zurechtgewiesen hätte, falls sie noch einmal gestürzt wäre.

Er habe sich geschämt, dass er der Frau nicht beigesprungen war, er habe sie in ihrer Scham und ihrer entwürdigenden Verzweiflung allein gelassen, sagte Vater, während im Hintergrund *NHK Japan* lief. Er schüttelte den Kopf, so etwas hatte er noch nie und dann zum Glück auch nie wieder erlebt.

Aber wie die Menschen in Japan denn sonst so waren, fragte ich Vater.

Er schwieg. Dann sagte er, er habe keinen blassen Schimmer. Er habe nicht verstanden, mit wem er es zu tun hatte, die Menschen dort seien für ihn stets ein Buch mit sieben Siegeln gewesen. Es war auch schon vorgekommen, dass in ihm die Ahnung aufgestiegen war, man würde sich über ihn, den Europäer, den des Japanischen nicht Kundigen, lustig machen. Man habe ihm schon ins Gesicht gelacht, sagte Vater, und er habe mitgelacht. Das habe jene, die gelacht hatten, noch darin bestärkt.

So war das, sagte Vater, und er lötete einen kleinen selbstgewickelten Trenntransformator ein.

Die *Sexshops* in den Stadtzentren, fuhr Vater fort, zeigten in ihren Auslagen nur japanische Modelle auf den Hüllen der *VHS*-Videokassetten und den Titelseiten der Magazine. Die Menschen in Japan, sagte Vater, stünden sexuell nur auf das, was sie selbst waren – andere, etwa europäische Modelle kämen überhaupt nicht infrage, und wo würde sich diese Präferenz besser manifestierten als in den Auslagen der *Sexshops*, die schließlich auch nur das verkauften, was bei den Kunden ankam.

Ein Blick ins Innere habe seine Annahme im übrigen bestätigt. Nicht nur in den Auslagen, auch im *Shop* selbst kamen ausschließlich japanische Darstellerinnen und Darsteller vor, sagte Vater. Aber die Japaner würden das Eigene überwinden müssen, wenn sie weiterhin im größten Maßstab wirtschaftlich erfolgreich sein wollten – dafür hingegen, sagte Vater, wäre das Land viel zu klein, ein Inselstaat, in der Art durchaus ein Kleinstaat. Nein, die Chinesen würden sie ganz gründlich überholen, derart, dass Japan, auf sich selbst zurückgeworfen, vielleicht noch so etwas wie ein Zulieferstaat würde sein können, niemals aber mehr als das.

Ich stand vom schwarzen Ledersessel auf. Draußen war es dunkel geworden. Ich machte Licht im Flur und ging ins Wohnzimmer, wo ich die Türen zum Garten verschloss. Vor dem Regal mit Mutters Kunstbüchern blieb ich stehen. Ich nahm einen Band über skandinavische Plastiker in die Hand, ich blätterte darin; später schaute ich mir in einem anderen Band die Skulpturen Constantin Brancusis an, besonders die *Endlose Säule*.

Ich stellte die Bücher ins Regal zurück und machte mich bereit, das Haus zu verlassen. Bei der Tür überlegte ich, dass ich mir besser ein paar Bände mit Gemälden aus dem 20. Jahrhundert hätte ansehen sollen, es lag schließlich im Bereich des Möglichen, in der kommenden Zeit auf den alten Kunstmaler zu treffen. Nicht, dass ich Abbildungen seiner Werke in einem der Bände der doch kleinen Bibliothek erwartet hätte, aber ich hätte sein blaues Gemälde in ein Verhältnis zu dem, was zumindest Mutter für sehenswert hielt, bringen können. Ich nahm mir vor, das blaue Bild in den kommenden Tagen in Aimées Wohnung genauer anzuschauen.

Ich verschloss die Haustür und schwang mich aufs Rad. Die Wiese flog an mir vorbei, ich schloss kurz die Augen. Ich war versucht, bei den Apfelbäumen einen Halt einzulegen, aber eigentlich fühlte ich mich nach dem Nickerchen im Garten recht kraftlos, ich bereute ein wenig, dem Schlaf so leicht, ganz ohne Gegenwehr, nachgegeben zu haben.

Und doch verdankte ich diesem kurzen Schlaf den Traum, der mich so sehr erschreckte und mir dabei dennoch gewissermaßen die Augen öffnete; ich wollte ihn den tiefblauen Traum nennen, und ich wollte mich diesem Traum, so abwegig es mir auch erscheinen wollte, mit dem Mut des *somnambulen Strombastlers* verpflichten. Dieser Traum, der doch, wie jeder andere meiner Träume, mir gewissermaßen aus der Seele sprach und sich mit seinen eigenen Offenlegungen zugleich in meine Seele einschrieb, sollte mir, nein, *ich selbst* sollte mir damit die Richtung vorgeben, denn es gab nur diese eine, in die Zukunft weisende, in meine eigene Zukunft; ich musste, das war mir klargeworden, die Augen öffnen und auf jede mir vielversprechend scheinende Innovation setzen.

Ja, das galt noch immer: Ich musste schnell sein, und ich musste entschlossen handeln. Ich wollte wachsen und diversifizieren, und nur ein Narr dachte, alles würde so bleiben, wie wir es gerade kannten; alles so, wie es zurzeit war, nur ein tumber Tor.

Nun, da ich den tiefblauen Traum geträumt hatte, wusste ich, dass ich nach jener kommenden Zeit suchen musste, die nach der Zeit der Datenerfassung kommen würde. Ich wollte mich umhören, ob vielleicht schon Systeme entwickelt worden waren, die die menschliche Stimme erkennen und jedes Tippen gegenstandslos machen würden, so überflüssig vielleicht wie das Erfassen selbst, bei dem ich mich nur so lange aufhalten konnte, als entsprechende Aufträge eingingen. Wenn die Auftragslage sich eines nahen Tages verschlechtert haben würde, musste mein Kerngeschäft längst ein anderes sein – und ich ahnte, dass es nur sehr bedingt der Computerhandel allein sein konnte, auch wenn ich diesen nun mit aller Kraft vorantreiben wollte.

Ich schaute mich von da an nach einem Ladenlokal um, das, am besten mitten in der Stadt, trotzdem leicht mit dem Auto zu erreichen war und dadurch den Warenumschlag durch den Endverbraucher selbst ermöglichen sollte.

Ich füllte meine Lunge mit der würzigen Sommerluft. Als ich bei meiner Wohnung vorfuhr, bemerkte ich Aimée auf dem Treppenabsatz.

Sie war in ein Buch vertieft.

Ich ging auf sie zu, und als ich mit der Hand über ihr rotes Haar strich, sah sie hoch.

Ich hatte sie damit nicht erschreckt, sie wusste, dass nur ich es sein konnte, der sie so berühren würde. Sie stand auf, wir küssten uns lange.

»Komm«, sagte ich, und ich stieß die Tür auf. Aimée und ich stürzten in derselben Bewegung in die Wohnung.

Wir fielen auf den Perserteppich, den ich als Kind von meinem Patenonkel geschenkt bekommen hatte, ein Erbstück; mit dem ausgestreckten Fuß gelang es mir, die Tür ins Schloss zu werfen.

Wir drehten uns auf dem Teppich, küssten uns. Aimée schloss die Augen, als ich ihr die dünne Strickjacke auszog, sie spreizte die Finger und legte ihre Hände flach auf meine Brust. Dann half sie mir schnell aus meinem Poloshirt, bevor sie den Gürtel an meiner Hose öffnete und den Reißverschluss aufzog.

Ihr Gesicht hatte sich erhitzt, und ich stellte fest, dass sie schöner war, als ich sie bis jetzt gesehen hatte. Das hielt ich gar nicht für möglich. Ich berauschte mich an ihrer Schönheit, ich fasste sie überall zärtlich an.

Ich öffnete ihren blauen Rock und drehte sie sachte auf die Seite, ich umgriff die Kehle ihres linken Knies und winkelte ihr Bein im Gelenk an.

Aimée zog ihr Höschen herunter und bot sich mir von hinten an. Ich konnte mein Glück nicht verstehen, als ich sie nahm, ich wähnte mich in einem meiner Träume, aber das war kein Traum.

Sie drehte den Kopf und steckte ihre Zunge in meinen Mund.

Als sie kam, hielt sie sich an mir fest, als ob ich ihr hätte Halt bieten können auf diesem alten Perserteppich, ausgerechnet ich, der ich jetzt auf ihren Rücken kam.

Ich betrachtete sie lange. Nein, geträumt hatte ich nicht.

Wir duschten gemeinsam. Aimée sagte mir, als ich ihr viel später das Büro gezeigt hatte und wir uns dann im Lagerraum mit den Kartonen aus Fernost und den Paletten mit den konfigurierten, zur Auslieferung vorbereiteten Rechnern und Neunnadeldruckern aufhielten, dass sie mich gut verstehen könne. »Mir gefällt«, sagte sie, »dein Mut.«

»Mut?« Das sei erst der Anfang, erwiderte ich.

Sie lächelte. »Du bist verrückt.«

»Und wenn schon.« Ich nahm sie in die Arme. Ich roch an ihr.

»Du bist ein Phantast.«

4

Ich hatte Glück – einmal mehr. Ich fand das benötigte Ladenlokal, und es entsprach exakt den Vorstellungen, die ich mir davon gemacht hatte; es erfüllte alle Bedingungen, die ich mir für meinen künftigen Computerhandel ausgedacht oder besser: nach reiflicher Überlegung zusammengestellt hatte.

Ich wollte auf keinen Fall wie meine Mitkonkurrenten durch schöne Interieurs und dem üblichen Gewährleistungs- und Servicebrimborium überzeugen, sondern ganz im Gegenteil den Kunden die Pappschachteln mit dem begehrten, preiswerten, allerneusten Inhalt aus Fernost gewissermaßen in die Arme geben, von Verkäufer zu Kunde, ganz so, als wären wir Kumpel und hätten irgendwann, irgendwo eine Vertrauensbeziehung begonnen oder zumindest eine gemeinsame, prägende Vertrauensbekundung erlebt, womöglich als Pennäler oder später dann im Zivildienst oder auf der Arbeit, die bei mir schlechterdings darin bestand, diese Vertrauensbeziehung zu suggerieren.

Nicht, dass ich die Kunden übers Ohr hauen wollte, im Gegenteil bot ich ihnen die neueste Ware zum besten Preis an, denn ich kalkulierte nicht über die Marge, sondern über die Menge: ich wollte nicht so viel wie möglich an *einem* Rechner verdienen, sondern so viel wie möglich an der *Gesamtheit* der von mir verkauften Rechner. Meine Strategie war die Masse, die Quantität, die größte Zahl, die größtmögliche Menge, damit alles andere als jene des Apothekers, der bei jedem Produkt, das über seine Ladentheke ging, die Zitrone auspresste, also viel mehr verlangte, als er verlangen durfte. Ich aber verlangte wenig, fast nur den Preis, den ich selbst bezahlt, will heißen: nach Fernost überwiesen hatte. Natürlich schlug ich den Zoll und meine Unkosten wie etwa die Miete, den Strom und so fort, die Steuern, auf den Preis, das allerdings war statthaft und alles andere als betrügerisch.

Nicht einmal zum Auto würde ich sie tragen wollen, die losgeschlagenen Computer, Drucker, Kabel, Diskettenschachteln und so fort, nein, der Kunde musste den zutreffenden Eindruck gewinnen, dass er wirklich die kleinstmöglichen Preise für die beste Ware bezahlte und sich deswegen nun einmal selbst um die Kartone kümmern musste.

Preisschilder würden bei mir keine aufwändig hergestellten Hochglanzposter sein, sondern A4-Papierbögen zu achtzig Gramm pro Quadratmeter, bedruckt mit meinem Neunnadeldrucker; einfachstes weißes Druckerpapier, das ich selbst zu fünfhundert Blatt anbot, praktisch zum Selbstkostenpreis, versteht sich. Es fand reißenden Absatz.

Ich hatte einen Tisch vom Baumarkt zusammengeschraubt und eine vollelektronische Registrierkasse daraufgestellt, die in der Lage war, Bankkarten zu lesen und von ihnen korrekt abzubuchen – allein, es besaß noch lange nicht jeder eine *Eurocheckkarte*. Das war mir allerdings egal, denn ich wollte mit dem Lesegerät ohnehin nur andeuten, dass in meinem Laden das Neueste seinen Platz hatte. Gleichwohl ahnte ich – und Vater war derselben Ansicht –, dass bald schon ein jeder bargeldlos bezahlen würde, und nicht nur die größeren Beträge.

Ich hatte unseren alten *Grundig Yacht Boy 700* im Elternhaus aus dem vollen Regal neben dem Basteltisch genommen und hier ins leere Regal hinter der Kasse gestellt, ihn dann sogleich auf die Frequenz von *Radio France Internationale* abgestimmt, auf *RFI*, und als Lautsprecher verwendete ich zwei kleine weiße Quader, die eigentlich für den *PC* zuhause gedacht waren. So immerhin brachte ich die Kundschaft auf den Gedanken, dass sie mit den Produkten, die sie hier kauften, mehr anstellen konnten als nur das, wofür sie vorgesehen waren. Ich war schließlich kein Sortimenter, der für alles ein Produkt feilbot, ich war ein Discounter, der weniges anbot, dafür zu einem unschlagbar guten Preis. Ich musste gewissermaßen mit psychologischen Tricks arbeiten, wo andere mit einer einladenden Bewegung ihres ausgereckten Arms auf ihre Regale voller unterschiedlicher Produkte deuten konnten.

Aimée wusste nicht so recht, ob ihr da alles gefallen sollte, dieser *Billigschick*, wie sie das sofort nannte. Sie nahm einen Pappdeckel auf, weiter vorn wischte sie mit dem Lappen über ein Regal, das mir vom Vorbesitzer ungereinigt geliefert worden war.

Mich überfiel das laue Gefühl, als ob sie mich einen Augenblick mit kritischen Augen betrachten, womöglich an dieser Stelle hinterfragen wollte; aber sie sah sehr schnell ein, dass das alles nur Verkaufsstrategie, Kundenpsychologie und ich letztlich allein auf Gewinnmaximierung aus war. Ich erklärte ihr, dass ich in dem hinten und vorne abgekarteten Markt für Elektrogeräte keine reelle Chance hatte, als Quereinsteiger zu punkten, ich kannte die üblichen Seilschaften am Platze nicht, hegte keinerlei Absicht, mich mit anderen Unternehmern zu solidarisieren und Preisabsprachen zu treffen, ich war kein klassischer Fall für die Handelskammer, ich machte, zwangsläufig oder nicht, mein Ding.

»Insofern«, sagte ich Aimée, sei sie der lebende Beweis dafür, dass mein Plan aufgehen könnte; sie hatte mich, der ich dem *Billigschick* wenig abgewinnen konnte, beargwöhnt, dieser Ästhetik des Billigen verfallen zu sein, dabei stimmte das Gegenteil. Ich hatte mich für jene Strategie entschieden, die mich, immerhin, allein dem Kunden und nicht auch noch meinen Mitbewerbern verpflichtete. Ich wollte schließlich auch keinem professionellen Fußballklub vorstehen oder mein Geld sonst wie auf mein Prestige verwenden, schon gar nicht wollte ich in die Politik.

Aimée nickte. Ich sah, dass sie über meine Erläuterungen erleichtert war. Sie hätte, sagte sie später, als wir die Plastikfolien in den Hinterhof brachten, dann versucht, mich vom Gegenteil zu überzeugen. Das war nicht nötig. Sie kannte mich doch; und ich kannte mich auch.

Aimée half mit. Sie packte Pappschachteln aus und inventarisierte alles in einem Ringordner, den sie selbst für diesen Zweck mitgebracht hatte. Sie wollte wissen, wie ich so viel Geld vorschießen konnte. *Investieren* lautete hier das Wort, sagte ich ihr, als ob sie, die Ökonomin, nicht alles viel besser als ich wusste und kannte und auch noch theoretisch zu begründen und statistisch zu berechnen imstande war.

Sie nickte anerkennend, als sie meine Buchhaltung und die Steuererklärung durchsah; ich hatte ihr beides in die Hände gedrückt, weniger deshalb, damit sie von meiner geschäftlichen Lauterkeit überzeugt war, als zum Beweis dessen, dass ich zu wissen glaubte, was ich tat. Es lag schließlich auf der Hand: der Moment war unübersehbar da, um die *EDV* neu zu denken. Man musste bloß der Schnellste sein.

Elephant Datatypiedienstleistungen GmbH! Aimée fand den Namen komisch, linkisch, ohne Charme, und als sie ihm in den Akten, die der Treuhänder fein säuberlich abgeheftet hatte, in gehäufter Weise begegnete, schüttelte sie den Kopf. Nach einer Weile, die sie wiederum auf die Lektüre verwendet hatte, sagte sie aber, der drollige Firmenname habe mir Glück gebracht, ich sollte ihn unbedingt beibehalten. Nichts Anderes hatte ich vor.

Als Aimée mich von hinten umarmte und ihren Kopf zwischen meine Schulterblätter legte, sagte ich ihr, dass ich auch nichts Anderes vorhatte, als den *drolligen* Namen beizubehalten, und sie lachte. Sie habe damit gerechnet, dass ich darauf zurückkommen würde, sagte sie.

Der *Yacht Boy*, nicht zur Beschallung größerer Räume gedacht, verbreitete klirrend und krächzend, aber immerhin zeitgleich ein Konzert von Jean-Michel Jarre auf Kurzwelle. Ich nahm mir vor, auch seine neueste Scheibe, *Oxygène 7-13*, zu kaufen. Diese Aussicht, die Vorfreude auf das stundenlange Abspielen dieser Musik, beseelte mich.

Ich drehte mich zu Aimée um. Die Neonröhren warfen ihr helles, hartes Licht auf uns. Aimée hatte mich vorhin beobachtet und wiegte sich jetzt in den sphärischen, verspielten, stark rhythmisierten Elektroklängen aus dem Kurzwellenempfänger; sie trotzte dem Licht ohne Mühe.

Die Schweißperlen auf ihrer Stirn und an den Schläfen erregten mich; ich leckte sachte daran. Sie hielt die Augen auch dann noch geschlossen, als ich sie in meinen Armen anhob und mit dem Knie den Lichtschalter an der Wand drückte.

Im kargen Nebenraum setzte sie sich auf mich. Ich griff ihre Schenkel und ließ mich, von ihrer süßlichen Ausdünstung zusätzlich betört, weit davontragen, hinaus in den Äther, wo Jarres Klangteppiche sich von den Rändern her zu einem sinnhaften Ganzen verwoben. Im spärlichen Licht konnte ich erkennen, wie Aimées Brüste im Gegentakt zu ihren Hüftbewegungen schwangen, ich umgriff sie mit der hohlen Hand. Ich unterschied ihre Achseln, Schultern und ihren wippenden Pony. Sie kam mit einem Schrei.

Ich ging früh morgens im Büro die – wie nicht anders zu erwarten war – zahlreichen Bewerbungen durch und entschied mich schnell für drei Kandidaten, eine junge Frau und zwei junge Männer. Indem ich mit ihnen länger fernmündlich sprach, versuchte ich, mir ein genaueres Bild von ihnen zu machen. Alle drei waren zu Hause anzutreffen, als ich anrief; das wollte mir als ein gutes

Omen erscheinen. Die junge Frau und einer der beiden Männer schaffte es ins Bewerbungsgespräch, wonach ich mich für oder gegen ihre Anstellung entscheiden würde. Ich wollte Aimée nicht über Gebühr in meine Sache einbeziehen; womöglich hatte ich ihre Geduld strapaziert, spätestens mit dem Besuch des Ladenlokals vor ein paar Tagen, als sie das Ausmaß meiner Anstrengungen erkannt haben musste – falls sie es nicht schon längst erkannt hatte.

Aber eigentlich hatte Aimée ein offenes Ohr für die Belange meines Unterfangens, mehr noch, sie fragte nach und wollte die Dinge verstehen, sie wollte alles ganz genau wissen, nicht bloß annäherungsweise – so zumindest war meine Auffassung von ihrem Interesse, um nicht zu sagen: von ihrer Begeisterung für den Vorwärtsdrall, den die Sache, zum Glück auch in wirtschaftlicher Hinsicht, längst angenommen hatte.

In Wirklichkeit prüfte Aimée meine Worte unentwegt, etwa, wenn ich ihr die neusten geschäftlichen Schritte auseinandersetzte, und wenn ich es mir recht überlegte, war es längst fällig, dass ich Aimée nicht nur gelegentlich beizog, sondern sie regelrecht hinzuzog.

Vielleicht, dachte ich, sollte ich sie fragen, ob sie mir unter die Arme greifen wollte; das kam mir aber im selben Moment ungerecht und unstatthaft vor. Nein, wenn Aimée an Bord kommen sollte, dann mit denselben Rechten ausgestattet wie ich.

Was hieß das? Ich malte mir die Tragweite einer solchen Entscheidung aus, und je weiter ich in Gedanken vor mich hinmalte, wurden die Farben heller und kräftiger und schön. Ich sah ein tiefes Blau vor meinem inneren Auge, und ich erinnerte den Traum mit dem Sturz durch die Bilder. Aimée hatte mich in dem Traum begleitet, sie fiel mit mir und ich mit ihr. Ich hatte keine Zweifel, dass das seine Richtigkeit hatte, so wie auch die

Tatsache, dass ich mit ihr gemeinsam das Geschäft aufbauen wollte, mir nun richtig und gut erschien.

All das kam mir zwangsläufig vor, je länger ich darüber nachdachte, und bald schon entsprang aus diesen Gedanken eine freudige Erwartung, der ich unbedingt nachgeben wollte. Ich überlegte, wie ich es am besten einfädeln konnte, dass sie zusagte. Ich wollte nichts inniger und nichts sehnlicher als ihre Bereitschaft mitzutun. Ich erwog, sie gleich anzurufen.

Dann aber war ich sicher, dass ein gemeinsames Abendessen bei ihrem bevorzugten Italiener den besseren Rahmen für mein Ansinnen abgeben würde. Ich war vom Bürostuhl aufgestanden und hin und her gegangen, wie ich feststellte. Ich setzte mich wieder hin und beendete meine Notizen zu den beiden Kandidaten.

Aimée rief am späteren Nachmittag an und erkundigte sich, ob ich die beiden Stellen schon besetzt hätte. Die Bewerber, antwortete ich, würden sich zunächst noch vorstellen müssen. »Gut«, sagte Aimée, »ich werde dabei sein und sie mir mit ansehen.«

»Hörst du mich noch?«, fragte Aimée, als ich auf ihren Wunsch, der so sehr auch mein Wunsch war, nicht sofort geantwortet hatte.

»Natürlich«, sagte ich. »Willst du das wirklich tun?« Aimée lachte. »Bis später«, sagte sie.

Ich wollte es für baren Zufall halten, dass es sich beim männlichen Bewerber um einen Bekannten eines alten Schulfreundes von mir handelte. Er hielt es für nötig, mir Grüße von ihm auszurichten, über die ich mich zwar freute – wer erinnert sich nicht gern an gewisse Schulfreunde aus der Jugend? –, die mich dann aber einen Moment lang an seiner Eignung für den Job, an seiner Bewerbung gewissermaßen aus grundsätzlichen Überlegungen zweifeln ließen, schließlich war besagter

Schulfreund einer jener Kameraden, die stets einen Schritt zu weit zu gehen pflegten und die in ihrem späteren Leben diese Eigenschaft zwar nicht mehr kultivierten, sie sehr wohl aber da und dort in Anschlag brachten, wie ich von den spärlichen Kontakten aus jener Zeit, die bis zum Tage anhielten, erfahren hatte.

Jener Bekannte, der also auch mein Bekannter war oder zumindest gewesen war, galt als besonders einfallsreich, wenn es darum ging, jemandem eins auszuwischen, einen Unfug anzustellen oder einem Freund die Freundin auszuspannen – gerade im letzteren Fall lief er zu Hochform auf, nur um den Freund, dessen Freundin er ausgespannt hatte, später auch noch mit der Bitte zu behelligen, der früheren Freundin doch nun gnädigst mitzuteilen, dass er mit ihr hiermit Schluss mache. Selbstredend war sie damit wieder für ihren alten Freund frei.

Bevorzugt neben dem *Autoscooter* auf der Kirchweih oder bei einer improvisierten Party ließen sich solche Händel erledigen, auf die sich also der Bekannte des Bewerbers aufs vorzüglichste verstand. Ihm schien nichts heilig, zumindest handelte er so. Ihm stand der Sinn ununterbrochen nach Schabernack, er war sich für keine Albernheit zu schade, und wenn es darum ging, jemanden übers Ohr zu hauen, war er vorn mit dabei.

Hartmut, unser gemeinsamer Bekannter also, war mit allen Wassern gewaschen, und obwohl er die rote Linie stets um einen Fußbreit übertrat, blieb es auch bei diesem Fußbreit, denn kriminell, straffällig oder sonstwie im Sinne des Strafrechts auffällig wurde Hartmut, soviel ich wusste, nie. Das galt auch für seine Freunde, mit denen er tagelang am Fluss kiffend zubrachte oder im Zweitauto aus dem Haushalt eines seiner Freunde mit ihnen gemeinsam die *Autostrada dei fiori* hinunterfuhr. Straffällig wurden andere; möglich, dass Hartmut und seine Freunde sich einfach nur sehr geschickt anstellten.

Hartmut war ein paar Monate älter als ich. Manchmal half ich ihm aus reiner Nächstenliebe mit einem klitzekleinen Zettelchen während einer Mathematik- oder Deutscharbeit aus; ich war sicher, dass mir dabei nichts Schlimmes wiederfahren konnte, denn wenn einer wusste, wie man eine solche Sache bewerkstelligte, dann Hartmut, und wäre er aufgeflogen, hätte er mich ohnehin unter keinen Umständen der Lehrerin preisgegeben. Darauf konnte ich mich verlassen.

Es sollte der Tag kommen, da er mir ein erstes Mal alles auf Heller und Pfennig zurückzuzahlen imstande war. Nachdem Hartmut schon ein paar Monate zuvor die Mofaprüfung abgelegt hatte, war nun ich an der Reihe. Ich hatte mich bestens vorbereitet, und im Grunde hätte ich nur durchfallen können, wenn die Prüfung zu einfach gewesen wäre. Ich musste konzentriert ans Werk gehen, dann würde schon alles klappen.

Vater hatte mir erlaubt, ein Mofa zu fahren, ja eins zu besitzen, falls ich im Gymnasium gut mitkam, was ich ohnehin von mir aus anstrebte. Es war also nur eine Frage der Zeit, bis ich mein Erspartes aus den Ferienjobs zusammenhatte und gemeinsam mit Vater den Fahrradhändler aufsuchen konnte. Vater hatte sich informiert, ich freilich wusste ohne langes Studium der Kataloge und Preislisten, was ich wollte: das verchromte und an Schutzblechen und Tank senfgelb lackierte Mofa *Rixe 503* von *Sachs*.

Dieses verfügte über eine Zweigang-Handschaltung und serienmäßig über einen breiten, dickgepolsterten, mit schwarzem Kunstleder bezogenen Sattel sowie als Option einen hohen Lenker, nicht ganz so hoch wie bei den *Easy Riders*, aber die bildeten nun auch nicht unbedingt meinen gedanklichen Fixpunkt.

Ich wollte lediglich schnell von A nach B kommen und natürlich mit den Freunden ausfliegen, die bereits ihren *Sachs*, *Puch* oder *Piaggio Ciao* besaßen.

Vater ahnte nicht nur, er wusste, dass ich, Tage nur, nachdem das Mofa in unsere Garage gekommen war, dort den Zylinderkopf des *Sachs*-Motors ausgebaut und in die Werkbank gespannt hatte, um ihn mit der Feile in stundenlanger Kleinarbeit um die paar Millimeter an den Seiten zu verkürzen, die dem Zweitakt-Verbrennungsmotor ein bisschen mehr Hubraum zum Vollziehen seiner kleinen Explosionen ließen: Ich war damit etwas schneller unterwegs, schneller zumal als die Nominalgeschwindigkeit des *Sachs.*

Ich hatte dieses *Frisieren* des Mofas Hartmut abgeschaut, der in der Garage seines Elternhauses fast schon eine *Frisierwerkstatt* betrieb. Er verlangte für den Eingriff nichts, zumindest kein Geld. Natürlich wusste jeder, dass Hartmut schon darauf zurückkommen, falls er sich in einer Notlage wiederfinden würde. Was mich anbelangte, kam es erstaunlicherweise nie so weit.

Im Gegenteil, ich war dankbar, als er am Tag meiner Mofaprüfung scheinbar aus dem Nichts auftauchte. Wie ich erhofft hatte, bereitete mir die Mofaprüfung keine Schwierigkeiten, ich war in der Lage, den Papierbogen mit den zwanzig Fragen korrekt auszufüllen. Im Sitzungszimmer der Polizeistation beglückwünschte der Polizeibeamte, nachdem er die Bögen überprüft hatte, die Prüflinge mit einem herzhaften Handschlag. Alle vier hatten bestanden.

Er fertigte mit der lindgrünen Schreibmaschine die vier Führerscheine aus und reichte sie uns, von ihm selbst unterzeichnet, über den Schreibtisch. Wir griffen sofort danach. Der älteste Junge aber nahm sie an sich, schlug in jedem einzelnen Führerschein umständlich den Namen des Besitzers nach und sprach ihn dann zeremoniös aus.

Der Polizeibeamte begleitete uns nach draußen. Während die drei anderen Prüflinge sich zur nahen Tramhaltestelle aufmachten, schwang ich mich – aus Leichtsinn, Freude oder aus beidem zugleich – auf mein bereitstehendes, mir schien: auf mich wartendes *Rixe 503* mit dem frisierten Zylinderkopf.

Ich ließ mit großer Freude das Mofa an, indem ich die Kupplung an meinem hohen Lenker anzog und anschließend mit dem rechten Fuß auf die Pedale trat. Knattern und stotternd, aber doch sehr schnell, lief der Motor im Leerlauf an.

Schon wollte ich den Ständer einklappen, als ich in das verwunderte Gesicht des Polizeibeamten sah. Nichts Schlechtes ahnend, wollte ich losfahren, aber etwas hielt mich zurück; es war der Beamte, der mich am Arm gefasst hatte.

Er stellte den Motor aus, hieß mich abzusteigen. Ich folgte seinen Weisungen und ärgerte mich über meine Schusseligkeit, den Beamten selbst darauf hingewiesen zu haben, dass ich vorhin mit dem Mofa hergefahren war – und das ohne Führerschein.

Ob ich denn mit dem Mofa hergefahren sei, ohne Führerschein, wollte er also wissen.

Ich wusste nicht, was ich antworten sollte. Ich versuchte, mir über meine Optionen klar zu werden. Den Beamten anzulügen, wäre unter Umständen die beste. Was aber, wenn er mir zu Recht nicht glauben würde? Ich schwieg und harrte der Dinge.

»Sag schon«, forderte er.

Ich schwieg eisern, starrte auf den Boden.

»Wir müssen nochmals rein«, sagte der Beamte ruhig, und ich folgte ihm zurück in die Station. Er zog einen Stuhl für mich heran und setzte sich auf seinen Stuhl vor der lindgrünen Schreibmaschine. Ohne mich anzusehen, verlangte er meinen Führerschein zurück. Ich griff in die Jackentasche und wollte ihn dem Beamten schon zurückgeben, als die Tür ging und Hartmut vor uns stand.

Er grüßte und trat an mich heran. Er wollte wissen, wann ich endlich herauskommen würde, er hätte mein Mofa für mich hergefahren. Es sei höchste Zeit, wir müssten zum Pfarrer eilen und ihm beim Einrichten des Gemeindesaals für die besondere Familienfeier am Sonntag helfen. Ich nickte. Dann stand ich auf.

»Setzen«, sagte der Beamte, nun etwas lauter. »Beide.«

Er glaubte uns kein Wort. Ich sei doch mit dem Mofa hergefahren, und Hartmut wolle das nun vertuschen.

Hartmut blieb einen Moment still. Plötzlich aber gab er dem Beamten recht. Einen Beamten könne man nicht für dumm verkaufen, sagte er, besser, man versuche das gar nicht erst, zumal es sich auch nicht gezieme. »Sie haben«, sagte Hartmut in die Richtung des Beamten, »uns sofort durchschaut, verzeihen Sie, dass wir die Unwahrheit zu sagen uns auch nur getraut haben.«

Der Beamte nickte. Er sah mich an und fragte: »Wie soll es deiner Ansicht nach jetzt weitergehen?«

Ich überlegte. Bevor ich antworten konnte, stand Hartmut auf.

»Das geht mich jetzt nichts mehr an«, sagte er, »ich warte draußen.« »Eines nur«, wollte er noch zu bedenken geben. Ich sei wirklich nicht als jemand bekannt, der über die Stränge schlage. In Wahrheit hätte ich noch nie, kein einziges Mal zu irgendeiner Beanstandung Anlass gegeben, was mein Betragen anbelangte. Ich hätte ihm stets imponiert, ich wäre ein leuchtendes Vorbild für die ganze Klasse, für die ganze Schule. Mir stünde eine helle Zukunft bevor, das bezweifle niemand und stünde für alle, die mich kannten, ganz außer Frage.

Seine Eltern hätten ihn mehr als einmal dazu angehalten, sich mit mir anzufreunden, denn ich sei der beste Kamerad, den man sich wünschen könne. Nein, es gehe hier natürlich nicht um ihn, sagte Hartmut, aber war man bei der Beurteilung eines Delikts nicht darauf angewiesen, von Unbeteiligten wie ihm zu hören, wie die Sache, von außen betrachtet, einzuordnen war?

»Als Bagatelle, bestenfalls«, antwortete sich Hartmut gleich selbst und vergaß auch nicht, immer wieder einen kleinen Schritt in Richtung der Tür zu gehen, um nicht Gefahr zu laufen, dass dem Beamten der Kragen platzte; noch ein Schrittlein, noch eins, er war doch fast schon wieder bei der Tür angelangt und würde bestimmt nicht mehr viel von sich geben.

Natürlich stimmte das Gegenteil. Hartmut redete weiter auf den Beamten ein; »abgesehen davon«, sagte er, hätte ich doch bloß ganz richtig vorausgesehen, was eintreffen würde, dass nämlich das Mofa vor der Polizeistation absolut der richtige Ort war, um den Prüfungserfolg gebührend zu begehen. Dazu musste das Mofa nun einmal hergefahren werden, und da ich ein diskreter Mensch sei und niemandem zur Last fallen wollte, hätte ich das eben gleich selbst erledigt. Das spreche doch für mich. Ich hätte schließlich bestanden oder etwa nicht? »Na, hat er bestanden oder nicht, Herr Wachtmeister?«

Der Beamte lächelte, aber überzeugt davon, dass er mich einfach so laufen lassen wollte, war er nicht. Er erhob sich von seinem Stuhl.

Ich tat es ihm gleich. Ich stand stramm. Das schien mir ratsam.

Er trat an mich heran und händigte mir den Führerschein aus. Dann deutete er mit dem Zeigefinger auf Hartmut.

»Nimm dich vor dem in Acht«, sagte er, und es klang nicht wie ein Ratschlag, eher noch wie eine Drohung.

Ich nickte, sagte »auf Wiedersehen« und verließ hinter Hartmut, der sich nochmals umdrehte und artig »auf Wiedersehen, Herr Wachtmeister« sagte, schnell die Station.

Aimée hatte sich auf die beiden Bewerbungsgespräche vorbereitet, sie legte den Block mit ihren Notizen vor sich auf den Tisch und wartete darauf, dass ich den Bewerber in den kleinen Besprechungsraum führte.

Er hatte sich für den Anlass verhalten schick gemacht, sich eine Krawatte umgebunden und die Haare mit einem parfümierten Gel in die gewünschte Form gebracht. Möglich, dass er sich das Ladenlokal angeschaut hatte, bevor er hier auf den Plan getreten war, in einer verregneten Nacht etwa, oder frühmorgens, so früh, dass noch nicht einmal die Busse fuhren.

Am Eingang hatten wir uns kurz die Hand geschüttelt; ich versäumte es nicht, Hartmut schon jetzt schön grüßen zu lassen, und der Bewerber lächelte und schien darauf gewartet zu haben.

Ich war jetzt sicher: er versprach sich etwas davon, dass ich Hartmut kannte und ihm vielleicht sogar etwas schuldig sein mochte, denn bestimmt hatte Hartmut ihm alles erzählt; er leitete womöglich davon ab, dass das nun seine Chance war. Ich sah das anders. Er musste sich schon selbst beweisen, wenn er den Job wollte, und zwar vor Aimée, sie galt es zu überzeugen. In den *Billigschick* hier, wie Aimée zu sagen pflegte, würde er, was seine Aufmachung anging, schon einmal perfekt hineinpassen, dachte ich und trat in den Besprechungsraum.

Aimée ließ sich seine Unterlagen von ihm selbst erklären, sie ging seinen Lebenslauf mit ihm durch und fragte, was ihm bei der einen, dann bei der anderen Anstellung am besten gefallen habe. Sie ließ sich die Zeugnisse zeigen und fragte ihn, weshalb er ausgerechnet hier arbeiten wollte.

Der Bewerber sah mich an. Als ob ich für ihn die Antwort gewusst hätte, wandte er den Blick nicht von mir ab.

Ich verließ den Raum.

Nach einer halben Stunde kam der Bewerber heraus, er trat an den Tresen und schüttelte wortlos meine Hand. Ich schloss für ihn die Tür auf. Ich wagte nicht, auf Wiedersehen zu sagen, denn Aimée hatte sich bestimmt schon längst gegen ihn entschieden.

Sie kam mir entgegen und umarmte mich.

»Nun?«, fragte ich.

»Wir laden ihn zum zweiten Gespräch ein«, sagte Aimée. Auch wenn sie nicht wissen wolle, was da zwischen dem Bewerber und mir an Unausgesprochenem lag, könne sie eines jetzt schon sagen: er sei für den Job geeignet und hier nicht falsch. Er habe ausgezeichnete Referenzen und Zeugnisse und verfüge über ein breites Wissen in der Materie, die er in unserem Laden bestens in Anschlag bringen könnte. Außerdem, sagte Aimée und lachte, passe er gut in unseren *Billigschick* hier.

Sie dürfe nicht so von einem Mitarbeiter reden, mahnte ich sie. Wir sahen einander an und lachten los.

»Wann kommt die junge Frau?«, fragte Aimée.

Ich sah auf die billige Wanduhr aus Fernost: eine Viertelstunde noch. So viel Zeit war mir geblieben, um zu prüfen, ob Aimée gemeinsam mit mir den Laden schmeißen wollte, den ganzen, die Datatypiedienstleistungen eingeschlossen.

»Lass uns am Abend was essen gehen«, schlug ich in ihren Armen vor.

»Frag mich doch gleich hier«, erwiderte Aimée.

Ich sah in ihre Augen. Wir küssten einander lange. Ich konnte von ihrem Geruch nicht genug bekommen.

Ich vergaß beinahe, was genau ich sie nun fragen wollte. Ich wusste nur, dass sich mir ein bestimmtes Anliegen immer weiter aufdrängen, bis ich es endlich hervorgebracht haben würde.

Die Ladentür ging, und herein trat die junge Frau.

Aimée lächelte. Sie sah mich über die Schulter hinweg an, als sie mit ihr zum Besprechungsraum vorging.

Unter der Verbindungstür blieb sie kurz stehen. »Der Termin heute Abend«, sagte Aimée, »ist bestätigt.«

Kaum vier Monate später eröffneten Aimée und ich den zweiten und den dritten Laden in Zürich, wiewohl etwas außerhalb, in jenen Gemeinden, die sich als Shoppingkonvolute gerade neu erfanden und neben dem direkten Autobahnanschluss auch im Ort eine gute Infrastruktur für den Handel zu bieten hatten.

Der Einfachheit halber benannten wir die beiden neuen Läden nach dem alten: *Elephant*. Auch sie kennzeichnete der von der Kundschaft längst angenommene Billigschick, den wir weiter auf die Spitze trieben. Aimée erwies sich darin als wahre Künstlerin, verwendete die Rückseite von Lieferscheinen als Garantiebelege und heruntergerissene Etiketten als Quittungen aus der Registrierkasse. Sie faltete die Luftpolsterfolien, bis sie ein Sitzkissen ergaben für die verstärkten Pappschachteln, die wir unseren Kunden als Sitzgelegenheit anboten.

Zwischen Wiederverwertung und *Billigschick*, verfolgten wir eine Strategie der Gewinnmaximierung und wurden dafür noch zusätzlich belohnt – mit einem Designpreis.

Wieso man darauf gekommen war, ausgerechnet *Elephant* einen Preis für die Gestaltung eines Ladens zu verleihen, blieb uns verborgen, hatten wir doch nichts anderes getan, als unsere Suggestionsmethode mittels herumliegender Paletten, offener Lagertüren und absichtlich mangelhafter Kundenfreundlichkeit bei allem, was Verpackung und Transport anbelangte, radikal angewandt, ohne falsche Scham und als wäre gerade dies das Selbstverständlichste der Welt: die tiefen Preise an den Verbraucher weiterzugeben.

Die Auszeichnung wurde uns postalisch zugesandt. Wir bedankten uns umgehend mit einem freundlichen Faxschreiben und zeigten uns geehrt, auch bekundeten wir die Absicht, auf diesem Weg weiterzugehen. Aimée stellte die kleine vergoldete Trophäe ins Regal hinter dem Tresen.

Wir überlegten, ob es in unserem *Billigschick* opportun war, die kleine Statuette, die doch mit künstlerischem Anspruch hergestellt worden war, für alle sichtbar zu präsentieren. Wir ließen sie auf Probe dort stehen. Es sollte sich erweisen, dass die Kundschaft keinerlei Notiz davon nahm. Möglich, dass man die vergoldete Statuette für eine Art Verballhornung hielt oder dann für eine überdrehte, geschmacklose Logofigur eines unserer südostasiatischen Lieferanten.

Die beiden neuen Läden nahmen uns in Beschlag, wir kamen nicht umhin, eine administrative Kraft zu beschäftigen, die zwischen der Geschäftsleitung und den Datatypistinnen und Datatypisten sowie unserem Personal in den drei Läden agierte; wir richteten ihr ein kleines Büro im zentralen Zürcher Laden ein. Dort kamen auch alle Lieferungen an, die von einem weiteren Kollegen, einem jungen Serben, entgegengenommen und oft in die anderen Läden transportiert wurden.

Ich wusste von meinen Studentenjobs her, wer sich für solche Arbeiten eignete und wer eher nicht, schließlich hatte ich diese Tätigkeiten selbst ausgeführt. Aimée aber war in der Lage, die Arbeitsleistung unserer Angestellten genauer zu erfassen, als ich es je hätte bewerkstelligen können. Wir führten sie an einer »doch recht langen Leine«, wie Aimée sich ausdrückte, aber mir war das recht. Wir waren uns einig, dass wir sie gut zu behandeln hatten; wir waren das Lieblingskind der Gewerkschaften, wobei wir auch von den Unternehmern Lob hörten, obwohl wir uns nicht an ihren informellen Treffen und offiziellen Vereinigungen beteiligten.

Wir verfolgten unsere Sache so, wie wir das für richtig hielten, in einem Markt, der zwar noch stark expandierte, in absehbarer Zeit aber gesättigt sein würde, zumindest, was die Computerbranche anbelangte – die Datatypie würde sich eines nahen Tages selbst abschaffen.

Bis dahin hatten wir Zeit, Aimée und ich, und wir hatten die feste Absicht, sie bestmöglich zu unseren Gunsten zu nutzen. Was dann kommen würde, machte uns allerdings keine Angst. Wir wollten die *große Welle* zu Ende reiten, nicht die vielen kleinen, die da unter anderen hießen Datatypie und Computerhandel. Die *große Welle* würde sich noch lange nicht brechen und noch auf sehr lange Sicht nicht anbranden, sie hatte sich erst gebildet. Wir wollten jene *Phantasten* sein, die daran verdienen würden. Aimée schlug eine Reise, durchaus eine Geschäftsreise, nach London und Berlin vor.

»Berlin?«, sagte ich, »wann?«

Wir hatten uns durch die Baustellen am Potsdamer Platz gezwängt, die Kräne, Bagger; die beladenen Lastwagen mit dem Schutt aus dem letzten Krieg konnten uns, auch in der Nacht, nichts anhaben. In jeder Zahl fanden sich jene gelben Bretter, wie im Spalier über Dutzende Meter hinweg aufgestellt – im Boden versenkt schnurgerade hierhin und dorthin weisend –, worin sich die langen Schläuche der riesenhaften Betonmischer im Flutlicht entluden. Katakomben waren im Entstehen begriffen, Untergeschosse, riesige, weitverzweigte Unterkellerungen. Sie zeigten sich uns immer dann in ihrer ganzen Ausdehnung, wenn die Lichtkegel der Lastwagen das Dunkel der Nacht hektisch und zitternd durchbrachen.

Wir durchschritten, auf ebener Erde, Fußgängertunnel um Fußgängertunnel und endeten doch nur wieder vor einem neuen. Was hatten wir erwartet?

Wir zogen unsere T-Shirts über Mund und Nase, um dem Feinstaub, der in der neu entstehenden Metropole aufwirbelte, zu trotzen. Allein, der böige Wind, der sich auf der großen Berliner Brache immer wieder woanders den Weg bahnte, ließ sich nicht zähmen; wir hatten jetzt das Bedürfnis, sehr viel Wasser zu trinken.

Aimée lachte laut. Wir waren die einzigen Passanten weit und breit. Wir schauten uns um.

Sie wollte sich die Laune nicht durch die Umstände verderben lassen, und ich beabsichtigte ja dasselbe. Bei einem Spätverkauf besorgten wir uns für ein paar D-Mark zwei große *Selters* und tranken sie gleich auf dem Gehsteig, falls man bei der mannigfach beschädigten Straßenbegrenzung überhaupt davon sprechen konnte. Wir strauchelten bei jedem Schritt über den aufgeplatzten Asphalt oder gleich über die Pflastersteine, die sich darunter verbargen.

Ich wunderte mich, dass dieser Kiosk eine Zeitschrift feilbot, die ich mir, je nach Thema, gern nach Hause liefern ließ, *De:Bug – Elektronische Lebensaspekte.* Was traf es genauer? Ich hatte mich in den Titel der Zeitschrift vernarrt, noch bevor ich den Inhalt zu begreifen begann.

Als ich ihn begriff, störten mich die vielen *somnambulen Strombastler*, die sich aus Neugierde oder mangels anderer Interessen ausgerechnet dem elektronischen Lebensgefühl hingaben. Dieses formierte sich, wie ich dem Heft gewissermaßen nebenbei abgewann, zu Beginn als Szene, griff aber schnell Raum, denn ihre Teilnehmer verhalfen den *elektronischen Lebensaspekten* dadurch zu einem beträchtlichen Erfolg, dass sie sich ihr immer wieder mit eigenen Ideen andienten. Mir konnte das alles nur recht sein. Meine Kundschaft bestand zu Teilen aus diesen Szenegängern ohne praktische Anwendung für das, was sie kultivierten.

Ihren Ideen, Versuchen, Modellen, Annahmen und Spekulationen kam in den allermeisten Fällen – das lag in der Natur der Sache – das Verdienst des lediglich Neuen zu, und sie waren deshalb am übernächsten Tag schon wieder vergessen – die Innovationen, die uns veränderten, entstanden woanders. Sie entsprangen keinen Berliner Basteltischen und auch keinen weitschweifigen Diskussionen über Robotermenschen, dem Menschen überlegene Schachprogramme oder Schreibmaschinen, die dem Menschen die Arbeit erleichtern konnten, indem sie Texte speicherten. Technologische Innovationen wurden noch immer mit sehr viel Geld auf die überkommene Weise auf dem Reißbrett in den USA geplant, entwickelt und produziert.

In Fernost war man aber zumindest soweit, diese Erzeugnisse auf Lizenz oder, für die Binnennachfrage, auch ohne Lizenz der rechtmäßigen Erzeuger in sehr hoher Stückzahl und ohne nennenswerte Einbußen in der Qualität herzustellen.

Ob Amerika oder Fernost: Noch konnten wir die digitale Welt vor uns hertreiben; noch waren wir es, die uns mit der Technologie beschäftigten. Bald, so Vater, würde es umgekehrt sein, die Technologie würde uns studieren, unser Verhalten, unsere Bedürfnisse, unser, nun, Glück.

Ich ging nochmals zurück und blätterte in der Zeitschrift. Ich ließ mich von der Themenwahl, dem Gespür für die Zukunft, das ich von der Redaktion bereits kannte, auf der Stelle mitreißen. Ich zeigte Aimée das Heft.

»Alles schön und gut«, sagte sie, aber ob die mit ihrem Magazin überhaupt Geld machen könnten? Und ob ausgerechnet sie wirklich wüssten, wie die Zukunft sich heute schon zu Geld machen ließe?

Ich zuckte mit den Achseln.

»Vielleicht«, erwiderte ich, und, als wir weitergingen, »warum denn nicht?«

Sie nahm meine Hand. Sie hatte ja recht, ich dachte ohnehin so wie sie. Von weitem hörten wir einen schnellen, dumpfen Bass, einen veritablen *beat*, der sich in der Straße stark gedämpft bis zu uns fortsetzte.

Wir hielten in der düsteren Leipziger Straße auf die Tür weiter vorn zu, die wir für den Eingang eines Clubs hielten. Aimée und ich wollten zwar, wie wir uns das mit Hilfe der faltbaren Straßenkarte zurechtgelegt hatten, zur Friedrichstraße vorgehen und dann rechts ab zum ominösen Checkpoint Charlie, aber von der schnellen elektronischen Musik, die vor uns aus dem Keller heraufdrang, ging ein starker Sog aus, er schien auch uns einzuladen, und wir gaben ihm, neugierig, nach.

Als wir in der kurzen Schlange anstanden, umarmten wir uns lange. Die laute elektronische Musik veränderte sich ständig, alle paar Takte lang, wobei sich die Hüllkurven der Töne – Amplituden, Rechteck- und Sägezahnkurven – in Kombination mit der Anzahl und Höhe der Töne in geschmeidiger, dann wieder rauer, sich akustisch weitender Art verbanden oder aber die Töne sich durch monotone Kaskaden hinaufzwängten, bis der kompositorische Höhepunkt und sogleich die Auflösung erreicht waren, womit umgehend weitere Sequenzen mit ganzer Zuversicht begannen.

Mir war, als würde ich am Basteltisch meines Elternhauses mit dem Tongenerator und den Hüllkurvenfiltern herumspielen, allein: das war Musik, es war mehr als Musik, ich wäre unweigerlich ein Dilettant darin. Ich würde nicht einmal den Vorwärtsdrall hinbekommen, den die Musik hier sehr stark entfaltete, sie zog uns mit, sie nahm uns an der Hand und wies uns den Weg in die Zukunft, der wir dadurch zuversichtlich entgegensahen; nach vorn, immer nach vorn, immer weiter!

Aimée und ich zahlten den Eintritt von ein paar Mark und begaben uns allmählich ins Innere des auf der Fassade mittels großer weißer Leuchtlettern als *Tresor* kenntlich gemachten Kellerlabyrinths, das tatsächlich einmal ein Tresorraum gewesen sein musste, die vielen Gitterstäbe, die den Club in unterschiedliche Kompartimente teilten, konnten nicht allein zur Dekoration angebracht worden sein.

Der Club war sehr gut besucht, um nicht zu sagen: es war praktisch kein Durchkommen, die Tanzenden bewegten sich fast schon Körper an Körper; dennoch nahm ich Aimée bei der Hand und bahnte uns den Weg in den Raum, in dem der *Diskjockey* in einem eigenen Kompartiment hinter dicken Eisenstäben seine Gerätschaften auf dem Tisch vor sich arrangiert hatte.

Der *DJ* legte in schnellem Wechsel Vinylscheiben auf die beiden Plattenteller und verfolgte auf dem einen Kanal des Kopfhörers die elektronischen Rhythmen jener Platte, die nur er hörte, und er veränderte ihre Drehzahl so lange, bis sie im Tempo der Platte lief, die er sich auf das andere Ohr gelegt hatte und nach der sich die Tanzenden, mehrheitlich in Aimées und meinem Alter, drehten, hüpften, die Arme in die Luft warfen, den Kopf schüttelten. Sie zeichneten mit den Händen Figuren in den Raum, nur sich selbst verpflichtet, befreit.

Der *DJ* blendete von einer Schallplatte auf die andere über, zwei Plattenteller drehten sich unter seinen Händen, er *mixte* dann kurze und kürzeste Auszüge aus anderen Platten in die laufende Musik, und er *scratchte* zuweilen, indem er den Rand der Scheibe mit der Hand anstieß, sie an der richtigen Stelle drosselte oder rückwärts spielte, was allerlei quietschende, helle, kratzige Rhythmuslaute hervorbrachte. Er nahm dabei die Reaktionen der Tanzenden, seiner Tanzenden wahr, er hatte sie längst in der Hand, sie folgten der Musik, die er mittels auf Platte gepresster elektronischer Musik neu erzeugte, im Grunde ganz neu entstehen ließ, den mutmaßlichen Bedürfnissen der Tanzenden entsprechend.

Auf das Wechselspiel eingehend, kreischten die Tanzenden zum sich aufbauenden Höhepunkt hin, um sich dann, mit einem Schrei, in neue Klangräume fallen zu lassen, während auch der *DJ* eine Befreiung gerade dadurch erlebte.

Aimée tanzte, ich tanzte; der heruntergekommene *Tresor* mit seinen vollgekritzelten kahlen Wänden war als Raum viel zu klein, und doch besaß er die richtige Größe, die Musik eröffnete den Tanzenden darin neue Räume, die sich vom wirklichen Ort abkoppelten und die auch Aimée und mich in weitere, immer neue imaginäre Räume entführten.

Einmal war ich sicher, die Musik redete zu mir, und ich verstand in ihren Repetitionen und kompositorischen *Ad-hoc*-Exaltationen nicht nur die Musik selbst, vielmehr auch jene Zusammenhänge, die sich mir zuweilen in Selbstgesprächen im Büro aufdrängten und denen ich jetzt, bei klarem Verstand, den Gehalt von Schimären zuzuweisen in der Lage war. Das erstaunte mich. Ich sah klar, ausgerechnet in einem dämmrigen, engen Club ein paar Meter unter dem Erdboden; ich sah klar und hatte keinen Zweifel daran, dass ich klarsah.

Dann, Stunden später, gewitterte der tiefblaue Traum durch meinen so genährten Geist und inzwischen schweißnassen Körper, ich versuchte in dem perfekten *DJ-Set* von Yan Cook, der gerade angekommen war, den tiefblauen Traum festzuhalten, aber die Musik erzeugte immer weitere, stets andere als die gewünschten Bilder in mir, sie zeigte mir bestimmt eine Stunde lang mich selbst, wie ich den tiefblauen Traum zu fassen bekommen wollte.

Ich fasste Aimée bei den Armen, sie schlang die Arme um meinen Hals, wir verschmolzen zu einem einzigen Tanzenden, und wenn ich in ihr Gesicht sah, das sich im Licht abwechseln gelblich, rötlich und bläulich zeigte, sah sie so jung und so schön aus wie immer, wenn wir uns liebten.

Aimée weinte. Sie empfand ein Glück, das auch ich empfand; ich umarmte sie, wir verharrten einen Sequenzerzyklus lang reglos im Raum, dann tanzten wir weiter. Sie lachte.

Auf Yan Cook folgte, es war tief in der Nacht, Paul van Dyke mit seinem *Set*. Aimée und ich tranken unser fünftes Bier, Treibstoff, ohne den wir hier unten schon vor Stunden vertrocknet wären.

Ich kannte diese berühmten Namen, die sich auf dem Plakat des Abends ablesen ließen, aus meiner Lektüre von *De:Bug*, nun aber füllte ich den angelesenen, gedanklichen Zusammenhang mit der Bewegung, derer er zwangsläufig bedurfte. Wie konnte ich das erst jetzt verstehen?

Ich küsste Aimée, bis ich keine Luft mehr bekam, und sie lachte wieder. Sie schloss die Augen und versank in der Musik, in der auch ich meinen Tauchgang fortsetzte. Nun endlich, bestimmt ein musikalischer Zufall, schien es mir gelingen zu wollen, in den tiefblauen Traum zu gelangen, in die Kaskaden vorzudringen, die sich mir bis jetzt immer nur in Lindgrün, orangefarben und rot gezeigt hatten, ich stand in Gedanken nunmehr vor der Tür, die ich in den Klangräumen so lange schon gesucht hatte, und öffnete sie, Hand in Hand mit Aimée: Wir traten ein und fielen in derselben Bewegung in ein weites, tiefes, ein blaues Loch, in dem es kein Halten mehr gab; wir durchstießen Schichten von Blau, hellem, dunklem Blau, bis wir durch eine Umgebung stürzten, die mich noch entfernt, aber immer deutlicher an das Gemälde in Aimées Wohnung gemahnte.

Ich versuchte, mich im Fallen zu orientieren, ich sah hoch. Aimée, leichter als ich, fiel immer weiter zurück, ich konnte sie in der Ferne nun kaum mehr unterscheiden, ich griff nach ihr, da war sie doch, sie tanzte vor mir, mit mir, während ich fiel und fiel.

Ich sah in meinem tiefblauen Traum die Tanzenden miteinander aufmerksam reden, sie tanzten und sprachen zugleich miteinander, sie wollten sich mitteilen und sie wollten verstehen, was der andere sagte. Sie stöpselten ihr kleines blaues Gerät, das jede und jeder mitführte, in gleichartige kleine blaue Geräte, die bestimmt auch an jene des *DJ* angeschlossen waren und von diesen durchpulst wurden; jede und jeder aber sendete eigene Impulse durch die langen dünnen Kabel aus und empfing genauso alle anderen Impulse, die von irgendwoher, um tausend Ecken und tausend Kabelabschnitte her, anzukommen schienen und die sie sogleich mit eigenen Impulsen versetzten, um sie vielleicht wieder, mannigfach in Tonhöhe und Rhythmus verändert, auf dem Weg über die vielen, vielen anderen zu sich selbst wieder zu empfangen und möglicherweise als etwas Eigenes zu erkennen.

Ich hielt mich an Aimée fest und sie sich an mir, und als wir irgendwann kurz an die frische Luft wollten, stellten wir fest, dass wir durchnässt waren von unserem eigenen Schweiß und dass der Tag, längst angebrochen, uns mit seinem Licht empfing.

Aimée sah auf die Uhr. Es war halb neun. Wir fühlten keinerlei Müdigkeit. Ich streifte mein nasses Leibchen ab. Aimée wischte mit dem Ärmel ihr erhitztes Gesicht, über die nassen Schläfen und die roten Wangen. Über dem Potsdamer Platz hatte sich der Morgennebel verzogen. Gemeinsam sahen wir in ein helles, weites Blau.

Kaum zurück in Zürich, bestellte ich im *Backoffice* unseres dritten Ladens zwei Dutzend *Modems* aus Fernost. Die kleinen Kästchen waren zwar nicht blau, aber sie taten genau das, wovon ich die Vorstellung hatte, damit den nächsten Schritt gehen zu können: sie sendeten Daten von meinem Rechner zu einem oder mehreren anderen Rechnern und empfingen auf dieselbe Weise Daten von ihnen.

Meine eigenen Versuche in der Datenfernübertragung, *DFÜ*, waren schon seit längerem von Erfolg gekrönt gewesen, aber die *DFÜ* reizte uns nicht allzu sehr. Vater und ich loggten uns zwei, drei Monate lang regelmäßig, meist abends oder nachts, in öffentliche oder Rechner von Universitäten und Instituten in Übersee ein – mit unserem Telefon und dem Akustikkoppler, in dessen Gummimuscheln wir den Telefonhörer drückten.

Angezeigt wurden die Daten auf unserem Bildschirm mittels eines wirklich rudimentären *terminal programs*, das wir an einem einzigen Nachmittag entwickelt und dann kaum mehr beachtet hatten. Es reichte für unsere Zwecke hin, und ohnehin waren schon die ersten kommerziellen *terminal programs* für wenig Geld in den USA zu erwerben.

Vater, der dabei stets Zigaretten oder Pfeife rauchte, und ich konnten immer dann eine gewisse nächtliche Freude nicht verhehlen, wenn wir Mitarbeiterlisten durchsahen, die nicht für die Öffentlichkeit bestimmt waren. Auch schien es ohne weiteres möglich, auf diese fernelektronische Weise Projektskizzen aus der technologischen Forschung in den USA einzusehen.

Wir kamen uns wie in geheimer Mission vor, denn was wir da auf unserem Bildschirm lasen, war alles andere als für unsere Augen bestimmt. All das war aber dennoch nicht, was wir erwartet hatten, denn es kümmerte uns nicht, was wir da an Daten auf unserem Rechner vorgesetzt bekamen. Die Telefonrechnung allerdings schwoll dabei so sehr an, dass wir uns schon bald überhaupt nicht mehr nach Übersee einwählen mochten.

Die deutschen Unis gingen vorsichtiger zu Werke, es gelang uns kaum einmal, in tiefere Bereiche ihrer Informationen vorzudringen. *Hacker*, von denen wir in *c't*, *Chip* und anderen deutschen Zeitschriften und Mitteilungsblättern gelesen hatten, waren wir keine.

Vielleicht lag unser Denkfehler – falls man das so nennen wollte – darin, dass wir von dem, was bei dem mühsamenseligen Durchstöbern von *Bulletin Board Systems* heraussprang und dann als Text auf dem *Monitor* zu lesen war, einen Zugewinn an Freude erwarteten – ausgerechnet von den sprödesten *Systems,* und seien es jene von Pentagon und *MIT*, mit den für uns schlechterdings belanglosen Informationen.

Dabei hätte es für Vater und mich längst hingereicht, die bloße Tatsache zu feiern, dass unser Computer kein einsames Dasein mehr zu fristen hatte. Er war nun verbunden mit anderen Rechnern, wo auch immer auf der Welt, und er konnte das, was auf ihm gespeichert und zu großen Teilen auf ihm erzeugt worden war, mit anderen Rechnern teilen und nun erstmals auch jene Daten direkt verarbeiten und speichern, die andere hervorgebracht hatten. Das war, horrend genug, was uns hätte begeistern müssen.

Nun, es begeisterte uns dann ja auch, bald hatten wir den Akustikkoppler durch einen Modulator/Demodulator, ein *Modem*, ersetzt, das in der Lage war, 2400 *Bits pro Sekunde* zu senden. Eine befriedigende Anwendung aber hatten wir dafür noch immer nicht. Der Gewinn aus der *DFÜ* blieb uns die *DFÜ* selbst.

Im *Backoffice* kam mir, als ich einen doppelten Espresso aus der Maschine zog, ein seltsamer Beitrag in dem Magazin *Popular Wireless* in den Sinn. Einige ältere Ausgaben der Zeitschrift lagen säuberlich gestapelt neben der Kaffeemaschine. In dem Artikel war von dem ultimativen *Hack* die Rede: einmal kostenlos um die Welt telefonieren.

Ich wollte Aimée schon lange von dem *Hack* erzählen. Ich fertigte umgehend eine entsprechende Notiz an. Ich klebte den gelben *Post-it*-Zettel an die Seite des Computerbildschirms, der beinahe die Hälfte der Arbeitsfläche auf dem Schreibtisch beanspruchte und so schwer war, dass ich ihn kaum je verschob. Da hingen weitere Zettel. Als ich sie las, stellte ich fest, dass einer bereits mit *Hack* beschrieben war. Ich entfernte ihn vom Bildschirm, zerknüllte und warf ihn in den Papierkorb. Der neue Zettel, *Hack Telefon Tisch*, würde mich eher daran erinnern.

Der *Hacker*, der dadurch sehr schnell in der Szene zur Ikone aufgestiegen war, saß an einem Tisch, auf dem zwei handelsübliche Telefone mit transparenter Wählscheibe abgestellt waren. Der *Hacker* soll sich, stand da zu lesen, wenn ich mich recht erinnerte, auf dem einen Apparat in ein Vermittlungssystem eingewählt und von dort in ein weiteres, viel weiter entferntes automatisiertes telefonisches Vermittlungssystem durchgewählt, dort wiederum eine Telefonnummer eingegeben und dadurch ein noch weiter entferntes, nunmehr in Asien befindliches Vermittlungssystem erreicht haben. Der *Hacker* las die Telefonnummern von einem Blatt ab, das er vor sich auf den Tisch gelegt hatte, und strich mit einem weichen Bleistift die Nummer, die er zuletzt verwendet hatte, durch.

Die Liste führte insgesamt acht Telefonnummern auf. Nach jeder Nummer soll der *Hacker* in den Hörer gehorcht und immer dann aufgeatmet haben, wenn die neue Eingabeaufforderung, meist nach einer quälend langen Pause, doch noch ertönte: Wieder war ein Teilstück seiner telefonischen Reise geschafft, wieder war er seinem Ziel ein Stück nähergekommen.

Bevor er die letzte Nummer auf der Liste wählte – und er wählte schnell, denn er wollte nicht riskieren, dass ihn ein *Timeout* von einem der zu Beginn angewählten Telefonsysteme ereilte –, holte er tief Luft und horchte dann mit angespannter Miene in den Hörer.

Diesmal aber legte er den Hörer nach einer Weile auf den Tisch zurück. Er schob den Stuhl etwas vom Tisch weg und setzte sich dort wieder. Er schaute auf jenes Telefon, dessen Hörer noch auf der Gabel lag. Dann hielt er die Hände vors Gesicht, wie im Artikel in *Practical Wireless* stand, und er nahm sie erst wieder herunter, als das Telefon klingelte.

Der *Hacker* sprang auf und nahm den Hörer ab. Er nahm auch den Hörer des ersten Apparats wieder auf und hielt sich beide Hörer an den Kopf.

Wenn er jetzt sprechen würde, dann müsste er sich in der Leitung, die von seinem Tisch rund um den Globus wieder zurück zu seinem Tisch führte, selbst hören können.

»Hallo?«, sagte er zögerlich.

»Hallo?«, lautete auch die Antwort, die er sich fernmündlich selbst gegeben hatte.

Die Sonne ging über der Wiese auf. Ich füllte Wasser in die Kaffeemaschine und kehrte zum Schreibtisch zurück. Ich ging die Auftragseingänge für unseren Datatypieservice durch, sah mich sogleich in der Entscheidung bestätigt, das Geschäft diversifiziert zu haben, denn die Zahl der Aufträge in dem Bereich stagnierte – nun schon seit Wochen. Die Zukunft, darin hatte mich auch der tiefblaue Traum in Berlin bestärkt, würde in der Vernetzung der Rechner liegen, was immer diese Vernetzung mit sich bringen und wann immer sich ihre vorteilhaftesten Auswirkungen zeitigen würden.

Für die Lieferung der *Modems* würde Fernost mehr als drei Wochen benötigen, las ich auf dem Faxschreiben, das meine Bestellung bestätigte. Es handelte sich schließlich um *Modems* der letzten Generation, sie arbeiteten mit einer Kompression der Daten und nach dem neuesten *V.90*-Standard der Internationalen Telekommunikationsunion. Selbst der Austausch von Bildern war mit den *digitalen Modems* möglich.

Die Kunden im Laden fragten: »Bilder? Warum denn Bilder versenden?«

»Was weiß ich?«, erwiderte ich. »Die Anwendung kommt mit den Mitteln«, wusste ich mir zu helfen.

Ich verkaufte bloß die *Modems*. Wer immer sie erwarb, musste selbst wissen, wofür er das tat – zumindest, bis ich herausgefunden hatte, was der Endverbraucher damit anstellen konnte.

Geschäftsinhaber allerdings erkundigten sich selten nach der Verwendbarkeit von *Modems*. Sie wussten es in aller Regel zu schätzen, dass die klassische Geschäftskorrespondenz sich elektronisch vereinfachen und erheblich beschleunigen würde. Sie arbeiteten fast nur noch mit Briefvorlagen, und außerdem erübrigte eine Skizze oder ein Bild die geschäftliche Verständigung, besonders über die Sprachgrenzen hinweg, erheblich.

Ich ließ über meine Datatypistinnen und Datatypisten den Geschäftskunden ausrichten, dass wir ihnen die *Modems* liefern und auch gleich in einen betriebsbereiten Zustand versetzen konnten. Unser Preis war auch hier weit tiefer als jener der Mitbewerber auf diesem neu entstehenden Markt. Das galt auch für die benötigten *seriellen Schnittstellenkabel.*

Schon am Nachmittag konnte ich, nach der telefonischen Rückmeldung einiger Mitarbeiter, weitere *Modems* in Fernost anfordern, ich bestellte nochmals vier Dutzend originalgetreue Nachbauten des *U.S. Robotics Sportster 14,400 Fax Modem*. Das kleine, flache, schwarze Plastikgehäuse, in dem das *Modem* steckte, wies auf seiner Front acht rote Leuchtdioden auf, die einen über Anwahl, Herstellung der telefonischen Datenleitung, die Qualität der Datenübermittlung und so fort auf dem Laufenden hielten. So lange man seine Telefonrechnung bezahlte, war das Betreiben eines *Modems* aber keine

Hexerei. Das bläute ich den wenigen zweifelnden Geschäftskunden vor Ort oder fernmündlich ein. Es entsprach schließlich nur der Wahrheit.

Aimée hatte auf die Reise bestanden, sie wollte sich China nun unbedingt ansehen, auch wenn uns dafür wirklich nur fünf Tage – die Reisetage eingeschlossen – zur Verfügung standen. Zum einen war es uns nicht möglich, unsere Geschäftstätigkeit länger als eine Woche ruhen zu lassen – uns fehlte die dazu nötige Hierarchiestufe zwischen der Geschäftsleitung, also Aimée und mir, und den Mitarbeitern, wir mussten, sagten wir uns, so schnell wie möglich in dieser Richtung rekrutieren. Zum anderen hatte man uns aus China signalisiert, dass wir für drei Nächte vorgesehen waren und für keine einzige Nacht darüber hinaus.

Mit uns reisten zwei junge Kerle, Maschinenmechaniker aus der Umgebung, die man aus Gründen mit uns gruppiert hatte, die weder ihnen noch uns richtig klar waren. Möglich, dass unser fast schon touristisches Anliegen für die zuständigen chinesischen Stellen nicht ganz nachvollziehbar gewesen war und wir deswegen mit den beiden jungen Mechanikern reisten, die umgekehrt einen ganz bestimmten, fest ausgemachten Auftrag zu erledigen hatten, wie uns schien. Sie reisten im Unterschied zu uns auch nicht zum allerersten Mal dorthin, im Gegenteil fast schon jede Woche, wie ich erfuhr.

Die Reise mit der *Lufthansa* über Frankfurt am Main nach Seoul – dann sollte es per Schiff über das Gelbe Meer weiter nach China gehen – hatten wir im letzten Moment in der *Business Class* gebucht, man war uns mit dem Preis entgegengekommen.

Die beiden jungen Kerle hatten wir noch in Zürich am Flughafen kennengelernt. Wir fragten sie, wie sie den Flug in Angriff nehmen wollten.

»In Angriff? Wir ziehen die Schuhe aus und schlafen ein«, sagte der eine, vielleicht um drei, vier Jahre jüngere Mechaniker.

Der andere grinste nur.

Die Maschine startete zur ersten Teilstrecke. Aimée und ich hielten uns bei der Hand und schauten hinaus.

Wir tranken später einen trockenen Sherry und aßen dazu Nüsse.

In Frankfurt, wo wir bald schon gelandet waren, mussten wir uns etwas beeilen, denn das *Gate* lag weit entfernt.

Auch die beiden Kerle gingen schnell. Wären sie gelaufen, hätten wir es ihnen gleichgetan, denn sie kannten die Routine hier bestens.

Im *Jumbo-Jet* lagen Zeitungen, ein schmucker Kulturbeutel, eine Decke und zwei Kissen auf jedem Liegesitz bereit. Sobald Aimée nach dem Essen eingeschlafen war, setzte ich meinen Kopfhörer auf und hörte *The Turn of a Friendly Card*. Leise summte ich mit.

Aimées Gesicht war schön wie immer, ich mochte es, wie sie ihr Haar trug, wie sie sich kleidete, ich vermisste sie, wenn wir nicht zusammen waren. Müde, war sie in den vergangenen Tagen dennoch täglich bei Kunden gewesen, um Aufträge zu besprechen. Im Schlaf zuckten die Fingerspitzen ihrer rechten Hand.

Ich blätterte im *Economist* und auch etwas im *Spiegel*. Was würde uns in China erwarten?

Ich schloss die Augen und schlief einen traumlosen, bleiernen Schlaf, aus dem ich erst erwachte, als mich die Flugbegleiterin sachte an der Schulter berührte. Wir waren eine Flugstunde von Seoul entfernt. Sie fragte, ob sie auch Aimée wecken sollte, aber ich übernahm das.

Nach dem Frühstück verließen wir die Kabine und fuhren mit dem Taxi zum nächstgelegenen Hafen. Aimée blieb stehen und küsste mich vor der Passkontrolle. Die koreanische Beamtin schaute auch dann noch weg, als wir endlich bemerkt hatten, dass wir an der Reihe waren. Sie fragte mich, was ich in Korea getan hatte.

»Transit«, antwortete ich auf Englisch. »China.«

Was ich dort zu tun hätte, fragte sie.

»Business.«

Die Beamtin stempelte meinen Reisepass und winkte Aimée heran. Sie stellte ihr dieselben Fragen.

Auf die beiden jungen Kerle warteten wir draußen. Sie waren mit Handgepäck geflogen, wobei der ältere einen Werkzeugkasten mitführte. Darauf prangte der breite Schriftzug ihres Arbeitgebers, *Randegger*, in Rot und Weiß.

Aimée fragte den Mechaniker, ob sie in China keine Werkzeuge hätten. Er grinste nur.

Wir bestiegen für die Passage ein chinesisches Schiff mit Busbestuhlung und nickten sofort ein. In China angelandet, wurden wir von einem eisern schweigenden Fahrer abgeholt. Wir legten mit den beiden Kerlen fürs Trinkgeld zusammen. Sie gingen stets voran.

Wir hatten den Eindruck, man würde die beiden hier schon gut kennen. Auf die Frage, wie oft sie denn schon hier waren, antworteten sie uns, so genau wüssten sie das nicht, »vielleicht zwanzigmal.«

Der chinesische Fahrer brachte uns durch flache, grüne Landschaften, die kaum bewohnt waren und noch weniger bewirtschaftet wurden, in die riesengroße Industriestadt, deren Namen Aimée und ich vor der Reise noch nie gehört hatten, in der allerdings mehrere Millionen Menschen lebten. Diese Tatsache, dass wir also den Namen einer Millionenstadt nicht kannten, schien uns sehr merkwürdig, aber so war das eben.

Wir sollten uns jetzt auf keinen Fall hinlegen, sagte der jüngere der Mechaniker. Wir hatten das auch gar nicht vor. Aber die Luft, verschmutzt von der Schwerindustrie der Stadt, setzte uns, kaum dass wir angekommen waren, bereits stark zu. Unsere Augen brannten und begannen zu tränen.

Nachdem wir das Hotelzimmer bezogen hatten, einen zweckdienlich eingerichteten Raum, dessen Fenster sich nicht öffnen ließen, wuschen wir uns das Gesicht mit Feuchttüchlein, die Aimée zum Glück in größerer Zahl mitgenommen hatte.

Das Wasser aus dem Hahn im Bad war leider bräunlich und roch metallisch. »Eisen«, sagte Aimée, »aus den oxidierten Rohren.« Wir ließen die Finger davon.

Ich setzte mich auf den alten Polstersessel und packte den *Yacht Boy 220* aus, den ich im Elternhaus aus der Kiste mit den ruhenden Kurzwellenempfängern hinter dem Basteltisch genommen hatte. Ich zog die Teleskopantenne ganz aus, stellte sie aufrecht, schaltete den Empfänger an.

Was ich zu hören bekam, war Rauschen. Ich wechselte das Band, aber gleichviel, welches Band ich wählte, überall war nur dieses Rauschen zu hören, auch noch in einer Signalstärke, die die Vermutung zuließ, ein nahegelegener, breitbandiger Störsender unterbinde jeden Empfang.

Ich versicherte mich, dass ich den *Yacht Boy* auch wirklich an seinen Batterien betrieb und nicht am Stromnetz, bei dem ich im Zweifel verunreinigten Strom vermutet hätte. Auch überlegte ich, ob die Wände des Hauses vielleicht mit Eisen armiert waren, aber man hatte sie aus Backsteinen getürmt und dünn verputzt. Ich packte den Empfänger wieder ein.

Für den Spaziergang, den Aimée und ich uns vorgenommen hatten, gab es vorerst keine guten Argumente, wie uns schien. Wir klopften bei den beiden Mechanikern an, die das Zimmer nebenan bezogen hatten. Sie wollten gerade essen gehen und fragten, ob wir sie begleiteten.

Wieder tränten unsere Augen, sobald wir im Freien waren. Schnell betraten wir das Nebengebäude, in dem scharf gekocht wurde. Der Tisch, der uns in dem zu dieser Uhrzeit schlecht besuchten Lokal zugewiesen wurde, befand sich ganz hinten.

Das Lokal war so dimensioniert, dass es auch in den Stoßzeiten betriebsfähig blieb, wenn, an den Tischen zu schließen, Dutzende, um nicht zu sagen Hunderte Gäste eintrafen. Ich äußerte die Vermutung, dass es als Kantine für einige der umliegenden Logistikeinrichtungen diente, aber der ältere Mechaniker lächelte und sagte, dass die meisten Arbeiter sich eine Mahlzeit hier nicht leisten konnten.

Wir aßen aus Metalltellern Reis und Gemüse und schlürften anschließend auch noch eine Nudelsuppe, die mir außerordentlich schmeckte. Der Tee war frisch aufgegossen und roch, stark künstlich aromatisiert, nach Jasmin.

Ich erkundigte mich bei dem Kellner, ob er bitte Zahnstocher bringen könnte. Er verstand meine Geste sofort. Zurück kehrte er allerdings nicht mit Zahnstochern, sondern mit seinem Vorgesetzten, der ein paar Brocken Englisch konnte. Zahnstocher seien leider aus, aber der Schuldige für diesen Mangel sei bereits gefunden, und er werde dafür noch bestraft werden. Der ältere der Mechaniker grinste vor sich hin.

Bestraft? Ich fragte mich, was das heißen und ob ich allenfalls einschreiten sollte. Aimée schien dasselbe zu überlegen. Wir schauten einander an. Der jüngere der Mechaniker stand auf und sagte, »wir müssen jetzt los.«

Wir standen auf und verließen das Lokal, nachdem der Kassier kein Geld von uns hatte annehmen wollen. Die Mahlzeiten gingen, wie die beiden Mechaniker bestätigten, auf den Betrieb, den sie nun aber wirklich aufsuchen sollten, man erwartete sie dort schon längst.

»Wie besprochen«, sagte der jüngere Kerl, könnten wir mitkommen, wenn wir das noch immer wollten. Wir nickten. Bestimmt grinste nun der ältere der beiden wieder vor sich hin. Ich sah nach vorn.

Der Straßenabschnitt zur großen Fertigungshalle in der Nähe des Hotels war von Schlaglöchern übersät. Wir wurden beim Empfang abgeholt und zur Umkleide geführt, wo wir in ungefüge Blaumänner schlüpften und die Schuhe gegen Gummistiefel mit breiter Profilsohle tauschten. Die beiden Mechaniker hatten Übung darin.

Ich half Aimée in die Schutzkleidung und zwinkerte ihr zur Aufmunterung zu. Als ein Angestellter eintrat und sich anschickte, unsere Kleidung mit überkritischem Blick zu prüfen, stellten wir uns vor ihm auf.

Wir folgten den beiden Mechanikern, die ihrerseits dem Angestellten mit den schwarzen Haaren folgten. Er ging etwas gebückt und schlurfte mit den Schuhsolen, Strähnen dünnen Haars fielen ihm über die Stirn. Er gab keinen Laut von sich, auch dann nicht, als er uns vor einem lichtfesten Vorhang zu warten bedeutete.

Mit einer übertriebenen Geste, die auch abfällig gedeutet werden konnte, riss er den Vorhang auf und schlüpfte hindurch, ohne auf uns zu warten. Der jüngere der Mechaniker trat vor und hielt uns den Vorhang auf.

In der grell beleuchteten Fertigungshalle stand eine zwanzig Meter lange Strickmaschine, die auch ein Webstuhl sein konnte. Sie war außer Betrieb, ihr Zustand praktisch neu, man hatte die grünlackierten Blechverkleidungen poliert und alle Zuleitungen mit Isoliermatten unterlegt, quer durch die Halle.

»Unser vollautomatischer Webstuhl«, sagte der Jüngere, wobei ich so etwas wie Stolz in seinem Gesicht feststellte. So schnell und so genau wie dieser Webstuhl sei kein anderer auf der Welt, fuhr er fort, schon gar nicht in der höchsten Leistungsklasse, in der die hohe Produktionskapazität ganz besonderes mit der größtmöglichen Geschwindigkeit, mit der gewoben wurde, zusammenhänge. Es sei ein überaus ungewohntes Bild für ihn, die *Randegger LR-500*, das Flaggschiff seiner Firma, ausgeschaltet vor sich zu sehen, für gewöhnlich produziere sie rund um die Uhr, sagte der jüngere der Mechaniker. Das Rattern, die monotonen Geräusche, er liebe das, für ihn sei das die reinste Musik, ganz so wie *Techno*.

Aimée und ich nickten.

Sie machte ein paar Schritte auf die Maschine zu.

»Warum«, fragte sie, »steht die Maschine still?« Die beiden seien doch nicht etwa um die halbe Welt gereist, um sie zu reparieren?

Der Ältere grinste vor sich hin. Dann ging er in das Kompartiment weiter vorn, das durch lichtfeste Vorhänge von der Haupthalle getrennt war, und betätigte einen roten Knopf, der den Vorhang heranzog und an der Hallenwand raffte.

Was wir zu sehen bekamen, war eine zweite *LR-500*. Allein, sie war, komplett demontiert, auf dem Boden ausgelegt. Wie auf einer Explosionszeichnung hatte man alle Bestandteile der Maschine, auch die allerkleinsten Teile, die Schrauben und winzigen Dichtungen, so hingelegt, dass man die Webmaschine jederzeit wieder zusammensetzen konnte – ohne die Umstände, die Stelle, an die jedes einzelne Teil gehörte, zuerst eruieren zu müssen.

Aimée und ich schritten gemeinsam mit den beiden Kerlen die Teile ab. Der Ältere öffnete den Werkzeugkasten, den er immer bei sich hatte, und entnahm ihm zwei hochexakte Messschieber, zwei Präzisionsmetermaße und Lupen unterschiedlicher Größe.

Die beiden machten sich daran, jene Teile, die ihnen schon von bloßem Auge als Ausschuss erschienen, mit den geeichten Messinstrumenten zu prüfen. Bald hatten sie ein halbes Dutzend Teile aufgestöbert. Der ältere hielt die Artikelnummer, die er zur Sicherheit in einem dicken Ringordner nachschlug, in der Ersatzteilliste fest.

»Seltsam«, sagte Aimée, die Teile seien doch neu. Wieder grinste der ältere Kerl. Der jüngere reichte ihr ein Schraubgewinde. »Ausschuss«, sagte er, »unbrauchbar.« Diese schlechten Teile sähen zwar neu aus, aber sie seien nicht von ihrer Firma gefertigt. Um das festzustellen, bräuchte es im Grunde keine Spezialmessgeräte, sagte er, man wolle die Chinesen allerdings auch nicht gegen sich aufbringen, indem man ihre Arbeit offen geringschätzte, die Leute hier würden schließlich alles versuchen, um die Teile selbst herstellen zu können. In der Feinmechanik lägen aber sie Jahrzehnte zurück.

Alle Teile dieser zweiten Maschine seien hier gefertigt worden, sagte der jüngere Kerl, jedes einzelne Teil wollten die Chinesen am allerliebsten selbst und später in großer Serie herstellen. »Dazu benötigen sie unsere Randegger LR-500«, sagte der jüngere Kerl, von der sie alles abkupferten.

»Warum in aller Welt«, fragte Aimée, »lassen Sie das zu?«

»Mein Chef, der alte Randegger, hat das geregelt«, erwiderte er, »er hatte keine Wahl.« Die ersten paar Male sei er mitgeflogen, jetzt würden bloß noch sein Kollege und er selbst mit den Chinesen arbeiten. Sie hätten geholfen, die Teile in der benachbarten Werkstätte zu fertigen. Anschließend würden sie wieder abreisen und es den Chinesen überlassen, die Maschine zusammenzusetzen und in Betrieb zu nehmen. Das habe freilich bis jetzt noch nie geklappt.

»Dennoch«, sagte er, müsste es die Ambition von *Randegger* sein, die chinesische Kopie zum Laufen zu bringen. Die Chinesen wollten mit den Kopien ihr Land flächendeckend bestücken.

»Was hat Ihre Firma davon?«, wollte Aimée wissen.

»Nicht sehr viel.« Die Chinesen wollten, so die Abmachung, immer dann ein Exemplar kaufen, wenn eine neue Generation der Maschine ausgeliefert würde, also eine neue Maschine alle drei Jahre. Das galt natürlich nur für den Fall, dass man ihnen half, den Prototypen für die kopierte Maschine, die im eigenen Land in jeder Zahl ausgeliefert werden sollte, funktionstüchtig zu machen.

Ein wirklich miserables Geschäft sei das, fügte er hinzu, als er zur Werkstatt aufbrach. »Besser als keins.«

5

Aimée trug einen halblangen blauen Rock und ihre grüne Bluse, die ich so sehr mochte, das Haar offen. Wir küssten uns auf der weiten Terrasse der *Eidgenössischen Technischen Hochschule* und blickten dann über die Stadt zum See hin, bevor wir das Hauptgebäude betraten.

In der Bibliothek des Geografischen Instituts erwartete uns ein alter Kommilitone, der in seinen letzten Semesterferien für *Elephant* als Datatypist tätig gewesen war – eine vorzügliche Kraft, die ich natürlich nicht halten konnte. Er war nun Assistent am Institut, wie er mir am Telefon gesagt, bevor er mich eingeladen hatte, einmal vorbeizuschauen. Er wollte mir etwas zeigen.

Ich dachte zunächst an Quarzsand oder allerneuste Materialen für Halbleiterbauteile, aber das war es nicht. Er wollte mir etwas vorführen, das ganz bestimmt mein Interesse wecken würde, dessen sei er sicher. Möglich, dass ich schon Bescheid wüsste und umgekehrt ihm etwas in der Materie beibringen könnte; so oder so würde er sich gern mit mir darüber austauschen.

Aimée und ich gingen durch die kahlen, mit Neonröhren beleuchteten Flure und lasen die Schildchen an der Tür. Als wir den Raum gefunden hatten, traten wir ein – die mit allerlei Zetteln behängte Tür stand offen – und fanden auch den alten Kommilitonen vor.

Er saß vor einem Bildschirm und tippte auf die Tastatur, ganz so, wie ich ihn zuletzt gesehen und in Erinnerung behalten hatte. Er stand auf und begrüßte Aimée und mich mit Handschlag; er freue sich, mich zu sehen. Schnell schob er zwei Stühle heran und hieß uns, doch bitte Platz zu nehmen. Er habe nur eine Stunde Zeit bis zum nächsten Tutorat, deshalb wolle er gleich zur Sache kommen. Er startete ein *terminal program* der Art, wie Vater und ich es einst programmiert hatten, und wählte sich mit dem *U.S. Robotics Sportster 14,400 Fax Modem* ein.

»Bist du zufrieden mit dem Ding?«, fragte ich.

Er nickte.

»Wieviel hast du dafür bezahlt?«

Er blickte mich an. Bei mir wäre es viel günstiger gewesen, sagte er, das stehe fest.

»Wer kauft bei euch ein?«, wollte Aimée wissen.

»Der Institutsleiter«, erwiderte er. Er schaltete das *Modem* ein, das nach der Initialisierungsroutine auf weitere Befehle wartete.

»Wo wählst du dich jetzt ein?«, fragte ich in die typischen Einwahlgeräusche, die langgezogenen hohen, rauen Töne hinein.

Er lächelte. Eine direkte Verbindung mit einem anderen Rechner herzustellen, sie nicht länger nötig. Er melde sich bei einem Einwahlpunkt an, der einem dann gleich ein Netz von Rechnern eröffne. Dieses Netz sei weltweit geknüpft, fuhr er fort, und war man einmal darin unterwegs, entstünden keine weiteren Telefonkosten als jene für die Lokalverbindung zum Einwahlpunkt.

Aimée und ich schauten einander an.

»Ein Netz?«, fragte Aimée.

Man würde es *World Wide Web* nennen, sagte der einstige Kommilitone, alles brauche schließlich eine Bezeichnung.

Ich hatte in den Elektronikzeitschriften davon gelesen. Mir selbst war das *World Wide Web* im Alltag noch nicht untergekommen. Ich hielt das Netz für ein universitäres Forschungsprojekt, an dem sich zwar Institute rund um den Globus beteiligten, das aber noch keine nennenswerten, konkreten, geschweige verwertbaren Ergebnisse hervorgebracht hätte. Mir wurde klar, dass ich falsch lag.

Die Seite, die sich auf dem Bildschirm aufbaute, war weiß und enthielt zwei Absätze lila Text und ein farbiges Bild, so groß wie eine Postkarte. Wir waren mit einer privaten Universität in den USA verbunden und schauten uns auf Unterseiten die aktuellen Lehrpläne an. Ein Klick mit der Maustaste auf einen unterstrichenen Text reichte zu unserer Verblüffung aus, um weitere Textseiten zu erreichen.

Auf den Seiten des Kernforschungsinstituts *CERN* in Genf sahen wir uns Bilder des weltweit größten Teilchenbeschleunigers an. Wir verloren uns in den unerwartet scharfen Fotos.

»Und öffentliche Einrichtungen?«, fragte Aimée dann.

Er gab eine elektronische Adresse ein, und Augenblicke später konnten wir im *World Wide Web*, das auf dem *Internet* aufgebaut war, *America Online* besuchen, und auf *AOL* fanden wir auch einen *Webbrowser*, den wir auch gleich *herunterluden* und auf Diskette speicherten. Mit diesem Programm würde es einfacher gehen, die *Websites* zu besuchen.

Ich machte mir Notizen. Ich schrieb alles auf, was ich für das, was Aimée und ich noch aufbauen wollten, als wichtig ansah.

Aimée schaute immer wieder über meine Notizen, sie wollte sich vergewissern, dass ich auch wirklich nichts vergessen hatte, dass also alles Wissenswerte, jede noch so kleine Information, jeder aussichtsreiche Hinweis und jede nebenbei vorgebrachte Bewertung, die unser Bekannter äußerte, ihren gut lesbaren Niederschlag auf dem Zettelchen fand.

Ich sah ihren Eifer, und ich empfand in diesem Moment eine unbändige Freude darüber, dass Aimée sich mit so viel Verve einbrachte. Fast kam es mir so vor, als ob sie in ihrem Leben auf nichts Anderes denn auf unser gemeinsames Geschäft gewartet hatte; sie legte den Arm um meine Schultern und lächelte.

Sie schien nicht recht glauben zu wollen, was sie da sah. In ihrem Gehirn drehten sich tausend kleine Räder, mir war, als hörte ich das leise Rattern, auch dann noch, als wir das Institut längst verlassen hatten und mit der roten *Polybahn* zum *Central* hinunterfuhren.

Wir schwiegen, und weil Aimée mich beim Gehen umarmte, fühlte ich mich auf dem Gehsteig aufgehoben; ich fühlte mich bei Aimée aufgehoben, ich blieb stehen. Wir küssten uns lange. Ich hätte sie ewig küssen können.

Ich sah in ihre funkelnden Augen. Aimée hatte Feuer gefangen, und sie dachte ganz bestimmt schon über den zweiten und dritten Schritt nach, den wir mit unseren Läden machen würden. Sie ging all das in Gedanken durch, was nun anstand.

»Wir müssen auf dieses World Wide Web setzen«, flüsterte sie, »nicht wahr?«

»Mit ganzer Kraft«, gab ich ihr zur Antwort, auch wenn ihre Frage rhetorisch gemeint war.

Wir würden schon herausfinden, wie, fügte ich hinzu. Wir müssten bloß schneller sein als die Anderen, dann könnte uns nichts passieren.

»Uns kann nichts geschehen«, sagte Aimée, »wir haben einander.«

Wir blieben stehen. Ich fasste ihre Schulterblätter, die kurz herausstanden, als sie meine Ellenbogen mit beiden Händen umfasste und die Arme dazu anwinkelte. Ihr dünner Pullover spannte zur Wirbelsäule hin, was mich erregte. Ich nahm ihr Gesicht in meine Hände und küsste es. Wir gingen weiter.

Zunächst galt es, die Läden für die neuen Möglichkeiten vorzubereiten, das Personal, sagte ich. Denn die großen Unternehmen würden versuchen, die Leute nun massenhaft ins *World Wide Web* und ins *Internet* zu bringen, davon war ich überzeugt. Aimée nickte, ich sah ihr an, dass sie schon selbst darauf gekommen war. Deshalb sollten wir uns, sagte ich dennoch, auf jene Kunden konzentrieren, die bereits drin waren oder konkret *Hardware* einkaufen wollten, um ins *Internet* zu gelangen.

Ich würde mich um die technische Seite kümmern, schlug ich Aimée vor. Ihr würde es obliegen, sich so etwas wie eine Strategie und einen neuen Geschäftsplan auszudenken und in den Details zu berechnen. Gemeinsam würden wir das Unternehmen vergrößern.

»Lass uns mal die Hersteller von Modems anschreiben«, sagte Aimée, »wir sollten Modems unter Elephant vertreiben.«

Sie hatte recht. »Was hältst du von Kursen für die Kunden?«

»Wie komme ich ins Internet, und was bringt mir das überhaupt?«, fragte Aimée.

Ich nickte.

Wir stiegen in die blaue Straßenbahn ein und setzen uns ganz hinten hin. »Wir könnten die Datatypisten abziehen«, sagte sie, sie könnten den Kunden, auch den Geschäftskunden, in Schulungen das *Internet* nahebringen.

Ich fand diese Idee, auch angesichts der weiter sinkenden Zahl der Datatypieaufträge, goldrichtig.

Als wir aus der Straßenbahn stiegen, begann es zu regnen. Wir wollten eigentlich zu Fuß nach Hause, stiegen nun aber auf den Bus um. Zum Glück hatten wir uns vorhin gegen die Räder entschieden, sagte Aimée.

Die letzten Schritte zu meiner Wohnung gingen wir schneller, wir liefen zur Tür hin, ich sperrte auf. Wir rissen einander die nassen Kleider vom Leib, wir liebten uns auf dem alten Perserteppich beim Eingang. Aimée ritt auf mir bis sie kam.

In der Nacht schreckte ich aus einem Traum auf. Aimée schlief neben mir, des regnete noch immer, durch das offene Fenster erreichte uns der satte Geruch frisch gemähter Wiesen. Ich stand auf und trank ein Glas Wasser. Müde, legte ich mich gleich wieder hin.

Kaum hatte ich die Augen geschlossen, träumte ich von den blauen Gerätchen, die jede und jeder in meinem tiefblauen Traum mit sich führte, und als hätte ich es nicht schon geahnt, als hätte sich in mir die Frage nach dem Sinn und Zweck der blauen Kästchen nicht schon vor ein paar Stunden im Geographischen Institut der *ETH* beantwortet, entfaltete sich in mir die Vorstellung von der weitverzweigten Vernetzung der Menschen mittels ihrer Gerätchen, ihrer *Internet-Modems*, wie ich nun wusste, immer deutlicher: ich fiel und fiel zwar immer noch durch Schichten unterschiedlich dichten Blaus, aber es fielen nun außer Aimée, deren Hand ich hielt, auch andere immer tiefer in den blauen Schlund, den also immer mehr und noch mehr Fallende bevölkerten, ganz so, als ob auch sie durch die blaue Tür gefunden hätten – einerlei, ob durch die selbe blaue Tür oder eine andere, von denen es nun bestimmt sehr viele geben musste, zahlreich, wie die Fallenden waren und immer noch zahlreicher wurden, wie mir schien.

Ich zog im Fallen Aimée ein Stück näher an mich heran und versuchte, ihr etwas ins Ohr zu flüstern, etwas, das mir auf der Seele brannte, aber je länger ich grübelte, was dieses sein konnte, desto weiter schien sich der Gedanke daran zu entfernen, bis er sehr fern und lediglich noch zu erahnen gewesen wäre, hätte ich es denn darauf angelegt gehabt, ihn weiter und immer weiter zu jagen.

In diesem Moment bedeutete mir Aimée ihrerseits, dass sie mir etwas sagen wollte; ich ließ mich, schwebend leicht, von ihr heranziehen und hörte dann ganz deutlich: »sie haben alle ihr Gerätchen«, und jene, die noch keines besitzen, würden nachziehen, und zwar mit unseren Produkten, den *Elephant*-Gerätchen. Sie lächelte mich sanft an.

Ich fiel und fiel und sah weit unter mir welche, die ihr Gerätchen wegschleuderten. »Und die da?«, fragte ich.

Aimée sah nach unten. Ihr Gesicht verfärbte sich je nach Intensität des Blaus, durch das wir fielen. Als es gerade azurfarben schimmerte, sah sie zu mir und flüsterte: »Aber alles geht doch weiter«, sie lächelte, »schau nicht hin«, das sei nun eben *nach* den Gerätchen, sie lächelte immer noch, dann fügte sie hinzu: *post modem.* Sie lachte auf, und ich lachte mit.

»Komm«, sagte sie, und ich legte mich in ihre Arme. »Komm«, hörte ich nochmals, ganz leise, so schön gehaucht, als Aimée mich im Bett umarmte, »du hast schlecht geträumt.«

»Wieso denn schlecht?«, flüsterte ich. Aber auch sie schlief schon bald wieder ein.

Wir legten uns einen weißen Lieferwagen zu und ließen ihn an den Seiten recht groß mit *Elephant* bekleben. Damit fuhren wahlweise Aimée oder ich zwischen den drei Läden hin und her.

Ich parkte auf einem der reservierten Plätze vor dem Laden und begab mich, ganz früh am Morgen, ins *Backoffice*, wo ich mit einigem Schwung die angefallene Korrespondenz erledigte und dabei auf dem Kassettenabspielgerät *Take The Long Way Home* von *Supertramp* hörte. Ich spulte die Kassette zurück und hörte sie mir von vorn an. Ich empfand ein Gefühl des Glücks, als mich die Sonne am Schreibtisch blendete; ich wollte zum Hörer greifen und Aimée anrufen.

Als die Ladentür ging und der Mitarbeiter zur Begrüßung »guten Morgen« rief, stand ich auf, gab ihm die Hand und meldete auch gleich an, dass ich zum nächsten Laden aufbrechen müsse. Er nickte, ging zum Lagerraum und zeichnete die drei Paletten aus Fernost ab, die die Spedition im Morgengrauen geliefert hatte. Ich kontrollierte den Inhalt, den Zustand der Ware, verglich die Lieferung mit den von mir ausgestellten Lieferscheinen; es schien alles in bester Ordnung zu sein.

»Tschüss«, sagte ich und wünschte ihm einen guten Arbeitstag.

»Danke, Chef, gleichfalls«, erwiderte er.

Er nannte mich wiederholt Chef, obwohl ich ihm gesagt hatte, dass er das nun wirklich nicht tun müsse und dass ich auch keinerlei Wert darauf legte, von der Belegschaft so angesprochen zu werden, einerlei, dass ich es tatsächlich war und ich sie von meinem Geld bezahlte. Aber er blieb bei diesem *Chef*, und weil er es nicht ironisch meinte, ließ ich es ihm durchgehen.

Ich war zufrieden mit seiner Arbeit, er war pünktlich und erledigte die Aufgaben, die Aimée ihm übertragen hatte, schnell und mit dem bangen Bewusstsein von einer unbedingten Pflicht. Das pure Gegenteil von seinem Bekannten Hartmut, dachte ich, als ich in den Zürcher Vormittagsverkehr einfädelte.

Ich schlängelte mit dem Lieferwagen zum Laden in der Stadtmitte, und die Kassette, die ich im Büro abgespielt hatte, lief nun im Kassettenfach des Autoradios. *O Lord, is it mine*, sang Roger Hodgson, und er spielte dazu die wenigen Akkorde auf dem Klavier. Ich liebte diesen Song. Ich fragte mich, wie ich all das Glück verdient hatte, das mir jeden Tag aufs Neue zuteilwurde. Ich war dankbar dafür. *So give us an answer, won't you*, sang Hodgson mit den schulterlangen Haaren und dem gestutzten Bart, und ich sang mit.

Der Mitarbeiter hatte mir vorhin im Laden Hartmut in Erinnerung gerufen. Ich hatte ihn bis jetzt nicht auf ihn angesprochen, und ich hegte auch nicht die Absicht, dies in Zukunft zu tun. Es war auch nicht so, dass ich jedes Mal, wenn ich ihn sah, an Hartmut dach-te, zumal er Hartmut weder ähnlich sah noch in den Handlungen, in seinem Habitus ähnelte.

Ich sah vor meinem inneren Auge, wie Hartmut und ich einst den Styroporwürfel die Treppe hinauftrugen. Hartmut hatte ihn billig erstanden, wo, wollte er mir nicht verraten. Ein Meter Kantenlänge – das sei genau das, was er noch brauchte. Wofür, das verschwieg er mir auch.

Er hatte den Würfel mit dem Anhänger seines Mofas transportiert. Es war Samstagnachmittag, damit für uns Pennäler schulfrei; ich war Hartmut auf dem Markt zufällig begegnet. Er hatte mir von weitem zugewinkt und mich dann fast schon gebeten, mitzukommen.

Als wir das schmale Haus erreichten, in dem er mit seinen Eltern und den beiden jüngeren Geschwistern wohnte, wies er mich auf eine blickdichte Plane auf dem Anhänger seines Mofas hin. Ich hatte darunter alles vermutet, nur keinen großen Styroporwürfel.

Wir stiegen im Haus alle Stufen hinauf, Hartmut mit dem Styroporwürfel vorweg; er öffnete dann mit Hilfe einer langen hölzernen Stange, die vorne mit einem eisernen Haken abgeschlossen war, eine enge Deckenluke und zog die Faltleiter herunter.

Wir hoben den Würfel ein wenig an, fassten ihn besser und trugen ihn vorsichtig auf den Dachboden, wobei Hartmut wieder vorausgegangen war und ich von unten, beide Hände am Würfel, mit ganzer Kraft schob. Die schmale Faltleiter krächzte und quietschte unter dem Gewicht.

Außer Atem setzten wir uns auf die Holzleisten und zupften, als wir wieder regelmäßig atmen konnten, Styroporkerne einzeln von der Kleidung.

Allmählich hatten sich meine Augen an das dämmrige Licht auf dem Dachboden gewöhnt. Ich hustete. Ich erkannte allerlei Gerümpel in unlackierten Holzkisten, zwei große Holzschränke, aus denen Ärmel von dicken Jacken und Mänteln hervorlugten, ganz hinten stapelten sich alte Schuhe.

In der Mitte des Dachbodens aber schimmerte ein langer weißer, kniehoher Quader, war es eine Badewanne?, war es ein liegender Kühlschrank? Hartmut stand auf und ging darauf zu. Aus dem Geräusch, dass er erzeugte, indem er es anfasste, schloss ich, dass es sich wiederum um Styropor handeln musste.

Ich stand auf. Hartmut betätigte einen kleinen Schalter an dem weißen Korpus, und es leuchteten ein halbes Dutzend *1,5-Volt-Lämpchen* auf, die in dem Halbdunkel eine kleine Korona auf das Styropor warfen, Lichtkegelchen, eines davon rot, ein anderes, auf der rechten Seite, grün.

Ich begriff, dass es sich um eine Art Boot handeln musste. Hartmut setzte sich hinein und streckte die Beine aus. Mit einem stumpfen Messer begann er, den Korpus weiter auszuhöhlen.

Er äußerte nicht ein Wort der Erklärung und war ohnehin längst in seiner eigenen Welt. Er schabte da und dort im Innern des Bootes herum, und wenn ich nicht gewusst hätte, dass wir uns auf dem Dachboden seines Elternhauses befanden, hätte ich mich auf einem der sieben Weltmeere gewähnt oder zumindest zu wähnen gewagt; unwirklich genug, steckte Hartmut nun ein Lenkrad in den dafür vorgesehenen Schacht in der Mitte des Bootes. Ein Seil hatte er sich auch schon beschafft, und auch wenn er sich das Knoten noch beibringen wollte, hatte er sich darin bereits versucht. Neben dem Seemannsknotenbuch aus der Schulbibliothek lag ein meterlanges Seil bereit, dessen nahes Ende mit einem Karabinerhaken an der mutmaßlichen Reling des Styroporbootes befestigt war. Das andere Ende war an einem Balken des Schrägdachs festgezurrt.

Emsig arbeitete Hartmut an seinem Boot weiter. Es war ihm damit ernst. Ich war überzeugt, dass er dachte, damit auf See gehen zu können, zumindest auf den See, was immer er sich damit beweisen wollte. Verbissen schnitt er im Styropor herum, und wenn er aufschaute, dann bloß, um sich die Außenwand anzusehen, die er noch gar nicht bearbeitet hatte. Es schien ihm alles nicht schnell genug voranzugehen.

Einen Plan hatte er nicht angefertigt, nach dem er hätte bauen können. Er improvisierte bei jedem Schnitt, und etwas Anderes hätte ich Hartmut auch nicht zugetraut.

Ich wagte nicht, Fragen zu stellen; ich wollte ihn ja auch nicht stören. Je länger ich ihm zusah, desto klarer erschien mir sein Bedürfnis, von hier auszubrechen, alles hinter sich zu lassen und sich in ein Abenteuer zu stürzen, eine Reise mit ungewissem Ausgang, ganz auf sich allein gestellt, etwas Halsbrecherisches, etwas Definitives. Darin konnte ich ihm ohne weiteres folgen. Nicht, dass es mir ähnlich ging, ich wollte ja nicht weg, zumindest nicht körperlich, mir reichten die Abenteuerbücher vollkommen, die ich von der Schulbibliothek mit nach Hause nahm, *Moby Dick* und *Gullivers Reisen*, *Die Schatzinsel* von Stevenson, *Oliver Twist* und *David Copperfield*, *Tom Sawyer und Huckelberry Finn*, *Das doppelte Lottchen* und auch *Ronja Räubertochter*. Nein, ich brauchte kein Styroporboot.

Ich machte, dass ich die Falttreppe herunterstieg und aus dem Haus kam.

Auf dem Gehsteig erwartete mich Vater. Überrascht, ihn hier zu sehen, umarmte ich ihn. Er hielt mir die hintere Autotür auf, ich stieg ein.

Wir fuhren zum Markt zurück. Ich half Vater mit dem Obst und Gemüse. Die Kistchen hatten wir schnell im Kofferraum verstaut.

Wir fuhren los.

Die Wiesen flogen links und rechts an uns vorbei. Mutter würde bestimmt schon auf uns warten.

Ich erfuhr von Aimée, dass es dem Maler nicht so gut ging. Er war gestürzt und hatte sich den Arm gebrochen. Nun sitze er da und weine, denn außer dem Schmerz, der für ihn nur mit Medikamenten zu ertragen sei, vermisse er das Malen. Mit der anderen Hand versuche er, Farbpigmente zu mischen, Pinsel zu reinigen, vergeblich.

Ihm war die Lust vergangen, damit immer und immer wieder von vorn zu beginnen, er hatte seinen Lebensmut zwar beibehalten, aber Aimée stellte fest, dass seine Kräfte schwanden und dadurch auch seine Konzentrationsfähigkeit und sein Eifer, den sie so bewunderte, in Mitleidenschaft gezogen wurden. Sie sagte, der Alte verlange von Zeit zu Zeit nach einer filterlosen Zigarette, die er seit seiner Jugend nicht mehr geraucht hatte. Sie brachte sie ihm, nachdem sie die Päckchen beim Tabakwarenhändler im Ausland bestellt hatte.

Diese Zigaretten waren seine einzige Freude, er rauchte sie ganz langsam, so langsam, sagte Aimée, dass die Asche an der Spitze sich meistens von allein bildete, oft ganz ohne sein Zutun, ohne dass er an der Zigarette gezogen hätte. Sie hatte ihm den kristallenen Aschenbecher hingestellt, den er einst von der norwegischen Königin erhalten hatte.

Aimée kannte die Umstände nicht, die dazu geführt hatten, der Alte war nicht sonderlich gesprächig, und wenn er etwas erzählte, dann hatte das meistens nichts mit seinem Leben und ebenso wenig mit seiner Malerei zu tun, während er ihr schon als Kind die Malerei über die Werke anderer nahegebracht hatte.

Er hatte die verrücktesten Geschichten auf Lager, wenn es um Maler ging, er kannte viele von ihnen, und manchmal hätte es sich ergeben, dass er ihr, dem Kind, den einen oder anderen vorgestellt hatte. Es müssten von ihr auch einige Porträts existieren, die sie als Kind und als Jugendliche zeigten, sagte Aimée, aber der alte Maler konnte nicht mehr sagen, von wem und wo, denn so zufällig sich die Begegnungen eingestellt hatten, so schnell waren sie auch wieder vergessen.

Eine Zeit lang hatte er es sich zur Gewohnheit gemacht, die kleine Aimée von zu Hause abzuholen und in die Ateliers mitzunehmen. Ein Atelierbesuch hier und einer da, Aimée wusste schon bald, was sie dabei tun durfte und was sie unter allen Umständen zu unterlassen hatte. Sie liebte den Geruch der Ölfarben und des Terpentins, und wenn niemand hinsah, strich sie mit den Fingern manchmal über die dünne Rolle, zu der die Leinwand eingewickelt und gelagert wurde.

Auch das Licht mochte sie da. Freilich ging ihr erst später auf, dass es das Licht war, das die Ateliers in ihren Augen so anders machte, so besonders, so gänzlich anders als jeden anderen Raum. Darin erschienen ihr auch die Menschen anders – zumal der alte Maler, der auch damals schon recht alt war.

Die Maler bewegten sich in ihren Ateliers sehr langsam, als schienen sie sich jede Bewegung im Voraus genauestens zu überlegen und sich dann strikte daran zu halten, wie und wohin sie sich bewegen wollten. Aimée verstand, dass sie sich mit ihren Bewegungen nicht etwa zu ihr oder zu einem anderen Menschen verhielten, der gerade anwesend war; sie bewegten sich immer nur mit Bezug auf die Staffelei und die mit einem weißen Baumwolltuch verhüllte Leinwand, stets nur zu ihr hin oder von ihr weg, in dem einen, dann wieder in dem anderen und wiederum in einem anderen Winkel dazu, einerlei, ob sie gerade malten oder nicht. Die Staffelei blieb stets ihr Bezugspunkt.

Aimée stellte sich die Jagd so vor, auf ein Ende hin fixiert; als sie das dem alten Maler einmal sagte, legte er ihr die Hand auf die Schulter, nickte lange und sagte: »Ja, so ungefähr.«

Was ihr in den Ateliers aber erstmals begegnet war und was sie daraufhin, schon als Kind und dann als Jugendliche und auch später, nirgendwo sonst gefunden hatte, war das Gefühl, es mit Menschen zu tun zu haben, die etwas entstehen lassen konnten, sie riefen mit ihren Bildern, beileibe nicht nur mit den gegenständlichen, all das in der Wirklichkeit herbei, was sie gerade gemalt hatten. Aimée dachte als Kind, dass es die Maler waren, die alles in die Welt gebracht haben mussten.

Als Jugendliche ahnte sie, dass das, was die Maler erschufen, immer wirklich war und nicht etwa zu unterscheiden von der Wirklichkeit, die sie bereits kannte. Die Kunstwerke wurden eins mit dem, das ihre Welt ausmachte.

Als junge Frau suchte Aimée die Gemälde in den Museen auf, um sich selbst darin zu spiegeln, sie war innerlich bei den Gemälden angekommen, mit ganzer Seele, und je länger sie auf diesem Weg ging, desto leichter fand sie in der abstrakten Malerei Trost. Das hatte sie mir einmal erzählt, als sie gerade vom *Kunsthaus* zurückgekehrt war.

Aimée war in den vergangenen Tagen immer wieder in der Klinik gewesen, um den alten Maler zu besuchen. Er war operiert worden, und als es für ihn an der Zeit war, nach Hause zurückzukehren, holte sie ihn mit dem grünen *Bentley* ab. Sie trug die ledernen Handschuhe, um das Lenkrad des schweren Gefährts besser greifen zu können und vom beträchtlichen Krafteinsatz auf die Dauer keine Schwielen davonzutragen.

Als ich das typische Hupen vor meiner Wohnung vernahm, stürzte ich ans Fenster. Aimée winkte behandschuht aus dem dunkelgrünen *Bentley*. Der Alte sah nach vorn, den Arm in einer blauen Halterung am Körper fixiert.

Ich stieg zu ihnen ein. Zu dritt saßen wir vorn, und als ich fragte, wohin es ging, sagte der alte Maler, »einfach nur so um die Häuser«; »besser noch«, fügte er hinzu, »ins Grüne.«

»Gute Idee«, sagte ich, und Aimée blinzelte mir zu. Sie gab Zwischengas, legte den Gang ein und fuhr los. Der Fahrtwind rauschte über das lederne Interieur, im Fond des Wagens raschelten Zeitungen.

»Schön, Sie wiederzusehen«, sagte der Alte in meine Richtung, und ich nutzte die Gelegenheit, mich nach seine Arm zu erkundigen. Ich verstand gleich, dass er darüber keine Auskunft zu erteilen gedachte. Das sei nun einmal so, sagte er, das sei ihm zugestoßen.

Das Missgeschick gebe ihm ein bisschen Zeit zum Nachdenken, das müsse man ab und zu doch auch, sonst glaubte man noch, die Bäume wüchsen in den Himmel.

Aimée lachte, halb zur Ermunterung, halb in der Sache. Sie wusste nur zu gut, dass der alte Maler sich ein Leben abgemüht hatte, das zu finden, was er suchte. Nichts war ihm gut genug, alles, was er malte, revidierte er, nahm es innerlich zurück, übermalte es, bis er vom Gegenständlichen weggekommen war und sich im Abstrakten wiedergefunden hatte, im Geradlinigen, Flächigen, weg auch von der Form, hin zur Farbe, bis er schließlich nur noch die Farbe gelten ließ und zunehmend stets nur eine einzige: *Blau.*

In den letzten Jahren sei er tiefer und tiefer in sein Gedächtnis und in seine Erinnerung vorgestoßen. Er wisse nicht, ob das möglich sei, »rein neuronal gesprochen«, aber er sei dennoch sicher, dass er mit zunehmendem Alter auch umso weiter zurückliegende Ereignisse erinnere, Menschen, Handlungen, die er vergessen zu haben glaubte, im Laufe der vergangenen Jahre aber zunächst in seinen Träumen und zunehmend auch im Alltag sich wie aus dem Nebel der Vergangenheit geschält hätten. Er sei versucht gewesen, die Menschen, die ihm auf diese Weise wiederbegegnet waren, telefonisch oder brieflich zu kontaktieren. Allein, die meisten würden schon tot sein, viele davon schon sehr, sehr lange.

Davon wollte er sich nicht beeindrucken lassen: vom Tod. Er beschäftige sich nur in schwachen Momenten damit, sagte der alte Maler, als Aimée von der Hauptstraße am See auf die höher gelegene Straße abbog. Sie stellte den Blinker, dessen Relais laut klackte, und stellte ihn wieder zurück, als sie kurz Zwischengas und dann kräftig Gas gab.

Viel interessanter erschienen ihm, in guten Momenten, die Klärungen seiner Vergangenheit, bis zu seiner jüngsten und somit der Gegenwart, der Lage, in der er sich, am Ende seines Lebens, befand – eine Situation, die er sich anders vorgestellt hatte, nur schon deswegen, weil er niemals davon ausgegangen war, ein hohes Alter zu erreichen, bis er es dann doch erreicht hatte.

Diese Klärung, sagte er und hielt sich kurz an meinem Oberarm fest, hing von der Klärung einzelner Wörter ab, einzelner Sätze, nach denen er lange in seiner Erinnerung gekramt hatte. Er habe sich Situationen vorgestellt, in denen die Menschen, die diese Wörter und Sätze, auch unabhängig voneinander und in unterschiedlichen Zeiten und Orten, ausgesprochen hatten, aussprachen. Er hing ihnen an den Lippen, bis er alles zurückgewonnen hatte, jedes einzelne dieser Wörter, jeden einzelnen Satz. Anschließend, sagte der Alte, habe er damit begonnen, dasselbe mit den Farben zu tun; er sei dabei immer wieder zu Blau zurückgekehrt. Ob ich ihm folgen könnte, fragte er. »Ja, natürlich«, sagte ich.

Blau, fuhr er fort, war die Farbe seiner Kindheit am Meer und dann die Farbe all derer, die er bewunderte. Er habe sie verehrt, die blauen Maler, er wollte so werden wie sie, zumindest habe er diesen Wunsch gehegt, bis er in der Kunstakademie aufgenommen worden war. Dort habe er einige seiner blauen Maler kennengelernt. Nicht, dass er ihnen auf die Pelle gerückt wäre, im Gegenteil gab er seine Verehrung nie zu erkennen, das schien ihm nur anständig.

Ein blauer Maler nach dem anderen, ein jeder Maler nach dem anderen habe, soweit er es selbst mitbekommen oder nachgelesen habe, tragisch geendet. Das habe ihn abgeschreckt, er wollte nicht mittellos, krank, ohne Freunde und Familie kläglich untergehen, und doch musste er davon ausgehen, dass auch ihm dieses widerfahren würde, wenn er so lebte wie sie. Er aber wollte sein Schicksal zwingen, er wollte zusehen, dass seine Würde nicht angetastet wurde, nur weil er auf Gedeih und Verderb vor der Staffelei stehen wollte. Er wollte sich nicht zugrunde richten, nein, davor habe er sich am meisten gefürchtet.

Als Aimée zu ihm kam, war sie neun Jahre alt, sagte er. Die Behörde war froh, dass sich ein Verwandter des Mädchens annehmen wollte. Das war das einfachste für alle Seiten. Er hatte sie ja schon gut gekannt, nicht nur durch die gemeinsamen Ausflüge mit dem *Bentley* zu den Kunstmuseen.

Ich fragte – obwohl Aimée mir, gleich als wir uns kennengelernt hatten, mehrmals davon zu erzählen begonnen hatte –, wie er das bewerkstelligen konnte, all die Jahre, er und ein Kind.

»Das ging schon alles«, sagte er, »das ging schon.«

Aimée schaute zu mir herüber. Ich lächelte. Mit dem Kinn bedeutete ich ihr, beim Fahren nach vorn zu schauen.

Aimées Eltern, hob der Alte an, habe er sehr gemocht. Die Tragödie um ihren Tod habe ihn lange beschäftigt. Sein jüngerer Bruder, Aimées Vater, war ein guter Arzt und beileibe kein schlechter Pilot. Auf ihrer kurzen Südamerikareise, Aimée war damals neun, verfielen sie auf die Idee, eine einmotorige Maschine zu chartern und damit einen Abstecher nach dem nahen Kolumbien zu machen. Reiselustig, wie sie waren, setzten sie das vor Ort in die Tat um. Ja, reiselustig waren die beiden, neugierig und nochmals neugierig, und sie waren unzertrennlich.

Möglich, sagte er, dass Aimées Vater nur deswegen mit seiner Frau, die damals noch studierte, nach Südamerika gefahren sei, um mit ihr sein zu können, um sie, mit der er alles teilte, nicht entbehren zu müssen, während auch Aimées Mutter wohl insgeheim gehofft hatte, er würde das von sich aus vorschlagen.

Weil sie gewusst hatte, dass ihr Mann in der Klinik im Grunde nicht über eine lange Zeit abwesend sein konnte, schlug sie ihrem Professor, dem Ordinarius für Völkerkunde, vor, dass sie ihren Forschungsaufenthalt in Ecuador auf zwei Wochen verkürzte. Aimées Mutter schrieb als angehende Ethnologin in ihrer Diplomarbeit über die indigenen Völker Südamerikas.

Am Ende, fuhr der Alte fort, buchten sie für zehn Tage, denn Neugier hin oder her, Aimée hatte unausgesprochen und unbedingt Vorrang.

Sie seien auch bloß gefahren, weil sie Aimée bei ihrem Onkel, dem Künstler, dem Müßiggänger, aufs Beste aufgehoben wussten, sagte er über sich selbst, und weil sie die kurze Reise auch noch in die Schulferien verschoben hatten.

Er habe die beiden, sagte der Alte, selbst zum Flughafen Zürich-Kloten gefahren.

In den Gerichtsakten habe er gelesen, dass sie an jenem Morgen in der ecuadorianischen Kleinstadt schon früh auf dem Flugfeld angekommen waren, um die einmotorige Privatmaschine zu chartern. Aimées Vater habe, gewissenhaft, wie er war, das Flugzeug gemeinsam mit dem Mechaniker genauestens untersucht und sich schließlich auch die eigene Startfreigabe erteilt. Wenn es ums Fliegen ging, vertraute er am Ende nur sich selbst.

Er verzog sein Gesicht, der Arm schmerzte. »Fahr bitte ran«, sagte er, und es verging keine Minute, bis Aimée den Wagen in einer Anhöhe auf ein Parkfeld gelenkt hatte.

Aimée würde mir alles weitere erzählen, sagte der alte Maler, es stehe ihm nicht zu, sich so bei uns einzumischen. »Und jetzt raus«, lächelte er, wenn sein Lächeln auch etwas gequält wirkte.

Nein, es war nicht nur sein Arm, das wurde mir schnell klar, der Alte hatte, seit ich ihn zuletzt gesehen hatte, körperlich wiederum an Substanz eingebüßt. Ich half ihm aus dem Wagen.

Aimée schlug vor, dass wir uns ein wenig die Beine vertraten. Zu meiner Überraschung willigte er ein. Er wollte sich etwas beweisen, schien mir, und tatsächlich reichte die Kraft nur bis zur nächsten Sitzbank.

»Wie ich höre«, sagte er, sei ich Unternehmer.

»Eigentlich Historiker, als Unternehmer gehe ich eigentümliche Wege«, erwiderte ich, »gehen wir, Aimée und ich, unseren eigenen Weg«, präzisierte ich.

»Ich weiß, ich weiß«, sagte der alte Maler, Aimée habe ihm davon berichtet, er sei begeistert, seine Augen leuchteten kurz auf.

Dann sah er auf die Wiese hinaus. Er schwieg, er schien die Stille und die würzige Luft zu genießen.

Ich wollte ihn auf das Bild in Aimées Wohnung ansprechen. Ich überlegte, ob das opportun war. Wieso Blau, wieso dieses Blau, hätte ich ihn am liebsten gefragt. Aber ich ließ es sein, er hatte seine Arbeit schließlich getan, er hatte das Bild gemalt, es war nicht an ihm, auch noch Auskunft darüber zu erteilen.

Aimée sagte, dass ich das blaue Bild in ihrer Wohnung sehr mochte. Als ob sie meine Gedanken gelesen hatte, schaute sie zunächst auf die satte Wiese vor uns und dann zu mir, »das blaue Bild«, wiederholte sie.

Der Alte lächelte, er schien sich darüber zu freuen. Ob ich die Künste mochte, fragte er, »die Malerei?« Das blaue Bild habe er damals für Aimée gemalt – wie so vieles andere auch. Er meine nicht nur die unzähligen kleinen Bleistiftzeichnungen und Kohleskizzen, er habe für sie auch allerhand Größeres, Großformatiges gemalt. Aimée wüsste, wo das alles gelagert wurde. Man könne das alles gar nicht hängen, dazu reiche der Platz nicht aus, aber als Aimée für sich zuhause das blaue Bild ausgewählt hatte, habe ihn das beglückt.

Ihm verlangte nach einer Zigarette. Aimée holte das Päckchen aus der Tasche des Jacketts, das der Alte sich noch beim Wagen hatte über die Schultern werfen lassen, und entnahm ihm eine der filterlosen, recht kurzen Zigaretten. Er griff danach und ließ sie sich von Aimée anstecken.

Solange er rauchte, schien er nicht sprechen zu wollen. Gemeinsam schauten wir über die Wiesen zu den nahen Hügeln, an die sich, weit hinten, die voralpinen Spitzen der Ostschweiz anschlossen.

Er bemühte sich, den Rauch von uns fernzuhalten, blies ihn über den Kopf hinweg nach hinten. »Verzeihung«, sagte er, er habe gar nicht gefragt, ob ich eine mitrauchen wolle.

»Gern«, antwortete ich, und Aimée steckte eine für mich an, sie zog kurz und tief daran und reichte sie mir mit einem Lächeln. Vermutlich hatte sie gedacht, ich würde nicht rauchen, was ja auch stimmte, und ich dachte dasselbe von ihr, die, wie ich feststellte, keine Mühe bekundete, den Rauch zu inhalieren.

Ich rauchte die Zigarette zur Hälfte und gab sie ihr zurück, damit sie sie beenden konnte. Sie warf anschließend die beiden Kippen in den Mülleimer neben der Sitzbank.

»Kinder, lasst uns zurückfahren«, sagte der Alte, »ich bin etwas müde geworden, so an der frischen Luft.«

Aimée streifte ihre ledernen Handschuhe über, und als sie den Motor zündete, schaute sie zu mir. Ich sah in ihr schönes Gesicht.

Sie war aufgewühlt, nicht ganz frei, wie ich sofort bemerkte, sie schien sich nicht entscheiden zu können, ob ihr freudig zumute oder ob sie traurig war. Sie musste meine Begegnung mit dem alten Maler tief empfinden, sie war beglückt; zugleich ahnte sie, dass es auch die letzte war. Und diese Ahnung gründete nicht auf einer exaltierten Angst um den Alten, Aimée musste bei Lichte betrachtet davon ausgehen, dass dem tatsächlich so war, dass eine weitere Ausfahrt zu dritt also kaum mehr zu verwirklich sein würde. Immerhin aber, mochte Aimée denken – und ich kannte sie gut genug, um zu wissen, dass sie so dachte –, war es zumindest einmal zu einem Treffen, einem gemeinsamen Ausflug gekommen, und das schien sie, wie ich fühlte, zu trösten.

Möglich, dass auch der Alte so dachte. Auch wenn ich nicht wusste, auf wessen Veranlassung hin sie bei mir vorbeigekommen waren, war es evident, dass diese Ausfahrt für beide, Aimée und ihren Ziehvater, eine Dringlichkeit hatte, und das hatte sie für mich ja auch, wenngleich sie zu einer weiteren Klärung Anlass gab: wie verhielt es sich mit dem Tod von Aimées Eltern?

Sie würde mich darüber noch aufklären, dessen war ich so sicher wie über meine Gefühle für sie, ich liebte Aimée, und ich konnte mich gerade noch beherrschen, es ihr im Wagen über die Motorgeräusche zuzurufen.

Ich überlegte, dass sie mir eigentlich leidtun müsste, sie hatte etwas Furchtbares, etwas unsagbar Schreckliches erlebt. Aber es war nicht Mitleid, das in mir aufkam, es war vielmehr so, dass ich mich, von den diversen Eröffnungen des Nachmittags verstört, fragte, wie ich diesen zu begegnen hatte; sollte ich sie nicht doch von mir aus ansprechen, später, wenn ich mit Aimée allein war? Sollte ich viel besser darauf warten, bis sie zu erzählen beginnen würde? Musste ich mich dem alten Maler gegenüber anders verhalten, jetzt, da ich wusste, dass er ihr Ziehvater war und einen wesentlichen Teil seiner Schaffenskraft als Künstler ihretwegen oder vielmehr wegen des tragischen frühen Todes ihrer Eltern gar nicht hatte einsetzen können? Hatte der alte Maler mir genau deswegen von seiner Entscheidung erzählt, einen anderen Weg einzuschlagen als die allermeisten seiner Kollegen und malenden Freunde? Und was hatte das alles mit dem blauen Bild zu tun?

Aimée lenkte mit ihren ruhigen, fließenden Bewegungen den schweren Wagen die Serpentinen hinunter, und als wir durch das Waldstück fuhren und die Sonne und die Äste der hohen Nadelbäume ihr fröhliches Spiel mit dem Licht und dem Schatten auf der Windschutzscheibe zeigten, lächelte sie zu mir herüber.

Auf der Seestraße blickte der Alte über seine linke Schulter auf den glitzernden See, auf dem Segelboote trieben. Wenn er heute in seine alten Skizzenhefte schaue, sagte er, erinnere er sich ganz genau, wo und wann er welche Skizze angefertigt hatte. Er könne alles vor sich selbst gelten lassen, es war schließlich das, was er zu einer bestimmten Zeit fühlte und dachte, sagte er.

Was ihn ein klein wenig befremdete, sei der modrige Geruch, den die gealterten Bücher verströmten und der aus der jeweiligen Zeit herzurühren schien. Sie gaukelten ihm damit eine künstlerische Authentizität vor, sagte er, sie behaupteten so von sich, selbst die Autorität, den würdigen Status von Werken zu haben – »alles nur wegen des vergilbten Papiers und des schlechten Geruchs«, lachte er. »Dabei sind die Bücher bloß alt«, fügte er hinzu und legte die knöcherige Hand väterlich auf meinen Arm.

Aimée lag neben mir, sie hatte zwei Gläser Wein aus der Küche geholt und setzte sich nun, mit dem Rücken an die Wand gelehnt, ans Kopfende des Betts, steckte die Beine aus. Ich strich mit der flachen Hand über ihren Oberschenkel, ihr Knie, und als ich mir mit dem Handtuch den Schweiß vom Gesicht wischte, lachte sie und fuhr mir den Fingern durch meine feuchten Haare. Sie drehte sich um, wir liebten uns nochmals. Ganz Körper, kamen wir kurz nacheinander; ich merkte, dass ich Aimée am Pferdeschwanz festgehalten hatte, während sie ihre Finger in meine Seiten bohrte.

Wir lagen im eigenen Schweiß beieinander. Ich wollte aufstehen, aber sie hielt mich zurück. Wir stießen mit dem Wein an.

Sie wisse im Grund nur, was der alte Maler ihr gesagt und was sie in den Gerichtsakten gelesen hatte, sagte Aimée, und dann hatte sie auch eine Reise unternommen, vor drei Jahren erst, um sich vor Ort umzusehen.

Sie habe in Erfahrung bringen wollen, wie es aussah, wie es roch, wie die Menschen sprachen, dort, wo ihre Eltern zuletzt lebend gesehen worden waren, auf dem ecuadorianischen Flugfeld, sagte sie. Dieses aber war längst von Gestrüpp überwuchert; an einer Ecke, vor dem Hangar, ließen ein paar junge Männer ihre Modellflugzeuge steigen.

Aimée hatte sie aus der Ferne gehört, und als sie nun in ihre Nähe gekommen war, wurde das laute, hohe Knattern des schlecht eingestellten Modellbaumotors unerträglich. Ihr wurde übel, und sie fürchtete einen Augenblick, sich in der sengenden Sonne übergeben zu müssen. Auch die Hitze setzte ihr zu.

Aimée atmete den verbrannten Treibstoff ein, den das Flugzeug großflächig über die Männer sprühte. Sie war sicher, dass sie nicht den vorgesehenen in den Tank eingefüllt hatten, sondern das, was halt so auf dem stillgelegten Flugplatz herumlag. Die Männer saßen auf dem aufgeworfenen, rissigen Asphalt der Startbahn und legten den Kopf in den Nacken, während einer von ihnen aufrecht stand und beide Arme ausgestreckt nach oben gerichtet hielt.

Er drehte sich im Kreis – nicht etwa, deshalb weil ihn, die drahtlose Fernbedienung vor der Brust, das kreisende Flugzeug dazu veranlasste hätte. Nein, sagte Aimée, da war keine drahtlose Fernbedienung, vielmehr habe der junge Mann zwei Stricke gehalten, mit denen er das Modellflugzeug lenkte – ein Modell von beträchtlicher Größe, im Maßstab 1:6 oder 1:7, schätzte sie.

Der junge Mann ließ das Flugzeug über ihren Köpfen kreisen, er setzte viel Kraft ein, um das Modell in der Bahn zu halten. Eine kleine Unachtsamkeit, und es würde ausbrechen und allein weiterfliegen, wohin und wie weit auch immer, dachte Aimée, die ihren Blick an das Flugzeug geheftet und langsam verstanden hatte, was die Männer an der ganzen Sache so sehr faszinierte, dass sie schweigend nach oben schauten und dem stinkenden Flugmodell ihre ganze Aufmerksamkeit widmeten – als ob es das Wichtigste in der Welt gewesen wäre, das Ding in der Luft zu halten.

Sie wollte sich nicht ausmalen, sagte sie und nahm einen Schluck vom Wein, was geschehen wäre, wenn das Flugzeug abgestürzt und in Flammen aufgegangen wäre. Sie wusste nicht, was sie dies denken ließ, aber so, wie die jungen Männer reagierten, wann immer das Flugzeug an Höhe verlor – weil dem Mann an den Stricken die Luft ausging oder aber die Übergabe der Stricke von einem Lenker zum nächsten nicht reibungslos verlief –, mussten sie schon einiges mit angesehen haben. Schnell sprangen sie vom heißen Asphalt auf und sprangen davon, sobald das Flugzeug durch eine Fehlmanipulation ihres Freundes herunterstach und im erratischen Auf und Ab in Bodennähe zu zerschellen drohte.

Sie wollten dann weglaufen, doch wohin? An welcher Stelle würde das Modell aufschlagen? Und würde man durch eine übereilte Aktion und einen Spurt in die falsche Richtung am Ende nicht noch schlechter dastehen als in der unmittelbaren Nähe zum Lenker? Aimée schaute sich die Szene vom Schatten des Hangars aus an. Sie trank Wasser aus der mitgebrachten Flasche, aber sie spuckt es aus, denn sie hatte den Geschmack von Treibstoff im Mund.

Was sie auf dem Flugfeld zu finden gehofft hatte, sagte Aimée, wusste sie im Grunde nicht, und was sie dann vorfand, taugte nicht, um die Erinnerung an ihre Eltern auf irgendeine Weise zu wecken. Das Flugfeld war trostlos; dort auf Trost zu hoffen, kam ihr absolut sinnlos vor – wie vielleicht ihr ganzes Unterfangen. Sie brach am selben Tag die Reise ab, kehrte nach Zürich zurück.

Im Flieger blickte sie aufs Meer hinunter, dorthin, wo mutmaßlich das Wrack der Maschine ihrer Eltern gefunden worden war.

Mit der Post sei irgendwann ein kleines Päckchen gekommen, das den einen Schuh ihrer Mutter und das Taschentuch ihres Vaters barg.

Sie habe die beiden Dinge, sagte Aimée, als Kind im Wald vergraben.

Meine kurze Anfrage bei den Datatypistinnen und Datatypisten, ob sie bereit wären, nach einer Schulung selbst Schulungen für Belegschaften zu leiten, erbrachte das erwartete Resultat. Da die Studentinnen und Studenten ohnehin nur daran interessiert waren, weiterhin einen stabilen, seriösen Nebenerwerb zu haben, willigten sie in mein Angebot ein.

Die Auftragslage hatte sich bei der Datenerfassung nochmals verschlechtert, die Nachfrage für Schulungen zu allem, was mit dem *Internet* zu tun hatte, aber stieg rasant an. Aimée und ich erwarteten ein exponentielles Wachstum, zumindest für die kommenden Jahre, bis also jeder irgendwie mit dem *Internet* umzugehen wusste und dieses Wissen auch an seine nächste Umgebung weitergab.

Auch hier wollten wir wieder so schnell wie möglich im Markt reagieren. Wir verpflichteten meinen früheren Kommilitonen vom *Geografischen Institut*, er erklärte sich zu insgesamt fünf Schulungen bereit, Abendkurse, für die er auch Lehrmaterialien und geeignete Übungsblätter entwickeln sollte. Die *Hardware* stellte ich, um die Räumlichkeiten kümmerten sich die Kunden – Schulen, Betriebe, Ämter – selbst.

Unsere Auftragsbücher füllten sich schnell, und wie bei den Datatypiedienstleistungen waren Aimée und ich bemüht, unsere Rechner, Drucker und auch unsere *Software* nun also an die Institutionen loszuschlagen, bei denen wir mit unseren Instruktoren, wie wir sie nannten, bereits den Fuß in der Tür hatten. Aimée ließ es sich nicht nehmen, die eine oder andere Abendlektion zu besuchen; es laufe ausgezeichnet, sagte sie, die Angestellten würden auch privat auf *Elephant* zurückgreifen, »unser Gesamtpaket ist konkurrenzfähig.«

Bevor ich zwei Ordner kopierte und sie auf den Beifahrersitz des Lieferwagens legte, rief ich vom Funktelefon aus den Treuhänder an.

»Sie haben Glück«, sagte er, ich habe gerade für heute Schluss machen wollen. »Wo sind Sie, in einer Telefonkabine?«

»Können Sie mich verstehen?«, fragte ich, ich würde ihm zwei weitere Ordner vorbeibringen.

Bitte, sagte der Treuhänder, die Sekretärin würde die Unterlagen gern entgegennehmen. »Ein Motorola?«

Ich bejahte, ein *GSM*-Klapphandy.

»Das *MicroTAC*? Wo haben Sie das her?« Sein Lieferant warte nämlich noch darauf.

Ich erkundigte mich, wann er sein Mobiltelefon bestellt hatte. Vielleicht sollte ich mich auch auf diesem Markt einmal genauer umsehen, dachte ich unwillkürlich.

»Brauchen Sie denn eins?«

Er lehnte ab. Vielleicht sei es besser, die Lieferung abzuwarten. Ich gab ihm recht. Mein Bauchgefühl sagte mir ohnehin, dass ich eine weitreichende öffentliche Infrastruktur voraussetzen sollte, die für ein flächendeckendes Netz nötig sein würde, bevor ich in diesem Markt Investitionen tätigte. Dann allerdings würde es auch schon zu spät sein, um mitzumischen.

Ich zündete den Motor und stieß zurück, bog links ab und fuhr in Richtung der Stadtmitte. Im Kassettengerät lief *The Ace of Swords* aus *The Turn of a Friendly Card*, ich drehte etwas lauter. Ich legte das schwere Mobiltelefon mit dem großen Akku auf den Beifahrersitz.

Als das Stück zu Ende war, hörte ich das Telefon klingeln. Ich fuhr rechts heran, stieg aus und drückte auf die Taste mit dem grünen Telefonhörer-Symbol: »Hallo?«

»Hallo«, bekam ich zur Antwort, »wer da?«

»Hallo?«, fragte ich nochmals.

»Ich bin's«, sagte die Stimme, »Hartmut.«

Als ob ich ihn nicht schon erkannt hätte, fragte ich, »wer?«

»Tu nicht so, ich habe die Nummer von den deinen Eltern bekommen.«

»Wie geht es dir?«

»Ich bin kurz in der Stadt«, sagte Hartmut, »ich wollte mich melden.«

Ich stieg wieder in den Lieferwagen, fuhr beim Treuhänder vorbei und erreichte die verabredete Stelle. Da stand Hartmut auch schon, auf dem Gehsteig blickte er auf seine Digitaluhr, die, wie ich sah, eine winzige Taschenrechnertastatur mit kleinen weißen Gumminoppen aufwies.

Er streckte mir die Hand entgegen, ich ergriff und schüttelte sie. Er sah so aus wie früher, dachte ich. Ja, er hatte sich seine Jugendlichkeit bewahrt, wenngleich er müde schien. Er trug seine Haare nun schulterlang, und die Brille, die er wieder aufsetzte, hatte getönte Gläser und eine vergoldete Fassung. Er hatte die Angewohnheit beibehalten, von Zeit zu Zeit stoßweise durch die Nase einzuatmen, als wollte er feststellen, ob das noch ginge.

Er habe beim Entrümpeln des Dachbodens etwas gefunden, das mir gehörte, und habe es nun zurückgebracht. Meine Eltern hätten ihn gleich erkannt. Er habe nach mir gefragt und die Auskunft erhalten, ich sei Unternehmer geworden, was ihn freue und wovon er ja schon gehört hätte. Den Kurzwellenempfänger habe er meinen Eltern zu treuen Händen übergeben, er lächelte, er sehe noch vor sich, wie ich an diesen Geräten klebte.

Ich erinnerte mich, als wäre es gestern gewesen, Hartmut einen silbergrauen *Sony ICF-35* ausgeliehen zu haben. Kaum größer als ein Taschenbuch, wies der Empfänger vier Rundfunkbänder auf, davon einen Kurzwellenbereich von sechs bis achtzehn Megahertz, und auf der Vorderseite einen großen Lautsprecher.

Wir betraten das italienische Restaurant, vor dem wir uns getroffen hatten, und bestellten am Tresen zwei doppelte Espressi.

Er sei viel unterwegs gewesen, sagte Hartmut, ich hatte ihn vor weit mehr als zehn Jahren zuletzt gesehen. Er habe in den USA gearbeitet, in einer Automobilwerkstätte an der Ostküste; sein Chef habe ihn nach seiner Sozialversicherungsnummer gefragt, aber er habe den oft sehr mürrischen, ja brüsken Besitzer der Werkstätte stets auf den nächsten Tag vertröstet, denn Hartmut hatte freilich keine solche Nummer – was den Chef aber auch nicht groß zu kümmern schien. Er fragte zwar jeden Morgen danach, aber Hartmut kam mit der Ausrede durch.

Eines Tages verfiel Hartmut doch noch auf die Idee, die Gutmütigkeit seines Chefs zu beargwöhnen, und siehe da, dieser hatte die Sozialversicherungsbeiträge zwar abgezogen, aber nie auch nur einen Dollar für Hartmut einbezahlt. Zumindest kam Hartmut, falls er richtig gerechnet habe, immer auf den Fehlbetrag in seiner Lohntüte in der Höhe von exakt der einbehaltenen, nie von Seiten des Betriebs an den Staat überwiesenen Summe. Er machte seinen Chef darauf aufmerksam.

»What do you want?«, fragte der nur.

Irgendwie, sagte Hartmut, hatte sein Chef ja recht. Aber er habe sich von seinem Arbeitgeber dann doch ausgenutzt gefühlt und umgehend gekündigt. »I quit«, habe er auf einen Zettel gekritzelt, der auf dem Schreibtisch seines Chefs herumlag. Der Chef selbst war nicht anwesend, und Hartmut habe so die Gunst der Stunde genutzt und die japanische Billiguhr, die sein Chef von einem Automobilhersteller zugeschickt bekommen und in der Folge fast immer am Handgelenk getragen hatte, mitgenommen. Das schien ihm als Gegenwert für die unterschlagenen Lohnzusätze angemessen, wenn nicht viel zu wenig, sagte Hartmut.

Er blickte mich von unten herauf an, noch immer schien er sein Gegenüber zu taxieren, wenn er sprach; das hatte er schon als Kind getan. Ich hatte diesen Blick gleich, als ich ihn das erste Mal sah, für abgefeimt gehalten. Wenn jemand so schaut, kann man im Grunde nichts von ihm erwarten, dachte ich damals, und ich dachte es jetzt wieder.

Hartmut trank den doppelten Espresso in einem Schluck aus. Mit der bloßen Hand wischte er die Mundwinkel. Er lächelte. Wie oft hatte ich ihn gemein und hinterhältig erlebt, so ganz ohne Gewissensbisse und ohne größere Skrupel, wenn es darum ging, einen Mitschüler, später einen Nebenbuhler zu demütigen, ihn mit wenigen Worten tief zu beleidigen und dabei so zu tun, als wäre nichts weiter dabei.

Er wusste eben, dass oft genug für die Umstehenden tatsächlich nichts weiter dabei zu sein schien, wenn man sich jemanden zurechtlegte und dann mit einem einzigen Spruch so heftig zustieß, dass nicht nur der Beschädigte klein beigab, sondern auch die Umstehenden, die Hartmuts Autorität sofort anerkannten, um nicht zu sagen: seine Gewaltbereitschaft fürchteten.

Ein Mal nur, ein einziges Mal erlebte ich ihn so, als ob er kurz innehalten und sein Opfer davonkommen lassen wollte. Ich hielt das keine Sekunde für den Ausdruck von Mitleid. Er schreckte bloß zurück vor seiner eigenen Macht. Denn Mitschüler und Kameraden zu manipulieren, ging ihm leicht von der Hand. Diesmal aber betraf es mich, und als meine Armbanduhr, die ich mir aus dem Geld von zwei Ferienjobs zugelegt hatte, auf den Boden fiel und ihr Glas zerschlug, wusste Hartmut in seinem sonst so genau befolgten Drehbuch nicht mehr weiter. Ein Versehen war es nicht, er hatte mich zunächst hochgenommen und dann mit einer flinken Handbewegung das Armband meiner Uhr geöffnet. Er hatte damit in Kauf genommen oder vielleicht auch beabsichtigt, dass die Uhr beschädigt wurde. Wir sprachen nie mehr davon.

Hartmut beglich am Tresen die Rechnung für die beiden doppelten Espressi, und als auch ich ausgetrunken hatte, sagte er, er sei nur für ganz kurz zurückgekehrt. Aber die Zeit habe hingereicht, um sich wieder davon zu überzeugen, dass er hier nicht leben konnte. Die Stadt, das ganze Land, im Grunde auch Europa seien ihm zu klein, beengten ihn, machten ihn traurig und bitter. Das liege bestimmt an ihm selbst. »Egal«, sagte er, er könne es ohnehin nicht ändern. Gleichwohl habe er die Konsequenz daraus verstanden: Er müsse nun eben ein Leben lang unterwegs sein.

Er sagte das, ohne mit der Wimper zu zucken und ohne Pathos. Dieses wäre Hartmut auch völlig fremd gewesen. Er öffnete das Armband seiner Digitaluhr, zog die Uhr vom Handgelenk ab und reichte sie mir. Er bestand darauf, dass ich sie annahm. »Hat einen Taschenrechner drin«, sagte er, »bist doch jetzt Unternehmer.«

Ich traf Aimée am Morgen nicht im Laden, sondern bei ihr zuhause. Sie hatte mich um acht Uhr angerufen und gebeten, herzukommen, etwas Schreckliches sei geschehen.

Der alte Maler war in der Nacht verstorben. Sie habe ihn tot auf seinem Lesesessel vorgefunden, als sie ihn heute früh besuchen wollte.

Er habe einen Band über Fayencen und Majolika auf seinen Knien gehabt. Er hatte es sehr geliebt, aus seinen blauen Keramiktellern zu essen und den Kaffee aus seiner alten Porzellantasse zu trinken, sagte Aimée und weinte.

Sie saß auf dem Sofa, das Gesicht etwas aufgedunsen von den Tränen. Man habe ihn umgehend abgeholt, sagte sie, nach dem Notarzt seien zwei Mitarbeiter eines Bestattungsinstituts eingetroffen, praktisch gleichzeitig mit dem Beamten, der die Vermögenswerte des Verstorbenen aufnehmen, selbst die Bankunterlagen und die *EC*-Karten mitnehmen wollte. »Ich brauche diene Hilfe«, sagte Aimée.

Ich nickte – meine Bestätigung, dass ich ihr helfen würde, war aber nicht nötig. Ich würde mich um alles kümmern, sagte ich dann doch; »lass uns nun ein wenig an die Luft«, es war doch noch früh.

Wir gingen zu Fuß durch die morgendliche Stadt. Indem wir uns aneinander festhielten und ich Aimée über den alten Maler erzählen ließ – ich wollte wissen, was er ihr als Kind vorgelesen, welche Reisen sie gemeinsam unternommen hatten –, wollte ich ihr ganz nahe sein. Sie konnte sich an alles genau erinnern. In den Niederlanden, sagte sie, mussten sie den *Bentley* bei einem Sandstrand von einem Abschleppdienst drei Meter weit aus einer Kuhle wegziehen lassen, die der *Bentley* mit seinen Rädern selbst gegraben hatte. Damals hatte sie noch keine Vorstellung davon, wie schwer der Wagen wirklich war, sie hatte sich dazu verleiten lassen, ihn ein kurzes Stück über den gewalzten Sand zu lenken. Aimée lachte.

Der Alte hatte in einem notariell beglaubigten Testament alles Aimée, seiner Ziehtochter, vermacht, den *Bentley*, seine Sammlung, sein Archiv, auch die Wohnung. Aimée war auf einen Schlag wohlhabend geworden.

Ich riet ihr, eine Stiftung zu gründen, die auf den Namen des alten Malers lautete – nicht allein aus steuerlichen Gründen, die Kunstwerke mussten erfasst, katalogisiert und gelagert werden, das konnten selbst wir, die wir uns gemeinsam insgeheim alles zutrauten, nicht bewerkstelligen, das mussten Fachleute tun.

Aimée war durcheinander. Als wir ihre Wohnung erreichten, legte sie sich aufs Sofa, winkelte die Beine an. Sie bat mich, neben ihr Platz zu nehmen. Sie stützte den Kopf auf meinen Knien ab, die sie umarmte.

»Mir ist etwas schwindelig«, flüsterte sie.

Ich legte meine Hand flach zwischen ihre Schulterblätter. Sie schloss die Augen.

Ich wollte ein Glas Wasser für sie holen, aber es war jetzt besser, wenn sie sich ausruhte, dachte ich. Sie schluchzte leise. Ich sah, dass sie sehr müde war.

Während Aimée in den Schlaf zu finden suchte, schaute ich auf das blaue Bild. Da war es wieder, dieses weite, tiefe Blau.

Ich sah weg. Ich lehnte mich auf dem Sofa zurück und schloss die Augen. Aimée atmete schwer, ich drehte sie ein klein wenig, aber ihr Atem ging dadurch nicht leichter. Ich wartete einen Moment, dann nahm ich sie unter Aufbringung meiner ganzen Kraft hoch und trug sie – das ging nun einfacher – zu ihrem Bett, legte sie darauf, deckte ihre Füße zu. Ich drehte die Rollos herunter und öffnete das Fenster.

Von überallher hörte ich das vertraute Quietschen der Straßenbahnräder. Dann wieder war es minutenlang vollkommen still, und nur das Rascheln der Linden vor dem Haus unterbrach sanft die frühe Ruhe.

6

Aimée zog bei mir ein. Das erschien uns beiden die einfachste und die beste Lösung zu sein – für ein Problem, das im Grunde gar nicht existierte. Denn wir wollten ohnehin zusammenziehen, Aimée wünschte sich das, und ich mir auch. Wir wählten meine Adresse, weil zum einen Aimée zu dezent war, um meine angemieteten vier Wände und den Lagerraum als das zu bezeichnen, was sie darstellten: Behelf. Zum anderen wollte ich an diesem Behelf festhalten, es war zu früh für den nächsten geschäftlichen Schritt, auch wenn hier kaum mehr Ware aus Fernost angeliefert wurde und mein Fahrrad langsam, aber sicher das teuerste Objekt war, das ich darin zwischenlagerte – bis der *Bentley* ankam.

Der Wagen nahm sich in dem weiß angestrichenen großen Raum majestätisch aus, er blitzte, gerade erst von Hand poliert, vor sich hin. Aimée erledigte das schon seit vielen Jahren. Sie kannte jede einzelne Elle der Karosserie, und wenn nach einem starken Regen die Dichtungen an den Scheiben und Türen nicht ganz gehalten hatten, kam der starke Handstaubsauger zum Einsatz, gefolgt von der Gummipaste, mit der sie die da und dort porös gewordenen Dichtungen schmierte.

Wir führten den dunkelgrünen *Bentley* – es handelte sich um einen *T2* mit kurzem Radstand, Jahrgang 1977, baugleich mit dem *Silver Shadow* von *Rolls-Royce* –, wir führten dieses Prachtstück also manchmal aus, damit es keine Standschäden davontrüge, abends oder an Sonntagen. Aimée wollte den Wagen nicht verkaufen, und ich ermunterte sie zusätzlich darin, dies auf gar keinen Fall zu tun.

Der Wagen sollte ganz im Gegenteil, sagte ich, demnächst einmal generalüberholt werden, das Geld dazu fehlte nicht, und außerdem waren das keine Konsumausgaben, sondern eine handfeste, wohlkalkulierte

Investition, ganz und gar unabhängig davon, ob man beabsichtigte, den Wagen jemals abzustoßen oder nicht.

Wir hielten den Wagen wie ein seltenes Tier im Lagerraum. Ich erschrak manchmal, wenn ich abends die Tür öffnete und dieses formidable Gefährt vor mir sah; still schien es sein Schicksal zu erdulden. Ich fasste es nicht an. Aus seinem ledernen Geruch zu schließen, musste es wohl atmen, wenn auch nur die dünne Luft vergangener Tage.

Wie lange war es her, seit ich den Wagen in seinem vollkommen unpassenden *British Racing Green* mehrmals die Woche betankt hatte? Mit dem saubersten der Ledertücher hatte ich achtsam Windschutzscheibe und Rückspiegel gewischt, jedes Mal, und sei es nur deswegen, um mir die feinen Lederhandschuhe Aimées anzuschauen. Es kam mir wie eine Ewigkeit vor. Das war es auch, jene selbstvergessene Ewigkeit, die ich seitdem gemeinsam mit Aimée verbracht hatte, eine Vergessenheit in der Zeit, verloren in Aimées Anwesenheit, die ich in Sekunden und Minuten maß, denn das war die Weise, wie ich Aimée empfand, meine ewige Sekunde, ganz in der Gegenwart, ganz mit ihr. Mit Aimée teilte ich den tiefblauen Traum.

Sie saß am Schreibtisch und stellte Rechnungen aus. In den Läden war sie in den vergangenen zwei Monaten, seit der alte Maler verstorben war, kaum mehr gewesen. Sie zog es vor, am Schreibtisch zu sitzen, meine Platten zu hören und aus dem Fenster auf die weite Wiese zu schauen. *Bob Seger & the Silver Bullet Band* hatte es ihr besonders angetan, sie hörte die Platte *Against the Wind* mehrmals in Folge.

Ich umarmte sie von hinten, ich roch an ihrem roten Haar. Ich bemerkte, dass ihre Fingernägel silberfarben, nein, gräulich schimmerten, ich streichelte ihre Hände, auch ihre Fingernägel, auf denen sich die Farbe verwischte. Das Grau ließ sich ganz einfach mit den Fingern entfernen. Aimée liebkoste mein Ohr. Sie nahm den Bleistift auf und schraffierte über jene Nägel, die wieder eine Schicht vertragen konnten.

Als sie damit fertig war – ich sah ihr zu, wie sie den Bleistift führte, sie tat das zärtlich wie so vieles im Alltag –, stach sie mit der Bleistiftspitze sanft in meinen Zeigefinger. Sie legte sich meinen Fingernagel zurecht und schraffierte ihn, bis er so schön schimmerte wie ihre Fingernägel. Ich küsste sie auf den Mund, ich küsste ihre Mundwinkel und ihre geschwungenen Lippen, ich küsste die Kuhle in ihrem Schlüsselbein, ihre eckige, weiche Schulter.

Wir lagen uns oft so wie jetzt in den Armen, seit wir begonnen hatten, ihren kleinen Haushalt einzupacken und das kleinteilige Fotolabor abzubauen. Wir hatten dort zwar vieles erledigt, aber so manches lag noch vor uns, unter anderem die formale Gründung einer Stiftung.

Eines aber war bereits vollbracht: das blaue Bild war geliefert worden, die Leute vom Kunsttransport hatten die eigens dafür gezimmerte, luftgepolsterte und klimakontrollierte Kiste im Lager untergebracht. In den kommenden Tagen würden sie zurückkehren und das Bild hängen.

Einmal sagte Aimée, sie habe sich leicht und wendig, wie auf Schlittschuhen gefühlt, als der Alte noch lebte. Jetzt habe sie gewissermaßen die Schlittschuhe ausgezogen und sei in ihre Straßenschuhe geschlüpft; ob mir diese Empfindung untergekommen sei, wollte sie wissen, jener Moment, da man festen Grund unter den Füßen hat und den Schwung von zuvor auf dem Eis nur noch als Erinnerung spürte.

Aimée stand auf und zog mich an der Hand durch das Zimmer. Wir hatten uns in den vergangenen zwei Monaten kaum geliebt. Das hatte nun, da Aimée sich ausziehen ließ und sich dann nackt auf mich legte, ein

Ende. Sie schwitzte, als sie in ihrer bevorzugten Stellung sehr schnell kam.

Der Flug nach Boston dauerte neun Stunden. Wir hätten uns die *Business Class* leisten können, aber da wir uns, zu recht oder zu unrecht, noch immer als eher studentisch betrachteten oder vor uns selbst als studentisch durchgingen, zogen wir es vor, in der *Economy* zu fliegen; wir hatten uns allerdings ein sehr gutes Hotel gebucht, gleich in der Nähe der Institution, die Aimée und mich zu einem Podiumsgespräch eingeladen hatte.

Wir konnten eine solche Einladung nicht ausschlagen. Wir hatten zunächst zwar nicht ganz verstanden, was man an uns beiden und unserem Computergeschäft in dem Maße interessant finden konnte, dass man gleich in Cambridge, Massachusetts, sich öffentlich mit uns unterhalten wollte. Man bestand immerhin darauf, uns die Reiseauslagen zurückzuerstatten und auch die Hotelkosten zu übernehmen. Als wir aber – kaum hatten wir am Morgen nach dem Flug den kleinen *Harvard Square* betreten und uns dort unter die paar notorischen Schachspieler gemischt – von zwei Assistenzprofessoren des *Massachusetts Institute of Technology* abgeholt und zu der dritten Wissenschaftlerin im Bunde geführt wurden, dämmerte Aimée, wer hinter der Einladung steckte: eine Kommilitonin, mit der sie sich gut verstanden hatte und deren Mutter eine große Bewunderin des Oeuvres ihres Ziehvaters war.

Sehr müde, aber kein bisschen reuig über die Entscheidung für die *Economy Class*, hatten wir uns im Hotel ins große Doppelbett gelegt. In dem Traum, der auf die Reisestrapazen in der *McDonnell Douglas MD-11* mit ihren dünnen Sitzen folgte, befand ich mich wieder im Taxi, mit dem wir doch vorhin im Hotel angekommen waren. Wir fuhren durch Boston. Aimée und ich hatten uns auf die Stadt gefreut, war sie uns doch allenthalben als europäisch beschrieben worden; nicht, dass wir ausgerechnet darauf in den USA Wert gelegt hätten, schließlich hatten wir nicht etwa die Hoffnung, so weit zu reisen, um dann doch nur in Europa anzukommen. Selbst die wie auch immer zu verstehende Steigerung, Boston sei gewissermaßen die *europäischste* Stadt Amerikas, beeindruckte uns vor Antritt der Reise nicht, sie weckte keinerlei ersehnte Assoziationen, und als wir dann also gelandet und uns mit dem Taxi und der *Metro* zum *Harvard Square* hatten fahren lassen, beargwöhnten wir nicht nur jene krude Steigerungsform, sondern auch die Einschätzung an sich, Boston könnte auch nur halbwegs nach den Konventionen der Alten Welt gebaut und technisch unterhalten worden sein.

Ich erwachte, weil ich von der Klimaanlage kalte Füße bekommen hatte. Ich drehte die Anlage ein Stück weit herunter und schlief weiter.

Nein, eine italienische Piazza, auf der die Einheimischen, Hunderte, abends ihre Runden drehten, Familien, Alte, Paare, oder ein griechisches Kafenion, in dem *per definitionem* der Müßiggang zelebriert wurde, ein englischer Park an einem Sommernachmittag, eine französische Boulebahn, abends, ihm schwachen Licht gelber Glühbirnen – all das war hier nicht nur undenkbar, ihr Vorkommen war strukturell unmöglich.

Denn der öffentliche Raum fehlte hier, nur schon die Idee dazu war unbekannt. Alles, was sich zu Geld machen ließ, befand sich in privatem Besitz, und was keiner zu Renditezwecken brauchen konnte, war dann auch nichts wert und fiel der Öffentlichkeit zu treuen Händen zu.

Aimée und ich staunten über den miserablen Zustand der vielbefahrenen, mehrspurigen Autostraßen, die auch noch mitten durch die Stadt führten; in den Tunnels wurde es uns bang, der Putz blätterte, der Belag war rissig, das Licht funzelig.

Wir hielten den Taxifahrer an, uns über einigermaßen betriebstüchtige Straßen zu fahren, aber er verstand nicht und grinste nur. Er hielt unsere Bitte für den schlechten Scherz, den wir in Boston erkannten.

Dennoch gaben wir nicht auf, wir deuteten auf eine Ausfahrt, an die sich eine einigermaßen unterhaltene Straße anschloss, wir befuhren sie, nur um dann zu einem Schild zu gelangen, auf dem *No trespassing* stand, *Intruders will be prosecuted.* Wir drehten ab und erreichten auf einer allerdings noch viel schlechteren Straße – Schlagloch reihte sich an Schlagloch – ein Schild mit derselben Aufschrift. *No trespassing / Intruders will be prosecuted* lasen wir auch in einer dritten und vierten Sackgasse, und während wir uns vorstellten, dass schon ganz Europa über uns lachte, erreichten wir auf der entsetzlich vernachlässigten Autostraße unser Hotel. Ich sah mir zu, wie ich schlief. Ich wollte mich nicht wecken. War ich das wirklich? Und daneben, das war doch Aimée, irrte ich?

Was sich nicht in klingende Münze übersetzen ließ, war hier nicht so gern gesehen; wo immer wir entlanggingen, was immer wir im öffentlichen Raum unternahmen, endete damit, dass wir Geld ausgaben. Zwar hatte sich der eine oder andere Unternehmer vorgewagt und vor seinem Themencafé ein, zwei Tischchen auf den Gehsteig gestellt, aber die Menschen hier hatten nicht verstanden, was das ganze sollte. Weshalb sollte man sich auf den Gehsteig setzen? Sich die Zeit vertreiben – das kannte man hier nicht. Wer das tat, war nicht bei Trost.

Alles in allem, dachte ich im Schlaf, waren wir hier also goldrichtig. Darauf würde ich auch Aimée hinweisen wollen, gleich beim Frühstück! Goldrichtig hieß: Auch wir wollten unsere Produkte verkaufen, und wir würden uns so lange geschäftlich vergrößern, wie es uns eben möglich war.

Beim Frühstück, zu dem es noch lange hin, in meinem Traum aber schon gekommen war, lachte Aimée und sagte, alles verhalte sich hier genau umgekehrt als von unseren Bekannten in Europa geschildert, wir seien in Wahrheit *amerikanischer* als die Amerikaner. Sie hatte recht, dachte ich im Traum. Denn im Unterschied zu diesen glaubten wir zu wissen, wofür wir das taten, wofür wie unsere Gewinnmaximierung vorantrieben und unser Effizienzdenken kultivierten: Wir wollten dadurch etwas erleben; das Gefühl, auf jener Welle zu reiten, die über unserer Gegenwart brach, elektrisierte uns. Und obwohl wir noch nie darüber gesprochen hatten, was wir mit dem erwirtschafteten Geld eigentlich vorhatten, war uns beiden klar, dass es uns nicht darum ging, immer mehr Geld allein des Geldes wegen zu verbuchen. Solches lag uns fern.

Gleichwohl, sagte ich im Traum vor mich hin, wurde uns in der durch und durch kapitalistischen Denkweise der Menschen hier bewusst, dass sie auch die Kunst nur als das wahrnehmen konnten, was ihnen darin zu sehen möglich war: Eine Geldquelle, wenn auch eine höchst spekulative, denn was war *Onement VI* schon wert, wenn man nicht wusste, dass es auf dem Markt so sehr viel mehr erlöste als die hundert Dollar für den Aufwand?

»Aimée«, flüsterte ich im Traum, und womöglich flüsterte ich das auch im Schlaf, es wäre angezeigt, unsere Kunststiftung auch unter amerikanischem Recht anzumelden. Wenn wir etwas von der riesigen Sammlung abstoßen wollten, dann hier in den USA, wo sich auch die Späher der Käufer und Konsortien aus Fernost und Nahost umschauten. Alles schrie hier nach Geschäft, alles roch nach Profit, hierher, sagte ich Aimée im Traum, gehörte die Kunst. Darüber schreckte ich auf. Wie konnte ich einen solchen Unfug nur träumen? Ich ging ins Bad und wusch mein Gesicht. Wie spät war es überhaupt?

Draußen dämmerte der Tag. Die Rezeption hatte uns ein Zeichen gegeben, die kleine rote Lampe am Zimmertelefon blinkte; ich nahm den Hörer auf und wählte die Neun. Eine gewisse Liza hatte uns sprechen wollen, sagte die junge Frau an der Rezeption, und würde sich über einen Rückruf freuen. Sie nannte mir die Nummer, die ich mit den vom Hotel auf dem Nachttisch bereitgelegten Schreibutensilien notierte.

»Thank you«, sagte ich, und hängte auf.

Liza, sagte Aimée, sei die Mutter der Assistenzprofessorin, die uns hierher eingeladen hatte. Schade, dass sie angerufen habe, sie wollte sich bestimmt bloß über die Sammlung des alten Malers erkundigen.

»Wieso denn schade?«, fragte ich, ihr Interesse ehre uns doch, und wenn sie scharf auf einzelne Werke war, tat das den Werken selbst bestimmt keinen Abbruch, im Gegenteil. Möglicherweise war sie gut im Geschäft, als Händlerin, Sammlerin, Auktionatorin, und würde uns auf ihre Weise helfen können.

»Helfen?«, fragte Aimée.

Ich hatte vergessen, dass ich nur geträumt hatte, als ich Aimée von der Sammlung gesprochen und vorgeschlagen hatte, man solle dabei aus naheliegenden Gründen auch an die USA denken. Ich sagte ihr das jetzt tatsächlich. Sie zuckte mit den Achseln. Ich liebte ihre schmalen, schlanken Achseln. Ich küsste ihre Schulter und griff in ihr rötliches Haar, ich legte mich zu ihr. Aimée führte mein Glied bei ihr ein, sie umhalste mich und drehte sich auf mich. Bevor wir kamen, stöhnten wir so laut, dass man uns in den umliegenden Zimmern vernommen haben musste; und doch war genau das der Unterschied zu den Hotels der niedrigen Kategorie: kein Laut aus den anderen Zimmern durfte zu hören, die Wände mussten gut gedämmt sein.

Aimée stand auf und ging ins Badezimmer, wo sie ein warmes Bad einlaufen ließ. Das Wasser plätscherte, ich hörte auch, wie Aimée eine Badehaube mit Gummizug raschelnd auspackte und sich dann aufsetzte.

Ich entschied mich für den Sessel am Fenster, ich setzte mich und schaute über den Hafen Bostons auf den offenen Atlantik hinaus. Ich verfolgte, wie sich in Küstennähe die Wolken in schnellem Tempo ballten und wieder auflösten, um woanders wieder neu zu entstehen. Ich verfiel auf die Idee, die Wolken folgten in gehörigem Abstand der Ladung der Containerschiffe, die hier gelöscht wurde, um auf dem Landweg gleich woanders hin geliefert zu werden und sich schließlich in den Haushalten und Unternehmen wiederzufinden.

Mir war, als hätte ich ein Geräusch gehört, das genauso gut von uns hätte stammen können; offensichtlich waren aber nicht wir die Verursacher, sondern, wie ich mithilfe eines Zahnputzglases, mit dem ich nacheinander an den vier Wänden horchte, feststellte, die Gäste direkt über uns.

Die Geräusche schwollen an und verebbten wieder, aber wenn sie am lautesten – und trotzdem bei uns nur leise wahrzunehmen – waren, unterschied ich zwischen den spitzen Schreien und Rufen ein fast schon flehentliches Bitten, dem zuweilen ein Gurgeln folgte, ein Krächzen.

Während Aimée sich im Bad einseifte, stand ich ratlos im Zimmer und fragte mich, ob die Geschehnisse über uns die Zustimmung aller Beteiligten fand oder bloß einzelner, von denen ich mindestens zwei Männerstimmen zu hören glaubte. Als ich mich das fragte, hörte ich auch schon ganz deutlich Schläge, auf die ein Schreikrampf folgte, bevor es wieder Schläge setzte.

Ich griff zum Hörer. Die junge Rezeptionistin verstand zunächst nicht, was ich melden, worauf ich überhaupt hinauswollte. Ich sagte ihr, es würde sich anhören, als würde im Zimmer über uns eine Frau übel zugerichtet, aber sie wollte nicht verstehen; es klinge so wie im gekachelten Zimmer einer Metzgerei, wenn eine Sau abgestochen und geschlachtet wurde, ob sie wüsste, wie sich das anhörte, fragte ich sie.

Sie legte auf. Mir wurde klar, dass von ihr keine Hilfe zu erwarten war. Ich rief nochmals durch und wollte mich nun mit dem *Manager* verbinden lassen. Die junge Rezeptionistin legte wieder auf.

Aimée kam aus dem Bad, sie fragte, ob ich mit jemandem gesprochen hätte. Ich nickte; »horch mal«, sagte ich, »hörst du was?«

Sie hielt inne. »Nein«, sagte sie, »was denn?«

Noch ehe ich zu einer Erklärung hatte ansetzen können, klopfte jemand an unserer Tür. Ich konnte nicht verhehlen, dass mich dieses Klopfen schreckte. Ich bat Aimée, ins Bad zurückzukehren. Sie verstand zunächst nicht, aber nachdem sie in mein wohl sehr ernstes Gesicht gesehen hatte, ging sie schnell ins Bad.

»Schließ ab«, sagte ich und hörte, wie Aimée die Badezimmertür verriegelte.

Ich näherte mich der Zimmertür.

»Who is it?«, fragte ich, aber ich bekam von jenseits der Tür keine Antwort.

Wenn das die beiden Kerle von oben waren, hätte ich schon jetzt keine Chance mehr gehabt, ihnen gemeinsam mit Aimée zu entfliehen. Ich musste mich der Sache stellen, am besten gleich. Ich griff zur Türklinge und drückte sie herunter.

Als ich die Tür öffnete, stand die Haushälterin vor mir. Sie erkundigte sich, ob sie das Zimmer machen dürfte. In einer Viertelstunde gern, sagte ich ihr, worauf sie sich lächelnd bedankte, wegtrat und den Rollwagen, in dem sich die schmutzige Bettwäsche türmte, im Flur hinter sich herzog. Mir fiel auf, dass Teile der Bettwäsche große blutrote Flecken aufwiesen.

»Was ist denn?«, fragte Aimée und umarmte mich von hinten.

»Vermutlich nichts«, sagte ich. Wir sollten los, am *MIT* erwartete man uns schon.

Auf der Massachusetts Avenue war um diese Zeit des Tages noch nicht allzu viel Verkehr, die Busse der Universität und die vielen kleinen weißen *Shuttles*, mit denen die Studenten und Dozenten von Institut zu Institut befördert wurden, dominierten das Straßenbild. Die Schachspieler am *Harvard Square* hatten noch nicht sehr viele Partien hinter sich, und auf dem *Harvard Campus* waren die Sitzbänke unbesetzt.

Aimée suchte auf dem Umgebungsplan den Durchstich zum *MIT.* Wir entschieden uns, nochmals in die *Metro* zu steigen, wenngleich nur für die Fahrt bis zur nächsten Station. Wir hielten auf das kleine Privatkernkraftwerk zu, das dem *Institute* gehörte und sich unauffällig in die Umgebung eingefügt hatte, und gelangten bald vor das Gebäude, in dem uns Aimées Bekannte erwartete.

»Schön, dass ihr gekommen seid«, sagte sie. Sie umarmte uns nacheinander. Sie zeigte uns das Hauptgebäude und den unendlichen Flur mit den Laboratorien, die davon abgingen – er wurde auch *endless corridor* genannt. Durch die großen Fensterscheiben der Labore sah ich allerlei Messgeräte, vor allem Oszilloskope und elektrische Multimeter jeder Größe.

Ich beschloss, Vater davon zu erzählen, und ich prägte mir auch einige Details ein, für die man hier Lösungen gefunden, nach denen Vater und ich erfolglos gesucht hatten, etwa bei der Anordnung der Messstationen. Ich drückte meine Nase da und dort an die Scheibe, und ich fragte mich, ob es vielleicht ein Fehler gewesen sein mochte, nicht doch Elektrotechnik studiert zu haben, und zwar genau hier, an diesem führenden

Polytechnikum, wenngleich in jeder Hinsicht sehr weit von Europa entfernt.

Was ich nur schon in den ganz alten Laboratorien des Hauses, die man aus eher sentimentalen Gründen noch im Hauptgebäude beließ, und auch noch aus der Distanz hinter den Glasscheiben sah, alles entdeckte, weckte den *somnambulen Strombastler* in mir, ich kam aus dem Staunen nicht mehr heraus und wünschte mich in ein Team, das mindestens an der Marsrakete arbeitete.

Aimée zog mich am Ärmel weg. Sie wandte sich an ihre Bekannte und fragte, wie wir denn zu der Ehre gekommen waren, hier aufzutreten?, wir seien ja keine Entwickler und Forscher, eher einfache Geschäftsleute, und es sei nicht etwa einem Forscherdrang zuzuschreiben, dass wir uns für technologische Innovationen interessierten, sondern rein pekuniär bedingt, wir seien bloß *Retailer*.

Das stimmte und stimmte auch nicht. Wir hatten die Ambition, ganz weit vorne in der Entwicklung einzukaufen und unsere Kunden nicht nur mit elektronischem Gerät zu versorgen, sondern genauso ihr Interesse für das zu wecken, was sie selbst noch nicht kannten. Das galt insbesondere für unsere Geschäftskunden. Aber Aimée hatte schon recht, wir hatten weder eine auch noch so kleine Forschungs- und Entwicklungsabteilung bei *Elephant* aufgebaut noch hatten wir vor, uns diese Bereiche zu erschließen – einerlei, dass ich mich privat für alles Elektronische begeisterte. Wir waren *Retailer* mit einem besonderen Augenmerk auf neuste Entwicklungen und die sich dadurch ergebenden neuen Geschäftsfelder.

Genau das sagte uns auch die Bekannte, genau das nannte sie als Grund für die Einladung. Aimée kam das dürftig vor, sie ließ nicht locker. Wir seien hier nicht ganz am richtigen Ort, selbst wenn man die unzähligen *Spin-offs* und *Start-ups* in einen Zusammenhang mit dem *Retailing* bringen wollte, was aber eher abenteuerlich wäre, rein wirtschaftswissenschaftlich gesprochen, »richtig?«

Die Bekannte schien gar nicht zuzuhören. Irgendetwas war ihr peinlich, und ich hegte die Vermutung, dass es mit dem Insistieren Aimées zu tun hatte und mithin mit Aimées schon frühem Verdacht, wir wären bloß hierhergereist, um ihre Mutter zu treffen und über die Werke ihres Ziehvaters zu reden.

Wir erreichten das kleine Büro der Assistenzprofessorin, und weil außer ihrem Schreibtisch und den Bücherregalen nur noch Platz für einen der Bürostühle auf kleinen Rollen war, begaben wir uns ins Sitzungszimmer, das sich zwar nicht wesentlich größer ausnahm, wenigstens aber ein richtiges Fenster aufwies.

Die Bekannte brachte uns Kaffee vom Automaten. Wir bedankten uns. Wir verbrannten uns die Finger daran. Zum Trinken blieb der Kaffee zu heiß.

Sie setze sich uns gegenüber. Sie nahm eine betont lässige Sitzhaltung ein, stützte den Ellenbogen auf der Rückenlehne ab, streckte ihre Beine aus. Erst jetzt bemerkte ich, dass Aimée und ihre Bekannte doch nicht so eng waren. Ich war selbstredend davon ausgegangen, dass sie zumindest gut bekannt, wenn nicht befreundet waren. Aber ich irrte, eher war da eine Rivalität zu spüren, die ich von Aimée in diesem Maße nicht erwartet hätte. Nun schien sie die Bekannte offen zu beargwöhnen, denn es kam Aimée so vor, als ob diese gerade nur auf ihre Mutter wartete.

Die Bekannte begann, vielleicht deswegen, von ihrer Anstellung am *MIT* zu sprechen; wie sehr sie sich über den Ruf – der ja eigentlich kein professoraler, richtiger Ruf war – gefreut hatte. Sie verwende ihre Zeit auf die Lehre, die wirtschaftswissenschaftliche Forschung interessiere sie nicht allzu sehr. Die klugen jungen Leute zu unterrichten, sei eine erhebende Erfahrung.

»Inwiefern?«, sagte Aimée. Sie war, seit dem Tod des alten Malers, schnell ungehalten, wenn ihr etwas gründlich gegen den Strich ging. Sie trug sehr am Verlust.

»Nun«, antwortete die Bekannte, »ich werde verstanden, ich muss nichts wiederholen.« Trotzdem würde sie nicht behaupten, in ihrer gemeinsamen *Alma Mater* in Zürich hätten etwa dümmere Jugendliche gesessen als hier in Cambridge, Massachusetts. Nein, das wäre auch gar nicht zutreffend. So schwer die Zulassungsprüfungen hier auch sein mochten, immer würden auch der Zufall und andere erratische Gesetzmäßigkeiten Regie führen, wenn es um Benotungen gehe, sagte die Bekannte.

Sie sei nämlich angehalten worden, die Studierenden besser zu benoten als sie für angemessen hielt. Alle Studierenden sollten ein A+ bekommen, allein schon deswegen, weil sie es hierhergeschafft hatten. Denn eine Arbeit, die hier ein B+ oder ein A- einfuhr, verdiente an einer nicht so hochkarätigen Uni, etwa in Nebraska oder Alabama, bestimmt ein A+. Allein der Fairness halber sei es deshalb angezeigt, sagte die Bekannte, allen gleich ein A+ zu geben. Der Ort verpflichte.

Natürlich habe man dann doch eingesehen, dass die *grade inflation*, das viel zu hohe Benotungsniveau, auch Schattenseiten habe – dass eine Selektion gar nicht mehr ohne weiteres möglich war und am Ende nicht mehr die besten Köpfe die begehrten Auszeichnungen und damit die höchstdotierten Jobs bekamen.

Das galt, sagte die Bekannte, die, wie ich erst jetzt wahrnahm, nach Kernseife roch, nicht nur in Bezug auf die Noten, der Zugang zu den begehrten Studienplätzen war auch stark durch Quoten geregelt, wobei *affirmative action*, ein Programm zur Einbeziehung sozial benachteiligter, meistens dunkelhäutiger Jugendlicher, hier als erstes zu nennen sei. »Meine Studentin Shavna allerdings«, sagte die Bekannte, habe dabei etwas Furchtbares erlebt. Sie sei aus purem Zufall und einer Unachtsamkeit des Lehrkörpers dahintergekommen, dass sie die Zulassungsprüfung gar nicht bestanden hatte, trotzdem aber am *MIT* studieren durfte, weil sie, nun, weil sie schwarz war.

Das kluge Mädchen sei außer sich geraten, halb enttäuscht von ihrer eigenen Leistung, halb entsetzt von dem Wissen um die gönnerhafte Geste, auf der ihre Anwesenheit hier beruhte.

War man erst einmal drin und fest einem Jahrgang zugeschrieben, musste allerdings viel geschehen, ehe man rausflog, sagte die Bekannte. Denn so ein Studium kostete weit mehr als ein Kleinwagen im Semester, und die Eltern jener Mehrzahl der Studierenden, die ohne Stipendium für herausragende Prüfungsleistungen oder atemberaubende *High-School*-Abschlüsse das Studium aufnahmen, benötigten für ihre doch horrenden Auslagen eine gewisse Garantie, dass ihre Sprösslinge nach der dritten Zwischenprüfung nicht etwa aussortiert würden und sie sich dadurch die großen Investitionen, die mitunter einher gingen mit größeren Entbehrungen im Familienhaushalt, ans Bein streichen konnten. Die *dropout quote* musste aus diesem Grunde vergleichsweise gering gehalten werden, sagte sie.

Die Bekannte griff sich etwas theatralisch an den Kopf. Wie um alles in der Welt sollte sie hier Arbeiten benoten? Auf welcher Grundlage? Zu welchem Ende?

Kaum hatte sie sich das gefragt, erschien ihre Mutter unter der Tür, Liza.

Liza zog einen Stuhl heran und setzte sich, nachdem sie uns lächelnd die Hand gegeben hatte. Sie roch nach Kernseife wie ihre Tochter. Sie trug eine blaue Bluse und hatte einen blauen Foulard von *Hermes* um. Liza hatte eine blaue Anmutung, und hätte sie auch noch blaue Augen gehabt – sie hatte dunkelgrüne –, wäre sie vor der bläulich angestrichenen Wand des Sitzungszimmers kaum mehr zu erkennen gewesen.

Aimée war nun sehr ungehalten. Liza schlug umgehend vor, uns draußen in die Sonne zu setzen, das sei doch schöner als hier drin. Sie kenne da ein kleines Café gleich um die Ecke. Liza stand auf, sie blickte ihre Tochter an, die sich ebenfalls erhob. Ich blieb sitzen, weil Aimée sich nicht rührte.

»Lassen Sie uns bleiben«, sagte Aimée an die Adresse Lizas, die sich wieder hinsetzte und ihrer Tochter bedeutete, es ihr gleichzutun. Die Bewegung mit dem Kinn, mit der sie dies tat, fiel mir unangenehm auf. Sie offenbarte damit eine Geschäftigkeit oder zumindest eine Zielstrebigkeit, die ich tatsächlich nur auf die Sammlung des alten Malers zu beziehen imstande war. Aimée hatte recht, wir hatten den ganzen Weg über den Atlantik nur Lizas wegen zurückgelegt.

Ich bewahrte die Fassung, auch wenn die Einsicht, vergeblich hergeflogen zu sein, dazu taugte, mich sehr zu verärgern – wären wir hier nicht im *MIT*, das ich immer schon besuchen wollte.

»Kommen wir zur Sache«, sagte Liza, sie interessiere sich für die Sammlung, die Sammlung des alten Malers, wir verstünden schon.

Aimée stand auf und verließ das Zimmer.

Ich folgte ihr. Auf dem kahlen, düsteren Flur konnte ich sie dazu bewegen, sich auf den Hartschalenstuhl zu setzen und zu warten, bis ich zurück war.

Liza und ihre Tochter standen vor dem Fenster, als ich wieder den Raum betrat. Wir setzten uns. Sie sei eine große Verehrerin des alten Malers, sagte Liza, und sie äußerte ihr Beileid. Ich bedankte mich, und dieses *Danke* machte mir schlagartig klar, dass mir der alte Maler durch die simple Tatsache, dass ich Aimée liebte, näherstand, als ich mir bewusst geworden war.

Ich begann schon damit, eben dieses Bewusstsein zu entwickeln, ich verhielt mich wie ein Verwandter des alten Malers, indem ich in seinem Willen zu reden versuchte – allein, was hatte er gewollt? Dass die Sammlung zusammenblieb? Was, wenn einzelne Werke in anderen Zusammenhängen viel besser aufgehoben wären als beieinander, etwa in einem thematischen Kontext oder, ganz anders, bei einer renommierten Institution, die ein Werk in einem angemessenen Umfeld zu präsentieren in der Lage war?

Die Sammlung, sagte ich, würde gerade erfasst und katalogisiert, sie gehöre einer Stiftung, deren Geschäfte von Aimée und mir geführt würden. Dass meine Mutter, die Kunstliebhaberin, uns dabei so manche Arbeitsstunde abnahm, erwähnte ich nicht. Liza möge sich doch gedulden, bis die Werke archiviert worden seien. Möglich, dass wir dann auf bestimmte Wünsche unter gewissen Umständen einzutreten bereit wären, fügte ich hinzu.

»Genau genommen«, erwiderte Liza, sei die Anzahl der Werke, für die sie sich interessiere, überaus überschaubar. Sie sah mich mit starrem Blick an. »Sehr überschaubar«, präzisierte sie. Im Grunde könne gar nicht von einem Interesse an der Sammlung die Rede sein, vielmehr gehe es ihr um ein bestimmtes Gemälde, um ein einziges Gemälde, das sie auf einem Foto betrachtet hatte, ein Foto, geschossen von ihrer Tochter, eher ein Schnappschuss. Sie würde das blaue Gemälde gern im Original sehen. Wo es denn hänge, das blaue Bild?

Ich traute meinen Ohren nicht. Hatte Liza wirklich soeben das blaue Bild erwähnt?

Liza bestätigte, »das blaue Bild.«

Das blaue Bild stünde, ich bedauerte, nicht zum Verkauf, es könnte auch nicht ausgeliehen werden, zumindest nicht in den kommenden Jahren. Das Gemälde befände sich in Privatbesitz und sei nicht einmal Teil der Sammlung.

Ich könnte ihr, sagte ich Liza, in dieser Angelegenheit überhaupt keine Zusagen irgendwelcher Art machen, im Gegenteil würde ich ihr raten, die Auflistung abzuwarten und sich vielleicht für die Leihe einzelner Werke einzusetzen. Ob das überhaupt zu ihrem Geschäftsfeld gehörte, fragte ich.

Liza schwieg. Sie schaute weg, dann blickte sie mich streng an. »Das blaue Bild oder keins«, sagte sie.

Ich überlegte, ob ich durch meine ausführliche Ablehnung ihres Wunsches eine Trotzreaktion bei Liza ausgelöst haben konnte. Ich vermutete allerdings schnell, dass sie ohnehin so reagiert hätte, einerlei, ob ich ihr eine Begründung geliefert hätte oder nicht. Das Gemälde war nun einmal für sie außer Reichweite – und das würde es auch bleiben.

Sie könne uns mit der Sammlung wirklich sehr weiterhelfen, sagte Liza, und sie sagte das nicht etwa anbiedernd, vielmehr fordernd und selbstsicher wie die erfolgreiche Kunsthändlerin und Auktionatorin, die sie war. »Begehen sie keinen Fehler«, fügte sie hinzu, und auch das war weniger ein gut gemeinter Ratschlag denn eine versteckte Drohung. Ich schlug sie in den Wind.

Ich stand auf, wünschte den beiden alles Gute und verließ den Raum.

Auf dem Flur blieb ich vor einem Aushang stehen, der kursorisch darüber informierte, welche Tutorate in diesem Flügel des Gebäudes erteilt wurden. Weiter vorn saß Aimée und blickte aus dem Fenster auf das kleine Kernkraftwerk.

Wir würden die Veranstaltung sausen lassen, sagte ich ihr, und stattdessen am Hafen Hummer essen. *Lobster* gehöre zu den Spezialitäten hier. Aimée stand auf und hakte sich bei mir unter.

»Was für ein Fiasko«, sagte sie.

»Lass gut sein.«

Aimée hielt sich daran. Wir gingen durch den nur schlecht beleuchteten Korridor, an dessen weit entferntem Ende ein Terminal flimmerte. Wir blieben stehen und schauten uns die *Internet Station* an, die sich ohne Zugangsdaten bedienen ließ. Indem wir *Elephant GmbH* in die Tastatur tippten und dann den Suchbegriff einer *search engine* aufgaben, wollten wir feststellen, wie schnell hier das *Internet* war: es arbeitete ungewöhnlich schnell, wir konnten kaum verfolgen, wie die Seite aufgebaut wurde, schon war sie in allen Details samt den Bildern zu sehen.

Aimée gelang es, mit Hilfe zweier Vierteldollarmünzen den Verschluss am Holzschrein zu öffnen, in dem Rechner und *Modem* der *Station* untergebracht waren. Wir notierten alles, was uns wichtig erschien, die Modell- und selbst die Seriennummer des *Zyxel-Modems*.

Ich las mich durch die Schlagzeilen eines *Portals*, und ich fragte mich, wer das alles eingegeben hatte. Da mussten Heerscharen von Datatypisten am Werk sein, die die Nachrichtenagenturen, die Radio- und Fernsehsendungen, die Zeitungen und Magazine plünderten; auch fiel mir auf, dass die *Portale*, wem sie auch immer gehörten und mit welcher geschäftlichen Ambition sie auch lanciert worden waren, eine hohe Deckungsgleichheit aufwiesen. Entweder sie schrieben alle voneinander ab, oder sie hatten denselben Zulieferer, dachte ich.

Schon begann ich zu überlegen, ob und unter welchen Bedingungen sich dieses Geschäft lohnen konnte. Nur eines schien mir sicher, und es wurde mir just in diesem Moment bewusst: die Kurzwellenstationen würden bald nicht mehr gebraucht werden. Es war nur eine Frage der Zeit, bis man sich die horrenden Kosten, die die Kurzwellenstationen mit ihren weitläufigen, wartungsintensiven Sendeanlagen verursachten, würde einsparen müssen. Wer brauchte schon eine *Deutsche Welle*, ein *RFI Paris*, einen *BBC World Service*, *HJCB Quito*, wenn die Welt und mit ihr die Perspektiven darauf näher rückten, in den Bereich jener Deckungsgleichheit, die sich auf dem Bildschirm vor uns ankündigte?

Ich würde schon bald alle meine Kurzwellenempfänger in die Kiste beim Basteltisch im Elternhaus verstauen können, dachte ich, und auf den Kurzwellenbändern würde man nur das Rauschen der Atmosphäre empfangen können.

Die Meldung, die auf den amerikanischen *Portalen* gerade zuoberst lief, betraf einen *Sprayer* in der Umgebung von Boston, der in der Nacht in einem Rangierbahnhof zwischen zwei Zügen zerrieben worden war. Er hatte an einem *end to end piece* gearbeitet, das sich über die gesamte Länge des Zugwagens erstreckte. Die Bilder zeigten das praktisch vollendete *piece* sowie, in Nahaufnahme, den schwarzen Rucksack des Teenagers, randvoll mit Spraydosen gefüllt.

Wir lasen unsere *E-Mails*; die Läden hatten sich routinemäßig bei uns gemeldet, ein Geschäftskunde gab seiner Freude über den *Internet*-Kursus Ausdruck und schrieb uns wie zum Beweis für den Lernerfolg eine elektronische Nachricht. Vier *E-Mails*, das war mehr als wir erwartet hätten.

Wir nahmen den Fahrstuhl zum Erdgeschoss. Dass Liza es auf das blaue Gemälde abgesehen hatte, machte die Sache absurd, falls sie das nicht schon von Anfang an gewesen war. Ich jedenfalls würde Aimée damit nicht behelligen. Das blaue Bild gehörte ihr. Was mich, was uns betraf, war dies das letzte Wort.

In der Massachusetts Avenue winkte ich ein Taxi heran. Es brachte uns auf der langen Brücke über den Charles-Fluss nach Boston zurück und gleich zum nahen Hafen. Im Taxi lasen wir die Anzeige eines *Seafood Restaurants*, die auf der Rückseite des Beifahrersitzes befestigt war. Ich sprach den Fahrer darauf an. Er zuckte mit den Achseln, er war da noch nie. Wir ließen uns hinfahren.

Aimée erwähnte die beiden Frauen auch beim Essen nicht mit einem Wort. Sie wollte gar nicht wissen, worüber unser Gespräch im Einzelnen gegangen war. Es war ihr egal. Sie war vermutlich mehr damit beschäftigt, der Bekannten nicht allzu gram zu sein, sie hatte sie als vernünftige Person und gute Wirtschaftswissenschaftlerin gekannt. Dass ihre Mutter sie zu dieser Charade überredet hatte, nahm sie ihr dennoch übel, ich sah das Aimée an.

Nichtsdestotrotz hätte Liza uns auf irgendeine Weise, verschlungen oder nicht, helfen können, einen Fuß in die Tür zum amerikanischen Markt zu setzen. Das war ein Ziel, das wir, wie ich fühlte, nicht aus den Augen verlieren durften. Lizas Hilfe allerdings kam für uns jetzt nicht mehr in Frage, wie auch Liza selbst mir nunmehr suspekt war, um nicht zu sagen: sie hatte sich uns als Person dargestellt, der ich künftig aus dem Weg gehen wollte. Als Amerikanerin musste sie sich in den Kopf gesetzt haben, in ihrer Heimat als das erfolgreich zu sein, als das sie sich sah, als große Kunstvermittlerin mit einem begehbaren Tresor, in dem Kunstwerke auf ihre Wertsteigerung warteten. Das blaue Bild allerdings würde nie dort verschwinden. Das würde ich zu verhindern wissen. Ich musste mir erst gar nicht vornehmen, dieses Gemälde bis zum Ende unserer Tage in unserem Besitz wissen zu wollen. Ich wusste längst, dass es unter keinen Umständen die Wohnung verlassen würde; das blaue Bild war nicht zu veräußerlichen, weil auch unsere Liebe nicht aufzubrechen war.

Aimée und ich würden uns niemals auseinanderdividieren lassen, schon gar nicht von Liza, deren einzige Chance auf das Bild genau dieses war: Aimée und mich zu entzweien.

Aimée aß ihren Hummer mit den bereitgelegten Zangen, Schabern und Gabeln, sie ging dabei so behutsam vor, als ginge es darum, den Hummer nicht zu verletzen. Der Weißwein war zu kühl, zumal der Kellner auf die Idee verfallen war, kleine Eiswürfel in unsere Gläser nachzulegen. Das Wasser in der Karaffe schmeckte nach Chlor.

Auf dem Tisch, auf unserem rot-weiß-karierten Tischtuch, bewegten sich leichte, fast schon transparente Schatten. Ich schaute genau hin, um sie, müde, wie ich war, in Form und Ausmaß zu erkennen. Ich kam darauf, dass es der tanzende Schatten jener Wärmesäule war, die sich, von der starken Sonne genährt, am Fenster neben uns türmte.

Ich blickte Aimée an, sie lächelte, sie nahm meine Hand und küsste meinen Daumenballen. Wieder kam in mir der Wunsch hoch, ihr auf der Stelle einen Heiratsantrag zu machen; wieder fand ich den Ort unpassend, die Umstände, selbst die Uhrzeit schien mir dazu ungeeignet. Ich würde mich gedulden müssen. Selbst jetzt, da Liza bestimmt schon Pläne für uns schmiedete.

Es war schon mitten am Nachmittag, als Aimée und ich uns die Beine in der Innenstadt vertraten. Endlich hatte ich einen *Radio Shack* ausfindig gemacht, eine Filiale jener Ladenkette mit den preiswerten, avancierten elektronischen Produkten für den riesigen amerikanischen Markt.

Ich kannte den roten Schriftzug aus den Anzeigen, die in den Elektronikmagazinen geschaltet wurden. Lange Jahre hatte ich die Angewohnheit, die schön gestalteten Anzeigen mehrfach durchzulesen und sie, als ich kleiner war, aus den amerikanischen Magazinen auszuschneiden und gesondert abzulegen; ja, man könnte schon sagen, ich hätte die meist in Weiß auf Schwarz gehaltenen *Radio-Shack*-Anzeigen mit den besonders vorteilhaft abgelichteten, in weiches Wohnzimmerlicht getauchten Produkten gesammelt.

Wir betraten die Filiale und schauten uns die Rechner, Monitore und Drucker an, alles war hier sehr viel günstiger zu haben als in Europa; *Elephant* lag im Preisniveau dazwischen. Neben den elektronischen Geräten fanden sich mehrere Regale mit elektronischen Bauteilen, was uns in diesem Ausmaß erstaunte. Es gab in den USA wohl einen – selbstredend großen – Markt für Selbstbauer und überhaupt all jene, die einen Lötkolben zu bedienen wussten und auch für die Konfektionierung eines Antennenkabels nicht gleich den Elektriker rufen mussten, sondern sich hier einen Stecker kauften und zur Not den Angestellten fragen, wie man das Koaxialkabel abisolieren und das Massegeflecht korrekt einschneiden und überstülpen musste.

Fein säuberlich in Plastikschalen sortiert fanden sich hier, als wäre ich am Basteltisch im Elternhaus, Widerstände unterschiedlicher Werte und Toleranzen, dasselbe galt für Kondensatoren, auch stieß ich auf eine Auswahl an Leergehäusen. Ich schaute mir jene aus Aluminium und Blech an, verglich die Größen, die hier in Zoll angegeben waren, entschied mich für zwei kleine Gehäuse, die kurze Gummifüße aufwiesen und im Deckel Lüftungsschlitze, ideal für mein nächstes Projekt, wann immer und wo immer ich Muße und Zeit dafür haben würde.

Vor dem Wandregal stöberte ich durch die kleinen Plastiktüten mit den kompletten Bausätzen, da waren welche für einen Lügendetektor, für ein Thermometer mit einer Anzeige aus bunten Leuchtdioden, für einen Ultraschall-Mückenabschrecker, der mit allen anderen Bausätzen den Vorteil gemein hatte, falls die Mücken nicht darauf reagieren oder die Schaltungen nicht auf Anhieb gehen sollten, zumindest ein abendfüllendes Löterlebnis abgeben zu können. Die Leiterplatte und alle Bauteile lagen bei, man brauchte nur noch die Tüte aufzureißen und den Lötkolben auf Betriebstemperatur zu bringen. Idealerweise hörte man dazu weit durch den Äther getragene Radioprogramme in einer Sprache, die man bestenfalls auch gar nicht verstand. Wie viele *somnambule Strombastler* musste es in diesem Land geben!

Gleich neben den kleinen Tüten entdeckten Aimée und ich einen *CD-Player*, ein taiwanesisches Produkt, das unter dem Markennamen der Ladenkette vertrieben wurde. Der Preis war unverschämt tief – zumindest für uns Europäer. Hätte unser Blick nicht auch noch die externen *Hard Disks* erfasst, die, von unterschiedlicher, immer aber überraschend hoher Kapazität, weiter vorn im Regal standen, wären wir mit einer Beute von mindestens sechs *Players* aus dem Laden gegangen. So aber begnügten wir uns mit zwei Abspielgeräten der neuesten Generation und erstanden dazu noch zwei *Hard Disks*. Ebenfalls Fernostprodukte, kamen sie in einem schönen *Finishing* daher, sie sahen ansprechend aus und gar nicht etwa so billig, wie sie zu haben waren.

Aimée und ich erhofften uns durch diesen Kauf, zu Hause nach neuen Möglichkeiten suchen zu können, die Wertigkeit der doch billig hergestellten Produkte zu vergrößern oder ihnen zumindest die Anmutung von etwas Besonderem zu verleihen. Dazu reichte manchmal nur ein bunter Deckel ohne Bruchkanten und ein sauberer, mit Sorgfalt oder besser mit Präzision angebrachter Aufdruck einer durchaus hochtrabenden Produktbezeichnung sowie des Markennamens, *Elephant*.

Wir wollten nach wie vor den *Billigschick* kultivieren, aber was die Produkte selbst anging, mussten sie in ihrer Art und Ausfertigung möglichst unverwechselbar, schöner, gediegener werden. Dadurch würde sich auch der Kontrast zum willentlichen *Billigschick* unserer Läden vergrößern und diesen erst richtig zur Geltung bringen. Ja, der Kunde sollte durchaus dem Reiz des Schönen, somit der Verheißung erliegen, für wenig Geld sich etwas Werthaltiges angeschafft zu haben, den finanziellen Absichten des Ladens entgangen zu sein.

An meinem Handrücken spürte ich eine Berührung, zu sanft, um mich zu schrecken. Es war die Schnauze eines schwarzen Cockerspaniels, der wohl noch Spurenelemente des Hummers an meinen immerhin mit starkem Seifenpulver gewaschenen Händen gewittert haben musste.

Ich konnte nicht umhin, zwei kleine Tuben Lötleitpaste zu kaufen sowie bunte Schrumpfschläuche. An der Kasse zückte ich meine Kreditkarte, und der Angestellte im weinroten Hemd steckte sie in einen dafür vorgesehenen Handschieber, aus dem er dann den Beleg im Doppel herauszog.

Ich nahm den Kugelschreiber neben der Kasse auf und wollte den weißen Beleg unterschreiben, doch die Mine fühlte sich kalt an. Ich zeichnete ein paar Kringel auf den dafür vorgesehenen Notizblock gleich daneben, und die Kugelschreiberspitze ging wieder, die Tinte hatte sich ihren Weg durch die Öffnung gebahnt.

Der Cockerspaniel stand neben mir und sah mich mit seinen verschlafen wirkenden Augen an. Er war alt. Er dauerte mich.

»Have a great day«, sagte der Angestellte und überreichte uns die schwarze Plastiktüte mit dem roten Schriftzug. »You, too«, erwiderte Aimée, die sich draußen bei mir unterhakte.

In der Metro waren wir die einzigen Gäste im Wagen. Wir küssten uns. Morgen würde es wieder zurück über den Atlantik gehen. Heute aber waren wir ganz und gar hier, und bevor die Nacht einbrach, hatten wir unser Hotelzimmer erreicht.

Kurz nachdem die Maschine in die Luft abgehoben und noch nicht einmal ihren Steigflug beendet hatte, drehte sich Aimée zu mir und schlief ein, die Decke bis zum Hals gezogen, den Kopf auf meiner Schulter. Ich machte den Bildschirm aus, der vor meinen Augen so lange geflimmert, bis ich befürchtet hatte, Kopfschmerzen davonzutragen. Ich schloss die Augen. Ich versuchte, sie so gut es ging geschlossen zu halten, obwohl mir nicht nach Schlafen zumute war, zumindest noch nicht, ich hatte mir in der Stadt drei Elektronikmagazine gekauft und auch ein amerikanisches Computermagazin, das ich just auf der Seite aufgeschlagen hatte, auf der eine ganzseitige Anzeige von *Radio Shack* prangte.

Ich erwachte aus einem bleiernen ersten Schlaf, weil mir die Magazine aus der Hand geglitten waren und sich mit einem Geräusch auf dem Boden aufgefächert hatten, das zwar nicht laut, aber drastisch war.

Ich sah mich in der Kabine um. Die Passagiere um uns her nahmen gerade ihr Abendessen ein. Ich schloss aus den Gerüchen der Speisen, dass es sich um gekochte Kartoffeln und gebratene Eier handeln musste. Mir fielen die Augen zu. Ich sah Aimées *Hasselblad* vor mir, die Kamera lag auf dem Sofa da, ich ging hin und nahm sie auf. Was ich auf der Tanke nicht zu tun gewagt hatte, nämlich mir das wundervolle Gerät von ganz nah anzusehen, war mir jetzt vergönnt; ich schaute durch den Sucher und ging zum Fenster, wo ich auf die Wiesen der Umgebung blickte.

Ich drückte auf den Auslöser, einmal, zwei Mal. Ich fragte mich, wie mir dieses Schmuckstück nur hatte in die Hände fallen können – da sah ich auch schon Aimée aus der Küche treten.

Sie hatte ihren Pferdeschwanz mit einem breiten blauen Band zusammengebunden und trug nur die Küchenschürze sowie den Isolierhandschuh für den Ofen. Sie lächelte, im Hintergrund lief J. J. Cales fröhlich-resignierter Song *Drifter's Wife*, und wenn ich genauer hinsah, konnte ich auf dem Küchentisch jene Plastikschalen entdecken, rot und blau, die Aimée in ihrer Dunkelkammer verwendet hatte. Zu einer großen Spule aufgewickelt, lagen daneben jene Schnüre, die zwischen den Wänden aufgespannt gewesen waren.

Die Dunkelkammer hatten wir ohne weiteres in sechs Kisten verpacken und in der Wohnung ihres Ziehvaters zwischenlagern können, gemeinsam mit den großen, breiten, säuberlich beschrifteten *Folders*, in denen Aimée nicht nur ihre eigenen Fotografien aufbewahrte.

Ich ging in die Küche und half Aimée mit den Schnüren. Dabei fragte ich mich, weshalb die Durchgangstür der Küche nun blau angestrichen war. Wer hatte das veranlasst? Wann wurden die Streicharbeiten erledigt? Sie waren hervorragend ausgeführt, kein Millimeter, keine Abdeckung, die Anlass zu einer Beanstandung hätten geben können. Ich drückte die Klinke, und zu meiner Überraschung war die Tür nicht verschlossen. Ich öffnete sie und trat hinein.

»Geh ruhig, ich warte so lange hier auf dich«, sagte Aimée und wandte sich auch schon den Plastikschalen zu, die sie mit einem trockenen Lappen zu reinigen gedachte.

Ich war erstaunt, dass ich gar nicht weit fiel, ich fand schon bald eine weitere Tür, vielmehr eine längliche Öffnung, die ich im Fallen ertastet hatte, sie führte mich durch einen düsteren Kanal, der wiederum in einem rechtwinklig abgehenden Kanal mündete, der mich dann – ich musste gegen den stetigen, starken Luftzug ankämpfen – endlich ins Freie entließ. Ich drehte mich um und erkannte in der Kaskade, die ich durchschritten hatte, jene Lichtfalle für die Belüftung der Dunkelkammer, die ich vor nicht allzu langer Zeit in Aimées alter Wohnung betrachtet hatte.

Das Licht blendete mich. Es war kein künstliches Licht, hatte aber die Stärke eines Industriescheinwerfers, so kam es mir zumindest vor. Ich legte meine Hand an die Stirn, doch es gelang mir nicht, einen Schatten auf meine Augen zu werfen, das Licht schien sich in meine Augen bohren zu wollen, durch die Lider, ich verbarg mein Gesicht in den Händen, das brachte mir aber nichts ein; ich begriff, dass ich keinen Einfluss auf dieses überaus kräftige, aufdringliche Licht hatte, weil es auch gar nicht von außen auf mich strahlte, vielmehr waren es meine Augen, die diese horrende Helligkeit erzeugten. Statt schwarz sah ich weiß, wenn ich meine Augen schloss, aber weiß war es immer noch, wenn ich sie wieder öffnete. Das heißt, ich sah jetzt vermehrt rötlich, ich sah rot, wenn auch kein sattes, helles Rot, vielmehr ein düsteres, verhaltenes, ganz so wie jenes Rot in Aimées Dunkelkammer. Ich schloss die Augen, zählte auf fünf und öffnete sie wieder, ich wiederholte den Vorgang, bis ich ganz sicher war, nun nicht mehr einfach nur rot zu sehen, sondern wieder so, wie es der Umgebung entsprach.

Die Umgebung allerdings erhellte sich zunehmend, bis zu ihrer angestammten Erscheinung, wie ich dachte, und hatte ich eben noch den Eindruck, durch einen fotomechanischen Entwicklungsvorgang geschritten zu sein – ganz so wie damals in Aimées Dunkelkammer, als ich am Ende auf mein eigenes Konterfei auf Fotopapier gestoßen war –, fand ich mich jetzt in einem dschungelartigen Biotop wieder.

Die Düfte, die die in allen Farben blühenden Pflanzen verströmten, betörten mich, und auch wenn die Hitze mir allmählich zusetzte – ich war versucht, mein Shirt auszuziehen, fürchtete aber, dadurch Blutegel und Mücken anzuziehen –, schritt ich, glücklich, den Lüftungsschacht und die Dunkelkammer hinter mich gelassen zu haben, in Richtung jenes Tümpels, den ich auch bald erreichte und der von einer Minute auf die andere nach Norden hin in eine Savannenlandschaft auszulaufen schien.

Zum Glück entging mir nicht, dass gleich daneben ein paar hohe Thujen wuchsen, sie bildeten den Abschluss eines privaten Gartens, wie mir schien, denn sie waren rechtwinklig angeordnet und vermittelten den Eindruck, als würden sie sich schützend vor einen privaten Teich legen. Ich konnte den Teich bereits erkennen, und weiter vorn stand auch schon mein Stuhl auf dem Rasen.

Nachdem ich mich vergewissert hatte, dass niemand zu Hause war – ich rief mehrmals nach meinen Eltern, blickte auch zum Fenster hoch, wo ich Vater zu erblicken hoffte –, setzte ich mich und schaute über die weite Wiese.

Auf dem Stuhl hielt es mich nicht lange, ich ging in Richtung des Glashauses vor, das versteckt hinter hohen Büschen lag. Wie schön es hier war, dachte ich, und es kam mir vor, als wäre ich hier schon einmal gewesen, vor langer Zeit vielleicht oder auch erst vor kurzem, wer wusste das schon so genau zu sagen?

Ich setzte mich vor der Orangerie auf einen verschnörkelten gusseisernen Gartensessel, dem das Sitzkissen fehlte, und streckte meine Beine auf dem Kiesel aus. Welche Pracht! Alles blühte, die Düfte der mir vollkommen unbekannten Pflanzen und dünnen hohen Bäume betörten mich. Sollte das wirklich alles für mich sein?

Ich traute der Sache nicht. Kaum hatte ich die Fülle und Stille beargwöhnt, trat denn auch das ein, was ich befürchtet hatte, es erschienen einzelne Personen, sie lasen ein Buch oder eine Zeitung, sie kamen in der Tendenz näher heran, bis sich jemand schließlich neben mich setzte und die Beine von sich streckte. Ich konnte das der Person nicht verübeln, ich tat ja dasselbe.

Als es mir buchstäblich zu bunt geworden war, stand ich auf und folgte dem schmalen Pfad, der hinter die

Thujen führte, hin zur Savanne, die ich, ohne mich umzublicken, erstaunlich schnell erreichte.

Ich hatte Schritte wahrgenommen, aber ich drehte mich nicht um, ich sah unbeirrt über die sich in die blaue Stunde verfärbende, weite, in alle Richtungen bis zum Horizont sich fortsetzende Savannenlandschaft; ich tat ein paar Schritte ins milde Blaue, und schon bald war ich von dem dunklen Blau umgeben, die Nacht hatte ihren tiefblauen Schleier ausgebreitet, und neben diesem Blau hatte keine Farbe die Macht, sich in ihrer Eigenschaft zu zeigen.

Ich blieb stehen, dafür aber drehte sich die Landschaft um mich, und ohne dass ich die Möglichkeit gehabt hätte, der Situation zu entfliehen, schoben sich Liza und Hartmut ins Bild.

Liza lächelte, sie schien mir überhaupt nicht böse zu sein, dass wir vorzeitig und ohne uns verabschiedet zu haben den Heimweg angetreten hatten. Umgekehrt hatte sie ganz bestimmt nicht einen annähernd so triftigen Grund wie wir. Sie hatte uns an der Nase herumgeführt, das wog für mich schwer, das tat man nicht, und wer das dennoch tat, der hatte jede Dezenz aufgegeben und sich mit seiner Habgier abgefunden, in dem Maße, dass es letztlich gleichgültig war, ob man damit aufflog oder nicht.

Ich kannte das ja schon. Mein Job als Aushilfssekretär des Anwalts hatte mich eines gelehrt: was geschehen war, ist vorbei, die Zukunft ist bloß eine Möglichkeitswelt für neue Unverschämtheiten, geschäftlich oder nicht. Von der Zukunft nun hatte ich aber andere Erwartungen, ich erhoffte mir weit mehr als Unflätigkeiten und alberne höchstpersönliche, solipsistische Wünsche und das tägliche Ausknobeln der raffiniertesten und mithin allerbesten Wege, um sie mir zu erfüllen. Nein, ich war nicht hinter Kunstsammlungen anderer her, und ich sprach auch keine Einladungen nach Übersee aus, die in

Wahrheit gar keine und überhaupt ein Luftschloss waren.

Liza wollte den Mund öffnen und etwas sagen, aber Hartmut kam ihr zuvor, er zog einen Taschenempfänger aus seiner Plastiktüte und stellte eine Frequenz im mittleren Kurzwellenbereich ein. Das Signal, mit sehr viel Schwund behaftet, schwoll an und erlosch gleich wieder von selbst, bevor es, wieder bestens lesbar, in einer Nachrichtensendung von der Sprengung einiger hoher Antennenmaste mehrerer Sendeanlagen in Deutschland kündete, sie waren durch das *Internet* obsolet geworden.

Hartmut stellte so laut ein, dass der Lautsprecher klirrte und ich gar nicht mehr verstehen konnte, was Liza zu sagen hatte. Dass sie redete, sah ich nur an ihren Lippen, denn obwohl ihr Mund Laute formen mochte, verstand ich nicht das geringste. Hartmut zwinkerte mir zu.

Ob ich mich von ihnen abgewendet oder sie sich einfach nur aus der Bildfläche gedreht hatten, hätte ich nicht angeben können, Hauptsache, ich war frei, weitere Schritte zu gehen, so lange, bis ich vollkommen allein war und schon bald auf einen Karton stieß, den ich im dunklen Blau nicht sofort als das erkannte, was er war: ein Paket aus Fernost.

Ich öffnete es so, wie ich diese Pakete üblicher Weise öffnete, indem ich auf der Oberseite an der Stelle, wo die beiden Deckelhälften zusammenstießen, mit einer dafür vorgesehenen Klinge mit Plastikgriff in das breite Paketklebeband einstach und es daraufhin ganz langsam aufschlitzte. Ich öffnete die Flügel des Kartons mit der allergrößten Sorgfalt, als handelte es sich um die Lungenflügel eines Siechen auf dem Operationstisch, und noch während ich diesem Bild nachhing, entpuppte sich das Paket als viel länger und höher als angenommen, umgekehrt war es schmal genug, um den Rahmen eines Gemäldes und das Gemälde selbst sowie die Luftpolsterverpackung gerade noch aufnehmen zu können.

Ich zerlegte den Karton und entfernte die Verpackung, stellte dann aber fest, dass nichts auf dem Bild zu erkennen war. Ich musste daraus schließen, dass, Blau in Blau, die Leinwand und die Umgebung einander entgegenarbeiteten – und dass der Inhalt des Gemäldes in Blau gefasst sein musste, in lückenlosem tiefen Blau, sonst hätte ich etwas darauf erkennen können.

Ich ließ die Verpackung liegen und suchte mir mit dem Bild eine Ecke, in der es hell genug war, um es betrachten zu können. Da vorn schien die Sonne. Gleich hatte ich es geschafft. Ich öffnete die Augen. Ich fand mich in der Kabine während unseres Transatlantikflugs wieder, Aimée lächelte mich an; die morgendliche Sonne erhellte ihr schönes Gesicht.

Die drei Leute von der Transportfirma waren pünktlich. Sie nahmen den letzten Teil ihres Auftrags in Angriff, im Lagerraum schlüpften sie in die gepolsterten Traggurte, bevor sie das Bild vorsichtig aus der äußeren Verpackung hoben und in derselben Bewegung trippelnd in Richtung der Tür trugen, die Last des Gemäldes dank der Gurte auf ausreichend viele Schultern, Arme, Hüften und Beine verteilt.

Die drei Arbeiter kannten den Weg ins kleine Wohnzimmer schon, wir waren ihn beim Umzug gemeinsam abgeschritten, wobei sie sich gemerkt hatten, an welchen Stellen es eng werden würde, damit sie jetzt, unter dem Gewicht und der Größe des in Baumwolltücher gehüllten blauen Bildes, sich nicht auch noch damit beschäftigen mussten.

Sie hatten sich auch schon auf eine Weise der Befestigung des Bildes an der Wand festgelegt und sie mir vor der schriftlichen Auftragserteilung genauestens auseinandergesetzt. Nun hielten sie das Bild in ihren dünnen weißen Handschuhen richtig herum an die Wand, und mit größter Vorsicht schoben sie es hoch und hoben es in die Verankerungen, die sie bereits vor einer Woche, vor unserer Amerikareise, an der Wand angebracht hatten und die dieselben waren, die Aimée in ihrer Wohnung verwendete hatte.

Als die drei die Baumwolltücher vom Bild entfernten, zeigte sich mir das tiefe Blau erstmals hier, am neuen Ort, und ich erschrak über die Kraft des Bildes, die nun auch in diesem Wohnzimmer zu empfinden sein würde; ich hatte eine Vorahnung davon, welches die Wirkung, die Sogwirkung sein würde, die das blaue Bild hier entfaltete – wie war das auszuhalten?

Wie war es möglich, diesem Blau täglich, stündlich zu begegnen? Ich hielt die Idee, das Bild hier aufzuhängen, auf einmal für abwegig. Das Bild brauchte doch genügend Platz, und der war hier nicht vorhanden; physisch, was also seine Dimensionen anging, passte es zwar gerade noch in die kleine Wohnung, aber seine immense Ausstrahlung, dachte ich, könnte unter den beengten Verhältnissen gewissermaßen leiden.

Ich tröstete mich damit, dass diese Kraft auch jeden größeren Raum gänzlich ausfüllen, bis in die kleinste Ritze und den entferntesten Winkel einnehmen würde und es deshalb einerlei war, ob man es als Einzelexponat in einer großen Kunsthalle oder gleich hier bei Aimée und mir hängte.

Als die drei die Wasserwaage anlegten, stellte ich fest, dass sie ganze Arbeit geleistet hatten. Ich sah mir das Bild aus kurzer und kürzester Entfernung genauestens an, einer reichte mir dann noch eine Lupe, und ohne dass ich jemanden von der Versicherungsgesellschaft an meiner Seite gehabt hätte, nahm ich den Bogen entgegen, den mir ein anderer entgegenstreckte, und bestätigte mit meiner Unterschrift die schadenfreie Lieferung des Bildes. Ich verabschiedete die drei mit einem angemessenen Trinkgeld.

Es war nun da, das blaue Bild war angekommen und hing an unserer Wand.

So sehr ich mich auch gefreut hatte, das Bild in unserer Wohnung zu wissen: es ging mir auf, dass ich zwei Möglichkeiten hatte, der Tatsache, besser, der Zumutung des Bildes zu begegnen, ich konnte mich davor hinsetzen und es anstarren, oder ich konnte, im Gegenteil, wegschauen, womöglich bis zu dem Punkt, da ich es gar nicht mehr ansah und nur noch aus der Erinnerung wusste, dass es tatsächlich da hing.

Gewissermaßen verhielt es sich mit meinem tiefblauen Traum – mit jedem meiner wiederkehrenden Träume, dem orangefarbenen, dem lindgrünen – so wie nun mit diesem Bild, ich konnte ihn annehmen wollen oder nicht, ich mochte ihm, im Wachzustand, folgen oder nicht, einerlei, er blieb eine verborgene Tatsache, eine Zumutung.

Was ich daraus bezog, war niemals mehr als das, was ich selbst hineinwarf, dachte ich, aber das mochte auch nicht stimmen, das mochte ganz und gar falsch gedacht sein, denn der tiefblaue Traum wusste vielleicht mehr über mich als ich selbst, rein kognitiv gesprochen, und ich konnte darin mir selbst folgen, ganz so wie man sich ein paar Gewohnheiten für sein Leben zugelegt und zurechtgelegt hatte und sie mehr und mehr eine Art Handlauf abgaben, einem die Richtung wiesen, die womöglich auch nur eine unter vielen, unter bestimmt sehr vielen war, und dennoch die eine Richtung, in der man voranschritt.

Worin schritt ich voran? Ich sah mit eigenen Augen, nein, ich beförderte auch noch geflissentlich und geschäftsmäßig, dass die Computer unsere Lebensbereiche durchdrangen, und was immer man davon halten wollte, die Konsequenz daraus war obskur, lag im Dunkeln, in der – wenn auch immer schneller nahenden – Ferne.

Bei Lichte betrachtet, erlangte damit die Beschäftigung mit der *EDV*, zumal im Zusammenspiel mit dem *Internet*, eine Bedeutung, die sich mehr und mehr in alle, ausschließlich alle Wirkungszusammenhänge zwängte und schon bald als unerlässlich galt, wo doch noch vor kurzem das gesteigerte Interesse an Computern noch Elektronikbastlern und Mathematiklehrern vorbehalten zu sein schien.

Einst Sammelbecken für Eigenbrötler mit Neugierde im Technischen, entwickelte sich die *Information Technology* gerade zu einer Art Hegemon in allen, gerade auch in wirtschaftlichen Belangen. Ja, fast nichts ging mehr ohne IT, und aus dem nichts wurde die IT und alle, die sich an ihrem Busen nährten – ich bildete da keine Ausnahme –, wichtiger noch als alle, die den Rohstoff für die IT bildeten, Ideen, Gefühle, Ausdruck – all das, was die IT selbst nicht hervorbringen, nur verwalten und höchstens begleiten konnte.

Ich war ein Teil davon, ich brachte die IT unter die Leute, aber das kümmerte mich nicht im Schlechten, es kümmerte auch Aimée nicht, denn es fühlte sich nicht etwa schlecht an, was wir taten. Wir hatten keinerlei Gewissensbisse, was den technologischen Fortschritt anbelangte, und das nicht etwa, weil wir im Gymnasium Dürrenmatts *Die Physiker* nur kursorisch gelesen hätten, Bradburys *Fahrenheit 451*, Huxley, Orwell, selbst Lem und so vieles mehr, nein, wir waren davon überzeugt, dass technologische Entwicklung in der Wirklichkeit höchstens regional und bestenfalls in Teilen durch Regulierung aufzuhalten war, im Weltmaßstab sich aber mit Siebenmeilenstiefeln stets von neuem in die stets neue Zukunft verabschieden würde.

In jener Zukunft würden sie vielleicht auch nur wieder auf uns warten, die Computer, die künstliche Intelligenz, eine *virtuelle* Realität, wie sie uns mit den ersten allgemein verfügbaren Flugsimulatoren von *Microsoft* und den simplen *Adventure Games* jetzt schon ein klein wenig ereilt hatte. Wer wollte das schon wissen?

Ich packte die Tasse mit dem Aufdruck *MIT* und die Kleinteile aus dem *Radio Shack* in eine Tüte und verließ das Haus, ganz so, wie ich das auch früher getan hatte, indem ich mich dann aufs Rad schwang und die kurze Strecke zum Elternhaus im Duft frisch gemähter Wiesen zurücklegte.

Ich radelte auf dem makellosen Belag der Straße, und weil ich weiter vorn, schon halb bei dem Haus meiner Eltern, eine Art Zielstrich zu erkennen glaubte, legte ich den höchsten Gang ein, den die Zahnkränze zu bieten hatten, und trat mit ganzer Kraft in die Pedale. Ich ging vom Sattel, trat jetzt nicht nur, sondern zog mit derselben Kraft auch die Pedale im Gegentakt hoch, hatte ich doch eine angedeutete Metallkappe vorne an jedem Pedal, die mit Hilfe eines schmalen roten Lederriemens über dem Rist den Fuß in Position hielt.

Ich gewann weiter an Fahrt, und als ich dem frischen Zielstrich – der eigentlich die Markierung für den letzten Kilometer darstellte, immerhin aber handbreit und blendend weiß war – schon nahegekommen war, legte ich nochmals zu und versuchte, dabei nicht ins Trudeln zu kommen. Ich zog nun im Gegentakt auch am Lenker, ich spannte meinen Körper wie eine Feder, und bald hatte ich es geschafft, noch ein letztes Mal alles hineinlegen, ich riss jetzt schon den Mund auf zu einem langanhaltenden lautlosen Schrei. Ja, ich würde dieses Rennen gewinnen, keiner konnte mich mehr daran hindern, den Sprint für mich zu entscheiden; ich keuchte und sah wie der sichere Sieger aus, und niemand würde mir nunmehr die Butter vom Brot nehmen können.

Ich flog dem Strich entgegen, und als ich sicher war, als Erster die Ziellinie passieren zu können, zog ich den imaginären Reißverschluss meiner genauso eingebildeten Radrennfahrer-Windjacke bis unters Kinn und verschaffte meinem Sponsor damit – das abwesende Logo prangte nun groß auf meiner Brust – den verdienten Auftritt vor den versammelten Fotojournalisten der Weltpresse: Ich setzte mich im Sattel auf, ich riss die Arme in die Höhe, und ich genoss den Augenblick, als ich ins Ziel kam, mit einem professionellen Lächeln.

Ich fuhr zum Haus und stellte das Rad gegen die Hausmauer bei der Tür. Ich erinnerte das lange zurückliegende letzte Mal, als ich einen Zielstrich passiert hatte; er befand sich in der Nähe jenes Flohmarkts, auf dem ich viele Jahre später den Schwarzweißfernseher für den *ZX81* erstand.

Jene Linie war nun längst verblasst. Und dennoch weiß ich noch, als ob es gestern gewesen wäre, wie ich mich nach meiner bloß vorgestellten Zieleinfahrt selbst belohnt hatte. Ich hatte völlig unerwartet eine praktisch neuwertige LP von *Blondie* auf einem Stapel entdeckt, *Autoamericana*, und weil ich *The Tide is High* so mochte, den *New-Wave-Hit*, kaufte ich sie mir auch gleich, für kleines Geld. Als ich zuhause die Platte der Schutzhülle und der weißen Einlage entnahm, stellte ich fest, dass das Etikett sehr ungenau aufgeklebt war. Es verdeckte drei Songs auf Seite eins, darunter den Track *The Tide is High*.

Schnell fuhr ich zum Flohmarkt zurück, und Gott sei Dank war auch der Händler noch da, ich drückte ihm die schadhafte LP gleich in die Hände. Was damit sei, fragte er. Ich zeigte ihm das falsch aufgeklebte Etikett.

»Was erwartest du denn?«, sagte er nur, auf dem Flohmarkt seien die Dinge nun einmal so, wie sie sind. Mit der Bemerkung, ich solle beim nächsten Mal besser hinschauen, lehnte er meine Bitte ab.

Ich war verärgert und sagte ihm laut und deutlich, dass ich nicht ohne mein Geld wieder von dem Stand weggehen würde. Der Händler schien Aufsehen zu fürchten, er blickte sich um, kramte er in seiner Hosentasche und gab mir dann abschätzig die Münze zurück, die ich ihm für die Scheibe gegeben hatte. Es war dieselbe Münze, mit der ich ihn bezahlt hatte, Jahrgang 1966, auf einer Seite etwas mit rotem Nagellack verschmiert.

Zuhause hörte ich dann eben *Barclay James Harvest* auf der Anlage, *Life is for Living*, eine Live-Aufnahme dieses auf Synthesizer-Bombast aufbauenden Titels.

Weder Vater noch Mutter waren zuhause. Sie waren geschäftlich für *Elephant* unterwegs. Vater übernahm von Zeit zu Zeit Reparaturaufträge an meinen aus Fernost angelieferten Rechnern und Druckern – er hatte nun, da er in Rente gegangen war, dafür genügend Zeit –, und Mutter war in Basel. Aimée und ich hatten sie gebeten, den Anwalt und den Notar aufzusuchen, die uns in Sachen Kunststiftung zur Seite standen.

Ich entnahm meinem kleinen Rucksack die Tasse mit der Aufschrift *MIT* und legte sie auf dem Basteltisch an die Stelle, wo üblicherweise Vaters Platz war. Ganz bestimmt würde er sich über dieses Mitbringsel freuen. Ich sortierte die Bauteile aus dem *Radio Shack* in die bunten Plastikfächer an der Wand hinter dem Basteltisch. Dann schaltete ich Vaters *Grundig Satellit* an, von dem er mir vorgeschwärmt hatte, ein Kurzwellenradio der gehobenen Kategorie, mit hervorragenden Empfangseigenschaften.

Ich drehte am Abstimmknopf, rüttelte etwas an der langen Teleskopantenne, aber so lange ich auch über die Rundfunkbänder drehte, es zeigten sich nur Stationen aus Fernost. Selbst auf den Frequenzen, die ich mir vor vielen Jahren eingeprägt hatte, kein Ton von der *Deutschen Welle*, *RFI Paris*, *BBC World Service*, nur Rauschen. Die Kurzwelle hatte ausgedient, dachte ich, und obwohl ich es im Grunde schon wusste, fiel es mir am Basteltisch nicht leicht, dieses zu akzeptieren. Welch ein Jammer! Ich setzte mich hin und ergab mich dem Ionosphärenrauschen, das von den Kurzwellendiensten aus dem Äther, wie Vater und ich sie geliebt hatten, geblieben war.

Als ich das Haus verließ, kam mir Liza in den Sinn. Ich fuhr neben der Wiese dahin und fragte mich, wie lange ich an diese Liza werde denken müssen, wenn ich Vaters *MIT*-Tasse auf dem Basteltisch erblickte. Ein jedes einzige Mal? Ich nahm mir vor, Liza und ihre tückische Art ganz schnell zu vergessen. Sie würde ohnehin nur Unheil anrichten wollen. Aber ich würde das zu verhindern wissen.

7

Dass ich Stimmen gehört hätte, konnte ich nicht behaupten. Weder in der Nacht noch tagsüber sprach jemand zu mir, von dem ich nicht gewusst hätte, wer er oder sie war. Und doch war mir nun seit dem frühen Morgen, als hätte sich erneut jemand an mich gewandt, auch noch mit einer Dringlichkeit, die ich nicht richtig verstand: Ich hatte in den vergangenen Tagen das Bedürfnis entwickelt, in einem bestimmten Feinkostladen in der Zürcher Altstadt Nüsse zu erstehen.

Ich kannte die Lust auf frisch geröstete Haselnüsse, Mandeln, auf Walnüsse, und immer, wenn mir danach war, kaufte ich im *Supermarkt* oder im Laden um die Ecke eine kleine Tüte davon. Selbst jene Nussmischung, die bei der Tanke feilgeboten wurde, fand meine Zustimmung; ich kaufte sie zwar nur ein einziges Mal, weil ich bei jenem Nebenjob keine Zeit zum Essen zwischen den Mahlzeiten gehabt hatte, die Besitzerin mir ein zweites Mal ohnehin vorgehalten hätte, und die Nüsse da schließlich dann doch nicht so gut schmeckten wie die köstlichen vom Feinkostladen in der Altstadt. Aber für Nüsse war ich wieder zu haben, es vergingen keine vier Monate, bevor ich nicht eigens dazu ins *Oberdorf* geradelt wäre und in jenem Laden ein durchaus kleines Tütchen Nüsse erworben hätte.

Ich überlegte, Vater zu bitten, mir ein Tütchen zu besorgen; ich sah in unserer Disposition am Schreibtisch, dass er dort in der Nähe eine *Harddisk* bei einem unserer neuesten Rechner auszutauschen hatte. Das Do-mizil des Kunden lag nur einen Steinwurf vom Feinkostladen entfernt. Doch ich entschied mich, nachdem ich den Blick über die saftigen Wiesen hatte schweifen lassen, anders, ich sah in die aufgehende Sonne und fühlte, dass heute so ein Tag war, an dem ich seit langem wieder einmal zum Feinkostladen radeln sollte. Ich freute mich über diese Aussicht, und ich nahm mir vor, auch Kaffee zu kaufen, außerdem Feigen aus Izmir und, wie üblich in einer homöopathisch zu nennenden Dosierung, in einem kleinen Brieflein noch Safran aus dem Iran.

Ich schloss kurz die Augen, als ich, den Duft der Wiesen in der Nase, der Sonne entgegen stadteinwärts rollte. Wieder überkam mich der Wunsch, Nüsse zu essen, und ich radelte umso schneller dem Feinkostladen entgegen, dessen Bedeutung sich in meiner Vorstellung monströs aufgebläht hatte und jetzt so etwas wie die Erfüllung meines innigen Wunsches verhieß.

Ich kam ins Schwitzen. Mit der flachen Hand wischte ich über Stirn und Schläfen, fuhr mir mit den Fingern durchs Haar. Nein, Stimmen waren da noch immer keine zu vernehmen, innere Stimmen schon gar nicht, dennoch schien ich wie an der Angelschnur herbei gekurbelt zu werden, punktgenau herangezogen, als ob alle Vektoren und mein innerer Kompass nur gerade auf den Feinkostladen hin ausgerichtet gewesen wären.

Ich fühlte eine Kraft, die mich dorthin zu geleiten, recht eigentlich zu zwingen schien, auf dem schnellsten Weg das *Oberdorf* zu erreichen, als ob es in diesem Augenblick nichts Anderes gegeben hätte denn schnurstracks in jenes Quartier und dort zum Feinkostladen zu gelangen.

Ich kam an, der Laden hatte auf, ich lehnte mein Rad an die Wand neben dem großen Schaufenster und bemerkte im Innern eine Menschenschlange, die sich also schon am frühen Morgen vor der Theke gebildet hatte.

Vielleicht, dachte ich, sollte ich im Nebenraum zunächst einen doppelten Espresso einnehmen, nach der rasanten Fahrt würde mir das guttun. Der Laden verfügte über ein paar Tischchen und ansprechende bunte Ledersessel, der Duft nach frisch gemahlenem Kaffee sättigte die Luft.

Als ich mich setzte, entdeckte ich Liza.

Sie saß beim großen Fenster und schaute hinaus. Ich erschrak darüber, sie hier anzutreffen, und doch schreckte mich ihre Anwesenheit nicht, auch wenn Liza jetzt langsam den Kopf in meine Richtung drehte und mich anblickte.

Liza musste mich schon vorhin, als ich vom Rad gestiegen war, gesehen haben. Ruhig, eher noch mit kühlem Blut hatte sie darauf gewartet, dass ich mich in ihre Nähe setzten würde. Nun, sie hatte recht bekommen. Da saß ich also.

Ich tat gar nicht erst, als ob ich sie nicht erkannt hätte. Liza aber ließ sich aufreizend viel Zeit, meine Anwesenheit einzuräumen, so dass ich annehmen musste, sie habe hier lange auf mich gewartet und genieße nun ihren Triumph. Sie nickte zum Gruß mit dem Kinn. Ich sah gleich weg.

Die Lust auf den doppelten Espresso war mir vergangen. Als die junge Bedienung an mein Tischchen herantrat, wusste ich nicht, ob ich etwas bestellen oder gleich aufstehen und das Lokal verlassen sollte. Ich bestellte. Entgegen meiner Gewohnheit, wenigstens im Café die Zeitung in die Hand zu nehmen, blickte ich bloß aus dem Fenster und überlegte, was jetzt zu tun war. Warum eigentlich sollte ich vor ihr davonlaufen? Sie würde mich einerseits auch anderswo aufstöbern können, unsere Läden waren öffentlich zugänglich, selbst meine Anschrift war im Telefonbuch zu finden. Andererseits war ich nicht verpflichtet, mich ihr gegenüber zu verhalten, ich konnte sie auch meiden, sie ignorieren, mit Nichtbeachtung strafen.

Aber ich wollte niemanden strafen, nicht einmal Liza mit ihrem rücksichtslosen, abwegigen Vorgehen. Das würde einen viel zu großen Aufwand erfordern, allein schon die Lust dazu ging mir gänzlich ab.

Ich trank aus und machte, dass ich weiterkam. Das Verlangen nach Nüssen war der Sorge gewichen, ich würde das Geschäft vernachlässigen und meine Zeit verplempern. Ja, das war es doch, was ich in Wahrheit tat, ich radelte herum und folgte meinem merkwürdigen Heißhunger nach köstlichen gerösteten Nüssen!

Als ich das Schloss an meinem Rad entfernte, sah ich im Augenwinkel, wie Liza aus dem Lokal trat und sich nach mir umblickte. Sie beschleunigte ihre Schritte, und doch wäre es ein Leichtes für mich gewesen, mich jetzt aufs Rad zu schwingen und kraftvoll aufs Pedal zu treten, zwei, drei Mal den Lenker hochzuziehen, weg wäre ich gewesen. Ich blieb stehen. Schließlich konnte es so nicht weitergehen.

»Guten Tag«, sagte sie, ob ich vielleicht ein paar Minuten Zeit hätte, wir könnten uns gern wieder ins Café setzen. »Hatten Sie einen guten Flug?« Aimée und ich seien doch viel zu früh abgereist, viel zu früh, aber vielleicht, fügte sie hinzu, könnten wir uns hier ein wenig unterhalten, gern auch gehend. Sie machte ein paar Schritte auf dem Kopfsteinpflaster. Ich überlegte, schob mein Rad neben mir her und schloss zu ihr auf.

»Was wollen Sie denn noch?«, sagte ich, und es war eher ein Ausdruck der Empörung denn eine Frage. Dennoch ging Liza darauf ein. Sie hätte gedacht, dass Aimée und ich vielleicht Gefallen am *MIT* finden, uns zumindest dort wohlfühlen und etwas Neues kennenlernen würden, das uns in vielerlei Hinsicht hätte förderlich sein können, nicht zuletzt all jene Personen, die sie uns vorzustellen gedacht hatte und die bereits von unserer Anwesenheit wussten. »Nun denn«, sagte sie, solche Möglichkeiten sollte man nicht ungenutzt verstreichen lassen.

Ich ließ sie reden. Sie würde ohnehin gleich auf ihr Anliegen zu sprechen kommen, und dieses war bestimmt noch immer das blaue Bild, das, selbstredend, noch immer nicht zum Verkauf stand.

Ich merkte, wie unangenehm mir die Situation war. Ich riss mich zusammen. Ausfällig wollte ich gegen Liza nun wirklich nicht werden, auch wenn mir im Grunde danach war.

Nun also fand ich mich auch noch in dieser zweifelhaften Gesellschaft beim Spazieren in der Altstadt wieder, und erneut hatte ich Gewissensbisse, Aimée bei der Arbeit zu wissen, während ich hier meine Zeit vertrödelte.

Aimée trug noch immer sehr am Tod des alten Malers. Ich dachte manchmal, dass sie nie wieder der Mensch sein würde, der sie zuvor gewesen war, aber dann war ich wieder sicher, dass sie ihr Leben schon richtig auffassen würde, nicht zuletzt deswegen, weil der Alte genau dieses auch von ihr gewollt hätte.

Ich hatte ihn nicht gut gekannt, aber ich hatte Augen im Kopf und fühlte auch, dass er sich Aimée glücklich wünschte und nicht etwa verzagt. Sie hatte sich etwas in die Arbeit geflüchtet, wie mir schien, aber vielleicht war das auch nötig, wenn *ich* schon nicht regelmäßig im Büro war und am Morgen lieber Disposition, Korrespondenz, Buchhaltung und Rechnungswesen mit dem ersten Kaffee zu Hause anging.

Ich blinzelte in die Sonne und dachte an sie. Vielleicht sollte ich Aimée dort vorn von der Telefonzelle aus anrufen, überlegte ich, aber was hätte ich ihr schon mitteilen können? Dass ich mit Liza unterwegs war? Dass ich die Sache heute früh ein für allemal zu erledigen gedachte? Und würde dieses wirklich möglich sein? Falls nein, was tat ich dann hier mit Liza?

Am Großmünster vorbei, erreichten wir bald den Limmatquai, von dort war es nicht mehr lange zum See hin, der weiter vorn schon mit all seinen kleinen Wellen glitzerte; die Sonne spielte auf dem mit weißen Jollen und Motorbooten gespickten tiefblauen Wasser und ließ es in abertausend Splittern funkeln.

Ich schob mein Rad weiter neben mir her, ich hörte die Nabe ticken, und für einen Moment glaubte ich, gänzlich ohne Gewicht zu sein, mir war, als schwebte ich über das Kopfsteinpflaster hinweg in Richtung des Sees, die Gegend kam mir hell und friedlich vor, und sie war das doch auch, wäre nicht Liza schräg hinter mehr gewesen. Um einen halben Schritt nur ließ sie sich zurückfallen, sie ließ nicht abreißen, ganz so, wie es die Radrennfahrer zu tun pflegen. Hatte ich neulich nicht das Rennen gewonnen? War ich nicht als Erster über die Ziellinie geflitzt, meine Rennjacke bis zum Kinn geschlossen, die Arme im Jubel und zum Zeichen des Triumphs zum Himmel gereckt?

Der Wind spielte um meinen Hals und Nacken. Ich erinnerte eine Schiffsfahrt, die ich als Kind mit Vater und Mutter unternommen und die genau hier, am Hafen, ihren Anfang genommen hatte: Die öffentliche Zürichseeflotte war nicht etwa klein, die Kursschiffe legten an und ab und hinterließen in mir den Eindruck, dass hier jeder irgendwohin unterwegs war, einerlei, dass man nach höchstens zwei Stunden am anderen Ende des Sees angekommen und damit alles andere als in See gestochen sein würde. Aber was kümmerte mich die Größe des Sees, wenn ich ihn ohnehin nicht überblicken konnte?, dachte ich als Kind.

Selbst ganz vorn im Bug, da wo die seitlichen Wände des Schiffs zusammentreffen, konnte ich als Knirps wenig erkennen, ich legte die flache Hand an die Stirn und schaute mit festem Blick über den See hinweg zu den nahen Alpen, aber außer den Bergen erkannte ich bloß die ihnen vorgelagerten grünen Hügel.

Vater trug ein ockerfarbenes Jackett, mit dem er niemals zur Arbeit gegangen wäre, für die Schifffahrt aber war es mit seinen außen angenähten breiten Taschen und den kurzen Stößen genau richtig. Die dunkleren Anzüge waren für den Arbeitsalltag vorgesehen, so wie die dunklen Schuhe und die weißen und hellblauen Hemden. Vater trug jetzt ein rot kariertes, und immer, wenn er eines seiner karierten Hemden trug, wusste ich, dass ein Ausflug anstand.

Ich schnupperte an Vater, der mich auf dem Bug umfasste oder umarmte, er roch heute nicht nach Arbeit, die großen Fertigungshallen hatte er an diesem Tag nicht aufgesucht. Mutter legte sich das helle, blumengemusterte Tuch über den Kopf und setzte die Sonnenbrille auf, ein dickwandiges schwarzes Gestell mit schwarzen Gläsern.

Ich ahnte unvermittelt, dass ich mein Leben noch vor mir hatte, ganz so, wie man sich im Kino freut, dass der Film gleich beginnen würde. So ähnlich fühlte ich mich auch später immer wieder, und tatsächlich begann in der Folge stets etwas Neues, das ich ganz und gar nicht erwartet hatte. Alles war Geborgenheit und Aufbruch in mir, während ich spürte, dass Vater und Mutter bereits ein Stück ihres Lebens hinter sich hatten, ein größeres Stück, wenn auch noch lange nicht einmal die Hälfte gewissermaßen der Zwetschgenwähe, von der wir an Bord, gleich bei der Theke im Innern des Schiffs, mit großem Appetit aßen.

Ich sah meinen Vater damit beschäftigt, die Zwetschgenschnitze mit der Kuchengabel etwas herumzuschieben, bevor er sie aufspießte. Manchmal aß er auch nur die Schnitze, ganz ohne Füllung und ohne den Blätterteigboden, den ich so sehr mochte. Er gab ihn mir auf den Teller und nahm später nur davon, wenn ich satt war.

Wenn Mutters Miene ernst wurde, setzte er sich neben sie und sprach mit ihr. Mich kümmerten die Gespräche nicht. Sie waren nicht für mich bestimmt, und das war mir auch ganz recht. Es kam allerdings vor, dass ich der Gegenstand des Gesprächs war, aber selbst dann wollte ich nicht mithören, kein Wort im Verborgenen aufschnappen, viel lieber sprang ich die Stufen zum Bug vor und setzte mich dort auf den Stuhl mit den ausgewaschenen Holzleisten, deren weiße Farbe abblätterte, selbst wenn man den Stuhl vor kurzem angestrichen hatte.

Eine Frau beobachtete mich von der Seite. Vermutlich hatte sie Kinder in meinem Alter, und tatsächlich erschien kurz darauf ein Mädchen, das sich auf meinen Platz setzen wollte. Das kam nicht in Frage, sagte ich ihr, und sie rannte weinend zu ihrer Mutter, die, man konnte das auch für einen Irrtum halten, braune Haare und blaue Augen hatte, eine beinahe spitz zulaufende, gerade Nase, leicht aufgeworfene, rot geschminkte Lippen und somit – das nun könnte man für einen Irrtum halten – Liza irgendwie ähnlich sah.

Die Frau sprach mich an, aber ich hörte nicht hin, ich hörte selten hin, wenn ein Erwachsener mich ansprach, das ging mich alles nichts an. Das Mädchen setzte sich auf den Stuhl hinter mir und begann, ein Lied zu singen, das auch ich aus der Schule kannte, ich summte mit. Sie setzte sich nach einer Weile neben mich und nahm ein paar Spielkarten hervor; das Set wies Lücken auf, der Stapel war kurz, dennoch ließ sich damit spielen. Sie gewann, dann wieder gewann ich.

Mutter kam hoch und fand mich spielend vor. Sie lächelte und kehrte auf ihren Platz zurück, von wo aus sie mich die ganze Zeit im Auge gehabt hatte. Sie redete mit Vater, der einen eher besorgten Gesichtsausdruck machte und immer wieder in die Ferne sah, als ob er von dort Aufschluss erwartete.

Das Mädchen musste die Karten nun an seine Mutter zurückgeben, es war wohl ausgemacht, dass es sich nach dem nahen Ende des Spiels die Leseübungen vornehmen sollte.

Das Mädchen gab die Karten artig zurück, dann schlug es das Buch auf und begann zu lesen. Es las langsam und zog die Buchstaben in die Länge. Hatte es endlich ein, zwei Wörter vorgelesen, wiederholte es sie schnell. Seine Mutter setzte sich neben sie. Sie lobte das Mädchen, aber manchmal ärgerte sie sich auch, das alles ging ihr nicht schnell genug.

Ich wartete darauf, dass die Übungen ein Ende fanden, damit wir wieder mit den bunten Karten spielen konnten. Nach einiger Zeit fragte ich die Frau, ob es denn nun soweit sei. Sie schaute mich aber bloß böse an.

Ich hatte etwas Ähnliches schon erlebt, bei einem meiner Schulfreunde. Wir hatten uns nach der Schule verabredet gehabt, und ich machte mich auf den kurzen Weg zu ihm. Er lebte mit seinen Eltern in einer kleinen Wohnung jener neuen Siedlung, in der sich Arbeiterfamilien eingemietet hatten. Dicht gedrängt wohnten sie auf mehreren Stockwerken, und wenige konnten sich richtig ausdrücken, sie befleißigten sich einer anderen Sprache, etwa Italienisch oder Spanisch. Ich stieg, den Fußball unter den Arm geklemmt, zum vierten Stockwerk hinauf und klingelte. Ich kannte den Weg schon.

Seine Mutter öffnete und ließ mich im gedrungenen Wohnzimmer warten, bis mein Schulfreund die Hausaufgaben beendet haben würde. Ich sah solange aus dem Fenster. Vom vierten Stockwerk aus hatte man eine gewisse Sicht, stellte ich fest, wenngleich nur über die Aufforstungen und den Fußweg, der sich schlängelte.

Als es mir langweilig wurde, begab ich mich in die Küche, wo mein Schulfreund über den Hausaufgaben saß. Ich hatte sie schon erledigt. Er aber hatte ein bisschen Mühe damit, weshalb seine Mutter ihn wohl anhielt, die Aufgaben mit der nötigen Aufmerksamkeit anzugehen und sich alles zu merken. Ich durfte ihm keinesfalls helfen. Das sah ich ein; ich setzte mich ans andere Ende des kurzen Küchentischs, der auch als Esstisch diente, und blickte umher.

Die Tür ging, und sein Vater erschien. Er war Friseur. Wenn mein Vater zum Haarschneiden ging, suchte er den Vater meines Schulfreunds auf. Dort unterhielt er sich auch ein wenig mit dem Friseur, der, selbst ein verschwiegener Mensch, Vater gern zuhörte. Vater hatte so einiges zu erzählen, aber er erzählte dem Friseur immer nur sehr wenig.

Man soll nicht immer alles sagen, was man zu sagen hätte, sagte Vater später einmal am Basteltisch, als wir Bauteile auf eine Platine löteten. Ich verstand nicht, warum man das tun sollte.

Der Vater des Schulfreunds betrat die kleine Küche und war erstaunt über meine Anwesenheit. Ich solle seinen Sohn jetzt lernen lassen, vor dem Spielen komme die Arbeit. Was ich hier eigentlich verloren hätte, fragte er. Ich sei doch gut in der Schule, und Vater bereise die ganze Welt. Ich soll seinen Sohn gefälligst in Ruhe lassen. Er wolle mich hier nicht nochmals sehen.

Mein Schulfreund sah mich an und zuckte mit den Schultern, dann lachte er auf und beugte sich wieder über die Hausaufgaben.

Ich bezog das Lachen zunächst auf seinen Vater, es müsste meinem Schulfreund schließlich peinlich sein, dass sein Vater sich so äußerte. Aber als ich aufstand und hinausging und er nicht einmal *tschüss* sagte, verstand ich, dass das Lachen mir gegolten hatte. Ich zog die Tür hinter mir ins Schloss und stieg das vom Geruch nach gekochten Kartoffeln und Kohl erfüllte Treppenhaus hinunter.

Vater erzählte ich davon nichts. Ich schaffte es, unter einem beliebigen Vorwand nicht zum Haarschneiden mitgehen zu müssen. Als Vater zurückkehrte, sagte er Mutter, dass der Friseur heute eine merkwürdige Laune hatte und fast ein bisschen abweisend war. Er glaube kaum, dass er ihn nochmals aufsuchen würde.

So wie mein Schulfreund – mit dem ich mich weiterhin verstanden hatte, dessen Wohnung ich aber mied – Schwierigkeiten mit dem Lernen hatte, musste auch das Mädchen am Bug des Kursschiffs wohl gegen etwas ankämpfen, das es ihr schwermachte, flüssig zu lesen. Ihre Mutter musste sich dieses Problems bewusstgeworden sein, denn sie war bei aller Strenge sehr lieb zu ihrer Tochter; ich kannte das nur von Müttern, die ihrem Kind nicht noch mehr Ungemach bereiten wollten und sich deshalb so gut es ging am Riemen rissen, wie Mutter das nannte.

Was mich anbelangte, war ich ein guter Schüler, dachte ich, zumindest sagten die Zensuren nichts Anderes aus. Ich wünschte mir ein Geschwisterchen, am liebsten einen jüngeren Bruder. Manchmal bekam ich mit, dass meine Eltern darüber redeten. Ich hörte weg, ich wollte das nicht so genau wissen.

Mutter setzte sich am Bug neben mich, sie umarmte mich. Von irgendwo her säuselte ein Radio, ein älterer Passagier genoss die Sonne und hielt einen Taschenradio auf seinem Schoß.

Als wir wieder am Bürkliplatz angekommen waren, gingen Mutter, Vater und ich von Bord. Meine Beine waren etwas schwach, mir war, als würde nun auch der breite Steg wackeln, aber das erledigte sich bald von selbst.

Ich blieb weiter vorn bei der bronzenen Ganymedstatue kurz stehen, stützte mich an der Adlerplastik ab und bohrte meinen Finger unter meine Fußsohle; ich entfernte den Kieselstein und schloss zu meinen Eltern auf.

Bei der Ganymedplastik blieb ich auch jetzt stehen, mit dem Rad, das ich schon vom Café aus neben mir hergeschoben hatte. Die Sonne wärmte mein Gesicht, bald, so kündigte es die flirrende Luft über dem See an, würde die Wärme in Hitze umschlagen. Liza schwitzte, der Spaziergang, der eigentlich ein Fußmarsch und für sie, was das Tempo betraf, fast schon ambitioniert war, hatte ihr zugesetzt, sie bat mich, dass wir bei den Sitzbänken gleich vor Ganymed hielten, hier wäre doch ein guter Ort.

»Ein guter Ort wozu?«, fragte ich, ohne auf die Antwort allzu großen Wert zu legen.

Nun, sagte Liza, sie wisse gar nicht, womit sie beginnen sollte. Vielleicht mit der Tatsache, dass der alte Maler ein hervorragender Künstler war, aber nicht nur das, er war ein wundervoller Mensch. Sie habe ihn gekannt. Er war es, der, vielleicht ohne dies groß zu beabsichtigen, ihr Interesse an der Kunst geweckt hatte.

Als Kind durfte sie sich manchmal am Samstagnachmittag in sein Atelier setzen, ganz vorn bei der Tür, auf einen afrikanischen Schemel. Sie habe den Schemel später geschenkt bekommen und ihn – zwar nicht in einer ausgesprochenen Notlage, aber doch in einem Moment, da sie als Studentin der Betriebswirtschaft ihre Subsistenz selbst erreichen wollte – veräußert.

Sie habe den Schemel weit über Wert verkauft, an einen amerikanischen Investor, der mehr auf der Suche nach seinen afrikanischen Wurzeln war, als dass er nach der im Kunsthandel üblichen Devise der Gewinnmaximierung gehandelt hätte – den überrissenen Preis habe er ohne Murren ausgelegt. Dieser Herr habe in der Folge weitere Objekte von ihr kaufen wollen, und sie habe geliefert. Möglicherweise dachte er, sie würde durch ihren Wohnsitz mitten in Europa bessere Zugänge zu afrikanischen Artefakten haben als die amerikanischen Händler. Ihr war das recht, sagte Liza, auch wenn es natürlich nicht zutraf. Aber sie habe dadurch gelernt, wie der Handel funktionierte: Äußerlichkeiten und Nebensächlichkeiten konnten eine entscheidende Bedeutung erlangen, wenn man sie klug genug für sich einsetzte.

Warum der alte Kunstmaler, der damals noch gar nicht alt gewesen war, warum er also über die Tatsache des Verkaufs so sehr erschrak, habe sie nicht verstehen können. Sie habe es sich so erklärt, dass der Schemel als persönliches Geschenk gedacht war und er wohl angenommen hatte, sie würde ihn bis ans Ende aller Tage mit sich herumschleppen. Das war nie ihre Absicht. Der Alte habe ihr durchs Studium geholfen, und zwar durch den materiellen Wert des Schemels, das wiege mindestens genauso schwer wie ein Präsent von rein emotionalem Wert – »nicht wahr?«

Liza buhlte um mein Verständnis, sie wollte meine wie auch immer geartete Komplizenschaft oder zumindest eine bündlerische Bestätigung; ich konnte ihr das auch in diesem Fall nicht bieten. Im Gegenteil, sie stieß mich ab, und ich wusste nun auch, warum.

Nicht auszudenken, dachte ich nur, was sie mit dem blauen Bild machen würde – an dessen materiellem Wert sich laben? Wie viel war das Bild wert? Gab es einen Markt dafür? Bestimmt! Aber wie hoch war sein Preis bemessen, hatte das Bild materiell interessante Dimensionen erreicht oder verharrte es in *emotionalen* Kategorien, wie sich Liza ausdrücken würde?

Der Alte habe den Kontakt zu ihr nicht abgebrochen, als er vom Verkauf des Schemels erfahren habe. Vielleicht lag dies auch daran, dass sie selbst es war, die es ihm sagte.

Ich betrachtete Liza. Sie wirkte sehr müde. Ich fragte mich, wie viel Unsinn ich mir noch anhören musste, bis sie mit ihren wahren Absichten herausrückte.

Ja, sagte sie, ihr Mut und ihre Entschlossenheit, zum Verkauf des Schemels zu stehen und dem Alten, der für sie als Studentin eben tatsächlich alt war, reinen Wein einzuschenken, hätten ihn wohl davon überzeugt, ihr weitere Objekte zu überlassen – und zwar ausdrücklich zum Verkauf an den Meistbietenden. Oftmals wünschten sich Kunden – und sie würde den Alten jetzt nicht unbedingt als Kunden bezeichnen, dafür hätten sie sich zu lange gekannt –, oftmals also wünschten sich die Anbieter, dass man sie über die Kaufinteressenten informierte. Es war ihnen alles andere als gleichgültig, wer sich das Kunstwerk zulegte und warum jemand das tat, welches eben die Motive und Überlegungen der Käufer waren.

Nicht so der Alte, sagte Liza, der einfach alles habe losschlagen wollen – außer den dunkelgrünen *Bentley*. Ihn interessierte allein der Erlös, und sie habe umgekehrt auch nicht gefragt, woher die Werke kamen. Er habe ihr vertraut, sie ihm.

Bloß das blaue Bild habe er ihr nicht zum Verkauf überlassen. So sehr sie ihn auch immer wieder zu überzeugen versucht habe, so sehr sie ihm die Gewinnaussichten auseinandergesetzt hatte, er blieb bei seinem Nein, und dabei sei es bis zum Schluss geblieben. Ja, das wisse sie sehr wohl, und das wolle sie auch gar nicht in Abrede stellen. Aber sie habe den Alten sehr gut gekannt und könnte deshalb sagen, dass er manchmal nicht kundgetan habe, was er eigentlich über eine Sache dachte; er habe seine Meinung geäußert, aber das war nicht immer seine Meinung, er habe mit seinen Überlegungen hinterm Berg gehalten, er sei ein sehr privater Mensch gewesen, außerdem habe er sich niemals in die Karten schauen lassen. Was er also über das blaue Bild und dessen Verbleib wirklich dachte, was er sich innig wünschte, das könne nur sie wissen.

Ich wollte aufstehen, aber sie hielt mich am Arm zurück. Sie entblödete sich nicht, auch noch Dämlichkeiten zu äußern. Sie war verzweifelt.

Natürlich wüsste sie, weshalb das so war; weshalb er so tat, als wäre das blaue Bild die große Ausnahme in seiner Sammlung, sagte Liza und sah auf den glitzernden See hinaus. Es sei doch Aimées Bild, nicht wahr, darum ging es doch – »habe ich recht?«

Ich schwieg.

Dabei sei es der Alte selbst gewesen, der sie überhaupt erst in diese Branche gebracht und darin habe aufsteigen lassen. Er hatte die besten Beziehungen, was sich auf zweifache Weise als vorteilhaft erwiesen habe. Zum einen habe er viele alte Künstler gekannt, die ihm ihre Werke in Treu und Glauben überließen, zum anderen habe er mindestens genauso gut auch die Kunsthändlerszene gekannt. Ein Jahr nach dem Verkauf des Schemels habe sie sich fast nur noch im Flugzeug wiedergefunden.

Sie reiste vor allem nach Nordamerika, hin und wieder aber auch nach Asien und dann in die arabische Welt, sagte sie ohne Regung. Sie führte die kleineren Objekte einzeln mit sich, den Transport der großen besorgte eine Spedition, gleichwohl flog sie dann mit.

In der ersten Klasse saß sie oft ganz zuvorderst, das sei wie eine kleine Wohnung gewesen, hoch in den Lüften, und ein paar Meter weiter saß nicht etwa ein anderer Passagier, vielmehr hatte dort die Ware ihren Platz, ich wüsste schon, ein Kunstwerk, nicht höher als sechzig Zentimeter.

Sie pflegte dem alten Kunstmaler Telegramme zu schicken, sobald der Handel unter Dach und Fach gebracht worden war; sie schrieb ihm von Hotels und Poststellen aus Chicago, Los Angeles, Johannesburg, wo sie auch Ankäufe tätigte, Tokio, Hongkong, London, selbst aus München und Basel erwartete er Telegramme und nicht bloß einen Anruf – als ob er einen schriftlichen Beleg für ihre gewissenhaft ausgeführte Arbeit benötigt hätte, wo sie doch alle Werke, die sie auslieferte, minutiös deklarierte und alle Verträge, die sie vor Ort abschloss, vollumfänglich für seine Unterlagen dokumentierte.

»Das bezweifle ich nicht«, entfuhr es mir.

Sie schaute mich an. Ja, sie hatte schon richtig verstanden, ich traute ihr nicht, und ich hörte mir das alles auch nur an, weil ich den Alten dadurch besser kennenzulernen vermutete, wenngleich ich alles, was Liza sagte, stark beargwöhnte. Nein, ich war nicht bereit, ihr zu glauben, was immer sie da erzählte. Selbst wenn es stimmte, dass sie für ihn gearbeitet hatte, welche Gewähr hatte ich, dass sie allein die Wahrheit sagte? Ich erwartete von Liza alles, aber keine Tatsachen über den Alten und schon gar nicht über sich selbst, die sie doch einen großen Nutzen aus dem alten Kunstmaler oder zumindest aus dessen Lage zu ziehen schien.

»Wollen Sie mich erpressen?«, fragte ich.

»Das nicht«, erwiderte Liza. Aber sie habe noch einige Verträge und Belege, Transaktionsdokumente, Lieferscheine im Doppel in ihrem Besitz gehalten.

»Alles schon verjährt«, sagte ich.

Liza zögerte. »Möglich«, sagte sie dann, aber das Strafrecht sei eine Sache, der Reputationsschaden eine andere. Der alte Kunstmaler habe einen Ruf zu verlieren, auch wenn er verstorben sei.

Ich ging auch auf diese Unverschämtheit nicht ein. Ich überlegte, was zu tun war. Im Grunde müsste ich aufstehen und gehen, dachte ich, diese Person war es nicht einmal wert, angehört zu werden. Dann aber ging mir durch den Kopf, dass sie für das blaue Bild ohne Zweifel zum Äußersten schreiten würde. Sie würde nicht mit der Wimper zucken, wenn sie den Alten den Medien zum Fraß vorwürfe.

Ich fragte mich, was der Alte ihr angetan haben mochte, dass sie ihn so sehr verabscheute. Er musste doch auch Vertrauen in sie gelegt haben, sonst hätte er ihr nicht so viele Türen geöffnet, ihr nicht so viel Geld anvertraut und es ihr letzten Endes in Form von vermutlich hohen Provisionen auch noch überlassen.

Ich stand auf. Ich entschloss mich dazu, Aimée nichts von alledem zu sagen – was hätte ich denn schon kolportieren können? Konnte ich unterscheiden, was der Wahrheit entsprach und was nicht? Wollte ich das überhaupt?

Ich schloss mein Rad auf und sagte in Lizas Richtung: »Lassen Sie mich in Frieden!«

Ich wählte bewusst den Singular, denn ich wollte auf keinen Fall ihren falschen Ehrgeiz anstacheln und etwa Aimée einbeziehen. Noch war das alles eine Sache zwischen Liza und mir, und das sollte auch so bleiben.

Ich rollte an und schaute nicht mehr zurück.

Ich fuhr über die breite Brücke und bog am *Bellevue* links auf den *Limmatquai* ab. Ich genoss, die Sonne im Rücken, den warmen Fahrtwind, achtete dabei auf die Schienen der Straßenbahn, die sich durch die ganze Stadt zogen und manchem Radfahrer, besonders bei Nässe, schon zum Verhängnis geworden waren.

Ich überlegte, ob ich mich ins selbe Café setzen wollte, und weil ich noch immer Lust auf geröstete Nüsse hatte – wiewohl der Heißhunger danach geschwunden war –, stemmte ich mich das steile Kopfsteinpflaster hinauf und lehnte dann mein Rad an derselben Stelle an wie heute früh. Ich schloss es ab und betrat den Laden, ich kam gleich an die Reihe.

Im Café ließ ich mir einen doppelten Espresso bringen, und noch bevor ich die Papiertüte mit den Nüssen hatte öffnen können, bemerkte ich Vater unter der Eingangstür.

Ich winkte ihm zu. Er lächelte und kam heran, er umhalste mich kurz und setzte sich hin.

Der Kunde, von dem er gerade kam, habe ihm fast den Nerv gezogen, sagte er. Nichts war ihm gut genug, jedes Detail musste überprüft und schriftlich fixiert werden. Entweder hatte dieser Herr von der heute üblichen *EDV* keinen blassen Schimmer und wollte verhindern, dass er übers Ohr gehauen würde, oder aber er war ein misstrauischer, möglicherweise ziemlich geiziger Mensch, der für sein Geld auch das noch bekommen wollte, was ihm gar nicht zustand.

»Furchtbar«, fuhr Vater fort, im Grunde bräuchte man langsam eine Reparaturtruppe, er komme sonst mit der Planung nicht durch, alles würde sich bei den Kunden ständig verzögern. Vielleicht, sagte er, sollte ich meine solide Gewährleistungspolitik überdenken, womöglich erwarte gar keiner mehr von uns, dass wir etwas instandsetzen, alle wären mit einem Ersatz einverstanden – vorausgesetzt, die Daten seien gesichert.

Vater schaute mich an. Ich solle es mir überlegen. Er vertraue meinem Instinkt, der uns alle reich gemacht habe. Keine Reparatur, nur Umtausch, und dafür leistungsstärkere *Backups*, automatische Datensicherungsroutinen, die in der Nacht alles auf einer externen *Harddisk* speicherten, schlug er vor.

Ich nickte. »Machen wir«, sagte ich.

Er schaute mich an. Ich sah, wie stolz er auf mich war.

Mutter und Vater hatten getan, was sie tun konnten, ich war glücklich, dass sie meine Eltern waren, ich hatte eine beschützte Kindheit und Jugend. Jetzt waren beide alt geworden.

Vaters Kaffee kam, wir aßen dazu ein paar Haselnüsse. »Auf Elephant«, sagte Vater, und wir stießen mit den Espressotassen an.

Meine war zwar schon leer, aber ich wusste, dass es, wenn ich mit Vater anstieß, ohnehin stets gelten würde. »Es soll gelten«, lachte Vater und fragte, ob ich noch einen Espresso wollte. Ich verneinte. »Danke für die Tasse aus dem *MIT*«, sagte er.

Seit er in Rente und nur noch im Dienste unseres Unternehmens unterwegs war, sah er jünger aus; er rasierte sich nur noch sporadisch, und was seine Kleidung anbelangte, begnügte er sich mit leichten Cord- oder

Baumwollhosen, selbstredend ohne Bügelfalte, sowie Poloshirts oder kleinkarierte Hemden, wahlweise unter einem dünnen Pullover. Jetzt blickte er aus dem Fenster und kaute eine geröstete Haselnuss.

Die ganze Zeit schon hatte ich den Eindruck, als wäre am Tischchen weiter vorn einem Gast übel geworden, er drückte mit den Händen gegen den Magen.

Der Mann wirkte zwar nicht ausgemergelt, aber ein wenig abgezehrt war er schon, und wenn man aus seiner Kleidung schließen wollte, musste er mit dem Herrn neben ihm die vergangenen Nächte und auch die Tage in den vielen Clubs der Stadt tanzend zugebracht haben.

Er trug sein giftgrünes Hemd offen, die blauen Schnürsenkel seiner roten Lederschuhe waren lose, seine kurzen schwarzen Haare glitzerten vom Gel, worin silberfarbene Punkte vermengt gewesen sein mussten. Sein Freund beugte sich zu ihm hin, er redete besorgt auf ihn ein, doch es half nichts, der Mann mit den glitzernden Punkten im Haar wollte nun aufstehen, er schaffte es nicht, sackte kopfüber zu Boden, wo er seitlich der Länge nach aufschlug, ohne auch nur einen Laut von sich zu geben – sah man von dem Gurgeln oder Röcheln ab, das auch jetzt wieder zu hören war.

Ich sprang sofort auf und lief zu dem Mann hin. Sein Freund hielt sich vor Schrecken die Hand vor den Mund, wie angewurzelt sah er seinen Freund im gerade erst Erbrochenen liegen, das ich mit dem Fuß notdürftig wegwischte und mich hinkniete. Ich rief der Bedienung zu, sie solle die Ambulanz rufen. Der Mann war bewusstlos, nein, er war in einer Art Krampf erstarrt, wie ich sah, er verwendete seine ganze Kraft darauf, sich nicht zu bewegen, schien es.

Ich fragte seinen Freund, ob der Mann am Boden etwas geschluckt habe, eine Tablette, ein Narkotikum. »Nein«, beteuerte sein Freund, »nein, nein«, und so schwer es mir fiel, das zu glauben, so dringend war jetzt schnelles Eingreifen erforderlich. Der Mann war in Not, und ich musste sie wenden.

»Epileptik«, sagte sein Freund, ich nickte und drehte ihn in die stabile Seitenlage, hob sein Knie an und winkelte sein Bein ab, legte seinen Kopf auf seinen Oberarm, was er mit einem Röcheln quittierte, von dem ich mich fragte, wie um alles in der Welt er es hervorgebracht haben konnte. Denn sein Kiefer war fest verschlossen.

»Die Zunge«, sagte sein Freund, »die Zunge«, er war außer sich geraten, ich sah in seine aufgerissenen Augen. »Nehmen Sie das hier«, rief die Chefin, die der Bedienung zu Hilfe geeilt war. Sie warf mir ein Küchentuch zu. »Der Kiefer muss auf«, sagte sie, und ich verstand, was zu tun war: ich umwickelte Zeige- und Mittelfinger meiner Rechten mit dem Tuch und machte mich daran, den Kiefer des Mannes aufzustemmen. »Ohne Tuch ist der Finger weg«, sagte die Chefin, »ich kenne das.«

Unvermittelt hatte ich mich in einer Lage wiedergefunden, die mich zwar in ihrer Drastik nicht beängstigen konnte – ich hinterfragte nicht, was ich tat –, die aber meinen ganzen Einsatz verlangte, das Leben dieses Mannes schien davon abzuhängen, sein Gesicht lief blau an, er konnte kaum mehr atmen. Wo immer ich seine Haut berührte, seine Arme und Hände, seinen Hals, die rasierte Brust, die gezupften Augenbrauen, den roten Mund mit den da und dort aufgerissenen Lippen, spürte ich den dünnen Film einer Kosmetiksalbe, die nach Kirschblüten roch. Der Mann hatte seine Körperhaare, soweit ich sehen konnte, zum allergrößten Teil entfernt, ich spürte nun die Stoppeln, als ich ihn immer wieder in die Seitenlage zurückdrehte, den Kopf nach oben schob, damit sein Hals frei würde.

Ich kannte diese seine bevorzugten Verrichtungen an seinem Körper nur von Frauen, die rasierten Beine und die perfekte Pediküre. Er dauerte mich in seinem Bestreben, jemand anderes zu sein, als der, der er in seiner Kindheit und Jugend bestimmt hatte sein müssen, in seinem Wunsch, der zu sein, der er in Wahrheit war.

Ich konnte mitfühlen, was das heißen musste, doch das war nur eine Täuschung, ein Irrtum, ich wusste es nicht, zumindest aber konnte ich ihm nun hier und jetzt helfen, wieder drehte ich meine Finger in seinem Mund, damit der Kiefer sich etwas lösen konnte, wieder und wieder, während der Mann stöhnte, halb in seinem erbärmlichen Krampfzustand, halb in der Aporie des Erstickens. Er hatte seine Zunge verschluckt.

Er atmete sehr schwer. Sein Herz raste. Wenn ich seine Lider öffnete, sah ich seine verdrehten Pupillen.

Ich war mehrmals nahe daran, bis zu seiner Zunge vorzudringen, ich versuchte es weiter, und als ich es endlich geschafft hatte, als ich seine Zunge mit den beiden Fingern hervorzuholen imstande war, biss er am stärksten zu, aber ich spürte in dem Moment nichts.

Ich konnte nicht unterscheiden, ob es sein Blut oder meines war, das ihm aus dem Mund quoll, ich stemmte seinen Mund weiter auf, bis ihm ein paar tiefe Atemzüge geglückt waren und er jetzt die Augen etwas öffnen konnte.

Er hatte unfreiwillig sehr viel Kraft darauf verwendet, den Kiefer geschlossen zu halten. »Mama«, flüsterte er, »Mama«, und aus seinen Augen rollten Tränen.

Die Notärztin fasste meine Schulter, sie war soeben eingetroffen. Sie bedankte sich und schob mich weg. Der Freund des Mannes, ein Brasilianer oder Portugiese, schüttelte meine Arme. Er war außer sich. Er küsste meine Hand und weinte los. Der zweite Notarzt kümmerte sich um ihn.

Vater stand neben mir. Er hatte die Notärzte hergeführt, ich sah nun das Blaulicht, das ich vorhin nicht einmal bemerkt hatte.

Wie zwei Passanten blieben wir draußen hinter der Ambulanz stehen und schauten zum Café hinüber.

Dann schloss ich mein Rad auf und begleitete Vater zum vertrauten weißen Kastenwagen mit der Aufschrift *Elephant*.

Ich radelte nach Hause, wo ich meine Hände desinfizierte. Ich duschte kalt und schlüpfte in ein mit dem kreisrunden roten Logo eines englischen Computermagazins bedrucktes T-Shirt und eine kurze Baumwollhose, in die Lederschlappen. Ich fragte mich, ob es gefährlich gewesen war, dem Mann zu helfen, er hätte krank sein können, ansteckend, im Reflex gewalttätig gegen mich. Ich setzte mich an den Schreibtisch und schaltete den Computer ein. »Selbst wenn«, flüsterte ich vor mich hin. Ich hätte den Mann unter meinen Händen doch nicht sterben lassen können.

Ich legte mich zuhause hin. Ich hatte keinen Bissen von dem angerührt, was Aimée am Abend zuvor zubereitet hatte, Gurkensalat, Kartoffelauflauf, Möhrensuppe, und ich verzichtete auch darauf, einen weiteren Espresso zu trinken. Auf dem Sofa hatte ich das kurze Rollkissen unter meinen Nacken gelegt, aber da störte es nun etwas. Denn ich hatte mich auf die Seite gedreht, um endlich das blaue Bild etwas länger ansehen zu können.

Da hing es. Ich ließ mich von seiner baren Anwesenheit nicht einschüchtern; es wirkte massiv, vielleicht doch am falschen Ort, aber gab es einen richtigen Ort für ein Bild?

Ich schloss die Augen. Wenn ich sie nun gleich wieder öffnen würde, sähe ich dieses Blau, das mich schon beim ersten Mal, als ich es in Aimées Wohnung gesehen, gefangen genommen hatte, ich würde meine Augen darin weiden, jetzt, da ich davor lag und nichts anderes beabsichtigte, als mich kurz auszuruhen. Nur ganz kurz, bis ich mich wieder der Arbeit widmen würde, dem Anrufbeantworter, bei dem es sich inzwischen um ein digitales Modell handelte und das deswegen noch mehr Nachrichten speichern konnte als sein schlichter Vorgänger mit dem Tonkassettchen.

Ich öffnete die Augen jetzt nicht mehr, ich war zu abgespannt, und wenn ich an die Arbeit dachte, hatte ich ein schlechtes Gewissen, schließlich klapperte Aimée heute unsere Läden ab und sah dort nach dem Rechten, sprach mit den Mitarbeitern, bestellte Nachschub aus Fernost, quittierte Lieferungen, las Reklamationen, hörte sich die Wünsche der Angestellten an, ihre Klagen und Nöte, entschied über zusätzliche Ferientage, Lohnerhöhungen, über leichte Änderungen im Arbeitsreglement, über Kompensationstage bei Samstagsarbeit, unterzeichnete Bescheinigungen für die Sozialkasse und für die Vermieter.

Aimée räumte den Mitarbeitern einmal die Woche eine Sprechstunde ein, die sich oft genug stark verlängerte und in bestimmten Fällen in den Abend hinzog.

Eine Mitarbeiterin setzte sich im Frühjahr weinend vor sie hin und beschwerte sich über ihre Kollegin, die nichts tue, im Grunde zu nichts nützlich sei und alles, was zu besorgen war, so miserabel erledigte, dass man es ein zweites Mal angehen und eben selbst erledigen musste. Das könne so nicht weitergehen. Sie halte das nervlich nicht mehr aus.

Die angeschuldigte Mitarbeiterin äußerte sich ähnlich über die erste; nur, dass sie an ihr auch noch den rauen Umgangston anmahnte, die, wie sie sich ausdrückte, Gossensprache, die Wutanfälle, die Seitenhiebe und versteckten Vorwürfe, die jeder ihrer Sätze enthielt, das unverschämte kollegiale Fehlverhalten. Aimée nahm alles auf, stellte ihre Überlegungen dazu an und nahm sich vor, die Vorwürfe zu überprüfen. Drei Wochen später kam sie zum Schluss, dass sie der Unflätigen, die der Arbeit – entgegen den Zeugnissen ihrer früheren Arbeitgeber – nicht gewachsen und deshalb mit Kraftausdrücken und Anschuldigungen zur Hand war, fristlos kündigen wollte.

Ich hatte mich damit einverstanden erklärt, nichts dagegen einzuwenden, das Betriebsklima war heilig, und wer es absichtlich verschlechterte, musste die Firma verlassen. Das war ein eisernes Gesetz, und jeder Unternehmer, der das in den Wind schlug, bekam früher oder später die Rechnung, indem seine besten Mitarbeiter, von den schlechten, rabiaten Mitarbeitern entnervt, kündigten.

Ich hatte Aimée beschworen, sich grundsätzlich an die guten Mitarbeiter zu halten, diese zu fördern, ihnen Fortbildungskurse zu ermöglichen, sie zu involvieren, ihnen Verantwortung zu übertragen – und nicht etwa an jene Mitarbeiter, die über die Maßen betreut werden mussten und doch immer nur nach Gleichbehandlung schrien, um ihre Versäumnisse zu kaschieren.

Aimée hatte verstanden, was ich damit meinte. Ich war es ohnehin nicht, der ihr hätte eine bestimmte Strenge beibringen müssen; sie kam mit den Angestellten, deren Zahl sich inzwischen auf 21 erhöht hatte, gut zurecht. Mehr noch war sie es, die mich von Zeit zu Zeit mahnte, den Eigeninteressen einzelner Mitarbeiter nicht so schnell stattzugeben, besonders, wenn es um freie Samstage ging oder die Überbrückung von Arbeitstagen zwischen Feiertagen und Wochenenden. Schließlich fand sich kaum einer aus der Belegschaft, der sich die zur Überbrückung tauglichen Feiertage nicht schon zu Jahresbeginn rot im Kalender angestrichen hätte, manche hatten auch schon ausgerechnet, wann sie in Rente gehen würden – Jahrzehnte, bevor sich dieses Datum erfüllen würde.

Fast überkam es mich, vom Sofa aufzustehen und Aimée anzurufen. Nicht, dass ich ihr von Liza erzählen wollte, es ging mir nur darum, ihre Stimme zu hören. Jetzt gleich, dachte ich, aber ich bleib doch nur weiter liegen, ich bekam meine Augen nicht auf, selbst wenn ich es versucht hätte, dachte ich, und bevor ich über diese Tatsache nachdenken konnte, fiel ich tiefer in den Schlaf.

Ich stand im Traum auf und besah das Bild von ganz nahem, das Kissen in der einen, die Tagesdecke, die ich üblicherweise auf meine Füße legte, in der anderen, und kam Millimeter für Millimeter näher heran, meine Stirn berührte schon fast das Tableau, meine Nasenspitze, mein Kinn, als ich bemerkte, dass das Bild nicht zurückwich, es hielt meiner unmittelbaren Nähe stand, dachte ich ungenau, bevor ich mich entschloss, mich ins Bild zu begeben und dazu den ersten Schritt unternahm, der mich sogleich in einen unbeleuchteten, ich vermutete blauen Tunnel entließ, der sich also hinter dem Bild fortsetzte und dem ich somnambul folgte, bis ich nicht mehr weiterkam und wohl wie gehabt nach rechts abbiegen musste, bevor ich, weiter vorn, wiederum links abbiegen musste und nun endlich auch ein hellblaues Schimmern entdeckte, an das ich mich hielt.

Wie die vielen Male zuvor führte es mich auch diesmal zu einem Schacht, in den ich vertrauensvoll hinuntersprang und der sich immer weiter öffnete, so weit, dass ich im bläulichen Licht weit entfernte Dinge unterscheiden konnte, weitere Fallende, aber auch Anhäufungen von kleinen blauen Kästchen, die mit ihren bunten Leuchtdioden um die Wette zu leuchten schienen.

Als ich mich mit einem eleganten Hüftschwung nach rechts drehte, sah ich Liza vor mir, auch sie fiel und fiel, und da sie nicht so schnell fiel wie ich, hielt ich sie mit nach oben ausgestrecktem Arm an ihrer Schuhspitze fest, während sie auf mich heruntersah und lächelte. Ihr blaues Kleid spielte mit der blauen Brille, die sie trug, ihr roter Lippenstift wirkte lila.

»Ich muss Ihnen sagen«, rief sie mir zu, »ich bin Ihnen hierher gefolgt, weil ich Ihnen etwas ganz Wichtiges mitzuteilen habe.« Ich hätte ihr am Morgen ja gar keine Zeit dazu gelassen, hätte ich doch bei aller Ruhe, die ich ihr hätte suggerieren wollen, nur eines im Sinn gehabt, die Konversation möglichst schnell zu beenden. Ich solle bloß nicht denken, dass sie das nicht schon sehr früh gemerkt hätte.

Ich war versucht, ihre Schuhspitze loszulassen und sie wie einen Luftballon über mir entschwinden zu sehen.

Das blaue Bild, sagte sie laut, sie wolle es nur besitzen, nicht weiterverkaufen. So oft habe sie dem Alten versprechen müssen, dieses und jenes und jedes andere Teil nicht etwa zu behalten, sondern es sofort zu veräußern, obwohl doch darunter so viele schöne Stücke gewesen waren! Nein, er habe minutiös überprüft, ob auch wirklich alle Stücke, die er hatte losschlagen wollen, feilgeboten und schließlich verkauft worden waren. Jedes einzelne Objekt, jede Plastik, jedes Gemälde, jede Skulptur, jedes Artefakt und jede Skizze in jedem Heft mussten weg, es hatte nichts übrigbleiben dürfen. Sie habe den Alten gefragt, weshalb das so war, rief sie mir zu, sie habe aber nie eine Antwort darauf bekommen, er sei auf diesem Ohr vollkommen taub gewesen.

Nur das blaue Bild, auf das sie so sehr gehofft hatte, sei nie drangekommen. Das lange Warten verstrich vergeblich – bis sie erfahren hatte, in wessen Besitz das begehrte Gemälde war.

Sie musste es unbedingt haben. Nur mit diesem Bild, sagte Liza laut, könnte sie wieder auf den Pfad der Tugend zurückkehren – wie immer das in meinen Ohren klinge. Ich wüsste schon, was sie damit meinte. Das blaue Bild würde sie für alle anderen Werke, die sie hatte veräußern müssen, eben gerade nicht veräußern.

Ja, mit dem Besitz des blauen Bildes wollte sie sühnen, sie wollte sich damit läutern, sagte Liza im Fallen, sie wollte sich damit die Absolution erkaufen – womit denn sonst, wenn nicht mit dem blauen Bild? Es lag dem Alten ja besonders am Herzen, es war ihm von allen Werken das wichtigste, so wichtig fast schon wie seine Tochter, habe sie vermutet, bestimmt aber so wertvoll wie ihm ein Bild für seine Tochter nur sein konnte: sein wichtigstes Werk.

»Geben Sie's mir«, sagte Liza laut, »geben Sie das Bild her.«

Kaum hatte ich sie losgelassen, landete ich mit beiden Füßen auf einer tiefblauen Wiese, durch die sich ein Pfad schlängelte. Ich folgte ihm in südlicher Richtung. Zumindest dachte ich das, schließlich flogen Schwärme blauer Vögel tief über meinem Kopf hinweg, bis ich sie am Horizont nicht mehr unterscheiden konnte, weil sie ihn schon erreicht hatten.

Ich bestieg ein Rad, das an der Mauer einer Bäckerei lehnte, und wollte ihnen hinterher rollen, als mich Liza am Ärmel packte und »hiergeblieben!« schrie. Sie wollte noch etwas loswerden.

»Elephant«, schrie sie nochmals ohne Grund, denn wir fielen ja längst nicht mehr, »Elephant Datatypiedienstleistungen GmbH«, ich solle ihr das Unternehmen verkaufen, es sei längst über unseren Zuschnitt hinausgewachsen, das sei doch evident.

Sie würde mir alles abkaufen wollen, sie hätte Leute an der Hand, die daraus etwas Großes machen könnten, Aimée und ich seien doch damit hoffnungslos überfordert. »Überlassen Sie das ruhig den Profis«, es würde mir nicht zum Nachteil gereichen. Natürlich würde sie ohne weiteres beabsichtigen, mich in angemessener Höhe am Börsengang zu beteiligen. »Seien Sie kein Dummkopf«, schrie sie in mein Ohr, »tun Sie das Richtige!«

Ich rollte davon, dem Horizont entgegen, wohin nun auch weitere blaue Vögel zogen. Wenn ich recht sah, erkannte ich in Blau getauchte Meisen unter ihnen und fragte mich, weshalb sie unterwegs waren, sie waren doch bei uns sesshaft. Selbst im Winter zog es sie nicht in den Süden. Das war nicht in ihnen angelegt.

Ich erreichte mit dem Rad den Horizont, in den die blauen Blaumeisen eintraten, ich sah sie jetzt nicht mehr, dafür fand ich mich vor einem hohen Glasgebäude wieder, das, die Farbe des Himmels annehmend, von hellerem in dunkleres Blau changierte. Ich stellte das Rad in die leere immense Lobby, in der bei den hohen verchromten Fahrstühlen ein weiter Empfangstresen in Nierenform zu finden war. Ich meldete mich dort an. Man händigte mir einen plastifizierten Besucherausweis aus, den ich mittels der kleinen Sprungschnalle am Hosenbund befestigte.

Ein jüngerer Mann in einem nachtblauen Anzug und hellblauen Oxfords, hellblauem Hemd und dunkelblauer Krawatte holte mich im 27. Stockwerk vom Fahrstuhl ab und führte mich in ein Sitzungszimmer. Dieses hatte sogar ein Bild an der Wand zu bieten, eine konstruktivistische, mit bunten Linien versehene Skizze, die in einem tiefblauen Holzrahmen steckte.

Der Angestellte – auch er trug einen Ausweis, der ihm allerdings eine permanente Zutrittsberechtigung verlieh – hielt es nicht für nötig, mir die weiteren Teilnehmer unserer Unterredung vorzustellen, genauso wenig erläuterte er mir die Dokumente, die die weltweit tätige *Controlling firm* just für unseren Fall zusammengestellt hatte.

Mich beschlich allmählich der Verdacht, dass die Angestellten gar keine Angestellten waren, so wie sie mit mir und auch miteinander umgingen, sie schauten vor sich hin und schienen in ihrer privaten, eigenen Welt Überlegungen anzustellen, die, wie ich vermutete, allein ihr persönliches Fortkommen betrafen. Bestimmt waren sie von einer Agentur ausgeliehen worden, wie das inzwischen üblich war. Der Kunde ersparte sich damit alle Unannehmlichkeiten, die ein Unternehmer üblicherweise mit den Sozial- und anderen Versicherungen haben konnte, auch war der Kündigungsschutz für die Ausgeliehenen unerheblich. Ja, dachte ich, es musste sich um Ausgeliehene handeln. Wie sonst ließe sich erklären, dass sie mich nicht einmal ansahen?

Ihrem Arbeitsmieter taten sie auf diese Weise bestimmt keinen Gefallen; sie wirkten abwesend, und wenn sie etwas äußerten, schien das nur so lange seine Gültigkeit zu haben, wie jemand etwas Anderes von sich gab. Kurzum, es handelte sich bei den Ausgeliehenen um eine Bande von Idioten, ganz im griechischen Sinne allein dem *Idion*, dem Eigenen, verpflichtet, in diesem gefangen, eingelullt und weich in sich selbst eingeschlagen, auf dass die Leere in ihren Herzen nicht allzu hohl klang. Ich hätte sie bemitleidet, hätte ich für sie nicht doch die Verachtung aufgebracht, die sie wohl auch für mich übrighatten.

Ich versuchte, mich an die einzelnen Aussagen der Ausgeliehenen zu halten, aber sie ergaben kein kongruentes Bild, und sie entzündeten sich ohnehin sehr bald an der Frage, wer ein bestimmtes Dokument beizubringen hatte, das wohl im blauen Kopierraum des blauen Stockwerks vergessen worden war, falls ich richtig verstanden hatte. Sie redeten leise und gänzlich ohne Blickkontakt.

Die Ausgeliehenen, von denen ich nun fest annahm, dass sie tatsächlich nur auf Zeit hier arbeiteten und so etwas wie überflexible Mitarbeiter einer weltweiten, in *Merger & Acquisitions* machenden Agentur waren – die für den Laden hier alles erledigen sollten, aber augenscheinlich herzlich wenig tatsächlich erledigten –, sahen stumm vor sich hin, bis sich jemand unter einem großen Aufwand an absichernden, vor langer Zeit einstudierten Sätzen zum Kopierraum begab. Auch wollten sie alle hinterher zum Jogging mit ihrem *Personal Trainer*.

Ich wollte raus. Es war ja nicht so, dass ich *Elephant* hier und heute und auch noch an die Idioten verkaufen wollte, ich war hier nur hineingeschlittert, hineingerollt; als ich mich erhob, blickten mich die Ausgeliehenen zum ersten Mal an. Einer wollte umgehend die Personalabteilung informieren, aber da nahm keiner ab, ein anderer schaute nach, ob es den Richtlinien entsprach, mich einfach so gehen zu lassen, eine dritte hielt die Uhrzeit fest und hieß mich, einen Wisch zu quittieren, den sie selbst aber erst im Nachhinein beschreiben wollte.

Im Flur begegnete ich Ausgeliehenen, von denen ich vermutete, dass es sich um jene im Sitzungszimmer handelte, aber das war ja gar nicht möglich. Ich betrat den Fahrstuhl und drückte auf *Erdgeschoss*, und weil der Fahrstuhl schwerer als ich war, fiel er auch schneller als ich, ich merkte, dass ich ein paar Zentimeter über seinem Boden schwebte, einen halben Meter nun, und weil das Licht immer blauer wurde, ahnte ich schon, dass ich weiter fallen und fallen würde. Der Fahrstuhl und sein Schacht öffneten sich mir so unvermittelt wie zwingend zu einer Weite, in der ich in der Ferne die tiefblauen Blaumeisen wiederentdeckte.

Es war den Ausgeliehenen vollkommen egal, dass ich ihnen entwischt war, sie taten ja nur ihre Arbeit, und bestimmt war nun jemand anders für mich zuständig, sie aber ging das nichts mehr an, sie hatten getan, was sie konnten, und sie würden nun einen Bericht schreiben, an ihren Vorgesetzten, der ihn an seinen Vorgesetzten weitersenden würde, bis auch für diesen Bericht keiner mehr zuständig und der Bericht an sich nicht mehr vorhanden war. Nein, mit den Ferienjobs auf Zeit, die ich als Student in jeder Zahl erledigte, hatte das nichts zu tun.

Es war den Ausgeliehenen nicht zu verübeln, dass sie so handelten, sie hatten nichts Anderes kennengelernt und dachten, dass man das so machte. Sie lebten auf sich allein gestellt und hatten den Wunsch und das Bedürfnis, beruflich aufzusteigen, allein, das wollten die anderen auch.

Täglich setzten sie sich in ein Büro und wollten nichts Anderes erreichen, als die Kollegin und der Kollege nebenan, wenn auch mit dem Unterschied, dass sie fest damit rechneten, ihre Ziele zu erreichen, während sie für die nebenan nur die düstersten Prognosen übrighatten.

Das setzte sich auf diese Weise auf allen Ebenen und in allen Bereichen fort, so dass es mir, der ich im Grunde nichts davon verstand – ich war Unternehmer und nicht bei einer diffusen Struktur in Lohn und Brot –, auch bald egal war, ich hatte mit den Ausgeliehenen nichts zu tun, und ich war ihnen entwischt.

Was aber *Elephant* anging, hatte Liza nicht einmal unrecht. Ich musste bestimmt noch einige Gedanken dazu anstellen, was ich damit eigentlich wollte. Wenn es nach Aimée ginge, würden wir unser Geschäft entwickeln, auch wenn uns klar war, dass so manche Entscheidung anstand. Es ging nunmehr um Expansion, um Diversifizierung, Etablierung eines Mittelbaus und eines Kaders, strategische Partnerschaften, überhaupt eine Strategie. Das alles wollten und konnten wir gar nicht allein vorantreiben, nur schon die einzelnen Entscheidungen würden uns zeitlich stark beanspruchen.

Warum nicht jene Fachleute, die uns beraten würden, selbst in die Pflicht nehmen?

Ich überlegte, ob ein Verkauf nicht das Beste wäre. Wir könnten ja weiterhin Anteile halten, so war es nicht. Ich hatte mit meinem blauen Rad eine Landschaft erreicht, die mich an die Savanne hinter meinem Elternhaus erinnerte. Ich wagte einen Blick durch die Thujen, die ich neben mir bemerkt hatte. Der Teich war tiefblau, selbst mein bevorzugter Stuhl war tiefblau. Ich ging hin und setzte mich.

Müde, streckte ich darin meine Beine aus und sah in den blauen Himmel. Die zartblauen Wolken spiegelten sich im Teich, der, seltsam ungerührt, ein gestochen scharfes Abbild dessen anbot, das sich über mir befand. Einen Moment lang dachte ich, ich wäre im Fallen begriffen, aber ich hielt mich doch fest, und meine Beine hatten festen Grund!

Ich konnte den Blick nicht mehr von dem tiefblauen Teich wenden. Ich stand auf und näherte mich dem Teich, den ich schon unzählige Male betrachtet hatte. Seine Oberfläche schien sich zu verändern, als ich näherkam. Sie reflektierte den Himmel nun wie durch ein engmaschiges Metallsieb, ganz so wie jenes, das ich auf die heiße Pfanne mit dem Fleisch auf dem Herd legte, damit ich die Spritzer in der Küche nicht wegwischen musste. Aus dem Sieb wurde, je näher ich dem Teich kam, so schien mir, die Maske eines Schwarzweißfernsehers; hatte ich es hier etwa mit Pixeln zu tun? Welche Auflösung brachte das Sieb zustande?

Kaum hatte ich mich das gefragt, stand ich vor dem Teich und schaute lotrecht aufs Wasser. Es zeigte sich mir nunmehr weder blau noch hoch aufgelöst, ich sah mein eigenes Konterfei in den richtigen Farben, ich sah mich selbst.

Darüber erschrak ich so sehr, dass ich im selben Moment aus dem blauen Traum erwachte. Ich lag auf dem Sofa in unserer Wohnung und blickte auf das blaue Bild. Ich setzte mich auf.

Im Bad wusch ich mir das Gesicht und strich mir anschließend in der Küche eine Stulle, die ich, auf einem Tablett mit einem Glas Wasser und einem Apfel, zum Schreibtisch trug. Der Computer war an; so, wie ich ihn verlassen hatte. Ich drückte auf dem Anrufbeantworter *Play* und hörte mir die erste von, wie es aussah, sehr vielen Sprachnachrichten an. Ich nahm mir vor, anschließend *The Turn of A Friendly Card* aufzulegen – falls die Scheibe nicht ohnehin schon auf dem Plattenteller lag.

Der tiefblaue Traum wirkte nach. Ich war zerstreut. Die Nachrichten musste ich anhalten, ich begann von vorn. Als ich später die letzten Nachrichten in Form von zu prüfenden Aufträgen auf dem Computer festgehalten hatte, setzte ich mich auf den Sessel und hörte *The Alan Parsons Project*, bis die Sonne untergegangen war.

Aimée sah etwas zerzaust aus, als ich sie im Laden abholte. Die vergangenen Tage hatte sie sich mit Dingen beschäftigt, die der Erledigung geharrt hatten, und obwohl ihr nun die Erleichterung darüber anzumerken war, konnte mir die große Müdigkeit und auch eine gewisse Schwere nicht entgehen, die ihr zusetzten. Sie trauerte. Ich fragte mich, ob ich wirklich genug tat, um ihr dabei zu helfen.

Wann immer möglich, erwähnte ich den alten Kunstmaler mit der besten Absicht im besten gedanklichen Umfeld und der vorteilhaftesten Wendung. Ich tat das überzeugt, ich musste mich dazu nicht etwa überwinden. Ich hielt diese Art der Trauerarbeit in unserer Lage für die beste, auch deswegen, weil ich aus Intuition auf sie zurückgegriffen hatte. Es erschien mir natürlich, das so zu tun.

Aimée wollte anfänglich nicht, dass wir über den Alten sprachen, aber sie merkte schnell, wie gut es ihr tat, sich seiner im Gespräch zu erinnern. Sie schilderte am Frühstückstisch, wie er gewesen war, erzählte von lange zurückliegenden Ausstellungsbesuchen, weiten Strecken, die sie mit dem *Bentley* zurückgelegt hatten.

Wir hatten neulich damit begonnen, ganze Tage durchzuspielen, die Aimée mit dem Verstorbenen verbracht hatte, nicht unbedingt die spektakulären, nicht die außergewöhnlichen, sondern jene wie gewohnheitsmäßig gelebten, die mit einem kurzen oder langen Frühstück begonnen hatten, sich mit einer langen Fahrt im *Bentley* zu einer Sammlung oder einem Kunstmuseum, gegebenenfalls im benachbarten Ausland, fortgesetzt und ihren Abschluss in einem Tutorat oder Seminar im Hauptgebäude der Universität gefunden hatten, wohin sie der Alte dann und wann, allerdings eher selten, begleitete.

Aimée machte das Licht im Laden aus und trat zu mir auf den Gehsteig. Ich umarmte sie. Gemeinsam blickten wir durch das große Schaufenster, das man nur unter Vorbehalt so nennen konnte, denn wir boten unsere Ware darin nicht etwa feil, das weite Fenster ließ, profan genug, lediglich einen Blick ins schmucklose, von Kartonen und Verpackungsmaterial geprägte Innere zu.

Unser *Billigschick* hatte sich bezahlt gemacht, ohne Zweifel, und die Frage, in welche Stadt wir damit expandieren wollten, war berechtigt, wenn auch nicht so einfach zu beantworten. Aimée hatte ihre Fühler nach Bern, Basel und Luzern ausgestreckt, auch Genf hatte sie eine Zeit lang im Blick gehabt, aber selbst in den großen Einkaufszentren mit ihrer hohen Mieterfluktuation sah man unseren *Billigschick* als Gefahr für eine wie auch immer schützenswerte gewerbliche Struktur an, die exakt von jenen, die die Absagen begründeten, für ihre Zwecke aufgebaut worden war und bewirtschaftet wurde. Es wollte uns nicht gelingen, einen Fuß in die Einkaufszentren zu bekommen.

Wir konnten damit leben. Wir würden unseren Weg gehen, unabhängig davon, wer sich vor uns schützen wollte, welcher Gewerbeverband und welche Handelskammer, so zumindest war es bis anhin immer gewesen. Aimée und ich ließen uns so schnell nicht beeindrucken, auch nicht von den gut vernetzten Mitbewerbern und den zuweilen ungünstigen Umständen, die sie uns bereiteten. Wir waren ihnen stets mit einer umso größeren

Ambition und Entschlossenheit begegnet. Es blieb uns auch nichts Anderes übrig.

Was in der Zukunft lag, hatte ich vorherzusehen versucht, wie das jeder Unternehmer tat. Wieder schien mir dabei mein tiefblauer Traum – und damit ich mir selbst – einen Hinweis geben zu wollen, wenn ich auch nicht unbedingt verstand, welchen. Ich sah mich oft genug vor einem imaginären blauen Wegweiser stehen, dessen Arme gleichzeitig in alle, immer aber in blaue Richtungen wiesen, von denen doch – mindestens – eine die richtige sein musste.

Aimée verriegelte die Eingangstür des Ladens und legte den Schlüssel in ihre kleine grüne Handtasche. Sie trug keine Trauer, sie erachtete das nicht für nötig, und ihr Ziehvater wäre bestimmt damit einverstanden gewesen. Es hätte ihren Schmerz auch nicht gelindert.

Sie sah zum Ladenschild hoch, *Elephant* leuchtete hell in die Blaue Stunde. Darin bestand der letzte Punkt in ihrer Tagesendroutine: Laden zu, Leuchtschild an.

Aimée willigte sofort ein, das Fischrestaurant am Limmatquai aufzusuchen. Wir hatten Glück, ein Tisch für zwei war noch frei. Der Kellner brachte eine neue Kerze und entfachte sie mit einem gelblich aufflammenden Streichholz. Wir ließen uns die Karte zeigen; wir bestellten zum Fisch einen Weißwein vom Genfersee.

Das Licht der Kerze spiegelte sich in Aimées Augen, in denen ich mich zu verlieren drohte. Sie war wunderschön. Sie fasste meine Hand. Als die Vorspeise kam, sagte Aimée, sie sei wirklich sehr hungrig, sie hatte nur einen Apfel und etwas Knäckebrot zu Mittag gegessen. Sie ließ mich gleich von ihrer Fischsuppe kosten, die gut schmeckte. Ich bestellte eine nach, strich die kleine Portion *Spaghetti alle vongole*.

Der Mann am Tisch dort vorn bei der Tür hatte bereits gegessen, er saß bei seiner Flasche Bordeaux und schaute sich einen Kunstband an. Sein Maßanzug, seine rahmengenähten Schuhe, sein akkurater Haarschnitt, alles an ihm deutete auf einen ausgewählten Geschmack hin und selbstredend auf die finanziellen Mittel, sich ihn leisten zu können. Er sah nicht ein einziges Mal vom Band auf, den er vor sich auf dem Tisch aufgeschlagen hatte; möglich, dass er Kunsthändler war, Kunsthistoriker vielleicht oder beides, möglich aber auch, dass er sich den Band einfach nur aus Interesse ansah. Denn so hatte es – an seiner Ruhe zu schließen – den Anschein.

Ich machte Aimée auf ihn aufmerksam, sie sah kurz hin. Sie kannte den Mann, der auch bei ihrem Ziehvater gelegentlich aufgetaucht war, auf Empfängen, bei Ausstellungseröffnungen, viel früher noch zu Happenings und Aktionen, sie hatte ihn lange nicht mehr gesehen.

Bei dem Mann, sagte Aimée, handelte es sich, wenn sie sich recht erinnerte, um einen Privatier, sagte Aimée. Er sprach ein gepflegtes Deutsch mit russischem Akzent, er war Arzt, erinnerte sich Aimée, sie hatte nur ein einziges Mal mit ihm gesprochen, das war viele Jahre her.

Er praktizierte schon damals nicht mehr. Er beschäftigte sich mit der bildenden Kunst, insbesondere mit der Malerei und der Plastik, erinnerte sich Aimée, er lebte zurückgezogen, wenngleich mitten in der Altstadt.

Der Mann blätterte in dem Band und nahm einen Schluck vom Rotwein. Sie habe zuletzt im Studium über ihn nachgedacht, sagte Aimée, er war ihr in den Sinn gekommen, weil ein russischer Gastprofessor so wie er sprach.

Sie wusste vom Arzt, dass er keinerlei künstlerische Ambitionen hegte. Aber wer konnte schon wissen, ob er als Jugendlicher nicht auch eine Staffelei gebastelt und sich vor sie hingestellt hatte, nur um festzustellen, dass er das Zeug zum Maler dann doch nicht hatte? Aber nein, antwortete sich Aimée gleich selbst, sie konnte sich das nicht vorstellen, dazu hatte er viel zu viel Ehrfurcht vor den Werken anderer. Er empfand eine außerordentliche Freude, wenn er in die Kunstmuseen und Galerien ging, er hatte diese Freude kultiviert und nicht die eigene, am Ende vielleicht doch nur hinfällige Ambition.

So wie es Leserinnen und Leser gebe, die am Lesen genug hatten, mehr als genug, und die das Lesen erfüllte, sagte Aimée, so wie es die Enthusiasten der klassischen Musik gebe, hob sie nochmals an, seien da auch jene vollends darin aufgehenden Betrachter von Kunstwerken: reine Betrachter, die ihre Welt um die Meisterwerke ihrer bevorzugten Epoche oder Richtung oder aller Epochen und Richtungen bauten. Sie waren Rezipienten in eigener Sache, und es kümmerte sie wenig, was mit dem geschah, das ihnen nicht gefiel. Sie konnten sich den Luxus eines eigenen Geschmacks leisten, folgten ihrem inneren Pfad durch die Kunstwerke hin zu jenen, für die sie gewissermaßen lebten.

Sie habe den Mann noch nie in Begleitung gesehen, und stets trug er einen oder zwei Kunstbände unter dem Arm mit sich. Er lebte im Grunde wie ein Kunstmaler, aber er war keiner, er war spiegelbildlich das, was den Kunstmaler bedingte.

Eine Weile hatte sie gedacht, er hätte ihren Ziehvater gemieden, aber sie konnte sich auch irren. Sie war damals vielleicht noch ein paar Jahre zu jung, um zu verstehen. Merkwürdig, aber er sei ihr über die Zeit fremd geblieben, und auch das hatte der Mann mit dem russischen Akzent bestimmt nicht bemerkt, lächelte Aimée.

Ich nickte. Ich hielt Aimées Hand in der meinen.

Ob wir ihn ansprechen wollten, fragte ich.

»Nein, dieser Abend gehört uns«, sagte Aimée.

Ich war mehr als einverstanden, auch wenn ich beabsichtigt hatte, ihr von der Idee zu erzählen, das Geschäft zu verkaufen. War solches vorstellbar?

Ja.

Ich musste wissen, was Aimée darüber dachte.

Ich würde nicht umhin können, die Vorstellung vom Verkauf bald einmal vorzubringen – nicht heute, nicht jetzt.

8

Ich hätte es wissen müssen. Liza hatte sich Aimée vorgenommen, zumindest hatte sie gedacht, dieses zu tun, aber Aimée wäre nicht Aimée, wenn sie es zugelassen hätte, dass Liza sie drangsalierte.

Als Liza an jenem regnerischen Vormittag in den Laden in der Stadtmitte hereinplatzte, war ich gerade dabei, gemeinsam mit Aimée die Bestellungen durchzugehen, die auf den Gesprächen darüber beruhten, welche Hersteller und Zulieferer zu uns passten und welche nicht.

Die Gespräche hatten länger gedauert als erwartet, weil ich bei der längerfristigen Strategie stets auch einen finanziellen und steuerlichen Notausgang besprechen wollte, Aimée dieses aber für nicht vordringlich hielt und, was ihren inneren Kompass anbelangte, ungetrübt nach vorn schauen wollte, in eine diversifizierte, umsatzstarke Zukunft.

Mir war das ja soweit recht, denn Aimée strahlte in diesen Momenten eine Freude und Entschlossenheit aus, die ich an ihr so sehr liebte; dennoch konnte mich ihre Euphorie und Schönheit nicht davon dispensieren, ihr demnächst so etwas wie einen geschäftlichen Notausstieg nahezulegen, mehr noch: nach und nach musste ich Aimée auch in meine weitergehenden Gedanken einweihen, was die mittel- oder kurzfristige Perspektive der *Elephant Datatypiedienstleistungen GmbH* anbelangte – wenn *weitergehend* im Wortsinn nicht unbedingt der richtige Ausdruck war, wollte ich ihr doch vorschlagen, alle Optionen ohne Scheuklappen zu prüfen, auch jene, die den Verkauf unseres Unternehmens einschlossen.

Ich fürchtete, Aimée würde niemals zustimmen. Nur so, in dieser begründeten Vermutung, konnte ich es mit mir selbst vereinbaren, dass ich ihr meine Eröffnung noch schuldig geblieben war. Aber *wollte* ich überhaupt verkaufen? War das wirklich die beste, die vorteilhafte Option? Wir waren unsere eigenen Vorgesetzten, und wir entschieden über alles, was es im Unternehmen zu entscheiden gab, selbst. Nun, auch über den Verkauf.

Liza kam schnell zum Punkt. Das mochte daran gelegen haben, dass weder Aimée noch ich ihr einen Stuhl angeboten hatten und sie gewissermaßen hatten im Regen stehen lassen – was durchaus unserer Absicht entsprach. Schließlich überbrachte sie uns keine erfreuliche Botschaft, im Gegenteil war sie hergekommen, besser: sie hatte sich dazu erdreistet, uns im Laden aufzusuchen und uns gewissermaßen die Pistole auf die Brust zu setzen.

Sie legte ohne große Geste einen Schuhkarton voller Rechnungen auf den Tisch, Kopien von Kopien, die genauso gut hätten gefälscht sein können. Aber wir machten uns nicht die Mühe, die Belege auf ihre Echtheit zu überprüfen, weil uns schon Lizas Anliegen unlauter und unredlich erschien.

Sie habe alles für den Alten verkauft, was nicht niet- und nagelfest war, sagte Liza, das blaue Bild habe sie stets davon ausgenommen. Sie sagte das im Brustton der Überzeugung, wo doch offensichtlich war, dass sie log, der Alte hätte das blaue Bild niemals veräußert, schon gar nicht an sie, die in seinen Augen bestimmt nur eine Mittlerin war und wohl kaum jemand, dem man Entscheidungen überließ oder gar das Schicksal des blauen Bildes anheimstellte.

Sie sei gekommen, um über das blaue Bild zu verhandeln.

Aimée stand wortlos auf und ging ins *Backoffice*, von wo sie mit einer dicken Mappe zurückkehrte. Sie öffnete sie vor Lizas Augen und zog ein paar Belege hervor, ganz in der Art jener Belege, die Liza vorhin auf den Tisch gelegt hatte.

Liza warf einen Blick darauf. Sie nickte. Aimée hatte alle oder zumindest eine ganze Menge der Unterschlagungen und sonstigen Betrügereien, derer sich Liza schuldig gemacht hatte, dokumentiert. Aimée hatte das natürlich nicht selbst getan, ihr Ziehvater hatte hier wohl ganze Arbeit geleistet. Liza zumindest hatte damit nicht gerechnet.

Sie fing sich schnell. Genau deswegen wollte sie das blaue Bild besitzen, sagte sie, sie wollte Busse tun, denn das blaue Bild, gewiss, das blaue Bild würde sie niemals verkaufen.

»Machen Sie, dass Sie hier gefälligst rauskommen«, sagte Aimée. Sie nahm den Schuhkarton auf und warf ihn Liza vor die Füße.

Unser Angestellter trat in diesem Augenblick herein. Er sammelte die Kopien vom Boden auf, legte sie in den Schuhkarton und sagte Liza, ohne sie anzusehen: »Sie sollten jetzt gehen.«

Liza verließ den Laden. Nicht, dass ich davon ausgegangen wäre, sie würde die Sache damit auf sich bewenden lassen. Sie würde zurückschlagen, wann und wo immer sie es für aussichtsreich hielt – welcher Teufel sie auch reiten mochte. Ich war nicht erstaunt darüber, dass sie uns mit den gefälschten Belegen behelligt hatte.

Aimée hingegen hatte mich überrascht. Ich ging zu ihr hin und umarmte sie. Sie lachte, und ich lachte mit.

Sie küsste mich und ließ sich von mir anheben und in der Luft drehen.

»Reingefallen. Auch du!«, sagte Aimée dann und lachte wieder.

Mir wurde klar, dass sie nur geblufft hatte. Ich hatte damit aber auch Gewissheit, dass Aimée schon länger die Absichten Lizas geahnt haben musste. Vielleicht lagen sie auf der Hand, schon nach dem Erlebnis am *MIT*. Und bestimmt musste Aimée Lizas Namen schon gehört haben, er musste in der einen oder anderen Konversation gefallen sein, es ging gar nicht anders, vielleicht war er ihr schon als Kind ein Begriff, vielleicht hatte sie ihn aber auch erst viel später wahrgenommen; wenn nicht durch ihren Ziehvater selbst, so doch aus seinen Aufzeichnungen, seiner Korrespondenz.

Ich küsste ihren Nacken und nahm den Autoschlüssel an mich.

Nachdem ich den Angestellten in ein paar Dingen, die die Wiederverwertung der Computerverpackungen betrafen, instruiert hatte, verließ ich den Laden und wollte schon in den weißen Lieferwagen steigen, als ich auf der anderen Straßenseite in einem Passanten jenen Arzt vom Fischrestaurant wiedererkannte.

Der Zufall wollte es, dass er, einen Kunstband unter den Arm geklemmt, in Richtung der Altstadt ging. Ich überlegte kurz, dann stellte ich ihm nach, besser: ich heftete mich ihm an die Fersen.

Ich wollte ihn nicht behelligen, ich wollte auch nichts von ihm, rechtfertigte ich mich vor mir selbst. Ich wollte bloß etwas über den alten Kunstmaler erfahren.

Der Arzt hatte meine Neugier, um es so auszudrücken, geweckt; nein, ich hatte keinerlei Veranlassung zu denken, der Alte hätte sich jahrzehntelang illegaler Kunstgeschäfte befleißigt. Dass er eine Sammlung großen Umfanges besaß, wurde mir – und auch Aimée – aber erst bewusst, nachdem Mutter uns darüber in Kenntnis gesetzte hatte.

Ich folgte dem Arzt – der im selbstgewählten Ruhestand Zeit und nochmals Zeit hatte, sie, wie ich dachte, auf längere Spaziergänge von Ausstellungen zu Kunstauktionen und wieder zurück zu verwenden – die kurze steile Straße hinunter, die sich in die Altstadt schlängelte und dort in einem weiten, mit Linden bestandenen Hof endete. Die Wolken hatten sich verzogen, Streifen hellen Blaus waren am Himmel zu sehen. Da und dort spiegelte er sich in den flachen Pfützen.

Der Mann blieb stehen und sah in ein Schaufenster, das einzelne Seiten eines Schwarz-weiß-Comics zeigte; an transparenten Nylonschnüren hingen die bedruckten Bögen auf Augenhöhe des Betrachters, der nun die Klinke der verglasten alten Holztür drückte und in den weißen Raum eintrat, in dem weitere Seiten aus dem Buch ausgestellt waren. Er sah sich um, wie ich von draußen verfolgen konnte, und nahm wenig später jenen großformatigen Band in die Hand, dem die Bilder entstammten.

Ich trat näher. Mich überkamen Zweifel, ob das wirklich der alte Arzt war, den wir neulich angetroffen hatten. Ich hatte wenig Anhaltspunkte, seine Identität betreffend. Nein, ich hatte ihn vielleicht die ganze Zeit verwechselt und schon wieder nur getrödelt, statt Aimée bei der Arbeit zu unterstützen!

Der Arzt erstand den Band und zückte dann seinen vergoldeten Kugelschreiber, um sich ins neben der Kasse aufgeschlagene Gästebuch einzutragen. Auf dem Lederetui des Schreibgeräts entdeckte ich die Prägung eines Firmenlogos.

Ich trat in den weiß angestrichenen Laden ein, um das Logo genauer sehen zu können. Ich grüßte und stellte fest, dass es ich um das stark abgegriffene Logo einer Automobilmarke handelte: ein großes, schwungvolles *B* für *Bentley*.

Weshalb ich nun fest davon ausging, dass tatsächlich der Arzt neben mir stand, hätte ich nicht sagen können. *Dass* er es aber war, schien mir außer Frage.

Ich tat ein paar Schritte die Wand entlang und schaute mir die Zeichnungen an.

Der Arzt verließ den Laden.

Ich verabschiedete mich und trat hinaus. In gebührendem Abstand folgte ich ihm bis zum Fluss, wo der Arzt sich gegen einen gusseisernen Handlauf stützte und ins Wasser blickte. Wieder zückte er den goldenen Kugelschreiber, er notierte einen Gedanken, wollte mir erscheinen, dann steckte er Stift und Notizheft ins Jackett zurück.

Als ich an ihm vorüberging, sprach er mich an.

Ich blieb stehen.

Ich sei doch neulich mit Aimée Fisch essen gewesen, »nicht wahr?«

Der Arzt blickte in meine Augen, als wollte er etwas darin erkennen. »Aimée ist erwachsen geworden«, sagte er.

Ich stellte mich ihm vor und bat darum, ein Stück mitgehen zu dürfen.

Der Arzt machte eine einladende Handbewegung und ging gemächlichen Schrittes weiter. Er habe keine Tour sagte er, er entscheide im Augenblick, wohin er gehe; es treibe ihn einmal dahin und einmal dorthin, das hänge nicht unwesentlich von den Ausstellungen ab. Er besuche sehr viele.

Von Zeit zu Zeit willige er auch in einen Atelierbesuch ein, eher selten, denn es gebe nichts Schlimmeres, als mit leeren Händen wieder abzuziehen. Jeder Künstler erhoffe sich einen Verkauf und bestenfalls, einen neuen Sammler seiner Werke gefunden zu haben. Aber damit könne er nicht immer dienen. Sein Geld reiche nicht für alles aus, und es sei auch nicht so, dass er an allem Gefallen fände.

Die Dinge müssten sich entwickeln, sagte er, und wenn ich ihn richtig verstanden hatte, meinte er damit, dass *er* angemessen Zeit benötigte, um ein Werk zu verstehen, und nicht etwa der Künstler, der dabei seine Kunst zu entwickeln trachtete.

Mir war, als hätte der Arzt einen Kunstbegriff, der ihn, den Betrachter, immer einschloss und nicht allein den Künstler und dessen Werk mitdachte. Umgekehrt, sagte der Arzt, behielte er sich am Ende des Weges vor, ein Werk für sich abzulehnen. Das sei allerdings länger schon nicht mehr geschehen.

Kunstwerke, sagte er, Gemälde, Plastiken, müsse man gründlich zu lesen verstehen. Man könne nicht umhin, so lange hinzusehen, bis sich einem etwas eröffne, ein Gedanke, eine weiterführende Idee, die einem sonst verborgen geblieben wäre.

Er habe sehr früh schon Forschungsfelder rezipiert, in denen es um das Lesen von Bildern gegangen sei. Neurologische, selbst psychologische Theorien der Wahrnehmung und damit der Ästhetik hätten – vor drei Jahrzehnten bereits technisch unterstützt – nach der Lesbarkeit und ihrer automatisierten Anwendbarkeit gefragt.

Nun, die Schrift sei technisch besser fassbar, da *scanbar*, und Maschinen würden mit geeigneten Algorithmen Texte nicht nur lesen, sondern auch auswerten können – bald würden sie sich selbst in die Lage versetzen, Texte fortzuschreiben, und zwar nicht etwa nur Gebrauchstexte, nein, auch literarische Texte, deren Subtexte in tausend Richtungen weisen und im Grunde niemals ohne Rest erfasst werden könnten.

Ein literarisches Werk etwa in eine andere Sprache zu übersetzen, stelle für jeden, der sich heranwage, die Herausforderung dar, das Werk zunächst einmal zu verstehen, sagte er und umging auf dem Gehsteig den eingefassten jungen Stamm einer Kastanie. In der Natur der Sache liege es deshalb, dass zehn Übersetzer von ein und demselben Werk in ein und dieselbe Sprache am Ende zehn unterschiedliche Bücher zum Druck freigäben, die unter Umständen zehn unterschiedliche Titel trügen.

Mit den Bildern verhalte es sich wiederum wesentlich komplexer, sagte der Arzt, denn maschinenlesbar seien Gemälde und abstrakte Plastiken nur bedingt – geschweige von Maschinen auf die eine oder andere Weise künstlerisch fortzudenken. Und dennoch werde das versucht. Und in gewisser Weise, sagte er, sei man darin viel weitergekommen, als er gedacht hätte.

Er besuche Galerien und Akademien und schaue sich Bilder an, tagaus, tagein. Jene Werke, die er für so komplex halte, dass sie von Maschinen niemals auch nur im Ansatz verstanden werden könnten, erstehe er wann immer möglich. Er archiviere, im anderen Fall, Aufnahmen davon.

Er besitze Aufnahmen vom blauen Bild, sagte der Arzt und schaute mich von der Seite an. Er blieb stehen. Ich drehte mich zu ihm um. Unnötig zu fragen, weshalb er das blaue Bild fotografiert und sorgfältig in seinem Archiv abgelegt hatte. Er hielt es für komplex genug, von einer Maschine, auch wenn sie tausend blaue Bilder in Tausenden von weltweit vernetzten Rechnern analysiert und kategorisiert haben mochte, nicht verstanden zu werden.

Mehr noch, er hielt das blaue Bild wenn überhaupt erst dann für entschlüsselbar, wenn man wusste, dass es für jemand Bestimmtes gemalt worden war. Das Werk erschien dann in der Kreuzrasterung seiner Intentionen mit seinen Interpretationsmomenten aber wiederum komplexer.

Er erwartete bestimmt nicht, dass mich das alles interessierte. Für ihn aber hatten diese Dinge eine Dringlichkeit, die kaum zu überschätzen war. Er hatte sich der Suche nach Kunstwerken verschrieben, die von Maschinen niemals zu verstehen sein würden.

»Geben Sie das Bild niemals aus der Hand«, sagt der Arzt. Er könne mir nur diesen Ratschlag erteilen und vielleicht noch, dass ich mich, wenn es darum ginge, die Sammlung des alten Kunstmalers zu ordnen und zusammenzuhalten, auf meine Intuition und nur auf meine Intuition verlassen sollte.

»Behalten Sie von den Werken jene, die Sie nicht verstehen«, fuhr er fort. »Was Sie aber zu verstehen glauben, geben Sie weg. Sie benötigen das Geld für die anderen Werke.«

Mutter hatte gekocht. Die Lasagne dampfte auf dem Tisch, die Hackbällchen und der Salat standen in der Küche bereit, der Schokoladenkuchen, schon ausgekühlt, auf der Anrichte unter der Markise im Garten.

Aimée und ich hatten uns angemeldet. Wir nippten an den Wermutgläsern und überlegten zu dritt, ob es ratsam sei, im Garten zu essen; es war nicht mehr Hochsommer, und falls ein Lüftchen aufkommen sollte, wollte man doch lieber drinnen sitzen, auch der Dokumente und Unterlegen wegen.

Vater hatte ich eine dringliche Reparatur aufgeben können – schade, dass er jetzt nicht dabei war. Er machte sich aus den Kunstwerken aber ohnehin nicht viel, im Grunde war er froh, wenn er sich an den Gesprächen über die Kunstsammlung des Alten nicht beteiligen musste. Viel lieber tauschte er *Harddisks* aus und *Monitore*, fuhr mit dem kleinen weißen Lieferwagen – wir hatten inzwischen sechs davon – auf dem Umweg über die Landstraße in die entfernteren Stadtteile.

Am Himmel ballten sich die Gewitterwolken. Mir war etwas schwindelig, mein Kopf schmerzte, meine Augen brannten, wenn ich sie in ihren Höhlen nur schon ein wenig drehte.

Wir tischten im Wohnzimmer auf und aßen drin. Mutter wollte uns über die Arbeit berichten, die sie für uns erledigte, sie hatte die Unterlagen für die Sammlung gesichtet und in eine Ordnung gebracht, die auch Aimée und ich ohne Umstände würden erfassen können.

Sie wolle uns vorweg schon sagen, dass sich atemberaubende Werke in der Sammlung befänden, begann Mutter, darunter welche von Picasso und Mirò, kleinere Sachen wiewohl, scheinbar bevorzugt aus Spanien, oftmals auch nur seriell gefertigt, aber vermutlich als Geschenke gedacht, als solche für den alten Kunstmaler, wohlverstanden. Er habe, aus den Grußkarten und Briefen, die den Belegen und Verträgen beilagen, zu schließen, sehr viele Leute in der Branche bestens gekannt – und sie ihn.

Ich war wohl einfach nur hungrig gewesen, denn nachdem ich die zweite Portion Lasagne gegessen hatte, fühlte ich mich schon wieder besser. Aimée lachte, sie aß den Salat nach der Lasagne, ganz so wie die Italiener – auch sie musste einen enormen Hunger gehabt haben.

Bevor sie uns ihre Aufstellungen und auch die Kalkulationen vorlegen wolle, sagte Mutter und schenkte uns Wein nach, müsse sie etwas loswerden. Aimées Ziehvater hatte mit den Koryphäen der Kunstwelt verkehrt, schließlich gehörte er selbst zu den Malern von Format, wenn sie das sagen dürfe. Aimée nickte fröhlich.

Sie habe sich eingestehen müssen, sagte Mutter, dass sie über die äußeren Bezüge, also die Art und Weise, wie ein Werk es in die Sammlung geschafft habe, die Umstände des Handwechsels und so weiter, hinaus, nicht begriffen habe, nach welchen Merkmalen Aimées Ziehvater gesammelt habe. Es sei ja nicht so, dass Künstler in erster Linie Sammler seien, als Künstler entwickelten sie ihre eigenen Kriterien, der Verwertungszusammenhang sei genuin und primär künstlerischer und nicht pekuniärer Natur. Dennoch habe sie in Nachlässen anderer bedeutender Maler durchaus ein Ordnungsprinzip erkennen können, einen roten Faden durch eine Sammlung, den Ausdruck einer bestimmten Vorliebe des Künstlers für eine Zeit, eine Region, eine Technik, ein Motiv, die natürlich nicht seine Zeit und seine bevorzugte Technik zu sein brauchten und es auch nur in den allerseltensten Fällen tatsächlich waren.

Aimées Ziehvater sammelte für ihre Begriffe, sagte Mutter, scheinbar beliebig, zumindest müsste man zu diesem Schluss kommen, wenn man die üblichen Kategorien an die Werke anlegte. Was dabei nicht berücksichtigt werde, sei die immense Kraft, die von diesen Werken ausgehe.

Sie könne sich nicht helfen: sie sei mit Kalkül an die Sammlung herangegangen, habe nach dem übergeordneten Merkmal gesucht, und jedes Mal, wenn sie ein Werk vor sich hatte, musste sie die Arbeit gewissermaßen unterbrechen und sich das Gemälde oder die Plastik ansehen – und das immer viel zu lange.

So sei sie davon überzeugt, dass der alte Kunstmaler vom wie auch immer zu bestimmenden Gehalt des einzelnen Werkes ausgegangen ist, wenn es darum ging, ein solches zu behalten oder abzustoßen. In der Sammlung befänden sich ausschließlich Werke, die sie schließlich liebgewonnen habe.

Ob Aimée etwas mit dieser Einschätzung anfangen könne, fragte Mutter.

Aimée überlegte.

Am liebsten hätte ich in diesem Moment den alten Arzt ins Spiel gebracht. Denn ich glaubte, sofort verstanden zu haben, was Mutter uns gesagt hatte – bestimmt besser noch als sie selbst, die die Werke gut kannte. Ich kannte das Ordnungsprinzip. Es hieß: *maschinenunlesbar*.

Ich stand auf und räumte das Geschirr ab. Ich zog drei Espressi aus der Kaffeemaschine und schnitt den Kuchen an. Als ich zum Tisch zurückkehrte, sprachen Aimée und Mutter über andere Dinge. Mir konnte das recht sein. Ich gewann dadurch etwas Zeit, um meine wirren Gedanken zu ordnen.

Am liebsten hätte ich den beiden eröffnet, worum es dem Alten gegangen war. Aber etwas hielt mich davon ab. Ich war nicht sicher, ob sich das mit der Lesbarkeit durch Maschinen wirklich so fügte, wie ich es mir ausmalte. Ich nahm mir vor, darüber gebührend nachzudenken.

Ich merkte, dass die Kopfschmerzen zurückkamen. Nein, ich fühlte mich nicht wohl dabei, Aimée und Mutter mein Wissen vorzuenthalten. Aber war es wirklich ein solches? Hatte ich am Ende von dem alten Arzt bloß geträumt?

Bestimmt nicht. Er war der Phantast, von denen mir Vater schon vor langer Zeit gesprochen hatte. Ja, der Arzt war ein vorzüglicher Phantast, und er war ein solcher mit seinem ganzen Recht. Er hatte eine Ahnung von der Zukunft, und er wirkte dieser entgegen, denn er dachte sie sich grimmig und grau und gesichtslos. Er musste sich wie jemand vorkommen, der etwas bewahren wollte, das er für äußerst bewahrenswert hielt, so wie ein Sammler, ein Retter, selbsternannt und unerkannt, aber in der festen Vorstellung, den Menschen zu retten – nicht vor sich selbst, sondern vor Maschinen, die sich immer mehr als intelligent und selbst als verantwortungsbewusst und schließlich als Personen ausgeben würden, bis sie es für die anderen Maschinen auch tatsächlich geworden sein und eine eigene Steuernummer und einen Personalausweis bekommen würden.

Ich verschüttete einen Espresso auf dem Tisch, zum Glück den eigenen. Mit dem Lappen nahm ich den Kaffee auf und setzt mich dann zu Aimée und Mutter. Sie sprachen inzwischen von einer Städtereise im Herbst, Kopenhagen, Triest, Florenz, das Aimée schon als Kind kennengelernt hatte.

Meine Gedanken kreisten um den Arzt. Ich wollte ihn bewundern, doch ich schreckte immer wieder davor zurück. Vielleicht stieß ich mich an dem Manischen, dem Absoluten, der Unerbittlichkeit, mit der er seit Jahrzehnten schon im Grunde einer einzigen Idee – wie realistisch auch immer – anhing und somit für eine einzige Sache lebte: immerhin für nichts Geringeres als die Rettung dessen, was den Menschen ausmacht.

Mutter war müde geworden. Ich bedeutete Aimée, dass wir uns demnächst von ihr verabschieden sollten.

Aimée war vor ein paar Stunden mit dem Lieferwagen hergefahren, ich hatte mich in der Altstadt aufs Rad geschwungen. Nun fuhr Aimée mit dem Auto zu unserer kleinen Wohnung vor, während ich zu meinem Rad ging.

Ich hatte Mutter für ihre Hilfe gedankt, ich küsste sie auf die Wange. Geld für ihre wertvollen Dienste wollte sie auf keinen Fall annehmen. Dabei hätte sie den Betrag in den Buchantiquariaten beim Großmünster gut auszugeben gewusst.

Es war schon lange dunkel, als ich mit dem Rad die Wiese entlangfuhr. Man konnte sich nichts mehr vormachen, der Herbst nahte. Ich zog den Reißverschluss meiner Strickjacke bis zum Hals.

Ich schloss kurz die Augen, der Fahrtwind kühlte meinen noch immer etwas schmerzenden Kopf. Liza kam mir in den Sinn. Ich fragte mich, ob die Einladung ins *MIT* etwas mit der Tatsache zu tun hatte, dass dort die Forschung im Bereich der künstlichen Intelligenz ganz besonders fortgeschritten war.

Inwieweit, so überlegte ich, hingen das blaue Bild, die Forschung in der *Intelligibilität* von Maschinen und unsere seltsame Reise zusammen?

Falls das alles über Liza zusammenlief: hatte sie es am Ende nur deswegen auf das blaue Bild abgesehen, um es der Forschung zu übergeben, besser: es nach den USA zu verkaufen?

Weshalb ausgerechnet das blaue Bild? Übte es eine besondere Kraft auf den Betrachter aus? War es komplex und deshalb, was seine Aussage betraf, nicht auf einen Nenner zu bringen?

Ich konnte ein Lied davon singen, das blaue Bild befeuerte meinen tiefblauen Traum ganz gewaltig. Ich spiegelte mich in dem Bild, meine Seele spiegelte sich darin, gewissermaßen bezog ich dabei nicht einfach nur verborgene Informationen über mich, mehr noch wies mir das blaue Bild ein Stück weit die Richtung, schien mir.

Dass ich mich in dem blauen Bild erkannt hätte, ließe sich nur mit Vorbehalt sagen, vielleicht aber eröffnete es einen Traum, den tiefblauen Traum für mich, und ich beging ihn auf einem Weg, der sich damit zu meinem Weg geformt hatte und gewissermaßen zu einem Weg hin zu mir selbst, meinen Erlebnissen, Ängsten – welche Ängste?

Wenn es denn etwas gab, dachte ich auf dem Rad, von dem ich einer Maschine über das blaue Bild hätte erzählen können, dann war das gerade diese Tatsache: man kann sich darin finden. Das blaue Bild versetzte einen – zumindest mich – in einen Zustand der gesteigerten Selbstwahrnehmung, ich tauchte in mich ein und spiegelte mich in der Welt, die es mir suggerierte – ganz so wie es Kunstwerke eben an sich haben.

Vielleicht, dachte ich, als ich das Rad an die Hausmauer lehnte, wollte uns Liza das blaue Bild ja genau deswegen abjagen. Die Maschinen sollten mit ihm nicht etwa bloß gefüttert werden, damit sie andere blaue Bilder, andere Gemälde und Plastiken besser prozessieren und gewissermaßen verstehen konnten. Nein, die Maschinen sollten mit Hilfe des blauen Bildes vielmehr sich selbst verstehen lernen.

So zumindest ließ sich die Beharrlichkeit Lizas erklären, dachte ich, als ich die Wohnung betrat. Ich machte Licht. Ich fragte mich, weshalb Aimée nirgends Licht gemacht hatte. Ich schaute in der Küche nach.

»Aimée!«, rief ich.

»Aimée!«, rief ich nochmals.

Ich sah im Schlafzimmer nach. Aimée lag nackt auf dem Laken und lächelte mir zu. Schnell entledigte ich mich meiner Kleidung und legte mich zu ihr.

Der Regen hatte seit Tagen nicht aufgehört. Wir frühstückten in der kleinen Küche. Ich hatte auch meinen letzten kleinen Kurzwellenempfänger in den Karton auf dem Regal gelegt, das sich hinter dem Basteltisch im Elternhaus über die gesamte Länge der Wand zog.

Wir hörten *Barcley James Harvest* und anschließend *Be-Bop*, den Aimée so sehr mochte, *Davies*, *Gillespie*, *Parker*, *Monk*.

Als das *Horace Silver Quintet* die letzten Takte von *Nica's Dream* spielte, den wunderschönen, hektischen Unisonolauf aller Bläser, schlug ich Aimée vor, dass wir eine bestimmte Galerie in der Altstadt aufsuchten.

Es hätte auch jede andere sein können, aber ich hatte vor ein paar Tagen ein Plakat einer Galerie entdeckt, das zwei junge skandinavische Künstler ankündigte.

Mir schien das gerade recht, und also besuchten Aimée und ich die Ausstellung der beiden mit grobem Werkzeug – Beil, Handsäge, Plastikschneider – arbeitenden Dreißigjährigen, deren kleine Holzfiguren überall im Raum exponiert wurden; fast erinnerte mich dieser wiewohl helle, weiße Raum an den düsteren Schober, in dem Michel aus Lönneberga seine Figuren schnitzte, wenn er etwas ausgefressen und zur Strafe im Schober bleiben musste.

Ich hätte es nicht beschwören können, aber es schien mir durchaus möglich, dass bei diesem Imago Anleihen gemacht wurden, es konnte sein, dass der Schober in Lönneberga seinen Nachbau hier in dieser kleinen Galerie in Zürich fand – vielleicht auch nicht.

Aimée und ich schauten uns die Figuren an. Sie ging rechts herum, ich links. Als wir uns in der Mitte des Raumes trafen, küssten wir uns.

Aimée zeigte mir ihre Lieblingsfigur. Von der Größe eines Wasserglases, hatte die Figur ein fein ziseliertes Gesicht und einen ebensolchen Rücken, während die Füße, Beine und Schultern viel zu groß geraten waren. Aimée sah sie sich von allen Seiten an. Daneben stand eine etwas kleinere Holzfigur mit großen Händen und einer Art Hut auf dem runden Kopf. Putzig waren die Figuren nicht, eher streng verfasst, gewiss aber rau und vielleicht abweisend. Sie schienen an sich selbst zu leiden, an ihrer geringen Größe vielleicht, bestimmt aber an der Tatsache, dass sie nicht zu wissen schienen, wohin.

Aimée lächelte. Die Figuren gefielen ihr. Sie roch am unbehandelten Holz, schloss kurz die Augen. Im Unterschied zu ein paar anderen Figuren in der Galerie waren diese beiden nicht mit einem kleinen runden, orangefarbenen Punkt in ihrer Nähe markiert, sie waren also noch käuflich zu erwerben.

Ich überlegte, ob ich sie für Aimée erstehen sollte. Ohne zu wissen, woraus die Sammlung des alten Malers im einzelnen bestand, empfand ich es als leichtfertig, blindlings Käufe zu tätigen. Wir waren zwar schon Sammler, Aimée und ich, wir waren das vielleicht wider Willen oder ohne eigenen Antrieb, aber nichtsdestotrotz mussten wir uns der Sammlung stellen, um die wir uns zu kümmern hatten.

Ich hatte mit der Idee, Aimée die beiden Holzfiguren zu schenken, innerlich abgeschlossen, doch schon besann ich mich eines Besseren und meldete mein Kaufinteresse beim Galeristen an. Er nannte einen Preis, von dessen Höhe ich beeindruckt war. Ich kaufte trotzdem, das heißt, ich reservierte sie verbindlich und bat den Galeristen, keine orangefarbenen Punkte anzubringen, so lange wir da waren.

Ich kehrte zu Aimée zurück, die von alledem nichts mitbekommen zu haben schien. Sie blätterte im Ausstellungskatalog neben dem für ein paar Minuten geöffneten Fenster. Ich küsste ihren Nacken und griff seitlich in ihr Haar.

Wir verließen die Galerie.

Sie hakte sich bei mir unter.

Weiter vorn betraten wir das kleine Café in der abschüssigen Gasse, froh darüber, den Schirm nicht verwendet zu haben. Wir setzten uns ans weite Fenster und bestellten Espressi.

Aimée hielt meine Hand und studierte das Café mit der polierten Kassettendecke. »Schön hier«, sagte sie.

Sie begann, von ihrem Ziehvater zu erzählen – über die Reisen, die Besuche in den Galerien und Ateliers, die Empfänge. Sobald sie volljährig geworden war, sagte Aimée, wurden die Ausflüge rarer, die Spaziergänge dafür länger, später dann holte der Kunstmaler vermehrt den grünen *Bentley* aus der Garage. Er fand immer mehr Gefallen daran, das schwere, träge Gefährt zu lenken, und als Aimée einundzwanzig geworden war, überraschte er sie mit den bordeauxfarbenen, engen Handschuhen aus Kalbsleder, die, halb aus Gründen der Belüftung, halb eines besseren Griffs wegen, die vielen kleinen Löcher aufwiesen.

Von da an ließ sich der alte Kunstmaler fahren. Das war auch besser so, sagte Aimée, seine Reflexe ließen nach, seine Augen sahen nicht mehr scharf, die Kraftanstrengung, die der *Bentley* dem Fahrer abverlangte, war ihm nicht mehr zuzumuten.

Zu Beginn habe sie gedacht, dass die Handschuhe bloß ein schickes Accessoire darstellten, bald aber lernte sie sie schätzen, sagte Aimée, sie verhinderten, dass die Schwielen an ihren Händen zahlreicher und größer wurden und auch noch verkrusteten und lange Zeit nicht mehr weggehen wollten.

Ich sah auf Aimées Hände, ich drehte sie im Handgelenk, nein, Schwielen waren keine zu sehen; sie lachte.

Als sie also loszogen, um mit dem Wagen ein nahes oder ein entferntes oder auch einmal ein weit entferntes Kunstmuseum zu besuchen, redete ihr Ziehvater äußerst selten über seiner Sammlung. Sie hatte den Eindruck, sagte Aimée, er habe das absichtlich getan, ganz so, als habe er sie schützen wollen.

»Wovor?«, fragte ich, und ich tat im Grunde damit so, als ob ich nicht gewusst hätte, was dahintersteckte.

»Wovor beschützen?«

Aimée sah in meine Augen. »Sag du es mir. «

Ich sagte über Aimée und den Alten, dass sie viel herumgefahren waren, um möglichst schöne Kunstwerke zu sehen – oder um sie bei Bedarf auch zu erwerben.

Aimée nickte. Sie fragte, was ihr Ziehvater meiner Meinung nach gekauft und wovon er die Finger gelassen hatte; wonach er gehandelt hatte, welches also das Ordnungsprinzip war, das Mutter angesprochen hatte.

Ich wusste, dass ich es ihr jetzt sagen musste.

Es sei ihr nicht entgangen, dass ich vom Tisch aufstand, als es zu dieser Frage gekommen war. Ich wüsste doch etwas darüber, insistierte Aimée, »sag es mir!«

Ich klärte Aimée auf. Ich sagte ihr, dass ich dächte, ihr Ziehvater und der Arzt hätten aus Liebe zur Kunst ab einem bestimmten Zeitpunkt vor allem eines gewollt: ebendiese in die Zukunft zu retten.

Aimée lachte, und ich verübelte ihr das keineswegs, war ich doch selbst nicht sicher, ob sich alles tatsächlich so verhielt, wie ich es mir vorstellte.

Aber die Hinweise waren stark, und selbst Liza mit ihrem sonderbaren Verhalten schien meine Vermutung zu bestätigen, dass es hier um mehr ging als um einzelne Kunstwerke, schlechterdings um die Kunst selbst. Das sagte ich Aimée.

Ich erzählte ihr nach und nach alles, was ich mir zusammengereimt hatte – setzte ihr meine Gedanken zur *Maschinenlesbarkeit* auseinander und kam schließlich auf das Ordnungsprinzip zu sprechen, das ich ihr in seiner hauptsächlichen Auswirkung schilderte: Man fuhr herum, ging herum, kaufte nur das ein, was man nicht verstand, und je komplexer ein Gemälde oder eine Plastik, desto wertvoller und deshalb besser.

Aimée setzte sich in ihrem Stuhl auf. Diese Liza wolle das blaue Bild nur deshalb, weil sie es nicht verstehe, sagte sie. Ich nickte. Das habe Liza vom alten Kunstmaler abgeschaut, sagte ich. Freilich habe dieser mehr von der Materie verstanden als Liza. Doch Verstehen dürfe hier nicht als vernunftmäßiges Erfassen verstanden werden. Verstehen hieße hier Nicht-Verstehen.

Aimée lachte auf. Sie konnte dieser Logik ohne weiteres folgen. »Und nun?«, fragte sie.

Wir bezahlten und verließen das Café, wir folgten der abschüssigen Gasse, die sich zu einem mit Büschen besetzten Hof erweiterte. Auf dem nassen Kopfsteinpflaster erreichten wir die Tramhaltestelle.

Wir küssten uns. Aimée steckte ihre Hände in meine Jackentasche.

»Lass uns schnell nach Hause«, sagte sie.

In der Straßenbahn setzten wir uns ganz hinten hin.

Jetzt sah ich mich inmitten einer halbwegs vertrauten Wohnung, die also nicht die meiner Eltern war, sondern jene der Nachbarn genau unter uns. Die spanische Mutter, wie ich sie in dem Traum nennen wollte, bereitete mir, dem Fünfjährigen, ein Omelett mit Tomate zu und servierte es mir auf einer Scheibe gerösteten Brots; mit einer Gabel, die darin gesteckt hatte, hatte sie die Scheibe ins Feuer des Gasherds gehalten.

Die Wohnung war erfüllt von dem Geruch nach geröstetem Brot – einem Geruch, den ich damals schon innig liebte –, wobei mir fast jedes Mal, wenn ich die ebenerdige Wohnung der Spanier am Stadtrand von Zürich betrat, dieser Geruch entgegenschlug. Ein lieber, ein fast schon an sich sättigender Geruch, der mir etwas Wundervolles evozierte, und Sättigung und Appetit zugleich zu sein schien.

Eine Scheibe Brot, ins Feuer gehalten, in die gasblauen Flammen des Herds, mehr war da nicht, und doch war es für mich eine kulinarische Welt, die sich zu einer ganzen, zu meiner Welt erfüllte, sobald ich die Wohnung der spanischen Mutter betrat.

Ich fragte mich als Kind, ob die Spanier – sie arbeitete als Dolmetscherin, er als Ingenieur in der Textilbranche, wie Vater einmal ganz nebenbei am Basteltisch erwähnte – überhaupt irgendetwas anderes zu sich nahmen als geröstetes Brot und ob sie dieses auch ihrer kleinen Tochter verabreichten, die – Vater hatte gerade den neuen *NPN*-Transistor aus einer Plastikschale gestochert, als er mir das sagte – mindestens zwei Jahre jünger als ich war, wohlbehütet aufwuchs und ihr Glück später in der fremden Heimat suchte, bevor sie, enttäuscht und mürrisch, in die Schweiz zurückkehrte.

Ich kannte das kleine Mädchen, das sich stets an mich anschmiegte wie an einen großen Bruder, nur als dieses kleine Mädchen. Wenn ich es nun vor mir sehen würde, würde ich die Frau, zu der es geworden sein musste, nicht mehr erkennen. Dasselbe musste für sie gelten, ging mir im Schlaf durch den Kopf, ich war nicht mehr der Fünfjährige, an den sie sich bestimmt nicht mehr erinnern konnte. Ich war jetzt achtzehn und schrieb gerade die Matura. Hatte ich bestanden? Das musste ich wohl, dachte ich, schließlich hatte man mich an der Universität Zürich studieren lassen.

Mitten in der Nacht schreckte ich aus diesem Traum auf, in den ich wohl hineingeschlittert war, weil Aimée und ich Stunden zuvor ein paar Toasts mit Lachs, Zwiebel und Meerrettich verspeist, und, als hätte das allein noch nicht hingereicht, dazu einen leichten spanischen Wein genossen hatten.

Aimée lag neben mir. Draußen regnete es stark. Schnell sank ich in den Traum zurück. Genauso schnell ordneten sich mir die Dinge zu – die spanische Mutter, die gerösteten Brotscheiben, das Mädchen, das jetzt eine Frau sein musste, die ebenerdige Wohnung, der Arzt – wobei ich nicht hätte angeben können, woher der Arzt nun hinzugestoßen war, er, der doch immer unterwegs war und sich nirgends lange aufzuhalten pflegte.

Ich überlegte, dass doch Aimée ihn schon gekannt haben musste, als sie noch Kind war. Ich allerdings nicht, war ich sicher. Ich musste jetzt also erwachsen geworden sein; gerade eben musste das geschehen sein, denn ich verstand schließlich auch, was der Arzt mir sagte.

Der Arzt sagte, dass er aus beruflichen Gründen allerlei Handbücher gesammelt hatte. Es waren solche über die unterschiedlichen Berufszweige und Berufe in der Gegend, wobei ihn auch die seltenen durchaus und vielleicht sogar gesteigert interessierten.

Einmal hatte er einen Schmied zur Not behandelt, der sich in einer Presswalze den Daumen plattgedrückt hatte. Ein andermal hatte sich ein Fahrradhändler in einem der seltenen Momente zerstreuten Arbeitens den Handrücken mit einem großen Zahnradkranz perforiert.

Warum er mir das erzählte, fragte der Arzt sich selbst und erwiderte in meine Richtung, dass er das deswegen tue, weil die meisten handwerklichen Berufe, deren Lehrmittel er gesammelt hatte, gar nicht mehr bestünden. Natürlich würden Schmiede und Fahrradhändler nach wie vor im Geschäft sein, aber richtige Apotheker, richtige Schustermeister oder Hutmacher seien dünner gesät.

»Hören Sie«, sagte der Arzt, er sei nicht gegen den Fortschritt, in der Medizin würden täglich Erfolge erzielt, Innovationen, die einem Jules-Verne-Roman zu entstammen schienen, wenn Jules Verne auch die Schattenseiten seiner imaginären Maschinen und Errungenschaften stets ebenso beschrieb; »Sie kennen doch Jules Verne?«

Ich nickte im Schlaf – musste ich annehmen.

Der Arzt führte mich zu der nahen Mühle, die heute ein Museum war, und deutete mit dem Finger auf einen Kreis auf dem Boden, einen Trampelpfad, den die Pferde in den Boden gestampft hatten, als sie sich, das Joch um den Hals, im Kreis gedreht hatten, um die große Spindel der Mühle anzutreiben.

Ich hörte dem Arzt zu, ganz so wie man ein Buch liest, das man auf Anhieb liebgewinnt und von dem man schon bei der ersten Lektüre weiß, dass man es ein zweites, drittes und zwanzigstes Mal lesen wird und deshalb jetzt, beim ersten Mal, so schnell wie möglich, um sich den Genuss des wiederholten Lesens nicht vorzuenthalten.

Wir erreichten ein Gasthaus, in dessen Innern ein jüngerer Mann saß und in einem Buch las. Das Buch war mit einem bunten Umschlag versehen, eine Pistole war darauf abgebildet sowie eine ansprechende junge Dame mit Federboa. Der Arzt grüßte den Mann, der daraufhin kurz den Zeigefinger hob und mutmaßlich auf die stolze oder auch bloß angeberische Weise grüßte wie die Hauptfigur seines Schundromans. Der junge Mann sitze täglich hier, sagte der Arzt, und immer sei er in einen Schundroman vertieft. Der Arzt habe sich gefragt, ob es sich lohne, sich solche Romane gleich reihenweise zu Gemüte zu führen.

»Und?«, fragte ich im Traum.

»Ja, natürlich«, antwortete der Arzt.

Ich hätte mir diese Antwort denken können, dachte ich. Schließlich war der Arzt der letzte, der Imagination und Phantasie welcher Art auch immer verschmäht oder, bei anderen, verurteilt hätte. Der junge Mann mochte für ihn das Gegenteil dessen gewesen sein, was die Maschinen einst sein würden, wenn die Maschinen auch

Unmengen von Schund rezipieren mussten, bis sie jene Informationen herausfiltern konnten, die auf irgendeine Weise verwertbar waren. Phantasie aber würden die Maschinen deswegen trotzdem niemals haben.

Das zumindest dachte der Arzt, und er legte mir nahe, dasselbe zu denken. Genau das aber wollte er auch wieder nicht. Ich sollte auf keinen Fall einfach so dasselbe wie er denken, sagte er, und ich pflichtete ihm bei, worauf er selbst das für verwerflich hielt. Wir sollten gar nicht einig gehen, sagte der Arzt. Und das würden wir schließlich auch gar nicht.

»Wie das?«, fragte ich ihm Traum.

»Ganz einfach«, erwiderte der Arzt. Ich würde mit meinem Computerhandel genau das tun, was eines Tages als Wendepunkt zumindest in der Industriegeschichte, wenn nicht der ganzen Menschheit bezeichnet werden würde, wie er zu sagen an dieser Stelle bereit sei.

Der Arzt war ein höflicher Mensch mit Umgangsformen, dennoch verstand ich augenblicklich, was er mir damit sagen wollte.

»Sie würden sich wünschen, dass ich verkaufe«, sagte ich.

»Wenn ihnen etwas an dem Lebenswerk des alten Kunstmalers liegt, dann ja«, sagte der Arzt.

Ich nickte im Schlaf. »Aimée ganz bestimmt«, sagte ich, mehr zu mir als zu dem Arzt. Aimée würde das nicht nur verstehen, sie würde das vorantreiben wollen, wenn sie es wüsste.

Aber wusste sie nicht alles schon längst? Ich hatte Aimée doch gesagt, was ihr Ziehvater und der Arzt taten, um den Maschinen zu trotzen. Hatte ich mich verhört? Aimée hatte nichts von einem Verkauf gesagt. Im Gegenteil hatte es mir die ganze Zeit auf dem Herzen gelegen, sie davon zu überzeugen. Nun, ich musste es ihr so bald wie möglich sagen. Es führte kein Weg daran vorbei.

»Es führt kein Weg daran vorbei«, sagte der Arzt, bevor ich erneut aus dem Schlaf aufschreckte.

Träumte ich? Der Arzt kam in den Laden in der Stadtmitte und verlangte bei unserem Mitarbeiter nach mir, wie ich im *Backoffice* hörte. Ich ging nach vorn, reichte ihm die Hand und bat ihn in unser absichtlich bloß improvisiertes, dem *Billigschick* verpflichtetes Büro.

Der *MP3-Player* mit den Dateien von *The Turn of a Friendly Card* speiste einen *Subwoofer* unter dem Schreibtisch und zwei an der Wand befestigte Hochtöner. Ich machte den *Player* gewissermaßen aus, indem ich die Lautstärke langsam herunterdrehte, bis zu dem Punkt, da nichts mehr von der Musik zu hören war.

Ich rollte für den Arzt einen Stuhl heran. Er setzt sich.

Der Arzt schaute sich im Büro um. So weit sei es also schon gekommen, sagte er, und es klang so, als ob er über Computer und die allerneuesten Technologien besser Bescheid wüsste als ich, als ob er sich in der *EDV* ein Wissen zugelegt hätte, dass meines bei weitem überstiege.

Nun, das mochte vielleicht so sein, ich wusste schließlich nicht, was der Arzt alles anstellte mit seiner Zeit – allein, ich mochte das nicht so recht glauben.

Der Arzt bildete sich ein, den Endpunkt in der Entwicklung all dessen zu kennen, das er hier in welchem Stadium auch immer vor sich sah: die Maschinen würden seiner Ansicht nach übernehmen, wann genau allerdings, das könne niemand sagen.

Die Zukunft aber, soviel wusste ich gewiss, weiß niemand vorherzusagen, auch nicht der Arzt und der alte Kunstmaler.

Neulich, sagte er, habe er sich wieder einmal in eine Gruppe gesetzt, die in einer nahen Galerie regelmäßig über Bilder diskutiere; sie würde sich eigens dazu treffen, meistens einmal die Woche, ohne Anleitung, auch ohne Vorkenntnisse, wogegen gar nichts einzuwenden sei. Der Arzt sagte, dass er diese Gruppe zwar nicht sehr oft aufgesucht habe, ähnliche Gruppen aber schon öfter. Was ihn dabei interessiere, sei weniger, was die Teilnehmer empfänden und äußerten, wenn sie zusammenkamen, denn die Gruppen hätten, medizinisch gesprochen, sehr wohl auch einen gruppentherapeutischen Charakter; wenngleich er nicht auf Anhieb hätte sagen können, wer von welchem Leiden therapiert werden wollte und ob sich die Teilnehmer über diesen Charakter ihrer Zusammenkünfte überhaupt ausreichend im Klaren waren.

Aber darum, fuhr der Arzt fort, ginge es auch gar nicht, und er sei bei den Bildbetrachtungen auch überhaupt nicht als Arzt in Erscheinung getreten, sondern gewissermaßen als Teilnehmer.

»Was wollen Sie mir damit sagen?«, fragte ich.

Der Arzt blickte mich kurz an, dann sah er aus dem Fenster. Er habe sich, wie erwähnt, nicht darauf kapriziert, zu verfolgen, was im einzelnen diskutiert wurde, sagte er. Was ihn interessierte, war, wie die Auswahl für das Bild zustande kam, über das so ausführlich gesprochen wurde. Denn meistens war es so, dass am Ende eines Treffens aus einer Anzahl von Gemälden jenes für das nächste Treffen ausgewählt wurde. Welches das sein sollte, sei zuweilen heftig umstritten gewesen, sagte der Arzt. Genau diesen Prozess habe er bei den Treffen stoisch abgewartet, und er sei selten enttäuscht worden. Seine These, wonach Menschen Bilder aus selten mehr als zwei, dafür aber entgegengesetzten Motiven betrachteten, hätte sich Mal für Mal bestätigt.

Bestimmt erwartete der Arzt nun, dass ich ihn nach den beiden ominösen Motiven fragte. Ich unterließ es.

Die beiden Motive, sagte der Arzt, sehe er darin, dass die einen sich ein Bild ansehen, um sich damit ihrer selbst zu bestätigen, ihrer Gedanken, all dessen, das sie fühlten. Er würde hier von affirmativem Sehen sprechen, wenn ich erlaubte.

Ganz anders aber verhielt es sich mit den anderen, die sich ein Bild vor allem deswegen anschauten, um sich selbst zu hinterfragen, fuhr der Arzt fort. Sie würden sich selbst infrage stellen, indem sie das Bild auf eine Weise auf sich wirken lassen würden, die alle Gewissheiten in ihrem Denken und Fühlen zur Disposition stellte.

Um die Beobachtung des letzteren ging es ihm, sagte der Arzt, um das Sehen als wirkliches, offenes, auch im Ergebnis offenes Sehen.

Er denke, dass nun also das affirmative Sehen auch von Maschinen erlernt werden würde. Jenes Sehen aber, das mit dem Zweifel und dessen Prinzip einhergehe, sich selbst die eine oder andere mehr oder weniger ehrliche persönliche Frage zu stellen, würde Maschinen niemals eignen können.

»Warum nicht?«, fragte ich den Arzt.

Sonst wären alles seine Bemühungen vergebens gewesen, erwiderte er.

Ob diese Möglichkeit denn ganz und gar ausgeschlossen sei, bohrte ich.

»Ja«, sagte der Arzt. Das habe allerdings wenig mit Unfehlbarkeit oder Prophetie zu tun denn allein mit der Tatsache, dass es eben so kommen würde, weil es nur so kommen könnte. Er sei ja nicht verrückt.

Ich musste mir selbst eingestehen, dass ich den Arzt nicht für verrückt hielt, meine Fragerei zielte auch nicht darauf ab, ihn so hinzustellen.

Allein, wer glaubte, die Zukunft zu kennen, irrte schon im Ansatz. Das konnte ich als Historiker jedem einigermaßen begreiflich machen, der nicht vollends verblendet war.

»Kein Zweifel?«, fragte ich.

»An der richtigen Stelle immer, mein Freund«, sagte er.

Ich ließ ihm den Freund durchgehen, er musste es auch weniger väterlich denn als Zeichen seiner Verbundenheit zu mir, dem Fragenden, gedacht haben.

Er erhob sich und ging zur Tür vor. Mit einem Kopfnicken verabschiedete er sich von mir und betrat das Ladenlokal, das er sogleich durch die zur Straße hin öffnende Tür verließ.

Er sah nicht mehr zurück, und wenn ich nun gedacht hatte, dass ich den Arzt zum letzten Mal gesehen hätte, dann war das nichts als eine Ahnung, vielleicht eine böse Vorahnung, der ich mir, wieder im *Backoffice*, bewusst wurde, ohne dass ich ihr besondere Bedeutung beigemessen hätte.

So wie der Arzt in mein Leben geplatzt war, würde er auch wieder verschwinden, dachte ich, und mir wollte scheinen, als ob er nur deswegen hier aufgekreuzt war, um mir die Bestätigung zu liefern, derer ich eigentlich gar nicht mehr bedurfte: ich musste verkaufen.

Nein, nicht zuvorderst deshalb, damit ich den Maschinen nicht vorarbeiten würde, sie würden sich schließlich auch ohne meine tätige Mithilfe als Computerhändler und Anbieter von Computerkursen verbreiten; daran führte kein Weg vorbei, hier stimmte ich dem Arzt ohne weiteres zu.

Vielmehr wollte ich verkaufen, weil mir die Aussicht, ein Leben lang Rechner feilzubieten und den neuesten technologischen Innovationen auf der Spur zu sein, keine freudige war, zumindest nicht so freudig oder aufregend oder auch nur von einem privatistischen Genuss wie das Betreuen einer Sammlung – und auch noch gemeinsam mit Aimée, die ich über alles liebte.

Ich nahm mir vor, Aimée heute noch reinen Wein einzuschenken, besser: mich ihr zu erklären. Sie würde es verstehen, und die Sammlung war doch auch etwas, das ihr näherliegen musste als das Computergeschäft, das ich vielleicht aus wenig mehr denn aus der Sorge in Angriff genommen hatte, als Historiker ein Leben in Archiven zubringen zu müssen.

Ich sah mich im *Backoffice* um. *Billigschick* ist nur so lange *Billigschick* und nicht erbärmlich, wie man selbst ihn auszuhalten imstande ist, dachte ich. Ja, auch hierbei musste Aimée mir doch bestimmt beipflichten. Wir waren nicht gemacht für *Billigschick*, niemand war dafür gemacht. Er verkaufte sich bloß gut. Dieses, so hoffte ich, würde auch für *Elephant* als ganzes seine Gültigkeit haben.

Der Regen hatte in der Nacht aufgehört. Noch bevor Aimée aufwachte, ging ich vor die Tür und atmete die herbstliche Luft ein. Ich ging wie zur Routine einmal ums Haus und den Lagerraum, ich fand nichts Außergewöhnliches vor – bis auf ein größeres Loch, das mir bis jetzt nicht aufgefallen war und das ich zunächst auch gar nicht als solches erkannt hatte.

Eine Katze, dachte ich, der Platz war ja auch bestens für ein Versteck oder Nest geeignet, es kam kaum je einer daran vorbei, selbst das Gras ließ man da wachsen, das Unkraut. Zu schmal, um genutzt werden zu können, kümmerte sich weder der Hausbesitzer noch der Bauer mit seinen angrenzenden Wiesen um diesen Streifen, der faktisch zum Haus gehörte.

Ich überlegte, ob es ratsam war, sich dem Loch zu nähern. Ich tat ein paar Schritte in seine Richtung, blieb dann, weit genug entfernt, um von der Katze nicht etwa überrascht zu werden, stehen. Ich versuchte, einen Blick ins Innere des Lochs zu erhaschen, denn je länger ich hinsah, desto besser erkannte ich es als Eingang eines Baus. Das zumindest dachte ich gerade, als ich ein heiseres Bellen hinter mir hörte. Ich erschrak, der Fuchs allerdings, der diese Laute von sich gegeben hatte, erschrak mindestens genau so sehr vor mir.

Sofort nahm der Fuchs – die Fähe, wie ich vermutete – ihre typische Haltung ein, streckte die Vorderläufe aus, zog den Kopf im Hals etwas ein, fixierte mich, die Schnauze, wie mir schien, zur Bissbereitschaft leicht geöffnet. Ich blieb zunächst stehen und vermied es, der Fähe in die Augen zu schauen; ich musste irgendwo gelesen haben, dass man das zumindest bei Hunden so tat, sie stuften Augenkontakt in vergleichbaren Situationen als überaus feindlich ein und nahmen an, man würde ganz fest beabsichtigen, sie in Kürze auf Leben und Tod anzugreifen.

Das Gegenteil traf auf mich zu, ich wollte um Himmels Willen der Fähe, die mutmaßlich ihre Junge im Bau für eine Runde zur Futtersuche zurückgelassen hatte, nichts tun. Begreiflich machen konnte ich ihr das freilich nicht.

Sie knurrte. Als ich hinsah, bemerkte ich ihre schönen Schnauzhaare, ich konnte sie gegen das sanfte Weiß der Punkte auf ihrer Schnauze unterscheiden, deren helles, schönes Rotbraun in der Morgendämmerung leuchtete.

Was für ein wundervolles Exemplar, dachte ich, und obwohl ich die Gefahr, die von dem Tier jeden Moment ausging, durchaus spürte, schien die Fähe wie einem Märchen entsprungen – wenn nicht meiner eigenen Fantasie, in der ich mir eine Fähe genau so und nicht anders gedacht hätte.

Denn das Bild von ihr, das ich in meinem Kopf hatte, entsprach exakt ihrer tatsächlichen Erscheinung. Sie rührte mich. Ich hätte ihr niemals etwas antun können.

Die Fähe schien zu registrieren, dass ich mich nun von dem Loch entfernte. Ich erwartete, dass sie mir die Zeit geben würde, um mich zu verziehen, aber sie schien der Sache nicht zu trauen. Sie bewegte sich, den Kopf noch immer nahe am Boden, auf mich zu, lauernd – doch worauf? Ich machte doch schon, dass ich wegkam!

Mir ging auf, dass die Fähe meinen Rückzug als Schwäche missverstehen würde. Ich würde vor einer Attacke nicht sicher sein, solange ich mich der ausgewachsenen Fähe nicht stellte.

Kurz entschlossen drehte ich mich um und fauchte sie an. Das schreckte die Fähe ganz und gar nicht, im Gegenteil sprang sie auf mich zu und erwischte meinen Hosenstoß. So unwirklich mir das nun vorkam, so sehr die Angst vor diesem Tier vorhin überwiegt und mich im Grunde überhaupt erst zu dem Fauchen veranlasst hatte, so hässlich es sich mir nun in all seiner äußeren Schönheit zeigte, so schnell schien aus mir der Verstand weichen und meinem baren Instinkt das Feld überlassen zu wollen, denn ich musste dem Tier Leid zuzufügen, um mich selbst schadlos zu halten.

Ich packte die Schnauze der Fähe mit beiden Händen und drückte zu, nachdem ich die Idee, den Kiefer aufzustemmen, verworfen hatte. Das Tier schnaubte. Ich hätte nie gedacht, dass es möglich war, eine Fähe an der Schnauze festzuhalten, und auch das Tier wollte sich damit nicht abgeben, es schlug den Kopf hin und her, die Augen weit aufgerissen.

Die Fähe versuchte, ihren Kopf zu befreien, indem sie durch heftiges, kraftvolles Zucken meiner Umklammerung zu entrinnen trachtete, auf die Weise, mit der sie sonst Kaninchen und Hasen das Genick brach.

Einen Augenblick verharrten wir im Kräftegleichgewicht. Das Tier zitterte nun stark, und mir tat das ungemein leid. Sie sah in mir einen Feind, während ich den merkwürdigen Kampf am liebsten sofort gütlich beendet hätte.

Und doch wollte ich vor allen Dingen, dass mir hier nichts Schlimmes zustößt. Ich handelte entsprechend.

Ich schleuderte das Tier herum und bekam nun auch noch seinen weichen Bauch mit den vergrößerten Zitzchen zu sehen. Mit meinem ausgestreckten Bein drückte ich es auf den Boden, stieß der Fähe in die weiche Hüfte und gegen den linken Oberschenkel, wo mein Absatz Halt fand.

Das Tier, wie auf der Strecke, gab hohe Pfeiflaute von sich, die mich in ihrer Dringlichkeit beängstigten.

Die Fähe rollte dabei ihre buschige, mit weißem Fell neckisch abgeschlossene Rute ein. Sie dauerte mich, und statt das wohl im vornherein geschwächte Tier mit dem anderen Bein zu traktieren, wagte ich, es nochmals herumzuwerfen und mit beiden Beinen in Richtung des Lochs zu schleudern, wohin es mit einem kurzen Bellen auch schon verschwand.

Ich rannte davon. Ich sprang ins Haus und warf die Tür hinter mir ins Schloss.

Ich weiß nicht, weshalb mir, außer Atem, nun Hartmut in den Sinn kam. Rettung hätte ich von ihm nicht erwartet – wer weiß, wo er sich gerade aufhielt?

Vielleicht war das soeben auch nur eine Begebenheit in der Art gewesen, wie ich sie früher, als Jugendlicher, mit Hartmut und seiner Entourage noch und noch erlebt hatte.

Aimée hatte von dem Kampf mit der Fähe nichts mitbekommen. Sie schlief auf meiner Seite des Betts, wohin sie sich in der Zwischenzeit gedreht hatte.

Ich wollte mich einen Augenblick dazulegen, aber das hätte sie weit vor der Zeit geweckt.

Sonntag, wir hatten einen Ausflug mit dem dunkelgrünen *Bentley* vor, nach dem benachbarten Ausland, Baden-Württemberg. Aimée hatte aus dem Internet eine Ausstellung für uns herausgesucht.

Ich machte Kaffee und setzte mich an den Schreibtisch. Ich ertappte mich dabei, wie ich am liebsten Hartmut angerufen und ihm die Szene vor dem Fuchsbau geschildert hätte. Doch wozu eigentlich?

Ich überlegte, ob ich ihn einspannen, besser: beauftragen konnte, wenn es allenfalls um den Verkauf des Geschäfts ginge. Nicht, dass er, wie ich vermutete, darin irgendeine besondere Expertise hätte ausweisen können. Doch wenn einer den Instinkt hatte, den Preis zu treiben, dann Hartmut.

Ein paar Wochen war es nun schon her, dass der Sommer hier im Schwange war. Ich sah aus dem Fenster. Der Herbst hatte die Gegend fest im Griff. Nicht, dass mir das gegen den Strich gegangen wäre. Im Gegenteil liebte ich den Herbst so sehr ich den Sommer liebte; fast noch ein bisschen mehr.

Aimée las in der Küche. Ich hatte ihr einen Kräutertee aufgegossen. Wenn sie ihre Tage hatte, konnte es vorkommen, dass die Schmerzen in ihrem Unterleib auf ein Maß anstiegen, wogegen bloß noch starke Arzneimittel angebracht waren. Sie trug ihre blaue Strickjacke, hatte ihre Haare hinten mit einem dunkelblauen Band zusammengefasst. In der Buchhandlung hatte sie sich Lyrik aus der Karibik empfehlen lassen, und sie bereute den Kauf nicht.

Der Fuchsbau würde zugeschüttet werden, sobald die Jungen ihre eigenen Wege gingen. Das war mit dem Hausbesitzer, dem Bauern und den örtlichen Tierschutzorganisationen so verabredet. Letztere hatte ich ins Spiel gebracht, nachdem mich mein schlechtes Gewissen, die Fähe mit ganzer Kraft getreten zu haben, zu plagen begonnen hatte. Sie waren denn auch als erste vor Ort. Ich hatte es nicht fertiggebracht, ihnen den Hergang meiner Begegnung mit der Fähe zu schildern. Umgekehrt hatten sie sich besorgt erkundigt, ob etwa die Fähe mich angegriffen hätte oder sonstwie gegen mich vorgegangen war. Ich hatte durch Abwinken verneint.

Ich öffnete das Fenster und sog die herbstliche Abendluft ein.

Vielleicht sollte ich Aimée vorschlagen, dass wir wieder einmal einen Spielfilm auf meinem *Notebook* schauten. Ich hatte auf einem *USB-Stick* mehrere Filme von Antonioni, Truffaut und Visconti bekommen; unser Mitarbeiter, der Bekannte Hartmuts, hatte sie mir zugesteckt, nachdem er sich erkundigt hatte, welche Filme ich gern besitzen würde.

Ich genoss den Anblick der jetzt im Herbst noch immer satten Wiesen, die Apfelbäume, die konzentrisch um sie her in der Wiese verstreuten roten, längst wurmstichigen Äpfel.

Aimée kam zu mir ans Fenster. Sie umarmte mich von hinten.

»Wie schön es riecht«, sagte sie, »nass und erdig.«

Ich nickte. Ich legte meine Hände über ihre Hände auf meine Brust.

Was mich betrübte, wollte Aimée wissen.

Ich erschrak. War es mir anzumerken? Konnte man mir wirklich ansehen, dass ich *Elephant Datatypiedienstleistungen GmbH* über hatte?

»Das Unternehmen«, erwiderte ich schließlich.

»Willst du verkaufen?«, flüsterte Aimée.

Ich zuckte mit den Achseln. Noch bevor ich ihr antworten konnte, sagte sie, dass sie das verstehen könnte. Das Geschäft sei uns über den Kopf gewachsen.

»Wenn du es abstoßen möchtest, bin ich dabei«, sagte Aimée. »Wenn du es behalten möchtest, genauso.«

»Verkaufen«, sagte ich.

»Gut«, sagte Aimée.

»Gut«, wiederholte sie leise.

9

Die junge Künstlerin hatte sich ihr Atelier so eingerichtet, wie sie es für richtig und für ihre Sache am förderlichsten hielt. Obwohl sie nicht berücksichtigt hatte, dass die Hausordnung dieses Schlosses, das Stipendienaufenthalte an bildende Künstler vergab, Bohrungen und andere Eingriffe in die Bausubstanz allenfalls durch den Hausmeister zuließ, hatte sie die restlichen ihrer meterhohen Leinwände dann gleich selbst verdübeln dürfen, sie hatte sich dazu auf eine hohe Leiter gestellt und sich zur Sicherheit – eher notdürftig – an einem von der Decke hängenden Seilzug festgezurrt. Der Hausmeister stemmte sich unten gegen die Leiter und schüttelte den Kopf.

Aimée und ich hatten einer Einladung Folge geleistet, uns im Schloss mit dem einen oder anderen Stipendiaten zu treffen. Die junge Künstlerin wurde uns von dem Direktor, einem Franzosen mit jovialem Gehabe, besonders empfohlen; der *Bentley* hatte ihn sprachlos gemacht. Wir hatten fast schon vergessen, dass wir diesen Wagen überhaupt besaßen. Er war längst in das Inventarium unseres inneren Mobiliars übergegangen – ein Gebrauchsgegenstand, der uns stets dann als sehr luxuriös auffiel, wenn wir die gepfefferte Rechnung für die Wartung begleichen mussten.

Die junge Künstlerin malte, wie sie es in der Kunstakademie gelernt hatte, mit selbst hergestellten Ölfarben auf Leinwand – auf meterhohe, meterlange Leinwände, auf denen das Zirkuläre überwog: sie malte in Kreisen und in weiten, aneinandergereihten, gegenseitig verdrehten Rundungen, die sich auf einer anderen Betrachtungsebene als Kreise offenbaren mochten. Sie malte, so schien es, bevorzugt in Feuerrot und in einem Ocker, das sie in den Wüsten Nordafrikas das Sehen gelehrt hatte, wie sie sagte.

Sie war keine dreißig. Sie hatte lange braune Haare, die sie hinten zusammengebunden hatte, sie war übergewichtig, sie schwitzte bei jeder Bewegung, sie schien kurzatmig; ihre blauen Augen leuchteten, ihre Wangen glühten.

Sie kochte Kaffee für uns. Wir seien wesentlich jünger als alle anderen, die sie zuhause oder hier besucht hätten, bemerkte sie in meine Richtung.

»Habt Ihr Geld?«, fragte sie, »ich könnte welches gebrauchen.«

»Du hast doch deine Kraft«, sagte Aimée nach einem Moment, in dem sie nach einer geeigneten Antwort gesucht haben musste.

»Das reicht aber nicht zum Leben«, sagte die Künstlerin. Sie schälte einen Apfel, bot ihn uns in Schnitzen auf einem Teller an. Wir griffen zu.

Ich überlegte, ob es vielleicht nicht doch besser wäre, den *Bentley* künftig zu Hause zu lassen, wenn wir Künstler besuchten. Aimée schien das von meinem Blick ablesen zu können, hatte ich den Eindruck, vielleicht irrte ich aber auch.

Ganz entspannt war Aimée nicht. Sie setzte sich auf einen Stuhl mitten im Atelier und schaute auf das größte der Gemälde.

»Noch nicht ganz trocken«, sagte die Künstlerin und lächelte. Sie reinigte ein paar Pinsel unterschiedlicher Breite mit einem Lappen, den sie dann und wann in Terpentin tunkte. Sie war nervös.

»Von welchem Museum seid Ihr nochmals?«, fragte sie.

Aimée nannte die Sammlung des alten Kunstmalers.

Die Künstlerin kannte ihn, »ein Meister«, sagte sie. »Mein Beileid.«

»Ich danke«, erwiderte Aimée. Sie mochte sich, wie auch ich, gefragt haben, wie die Künstlerin geahnt hatte, dass Aimée eine Angehörige war.

»Der Bentley gehörte ihm, nicht wahr?«

Aimée nickte.

»Wohin geht die Sammlung?«, wollte die Künstlerin wissen, als sie die Pinsel zum Trocknen auslegte.

»Wir bauen sie aus«, sagte Aimée.

»Nur zu!«, erwiderte die Künstlerin. »Wo wird sie zu sehen sein?«

»Erstmal nicht.«

»Nein?«

»Nein.«

»Warten Sie auf chinesische Investoren?«

Aimée schüttelte den Kopf. Wir würden an sich sammeln und uns erst später mit der Frage, wie und wo wir ausstellen wollten, mit der nötigen Ruhe und Umsicht beschäftigen.

»Nach welchen Kriterien kaufen Sie ein?«

Aimée und ich schauten einander an. In diesem Moment waren wir uns einig geworden, dass diese Frage besser nicht beantwortet zu werden brauchte, hier nicht und auch nirgendwo sonst.

Dass ich schweigen konnte, wusste ich; dass Aimée aber keine Ausrede parat hatte, zeigte mir, wie ernst sie mit dem Vorsatz umging, nur Werke zu kaufen, die wir in ihrer Komplexität und Schönheit nicht fassen konnten.

»Dürfen wir wiederkommen?«, fragte Aimée.

»Sicher!«

Wir verabschiedeten uns mit einem Kopfnicken. Auf dem Westflügel kam uns der vielbeschäftigte Direktor mit seiner persönlichen Assistentin entgegen.

»Und?«, fragte er.

»Wir werden wieder herkommen«, sagte Aimée.

»Nehmen Sie das hier mit«, sagte der Franzose und reichte uns einen Stapel Papiere, auf denen die noch kurze Vita der Künstlerin sowie eine Auswahl ihrer früheren

Werke samt Rezeption verzeichnet waren. Auch Fotos der aktuellen Gemälde lagen bei.

Er begleitete uns zum *Bentley*. Seine Schritte scharrten im Kiesel. Er richtete Grüße an den alten Arzt aus, die wir bei Gelegenheit gern überbringen wollten.

Der Franzose musste Erkundigungen über uns angestellt haben, wurde mir klar. Ich beschloss, es ihm durchgehen zu lassen.

Beim *Bentley* angekommen, schien er versucht zu sein, uns die schwere Tür aufzuhalten. Wir verabschiedeten einander mit Handschlag. Aimée küsste er die behandschuhte Hand.

Wir stiegen ein und fuhren auf der schnurgeraden Allee davon. Er schaute uns lange hinterher.

»Hartmut? An den habe ich auch schon gedacht«, sagte Aimée, als sie im *Backoffice* unseres Ladens in der Stadtmitte die Rechnungen abzeichnete. Ich hatte ihr gerade von Hartmut erzählt, als unser Mitarbeiter von unserem Postfach in der Poststelle zurückkam, einen Stapel Einschreiben, Kataloge und Fachmagazine unter dem Arm.

Der Mitarbeiter, der mit Hartmut befreundet war, konnte uns sagen, dass Hartmut nun in München lebte und sich dort den Ruf erworben hatte, ein harter Verhandler zu sein. Hartmut arbeitete offenbar bei einem der weltweit größten Entwickler von Kommunikationstechnologien. Er hatte dort eine Chance bekommen, sich intern weitergebildet, bis ein Zufall ihn in die Teppichetage gebracht, wo er sich in der Folge auch noch bewiesen hatte.

Der Mitarbeiter lachte auf: Hartmut habe sich noch immer zu helfen gewusst!

Hartmut trage nun Schlips und Jackett und eine teure Uhr, die er früher verlacht oder höchstens für einen Freund in Not vertickt hätte. Demnächst würde er nach Zürich kommen, um seine Eltern zu besuchen;

möglich, dass er bereits in der Stadt war, sagte der Mitarbeiter. Er könnte ihn herbitten.

»Tun Sie das bitte«, erwiderte Aimée. Sie hatte wohl meine Gedanken gelesen.

Nun, mir wollte es als großer Zufall erscheinen, dass Hartmut nun beruflich als Unterhändler bei Verhandlungen vorgeschickt würde, bei solchen auch noch von mutmaßlich hohen Beträgen, um nicht zu sagen *Geldvolumina*. Wenn er etwas konnte, dann, Leute von Dingen zu überzeugen, die sie vor dem Gespräch mit ihm konträr betrachtet hatten.

Er war kein Blender und kein Schwätzer; er hatte bloß – woher auch immer – einen untrüglichen Instinkt für die verborgene Motivation der Leute, er durchschaute jede Mimikry und jedes Vabanquespiel, und wenn jemand um zwei Ecken denken wollte, wartete Hartmut schon hinter der dritten Ecke auf ihn.

Der Mitarbeiter erwartete Hartmut für den folgenden Tag gegen 14 Uhr. Er hatte die Weisung, uns dann sofort anzurufen.

Als Aimées *Smartphone* klingelte, saßen wir im dunkelgrünen *Bentley* und fuhren bereits zu unserem Laden. Hartmut hatte mit dem Mitarbeiter gesprochen und wartete allein vor dem Laden. Wir winkten ihm zu, aber er schien uns nicht zu sehen. Wir fuhren heran und öffneten das seitliche Fenster.

Hartmut rückte seine Krawatte zurecht, zupfte an seinem gelben, mit kleinen grünen Punkten versehene Einstecktuch, strich sich mit der Hand übers Haar. Er stieg ein.

Er nehme doch an, der Wagen sei nicht angemietet, bemerkte er lächelnd.

Aimée reichte ihm die behandschuhte Hand, ich klopfte ihm auf die Schulter. Ob er es eilig habe, fragte ich sogleich.

»Nein«, sagte Hartmut, »wohin fahren wir?«

Sie hoffe, er habe seinen Personalausweis dabei, sagte Aimée.

»Auch das«, sagte Hartmut. »Passieren wir die Grenze? Welche?«

Das Schloss erreichten wir nach einer kurzweiligen Stunde, die uns Hartmut mit allerlei Schoten aus Bayern verkürzt hatte. Der französische Direktor wusste von unserem neuerlichen Abstecher, Aimée hatte ihn avisiert. Er freute sich auf uns.

Der Mann sei ihr äußerst geschäftstüchtig vorgekommen, hatte mir Aimée im Anschluss an das Telefonat berichtet. Das habe nur dann etwas Rührendes, wenn der Direktor auf das Fortkommen seiner Schützlinge bedacht wäre, sagte sie. Sie vermute allerdings, dass er Provisionen kassierte, von denen die Künstler selbst vielleicht gar nichts wüssten. Schließlich sei man als Künstler zunächst einmal dankbar und glücklich, ein Werk verkauft zu haben.

Nun, hier kam Hartmut ins Spiel.

Dem französischen Direktor stellten wir Hartmut als Freund unserer Sammlung vor. Wir hatten Hartmut auf der Fahrt kurz instruiert. Wir hatten ihm das Dossier gezeigt, darin die Gemälde angekreuzt, für die wir Kaufinteresse hegten. Er hatte sofort verstanden.

Wir hielten uns im Hintergrund, Hartmut und der Direktor gingen vor. Bald hatten wir im Westflügel das Atelier der jungen Künstlerin erreicht. Sie war anwesend.

Mehr noch, sie hatte sich auf eine Weise herausgeputzt, die mich unwillkürlich an eine Braut erinnerte, auch wenn die Künstlerin kein Weiß und keinen Tüll zeigte. Nun, ich konnte auch nach längerer Betrachtung nicht mit Sicherheit sagen, ob sie diesen extravaganten Aufzug mit großem Ernst oder doch eher ironisch gewählt hatte; sie musste ahnen, falls sie nicht schon vom

Direktor entsprechend informiert worden war, dass hier der Ankauf eines Werkes anstehen mochte.

Unter Umständen hatte die junge Künstlerin noch keine allzu große Erfahrung darin, ihre Werke gewissermaßen loszulassen. Die Werke würden dann ein Eigenleben führen. Die junge Künstlerin würde nicht mehr über ihre verkauften Werke verfügen können, wenngleich ihr Name und sie als Urheberin immer mit dem Werk verbunden sein würden.

Hartmut trat an sie heran und stellte sich als Freund der Sammlung vor, die Aimée und ich verantworteten und vertraten.

»Ein Freund?«, sagte die junge Künstlerin spöttisch.

»Das ist richtig«, sagte Hartmut. Freunde würden einander helfen, aber sie wären keine wirklichen Freunde, wenn sie einander nicht mit Würde und Anstand beratschlagen würden. Das schließe auch alle ein, die mit den Freunden in Kontakt treten. Insofern dürfe er sie beglückwünschen, sagte er der jungen Künstlerin.

»Inwiefern?«, erwiderte sie.

Sie könne sich schwer von ihren Werken trennen, das sei nachvollziehbar und eine menschliche Regung, ein guter Reflex, sagte Hartmut. Kunstwerke aber müssten ihre Wirkung in der Öffentlichkeit entfalten. Als Freunde würden wir ihr gern dabei helfen. Sie habe sich so schick gemacht für diesen Moment, Dollarzeichen in den Augen würden ihr nicht stehen. Ein Glück, dass sie die Kraft habe, der Wirkung ihrer Bilder und damit verbunden ihrem Weg als Künstlerin den Vorzug vor dem schnöden Mammon zu geben. Wer denn das schöne Dossier zusammengestellt habe.

»Welches Dossier?«

»Das war ich«, meldete sich der französische Direktor, nicht ohne Stolz.

»Sie waren das? Haben Sie die Künstlerin darüber unterrichtet?«

»Nein ...«

»Und gleich hätten Sie mir vorgeschlagen, den Kauf in Ihrem Büro bei einem Cognac abzuwickeln. Irre ich?« Der französische Direktor schluckte leer. »Das ist so üblich, stimmt«, sagte er.

»Sehen Sie!« Hartmut sprach die Künstlerin direkt an. »Freunde zu haben, ist sehr, sehr wichtig.«

Die junge Künstlerin war unschlüssig, ob sie sich bei Hartmut bedanken oder dem französischen Direktor die Leviten lesen wollte.

»Bitte gehen Sie jetzt«, sagte Hartmut, und der Direktor gehorchte.

Er sah sich die meterhohen, meterlangen Gemälde mit den angedeuteten Rundungen und weiten Kreisen an. Er betrachtete das Feuerrot und das eigentümliche Ocker.

»Werden Sie vertreten?«, fragte er.

»Nicht direkt«, sagte die junge Künstlerin. Da seien ein paar Galeristen, bei denen sie mit kleineren Werken im Wort stehe, weil sie bei ihnen habe ausstellen dürfen.

»Dürfen?«, sagte Hartmut leise. »Ich bitte Sie!«

Er nahm ein schwarzes Notizheft aus der inneren Jackentasche und schrieb eine tiefe fünfstellige Ziffer auf eine ganze Seite.

Er legte das Notizheft zugeklappt auf die leere Staffelei in der Mitte des Ateliers.

Die junge Künstlerin, die sichtbar an Selbstvertrauen gewonnen hatte, nachdem Hartmut sie gelobt hatte, drehte sich von uns ab und öffnete das Notizheft.

Sie ließ die Summe auf sich wirken.

Hartmut flüsterte mir den Betrag zu, der ein ganzes Stück unter dem lag, was ein unabhängiges Gutachten uns für die drei Gemälde aus der Serie nahegelegt hatte.

»Verdoppeln«, flüsterte ich zurück.

»Wie du wünschst«, sagte Hartmut leise.

Die junge Künstlerin drehte sich zu uns um. »Ich bin einverstanden«, sagte sie.

Selbstverständlich, sagte Hartmut, handelte es sich bei der Summe um die erste von zwei Raten.

»Und ich wollte schon zusagen«, sagte die Künstlerin. »Einverstanden auch zum doppelten Betrag.« Sie lächelte.

Aimée und die Künstlerin schlugen ein. Dann besprachen sie alle Modalitäten und praktischen Details.

Sie kondolierte Aimée nochmals und nahm sie in die Arme.

Mit Liza hatte ich hier nicht gerechnet, ich hatte überhaupt nicht mehr damit gerechnet, sie wiederzusehen, aber sie gehörte wohl zu jener Sorte Menschen, die sich nicht vorstellen konnten, dass man einen Bogen überspannen kann. Der Hafer stach sie – noch immer. Sie konnte von dem blauen Bild nicht lassen. Ich fürchtete, sie würde mir hier in der Straßenbahn eine Szene machen.

Es regnete in Strömen. Für den späteren Nachmittag wurde Schneeregen vorhergesagt, aber es sah nicht danach aus. Zur Sicherheit hatte ich mein Rad zu Hause gelassen. Das besetzte Haus, zu dem ich unterwegs war, lag ohnehin am anderen Ende der Stadt.

Wir hatten eine improvisierte Einladungskarte an die Anschrift der Stiftung zugeschickt bekommen, und Aimée bat mich, den Termin wahrzunehmen. Ich war in die älteste Jeans geschlüpft, die ich im Kleiderschrank gefunden hatte, zog ein grünes T-Shirt und einen dünnen Pullover über, der an manchen Stellen bereits fadenscheinig geworden war und den ich früher im Garten meines Elternhauses getragen hatte, wenn ich das Laub zusammenrechte oder die kurzgewachsenen Apfelbäume für den Winter einschnitt.

Liza folgte mir. Ich war aus der Straßenbahn gestiegen und erreichte nun das besetzte Haus, das mit langen Transparenten behangen war – auf einem war eine feministische Parole aufgemalt, auf einem anderen ein Potpourri von Logos, reichend von *Antifa* bis *Peace* –, und begab mich ins moderig riechende Innere, indem ich mich durch ein kleines Rudel unterschiedlich großer Hunde hindurchzwängte und anschließend die nicht mehr ohne weiteres instandzusetzende Treppe zum ersten Stockwerk hinaufstieg.

Dort sah ich zwei junge Männer an einer Installation arbeiten. Sie bestand aus einem Holzstuhl, dessen Sitzfläche entfernt und durch eine Hängeregistratur aus Pappe ersetzt worden war. Auch die Lehne hatten die beiden herausgezogen und stattdessen aus einem engmaschigen Gitterzaun eine der ursprünglichen in der Form sehr ähnliche neue Lehne hergestellt und anstelle der alten montiert. Sie taten das ziemlich routiniert, wenn auch sehr konzentriert; ihre Handgriffe waren schnell und sicher, fast hätte man vermuten können, sie würden das nicht zum ersten Mal tun, zumal ihre Verständigung wortlos war.

Tatsächlich hatten die beiden schon eine Menge solcher Stühle gefertigt, wie ich bemerkte, als eine junge Frau den Vorhang zum Nebenzimmer kurz anhob.

»Eine serielle Arbeit«, sagte Liza, das würden die beiden immer so halten. »Übrigens erfolglos«, fügte sie hinzu, sonst würden sie ja nicht hier leben. Sie lachte laut.

»He, was hast du hier zu suchen, Mann!«, rief eine Frau in meinem Rücken und sonderte ein paar wüste Beschimpfungen aus.

Ich erschrak. Ich wollte schon die Einladungskarte zücken, als ich feststellte, dass die junge Frau nicht mich, sondern Liza gemeint hatte.

»Raus hier!«, sagte sie, und noch bevor Liza etwa sagen konnte, wurde sie von der jungen Frau in den Rücken gestoßen. »Hinaus!«

Glücklich darüber, dass Liza nun weg war – und ich bleiben durfte –, streckte ich der jungen Frau den Zettel hin. »Bin ich hier richtig?«

»Ja, kommen Sie bitte mit.«

Die junge Frau schob den Vorhang ins benachbarte Zimmer zur Seite, ich folgte ihr, während die beiden jungen Künstler sich nicht von ihrer Arbeit abbringen ließen. An den modifizierten Stühlen vorbei kamen wir, auf ausgetretenen Perserteppichen, in eine Art Salon, in dem mehrere verschlissene Sofas herumstanden. Wo in den Fenstern die Glasscheiben fehlte, hingen Plastikfolien. Der Kamin war kürzlich verwendet worden. Es roch nach Terpentin und Leim.

Jetzt erst bemerkte ich im Halbdunkel neben dem schadhaften Klavier drei weitere Besucher, sie hatten offenbar die gleiche Einladungskarte zugeschickt bekommen wie wir. Den Herrn, der grüßend die Hand in meine Richtung hob, erkannte ich als den Arzt.

Er trat aus dem Halbdunkel und setzte sich auf eines der Sofas. Die anderen beiden taten es ihm gleich.

Die junge Frau stand vor uns hin und sagte, dass die beiden Künstler heute anwesend seien und sich sehr gern auch mit den Besuchern unterhalten wollten. Die drei Besucher spendeten reichlich Beifall.

Die Künstler würden eine Auftragsarbeit fertigstellen. Sie seien damit etwas in Verzug, denn der Auftrag für die Stühlen sei vor zwei Jahren erfolgt. Allerdings, sagte die Frau, hätten die Auftraggeber selbst keine Eile an den Tag gelegt. Das hätten die beiden Künstler dankbar aufgenommen. Die drei Besucher klatschten wieder. Die junge Frau wehrte mit einer schnellen Geste ab. Es könnte sich nur noch um Minuten handeln, sagte sie.

Die beiden Künstler traten endlich auf den Plan. Sie schwitzten. »Danke, dass Sie gekommen sind«, sagte der eine. Der andere spendete Beifall an die Adresse der Besucher, und die Besucher klatschten erneut mit.

Die Stühle würden sie nicht ausstellen, zumindest nicht in nächster Zeit, sagte der eine Künstler. Gerne hätten sie den Besuchern die Stühle in einem geeigneten Raum in jener Aufstellung gezeigt, die sie im Kopf hätten, aber dazu würde es im Moment aus Gründen der Praktikabilität nicht kommen, ergänzte der andere. Sie setzten sich auf eines der Sofas. Dennoch, hob der erste an, sei es ihnen wichtig, die Arbeit einem kleinen Kreis von zugewandten Orten zu zeigen: gewissermaßen als Beweis dessen, dass es diese Arbeit gab. Ihr Titel, *Priority seating I*, gehe auf ein Erlebnis bei einem Stadionbesuch zurück, der ihnen nicht mehr ganz erinnerlich war und den sie im Laufe der Arbeit selbst nicht mehr verstanden hätten, an dem sie aber festhalten wollten, weil er am Ende dennoch genau das bezeichnete, worauf sie aus waren.

Der Arzt blickt mich von der Seite an. Ich vermutete, dass er den Zeitpunkt dazu nicht zufällig gewählt hatte, sondern exakt dann, als die Künstler dabei waren, ihre Intentionen zu äußern.

Sie hatten das mehr schlecht als recht getan, ließe sich sagen, aber im Grunde war ihnen nur dieses möglich, und das reichte mir auch.

Es war anzunehmen, dass es dem Auftraggeber, wer immer das sein mochte, ebenfalls genügte. Schließlich hatte er den beiden offensichtlich freie Hand gelassen. Merkwürdig erschien mir bloß, dass die beiden Künstler diese Art der Vorstellung pflegten und die Ausstellung ihres Werks nicht abwarten wollten. Es schien fast so, als ob der Auftraggeber noch gar nicht wusste, was er mit dem Werk anstellen wollte. Er hatte schließlich auch nicht gewusst, worum es sich dabei handelte. Wie hätte er eine Ausstellung ins Auge fassen können, wenn er noch nicht einmal ahnen konnte, was es überhaupt auszustellen gab und wie dieses dann zu bewerkstelligen war?

Wir schauten uns die Stühle aus der Nähe an. Ich zählte vierzehn, wobei mindestens zwei im Nebenzimmer noch in Arbeit waren.

Die Künstler zogen sich lautlos zurück. Die junge Frau packte mich am Arm und flüsterte mir ins Ohr, dass das Werk dem alten Kunstmaler bestimmt gefallen hätte.

»Bestimmt«, flüsterte ich zur Bestätigung.

Sie lächelte. Sie sagte, dass sie meine Reaktion sehr freue. Sie würde sie den beiden Künstlern so bald als möglich mitteilen.

Von der jungen Frau ging ein übler Geruch aus, ihr Haar war verfilzt, ihre Augen aber leuchteten warm. Sie nahm meine Hand und schüttelte sie. Sie fragte mich, mit wem sie den Kunsttransport koordinieren sollte. Es habe sich ja vieles zum Guten gewendet, was die Sammlung anbelangte.

Ich nickte. Ich hatte schon geahnt, wer der Auftraggeber war. Jetzt wusste ich es sicher.

»Wenden Sie sich vertrauensvoll an mich«, flüsterte ich. Aimée würde sich wundern. Der Arzt trat zu uns heran und beglückwünschte mich.

Hartmut hatte die Erlaubnis seines Arbeitgebers eingeholt, ein Mandat für uns zu übernehmen. Er hatte sich anschließend bei uns ausbedungen, dass er Berater beiziehen durfte, Gewährsleute wohl, die sich besonders auf *Merger & Acquisitions* verstünden; außerdem sollte es ihm anheimgestellt sein, diese Berater aus einer Gesamtsumme zu entlöhnen, die er verwaltete und aus der auch er selbst sein Honorar beziehen würde.

Wir hatten ihm umgekehrt aufgetragen, die Sache in zehn Monaten unter Dach und Fach zu bringen, wobei wir einen Anteil von 21 Prozent am Unternehmen halten wollten.

Vater und Mutter hatten unsere vorsichtig vorgetragene Mitteilung unterschiedlich aufgenommen. Mutter hatte sich gewünscht, wir würden das Unternehmen noch lange, ganz lange weiterführen; Vater wusste aus eigener Anschauung in seinem Beruf, dass ein Verkauf manchmal die beste Lösung darstellte – er sah ein, dass wir gut handelten. Der Erlös aus dem Verkauf würde, vernünftig angelegt, für viele Jahrzehnte ausreichen – und wir hatten auch noch die Sammlung. Ihren Wert zu beziffern – und das wusste Mutter am besten –, war sehr schwierig, weil es sich bei den Preisen für die Kunstwerke um Marktpreise handelte, die sich aus der ansteigenden oder eben fallenden Nachfrage ergaben. Auch bei mäßiger Nachfrage allerdings würde die Sammlung mehrere Millionen Euro schwer sein, wie Mutter – eher vorsichtig – schätzte.

Aimée und Mutter hatten sich nach dem Abendessen in meinem Elternhaus in die neuesten Details vertieft. Mutter hatte dazu Kataloge und Werkverzeichnisse studiert und manchmal auch Museen und Sammler angeschrieben, wenn sie sich davon Aufschlüsse über einen Werkzusammenhang erhofft hatte. Alle verfügbaren Kauf- und Schenkungsbelege hatte sie kopiert, die Originale in einem Bankschließfach weggesperrt.

Mutter schlug vor, dass sie den fehlenden Belegen mit Kunstdetektiven nachgehen sollte, falls sie in ihrer eigenen Suche nicht weiterkommen sollte; wir waren damit einverstanden, ermunterten sie dazu.

Aimée und ich sahen einander an. Es ging uns nicht in allererster Linie um Geld – um es so auszudrücken. Sie und ich wussten, was wir mit der Sammlung beabsichtigten. Die hohen Geldbeträge waren ein der Sache innewohnendes Artefakt. Das Vermögen aber, das wir aus dem Unternehmen bezogen, war wirklich und bildete die Grundlage, auf der wir zusammenleben wollten.

Ich begab mich ins Bastelzimmer. Vater saß da wie immer. Er hörte leise *RFI Paris* von einem der ganz wenigen noch verblieben Umsetzer in Afrika und lötete nach einer neuen Methode, die ich nicht beherrschte, ultrakleine elektronische Bauteile ein. Er hatte dazu eine kleine, dicke Spritze in der Hand, mit der er das überschüssige Lötzinn sofort von der Platine saugte. Das geschah unter einer großen Standlupe, deren Licht sehr hell war und über der Platine eine Art Korona bildete.

Die Hochfrequenz- und Radiotechnik hatte sich in den vergangenen Jahren revolutioniert. Spulen und Kondensatoren, aus denen einst Schwingkreise hergestellt worden waren, hatten darin keine Funktion mehr, sie waren obsolet geworden wie die klassische Konversion und Demodulation, die heute eine *Software* erledigte. Die wenigen, hochintegrierten elektronischen Bauteile für die neuartigen *Software Defined Radios* hatten in einer Streichholzschachtel Platz.

Vater stand auf und ging zum Ledersessel. Er schaute sich den Schaltplan nochmals an und fing an, mir das Schaltungsprinzip zu erklären. Als er damit fertig war, sagte er, dass auch ein *somnambuler Strombastler* einmal alles richtigmachen könne. Er kam herüber und umarmte mich. Vater roch längst nicht mehr nach den Fertigungshallen dieser Welt. Dass er nun auch keine *Harddisks* und *Grafikkarten* mehr für die *Elephant Datatypiedienste GmbH* austauschen musste, schien ihm recht zu sein. Wenn ich nicht gänzlich irrte, hatte er an seinen Verrichtungen am Basteltisch genug.

RIMBAUD VERLAG

Perikles Monioudis
Die Stadt an den Golfen
Thessaloniki, Berlin, Zürich, Alexandria
Mit einem Nachwort von Ingo Schulze
96 S., geb., mit Lesebändchen, 2004

In Monioudis' «stiller, zurückhaltender und intensiver Prosa» (Süddeutsche Zeitung) erleben wir vier Städte: Ein Mann und eine Frau gehen durch Alexandria im Orient und Thessaloniki am Fuß des Balkangebirges, durch Berlin mit seinem kontinentalen Klima, durch Zürich, gelegen zwischen Seen und Alpen.

»Monioudis hat den von Phantasmen und Klischees freien Blick auf Alexandria. Er sieht Dinge, die jeder im Nahen Osten sehen könnte – und doch nicht sieht.«

Stefan Weidner, FAZ

RIMBAUD VERLAG

Perikles Monioudis
Azra und Kosmás
96 S., Klappenbroschur, 2019

Perikles Monioudis erzählt in hohem Tempo die schicksalhafte Begegnung von Azra und Kosmás in der Ägäis, vom Sog des illegalen Backgammonspiels, von Flüchtlingsbooten, von spielsüchtigen Schleppern und einer unerwarteten Katastrophe, die über alle dort hereinbricht.

»Monioudis beherrscht den Brückenschlag zwischen einer fragilen und diskreten Poesie und einer guten Geschichte wie wenige seiner Generation.«
Alexandra M. Kedveš, Die Zeit

RIMBAUD VERLAG

Gregor von Rezzori
Denkwürdigkeiten eines Antisemiten
Ein Roman in fünf Erzählungen
Ausgewählte Werke in Einzelbänden Bd. 4
Bukowiner Literaturlandschaft Bd. 74
344 S., geb., 2014

Gregor von Rezzoris Bücher sind in der Regel im besten Sinne unterhaltsam, geprägt von Witz, Ironie und scharfer Beobachtungsgabe. Daher war er auch als Autor im Rundfunk und bei Illustrierten erfolgreich. Ab 1960 lebte er in Donnini (bei Florenz), wo er am 24. April 1998 starb. «Ich kann mich hinbegeben, wo ich will», hat der Autor einmal geäußert, «Czernowitz holt mich ein.»

»Fünf fiktiv-biografische Erzählungen zwischen Bukarest, Wien, Czernowitz und Berlin. Der Autor kennt die gesellschaftlichen Grundmuster der Zwischenkriegsjahre – von latentem Antisemitismus bis zu offenem Judenhass – bis ins Detail.«

Rainer Traube, Deutsche Welle

RIMBAUD VERLAG

Frank Schablewski
Ein Paar aus vier Menschenhälften
Schwarmbeben – Teil I
Ein surrealistischer Roman
164 S., fadengeheftet, mit Klappen, 2020

Istanbul ist der Ort einer Liebe, eines tödlichen Verbrechens. Hier lebt ein verheiratetes Paar auf unsicherem Grund, die Stadt selbst ist höchst erdbebengefährdet. Die Stadt und das Meer werden zum großen Sinnbild, als wäre der Schoß der Erde das Ziel der Geliebten. Der Mord des Mannes an seiner Frau führt die Triebhaftigkeit wie Schamlosigkeit einer Gesellschaft wie ihrer Justiz in all ihrer Gewalt und Schönheit vor, als wäre die Natur eine wahnsinnige Welt.

»In seiner Prosa wie in seiner Lyrik schließt Schablewski an avantgardistische und experimentelle Traditionslinien an und setzt einige von diesen mit innovativen Mitteln fort.«

Jürgen Nelles, Kritisches Lexikon zur deutschsprachigen Gegenwartsliteratur

RIMBAUD VERLAG

Reinhard Kiefer
Halbstadt
Roman
372 S., geb., 2. Aufl. 2013

In 16 Kapiteln wird der Weg von drei jungen Menschen, Toni Klingson, Alexander Müller und Veronika Vogler, beschrieben. Klingson versucht sich als Schriftsteller, Müller als Maler und die Vogler als Muse. Das alles spielt in den 1980er-Jahren. Dabei werden immer wieder, wenn auch verfremdet, Elemente der Zeitgeschichte eingefügt: die Friedensdemonstration im Bonner Hofgarten, Tschernobyl, der Fall Barschel, der Fall der Mauer.

»Kiefers erzählerisches opus magnum stellt sein 2006 erschienener Roman ›Halbstadt‹ dar, in dem sich so etwas wie sein schriftstellerischer Kosmos bündelt: In diesen sind viele Figuren und Themen aus vorangegangenen Gedicht- und Erzähltexten eingeflossen.«

Jürgen Nelles, Kritisches Lexikon zur deutschsprachigen Gegenwartsliteratur

RIMBAUD VERLAG

Reinhard Kiefer, Christoph Leisten
Wolfgang Koeppen in Salt Lake City
Essays
Rimbaud-Taschenbuch Nr. 115
214 S., geb. mit Leinen und Fadenheftung, 2022

In drei Kapiteln widmet sich der vorliegende Band Wolfgang Koeppens Begegnung mit Salt Lake City. Im einleitenden Essay nähert sich Christoph Leisten dem Leben und dem Werk Koeppens, um dann den Entstehungsprozess sowie zentrale Motive der »Amerikafahrt« zu skizzieren und seine eigene, persönliche Tuchfühlung mit dem Autor in den Blick zu nehmen. Das zweite, zentrale Kapitel ist Wolfgang Koeppens Originaltext über Salt Lake City aus „Amerikafahrt" vorbehalten. Im dritten Teil beschäftigt sich Reinhard Kiefer eingehend mit Koeppens Text und mit der darin dargestellten Kultur der Mormonen. Dabei werden Ursprung und Geschichte des Mormonentums intensiv beleuchtet und die kultur-, literatur- und religionsgeschichtlichen Hintergründe deutlich gemacht.

RIMBAUD VERLAG

Friedrich Kröhnke
Spinnentempel
Roman
Rimbaud-Taschenbuch Nr. 116
109 S., fadengeheftet, mit Klappen, 2023

... hinaus in einen weißblühenden Frühling, ein 1972, in dem Tibor und ich durch ein wahres Meer von Obstbäumen auf den Spinnentempel zufahren, ich auf seinem Fahrrad, er auf meinem Velosolex, schwarz das eine, chromglänzend das andere – aus den Seitentüren des Spinnentempels heraus auf den Spinnentempel zu, im Traum ist das kein Paradox ...

»Friedrich Kröhnke hat in den letzten 25 Jahren ein ganz eigenes Idiom ausgebildet ... ein Gespür für sprachliche Intensität und erzählerische Dramaturgie, wie es ganz selten ist.«

Tobias Lehmkuhl, Deutschlandradio